电影文学剧本

U0963379

济南城下

颜廷华 / 著

山东大学出版社
SHANDONG UNIVERSITY PRESS

图书在版编目（CIP）数据

济南城下 / 颜廷华著 .——济南：山东大学出版社，2021.9

ISBN 978-7-5607-6989-9

Ⅰ. ①济… Ⅱ. ①颜… Ⅲ. ①长篇小说 – 中国 – 当代 Ⅳ. ① I247.5

中国版本图书馆 CIP 数据核字（2021）第 200543 号

责任编辑 张晓林
封面设计 张　琦
王秋忆
出版发行 山东大学出版社
社　　址 山东省济南市山大南路20号
邮政编码 250100
发行热线 （0531）88363008
经　　销 新华书店
印　　刷 山东和平商务有限公司
规　　格 720mm × 1000mm　16开
印　　张 24
字　　数 210千字
版　　次 2021年9月第1版
印　　次 2021年9月第1次印刷
定　　价 53.10元

献给珍爱和平、捍卫和平的人们！

自序 / 我为什么要创作《济南城下》

1928年5月3日，入侵济南的日军不宣而战，向正在休整中的国民革命军和无辜的济南百姓悍然发动攻击，实施了疯狂的杀戮。日军此举旨在阻止国民革命军的北伐，破坏中国的统一，打断中国的现代化进程，妄图阻止一个独立的、自主的、富强的中国出现。为达此目的，在济日军和武装起来的日本侨民倾巢而出，动用飞机、火炮、坦克，轰炸、冲击国民革命军驻地，烧杀劫掠百姓，奸淫妇女，罪行滔天。更令人发指的是，日军竟敢冒天下之大不韪，将国民革命军总司令部战地政务委员兼外交处主任、山东交涉署主任蔡公时以及交涉署内的16名外交官员虐杀！面对日军的猖狂进攻、恣意妄为，蒋介石胆小怯懦，始终幻想着以妥协退让换取和平，提出了臭名昭著的“不抵抗政策”，命令驻商埠的国民革命军不得还击，立刻脱离接触，撤出济南。国民政府软弱、消极的应对助长了日军的气焰，日军的进攻更加肆无忌惮。5月10日子夜，国民革命军撤出老城，济南陷落。一番鏖战，其状惨烈：泺源门下，断壁残垣，一片焦土；护城河畔，尸骸枕藉，流血漂杵。在济军民共被杀6123人，被打伤1770多人，奸淫妇女事件达100多起，数千人失踪，财产损失2957万元[①]。这就是震惊中外的“五三惨案”，也称“济南惨案”。

自1999年以来，每逢“五三惨案”纪念日，济南城市上空都会响起防空警报，警示人们莫忘国耻。“前事不忘，后事之师！”但实际上，对于今天绝大多数的济南人来说，“五三惨案”依然是陌生的、模糊的，更不

① 鲁南：《震惊中外的济南“五三惨案”》《湖北档案》2010.7。

用说身处济南之外的芸芸众生了。您可知道，制造“五三惨案”的日军第六师团就是南京大屠杀的罪魁祸首；您可知道，日本出兵山东就是日本灭亡中国、实施全面侵华的前奏和开端。[2]

之所以会出现这种局面，首先是因为惨案发生的1928年，正值大革命失败、第一次国共合作破裂之际，天下形势风谲云诡。背叛了国民革命的蒋介石发动反革命政变，大肆围捕、屠杀共产党人和革命群众，共产党的组织遭到严重破坏，元气大伤。曾经亲密合作的国共两党已势如水火，你死我活！在大屠杀中幸存下来的共产党人或落草为“寇”，艰难求索；或蛰伏于市，伺机再起。南京国民政府与张作霖的北京政权之间为了问鼎中原，兵戎相见，鏖战不已，大有鱼死网破之势。欧美列强各怀鬼胎，虎视眈眈，相机而动，妄图进一步攫取和扩大在中国的利益。这就造成了各方对于发生在济南的日军暴行都无暇深及的局面。因此，充分发掘惨案发生的背景，全方位展示惨案的发展过程，深刻揭示惨案的历史地位以及现实影响，让惨案广为人知就显得的特别重要。这是笔者创作本剧的根本动机。

济南是一座拥有深厚人文底蕴的城市。济南的历史文化丝毫不比任何一座历史古城逊色，济南的物产饮食、风光美景丝毫不亚于任何一座旅游名城。“讲好济南故事”，把济南的历史文化、乡土人情、风光名胜、佳肴美馔宣传出去，展现济南博大包容、温雅谦和的文化形象，这是笔者创作本剧的直接动机。

作品对济南的城市发展与格局、商埠风情等进行了直观的描绘，塑造了一座繁华开放的现代之城。作品不惜笔墨，对三大名胜、北园风荷、清河风光等都进行了描绘，塑造了一座风光旖旎之城。作品有机地融合、描写了闵子骞、终军、秦琼、曾巩、李清照、辛弃疾、铁玄等一批与济南相关的历史名人事迹，塑造了一座人文兴盛之城。作品还着意描写了济南的风味小吃与鲁菜，塑造了一座生活温馨之城。

在创作上，作品追求历史真实与艺术真实的统一。笔者在写作时严格考据，力求对历史事件的描述真实可信，经得起推敲；同时大胆发挥想象，

②黄金凤、赵修磊:《济南市建研究综述》，2014.11. CN61—1487—(2014)11—0051—05。

力求对历史细节的虚构精巧自然，不露痕迹，做到了大事不虚，小事不拘。南京国民革命军中出场的人物，上至全军总司令蒋介石，下至连排级军官都做到了真人实名。其他的历史人物，诸如军阀张宗昌、孙传芳以及田中义一、森恪、西田畊一、福田彦助、佐佐木到一……都做到了按照其历史的本色进行刻画。几位虚构的人物，比如松元慧子、郭济生，都能在生活中找到原型。这一切在客观上增强了作品的可信度与感染力。

作品对20世纪20年代的民国进行了全景式的描绘。作品点出济南主动开辟商埠史实，旨在揭示国人在近代化、全球化大潮面前已经实现了由最初的被迫接受到主动拥抱的转变，国人“夷夏之防”的心理强势已悄然消失。对西方文化的“全盘肯定论”者强烈地冲击着盲目自高自大的“全盘否定论”者，当然，理性的、客观的“拿来主义”者也在滋生，但“拿来主义”的文化自觉者是少数。作品中，既有“全盘肯定论”者身影，也有“全盘否定论”者形象，更有以郭济生为代表的“拿来主义”者，这样的人物设计意在揭示“五三惨案”发生的文化土壤。作品通过泰兴楼饭庄遭到勒索的描写，深刻地反映了民族资本主义经济在帝国主义、反动军阀双重压榨下艰难发展的窘境，“实业救国”的理想不过是一场春梦。作品通过对张宗昌腐朽、落后与反动统治的描绘，形象地勾勒出了北洋军阀统治的专横暴虐、荒唐凶残，就是让世人明白国民革命的发生乃是时代的选择。作品描述了蒋介石的媚日外交与田中义一的“大陆政策”碰撞，意在揭示“弱国无外交”的原则和只有据理抗争国家才有出路的道理，无原则的妥协退让不仅不能避免祸患，反而会大祸临头，揭示了“五三惨案”发生的历史逻辑。作品藉郭济生、松元慧子、刘明泉之口，对国民性格、国民教育、家庭关系、男女平等、妇女解放等问题进行了深入浅出的阐释，展示了民国时期的精神风貌。作品对松元慧子、刘明泉人生悲惨结局的描绘，折射出了中日关系的复杂性与实现持久发展的艰巨性。

作品塑造了众多形象丰满、栩栩如生的艺术形象。天真软弱、隐忍坚韧的蒋介石，桀骜不屈、气贯长虹的蔡公时，侠肝义胆、书生意气的何思源，足智多谋、胆大儒雅的李延年，骄奢淫逸、残暴嗜杀的张宗昌，自视甚高、屡败屡战的孙传芳，深谋远虑、野心勃勃的田中义一，自大狂妄、醉心扩张的森恪，虚伪狡诈、两面三刀的佐佐木到一，逢场作戏、笑里藏刀的西田畊一，刚猛自用、凶狠残暴的福田彦助，骄横跋扈、暴虐无道的斋藤浏，睿智包容、温良仗义的郭济生，聪明干练、妩媚贪嘴的松元慧子，精灵率真、命运多舛的刘明泉，通达自立、玩世不恭的王长庆……

作品情节跌宕起伏，一波三折，引人入胜；结构井然，注意前后呼应，浑然一体；展开多角度叙事，引发多重思考；注重细节描写，通过人物的言谈举止彰显人物性格。

总之，作品在故事的叙事上，力求主题鲜明、内容丰富、思想深刻、气势恢弘、细节逼真；在艺术表现上，追求逻辑严谨、情节曲折、叙事流畅、语言凝练、对话自然；在人物刻画上，追求形象丰满、个性鲜明、富有层次、活灵活现、栩栩如生；在艺术效果上，追求吸引人、感染人、启发人、感动人。

希望阅读该作品能带给您愉悦、启迪和思考。

颜廷华

2020 年 8 月

主要人物

松元慧子，19 岁。日本侨民，济南泰丰楼饭庄女厨师

郭济生，22 岁。济南泰丰楼饭庄厨师，松元慧子的师傅

刘明泉，18 岁。济南泰丰楼饭庄学徒

王长庆，20 岁。济南泰丰楼饭庄堂倌

王传堂，56 岁。济南泰丰楼饭庄大掌柜

吴东山，53 岁。济南泰丰楼饭庄二掌柜兼前台总管

郭大娘，49 岁。郭济生的母亲，济南市民

程爱莲，39 岁。刘明泉的姨妈，济南农民

赵尚文，41 岁。刘明泉的姨父，济南农民

于帅傅，40 岁。胶济铁路巡道工

肖舜才，17 岁。济南泰丰楼饭庄学徒

钟兴利，51 岁。济南泰丰楼饭庄厨师，后厨总管

张守仁，51 岁。济南泰丰楼饭庄账房

李宝诚，42 岁。济南泰丰楼饭庄厨师

周德发，41 岁。济南泰丰楼饭庄厨师

赵明德，42 岁。济南泰丰楼饭庄白案师傅

卖烟男孩，8 岁。济南市民

张大娘，56 岁。郭济生的邻居，济南市民

刘四儿，17 岁。济南泰丰楼饭庄伙计

兴邦，17 岁。济南泰丰楼饭庄伙计

蔡公时，字以行，别号痴公，47 岁。战地政务委员会外交处主任兼外交部山东特派员

李延年，字吉甫。

（1）24 岁（1928）。第一集团军第一军团第一军第二师第五团团长，少将

（2）41 岁（1945）。第十一战区副司令长官兼山东挺进军总司令，中将

何思源，字仙槎。

（1）33 岁（1928）。战地政务委员会政治部主任

（2）50 岁（1945）。山东省政府主席

蒋中正，字介石，41 岁。国民党中央政治会议主席、国民政府军事委员会主席、国民革命军总司令、北伐全军总司令

黄郛，字膺白，号昭甫，48 岁。国民政府外交部部长

杨杰，字耿光，39 岁。第一集团军总参谋长

朱培德，字益之，40 岁。第一集团军前敌总指挥

熊式辉，字天翼，35 岁。第一集团军高级参谋

金汉鼎，字铸九，37 岁。第一集团军总预备队（第三军）总指挥

朱世贵，字赓良，39 岁。第一集团军总预备队（第三军）第八师师长

李仙洲，名守瀛，字仙洲，34 岁。第一集团军第一军团第一军教导团团长，上校

刘永强，26 岁。第一集团军第一军团第一军第二师第五团团附[①]，中校

王凤池，22 岁。第一集团军第一军团第一军第二师第五团一营一连连长

杨冠英，21 岁。第一集团军第一军团第一军第二师第五团一营一连排长

王德发，18 岁。第一集团军第一军团第一军第二师第五团一营一连士兵

陈家生，24 岁。第一集团军第一军团第一军第二师第五团一营一连士兵

李全有，19 岁。第一集团军第一军团第一军第二师第五团一营一连士兵

黄云山，23 岁。第一集团军第一军团第一军第二师第五团一营营长

毛丰，22 岁。第一集团军第一军团第一军第二师第五团二营营长

三营长，23 岁。第一集团军第一军团第一军第二师第五团三营营长

① 团附：国民革命军军官职名，“中校团附承团长之命，担任教育训练及动员筹备诸事宜。”引自《陆军军队内务条例》中华民国二十年版（1931 年）。

张震环，21 岁。第一集团军第一军团第一军第二师第五团一营三连连长

郭德芳，21 岁。第一集团军第一军团第一军第二师第五团二营一连连长

周长义，21 岁。第一集团军第一军团第一军第二师第五团三营三连连长

段培德，23 岁。第一集团军第四军团第四一军第九二师第一五团一连连长

麻敏卿，22 岁。第一集团军第四军团第四一军第九二师第一五团三连连长

康化南，21 岁。第一集团军第四军团第四一军第九二师第一五团特务长

王振海，21 岁。第一集团军第四军团第四一军第九二师第一五团排长

史青山，19 岁。第一集团军第四军团第四一军第九二师第一五团一营一连士兵

魏金章，20 岁。第一集团军第四军团第四一军第九二师第一五团一营一连班长

方振武，字步平，43 岁。第一集团军第四军团总指挥、济南卫戍司令

杨恩熙，41 岁。第一集团军第四军团参谋长

苏宗辙，字企六，38 岁。第一集团军第四军团第四一军列军长

何兢武，37 岁。第一集团军铁甲车司令

冯玉祥，字焕章，46 岁。第二集团军总司令

王正廷，字儒堂，号子白，46 岁。陇海铁路督办、第二集团军参议

崔士杰，字景三，40 岁。第二集团军参议

戴传贤，字季陶，37 岁。国民党中央常务委员会委员，宣传部部长

蒋作宾，字雨岩，44 岁。战地政务委员会主任

贺耀组，号贵严，39 岁。第一集团军第三军团总指挥兼第四〇军军长

邓殷藩，字篱五，号铁屏，35 岁。第一集团军第四军团第四二军第九一师第二团团长，上校

王书忱，28 岁。第一集团军第四军团第四二军第九一师第二团团附，中校

陈舜耕，27 岁。蒋介石的机要秘书

苏有文，28岁。方振武的机要秘书

李月楼，52岁。济南商会会长

张鸿渐，字逵程，32岁。战地政务委员会外交处山东交涉署参议，湖北枝江人

张麟书，28岁。战地政务委员会外交处山东交涉署庶务，江西九江人

谭显章，号明甫，42岁。战地政务委员会外交处山东交涉署科长，广东南海人

张汉儒，20岁。战地政务委员会外交处山东交涉署勤务兵，籍贯不详

熊道存，38岁。战地政务委员会外交处山东交涉署科长，江西九江人

韩树椿，20岁。战地政务委员会外交处山东交涉署科员，山东长清人

王立泰，23岁。战地政务委员会外交处山东交涉署勤务兵，江苏江都人

王德禄，21岁。战地政务委员会外交处山东交涉署伙夫，山东历城人

姚成义，29岁。战地政务委员会外交处山东交涉署科员，安徽桐城人

姚成仁，27岁。战地政务委员会外交处山东交涉署科员，安徽桐城人

刘文鼎，25岁。战地政务委员会外交处山东交涉署办事员，江西南昌人

周惠和，24岁。战地政务委员会外交处山东交涉署办事员，籍贯不详

陈端成，20岁。战地政务委员会外交处山东交涉署办事员，江苏徐州人

黄继曾，36岁。战地政务委员会外交处山东交涉署勤务兵，江苏徐州人

傅宝山，34岁。战地政务委员会外交处山东交涉署勤务兵，江苏徐州人

张德福，32岁。战地政务委员会外交处山东交涉署勤务兵，江西南昌人

姚志怀，22岁。战地政务委员会外交处山东交涉署勤务兵，江西南昌人

王昌明，21岁。战地政务委员会政治部干事

林卓然，23岁。战地政务委员会政治部秘书

麦得功，20岁。战地政务委员会政治部干事

赵超普，20岁。战地政务委员会政治部干事

陈东，23岁。战地政务委员会政治部摄影师

刘秘书，24岁。国民政府外交部秘书

高天行，20岁。中央政治学校学生

邵力子，字仲辉，笔名力子，46 岁。国民党中央政治会议委员，国民革命军总司令部秘书长

陈立夫，名祖燕，字立夫，28 岁。国民党中央组织部调查科主任

曾养甫，原名宪浩，30 岁。国民政府建设委员会委员

魏剑白，33 岁。安国军第七方面军军部参谋处少校参谋，山东军事联络员，国民政府特工

张丕介，32 岁。国民党山东主要负责人

葛覃，31 岁。国民党山东负责人

王旭，26 岁。国民党济南负责人

徐树楠，16 岁。正谊中学学生，三青团团员

季羡林，字希逋，17 岁。山东大学附属高中学生

马克先，33 岁。济南正谊中学史地教师

林瀚文，字乾学，40 岁。《大公报》记者

胡家鑫，字启荣，30 岁。《中央日报》记者

张宗昌，47 岁。字效坤，人称“效帅”。山东军务督办，安国军第二方面军总司令，津浦线总指挥

孙传芳，43 岁。字馨远，人称“馨帅”。安国军第一方面军总司令，鲁西总指挥

程登科，31 岁。字步青。孙传芳外甥，安国军第一方面军总监

金寿良，46 岁。安国军第二方面军参谋长

杜尚，50 岁。山东省财政厅厅长

吕雅仙，23 岁。张宗昌的四姨太

王淑娴，22 岁。张宗昌的五姨太

祁红，19 岁。张宗昌的九姨太

郑副官，25 岁。张宗昌的副官

春红，16 岁。吕雅仙的女仆

秋影，15 岁。吕雅仙的女仆

松元修身，43 岁。松元慧子的父亲，日本在济商人，主营棉花、煤炭等

松元夫人，40 岁。松元慧子的母亲。

松元诚一，14 岁。松元修身的儿子，松元慧子的弟弟，日本寻常高等小学在校学生

永野一辉，46 岁。日本浪人，黑龙会骨干成员

佐佐木到一，42 岁。日本参谋本部派驻国民政府联络参谋，陆军中佐

西田畊一，44 岁。日本驻济南代理总领事

福田彦助，53 岁。日军第六师团师团长，陆军中将

黑田周一，49 岁。日军第六师团参谋长，陆军大佐

斋藤浏，49 岁。日军第六师团第十一旅团旅团长，陆军少将

酒井隆，41 岁。日本驻济南武官，陆军少佐

田中义一，64 岁。日本内阁首相兼外务大臣

铃木喜三郎，61 岁。日本内阁内务大臣

高桥是清，74 岁。日本内阁大藏大臣

白川义则，58 岁。日本内阁陆军大臣，陆军大将

冈田启介，60 岁。日本内阁海军大臣，海军大将

原嘉道，61 岁。日本内阁司法大臣

森恪，46 岁。日本外务省政务次官

小泉恭次，42 岁。日本中国驻屯军“临时济南派遣队”队长，陆军中佐

富田，25 岁。日军宪兵中尉

安藤利吉，44 岁。日军第六师团第十一旅团旅第十三联队联队长，陆军大佐

新山福治，49 岁。日军第六师团第十一旅团旅第四十七联队联队长，陆军大佐

末松俊造，46 岁。日军第六师团第三十六旅团旅第四十五联队联队长，陆军大佐

佐藤，47 岁。日本驻济特务机关长，陆军大佐

河野悦次郎，37 岁。日军参谋，陆军大尉

高冈谦吉，39 岁。日本侨民义勇团团长

加藤太郎，45 岁。《大阪朝日新闻》文字记者
柴田康夫，33 岁。《大阪朝日新闻》摄影记者
山口钦司，37 岁。《读卖新闻》文字记者
小岛俊辅，30 岁。《东京朝日新闻》记者
细川忠康，55 岁。日军第四十三军团军团长，陆军中将
寒川吉溢，45 岁。日军第四十三军团参谋长，陆军大佐
渡边洋，53 岁。日军四十七师团师团长，陆军中将
神保信彦，44 岁。日军第九独立警备队代表
铃木一朗，43 岁。日军第十一独立警备队代表

目 录

引子

田中义一组阁

【场景：1926 年 10 月，北伐军攻入武汉】

【场景：1926 年 11 月，北伐军占领九江】

【场景：1927 年 1 月 5 日下午，在李立三、刘少奇等的领导和组织下，超过 30 万人参加的反英示威大会在汉口济生三马路召开，会后举行示威游行。群众高喊着“打倒帝国主义”“收回租界”等口号，向英租界挺进。汉口英租界被爱国群众控制】

【场景：1927 年 1 月 6 日，江西九江各界群众集会游行，声援武汉人民收回英租界的斗争】

【场景：1927 年 2 月 19 日、20 日，英国政府先后与武汉国民政府签署协定，将在汉口、九江的租界交还中国】

画外音：1926 年 10 月，北伐军攻克武汉，11 月占领九江，国民革命的烈火燃烧到了长江流域。武汉国民政府支持群众收回英租界的正义要求，向英国政府提出抗议，并决定由外交部长陈友仁主持对英交涉。面对声势浩大的群众反帝运动，英国政府不得不作出让步，于 1927 年 2 月 19 日、20 日，先后与武汉国民政府签署协定，将在汉口、九江的租界交还中国。至此，中国人民收回汉口、九江英租界的斗争取得了完全胜利。

【场景：1927 年 3 月 24 日凌晨，北伐军进入南京。上午，发生了针对外国侨民的骚乱。下午，英舰“良美拉尔特”号、美驱逐舰“诺亚 343”号和“泼利司登 344”号向南京城内进行了猛烈炮击】

画外音：1927 年 3 月 24 日凌晨，北伐军占领南京。8 时许，南京城内突发骚乱，英、美、日等国的领事馆、教堂、学校、商社、医院以及外侨住宅受到冲击，英、美两国政府迅速作出强烈反应。当日下午，英舰“良美拉尔特”号、美驱逐舰“诺亚 343”号、“泼利司登 344”号向南京城内进行了猛烈炮击，时间长达 1 小时之久，酿成南京惨案。

1927年5月，北伐军继续北上，剑指山东，触动了日本敏感的神经。

【场景：1927年4月，日本金融危机爆发。在东京，倒闭的银行前拥满焦躁的客户，金融交易所内只见纷乱的人群；冷清的大街，破败的工厂，萧条的商店；失业的工人在街头徘徊，无助的妇女在家门口企望，饥饿的儿童在哀嚎】

【场景：1927年4月20日，田中义一宣誓就职日本内阁首相】

画外音：1927年4月间，日本金融危机爆发，宪政会的若槻礼次郎内阁陷入内外交困的绝境，不得不辞职。4月20日，政友会总裁田中义一上台组阁。田中义一任首相兼外相，他提拔三井财阀的森恪为外务省政务次官，决意对中国实行“强硬外交”政策，即以武力占领满蒙，进而吞并中国的政策。面对即将攻入山东的北伐军，日本政府遂以保护侨民为借口于1927年5月28日发布声明出兵山东。5月31日，日军抵达青岛，6月1日全部登陆，随即前往济南。日本出兵山东打开了武力侵占中国的“潘多拉魔盒”。

第一部

黑云压城

第一场　“中日提携，共同防共”

时间：1928 年 3 月 8 日上午

地点：南京国府路（今长江路 292 号）国民政府军事委员会、国民革命军总司令部

人物：蒋介石、黄郛、戴季陶、林瀚文、胡家鑫、加藤太郎、柴田康夫、山口钦司、小岛俊辅

【场景：南京国民政府记者招待会会场由一间会议室布置而成的。这是一间长方形的会议室，在会议室的一头有一个简易的讲台，讲台正中是发言席，发言席上放置着话筒，讲台上方悬挂着红色条幅，在正方形的黄纸上书写着“热烈欢迎日本记者访问团”。房间的中央摆放着八张圆桌，面向讲台排成两列。来自日本媒体《大阪朝日新闻》《大阪每日新闻》《东京朝日新闻》《读卖新闻》《东京每日新闻》《东京新闻》《中外商业新报》和帝国通讯社等的 20 多位记者出席招待会。日本记者被安排在前面的四张桌边就坐】

【场景：另有《大公报》《申报》《中央日报》《时报》《时事新报》《民国日报》《国闻周报》等中国媒体的记者被安排在后面的四张桌边就坐。他们是被安排来采访招待会的】

【《大公报》社记者林瀚文身着一件深色长衫，外罩一件雅致的马褂，早早赶到了会场。他闹中取静，坐在远离房门的那张桌子边上，等待招待

会的开始】

【《中央日报》社记者胡家鑫走进会场，只见他头戴礼帽，西装革履，外披一件风衣，收拾得油头粉面。胡家鑫进门后，与相识的记者不停地寒暄，举止夸张，言辞轻佻，一副春风得意的样子。胡家鑫看见坐在里面桌前的林瀚文，就朝林瀚文走了过来】

胡家鑫：【向林瀚文拱手，语调谦卑】乾学兄，您好！幸会，幸会！

林瀚文：【起身，拱手】启荣老弟，别来无恙？

胡家鑫：感谢兄台，我现在很好！

林瀚文：看得出来！

【两人在桌边坐下】

胡家鑫：【半是实情，半是炫耀】不瞒您说，在《大公报》，您的文笔、见识，谁不敬佩？小弟我更是望尘莫及啊！有您在，我永远没有出头之日！现在《中央日报》草创，求贤若渴，所以，我就走了老乡的门子……现在我是政治新闻部主任了。【笑】

林瀚文：【苦笑】人往高处走，无可厚非。【正色】不过，你对我实在是高看了！老弟如此年轻就是主任，比我当年不知要强多少倍！

胡家鑫：【敷衍】我努力向兄台看齐。兄台还要帮我呀。

林瀚文：【不卑不亢】不敢当！老弟大才，文思泉涌，出口成章，倚马可待！有《中央日报》这块金字招牌，飞黄腾达，指日可待！今后少不了要请教老弟喽！

胡家鑫：【闻言大笑】兄台取笑了！惭愧，惭愧！

林瀚文：【转移话题】你看今天这件事就有些蹊跷吧！举行日本记者招待会，找我们来干什么？和我们不相干嘛！

胡家鑫：我们不是日本新闻界，但我们可以做朋友。【笑】

林瀚文：和日本人做朋友？

胡家鑫：是的。中日亲善是国民政府的既定方针，非常希望日本朝野广为知晓，今天举行这个招待会就是恳请日本新闻界的朋友能够广为传播。我们一来是做个见证，二来也是借机把中日亲善的方针宣传出去。

林瀚文：中日亲善？日本对我东北的觊觎之心已是路人皆知，去年又出兵山东，引来举国上下一片骂声。现在，国人抵制日货的浪潮一浪更比一浪高，实行对日亲善政策不仅难得人心，反而还会招来一片骂声吧！？

胡家鑫：此言差矣！当前，蒋总司令最关心的是北伐，是实现国家统一，最迫切希望国民政府得到世界各大国的认同，最担心日本人从中作梗。因此，黄郛黄膺白出任国民政府外交部长就是向日本政府示好。黄膺白是亲日派，人所共知。国民政府正竭力谋求日本政府的承认，恳请田中义一政府支持国民政府即将开始的北伐。只要日本政府承认国民政府，帮助北伐取得成功，就可以实现中日提携！双方共谋发展，这有何不可？

林瀚文：【激愤地】中日提携，帮助北伐？这无异于与虎谋皮，是瞎子点灯！

胡家鑫：【小心地】哎呀！您小点声，别让日本人听见！"冤家宜解不宜结"嘛，毕竟中日友好才是根本的出路。

林瀚文：【平静】中日是应该友好，但不是靠乞求、靠他人施舍来获得，尤其是当下，日本人虎视眈眈，妄想吞并中国！鼓吹中日友善，贻害无穷！

胡家鑫：【轻描淡写】兄台多虑了。

林瀚文：从《马关条约》到"二十一条"，从辽东到山东，从黑龙江畔到长江之滨，从商贸会社到工矿企业，日本人是点点扎根，层层渗透，步步为营，如毒蛇一般吞噬着我们，这还不能说明问题吗？这怎么能说是多虑呢？

胡家鑫：此一时，彼一时！

林瀚文：【猛然醒悟】看来今天这个招待会的内容和安排你已事先知道了？

胡家鑫：是的。来开会之前，上边已经给我交了底。这不，现在您也知道了嘛！

林瀚文：【冷冷地】看来你这《中央日报》要做一篇"中日亲善"的大文章了！

胡家鑫：过奖，过奖！不过是官样文章，简单！

林瀚文：【鄙夷地】这还真不是夸你！如果文章的观点、立场总是跟着官方的调门走，真就难有大出息！

胡家鑫：【面露尴尬】我们如实地传递声音，上情下达而已。我们……当然……有自己的立场！

林瀚文：【诘问】是为中日亲善大唱赞歌的立场吧？！

【林瀚文话音刚落，讲台方向传来一片骚动，有人带头鼓掌，人们纷纷起立。林瀚文只好收住了话头，抬眼向讲台方向望去，只见蒋介石在戴季陶、黄郛等陪同下来到会场】

胡家鑫：蒋主席来了。【起身鼓掌，身子向前探去】

【戴季陶走到讲台中央。《大阪朝日新闻》摄影记者柴田康夫频频照相】

戴季陶：日本新闻界的各位朋友、国内媒体的各位朋友，上午好！不久前，我党召开了二届四中全会，介石同志当选国民政府军事委员会主席，再任国民革命军总司令，北伐全军总司令，昨天，又被推举为中央政治会议主席。如此一来，党令、政令、军令的统一就有了切实的组织保证，改变了令出多门的混乱局面，实现了我党的空前团结。全会出台的一系列的路线、方针和政策引来各方的高度关注。尤其是尽快完成北伐，实现国家统一决策，在日本政坛掀起了轩然大波。举行这个记者招待会就是向日本朋友、向世界阐明我们的立场。今天，蒋主席、蒋总司令在百忙之中亲临会场，与日本新闻界的朋友面对面交流，足见他对中日关系的重视和殷切希望。好，下面有请蒋主席、蒋总司令给我们讲话。

【众人鼓掌。《大阪朝日新闻》摄影记者柴田康夫不停地调换位置，频频照相】

蒋介石：各位记者朋友：大家好！刚才戴部长已经介绍了举行本次记者招待会的初衷，就是来向世人阐明立场，消除误解，打消疑虑，中日共谋发展。大家不要拘束，请畅所欲言，我会有问必答。首先，我来谈谈我国民政府的北伐决策，那就是北伐必须进行，而且刻不容缓；中日能够亲善，要立足长远。【稍事停顿】为什么必须开展北伐？这是因为，推翻北洋军阀的反动统治是完成国民革命的必然要求，是实现国家统一和民族独立的需要，是提升中国国际地位的必然选择，也是完成中山先生遗志的要求！可见，开展北伐是完成国民革命的中心环节，最为重要！日本政府与我党交谊最久，关系最密切。同盟会就是1905年在东京成立的嘛！中山先生矢志革命，百折不挠，与日本政府各界人士广泛接触，建立了紧密的联系，在推翻满清政权的斗争中得到了多方帮助。我也曾于去年的秋天造访日本，把国内的形势向日本各界朋友作了介绍，因此，贵国对国民革命的紧迫性和重大意义一定最能理解，希望日本政府、各界朋友一如既往地给与支持和帮助。

加藤太郎：蒋主席，您好！您说北伐意义重大，可是，田中首相主张，从国民革命的大局出发，北京政府与南京国民政府应该以“和为贵”，南北两方和平相处对双方都有利，他建议国民政府放弃北伐。您如何看待田中首相的建议？

【《大阪朝日新闻》摄影记者柴田康夫又举起了相机，频频照相】

蒋介石：这正是我想说的第二点：开展北伐，刻不容缓，必须尽快进行！田中首相关于放弃北伐的建议是不可行的，我国民政府不能接受！关于是否北伐，我必须说的是“当局者清”！只有打倒军阀，中国才能稳定；只有实现统一，中国才能发展；只有实现三民主义，中国才能繁荣进步；只有繁荣进步了，中国才能屹立于世界民族之林！这才是国民革命的大局！南北分治，国家分裂，是逆历史潮流而动，结果必将是战乱频仍，生民涂炭！何谈国民革命的大局？太平天国偏安南京，没有能够及时地、坚定地开展北伐，给了清政府以喘息之机，最终落得国破家亡，人亡政息！我岂能重蹈太平天国的覆辙？！当今天下，军阀混战，民不聊生，百姓对军阀深恶痛绝，打倒军阀乃是人心所向！而我北伐军正是兵强马壮、人多势众、士气高昂之际，国民革命势不可挡！民心可用，时不我待，北伐正当其时！

山口钦司：蒋主席，北伐军固然强大，但战争的走向难以控制，对各方利益都可能会带来损害，我政府非常担心我侨民在华的生命安全和财产安全。请问，您将如何化解我政府的担心？

蒋介石：本次北伐目标是张作霖的北洋政府，是张宗昌、孙传芳等反动军阀，绝不针对友邦及其侨民！国民革命军已决定停止使用“打倒帝国主义”“打倒列强”的口号。我这样说也许更好理解，北伐是为了更好地保卫和维护各国的在华利益，而不是侵犯和损害。为此，我政府已晓谕各国的驻华使节：国民革命军将恪守国际法，竭尽全力保护各国在华侨民正当权益和利益。以上承诺和政策当然适用于贵国政府，请务必将此承诺再次告知贵国政府、百姓与在华侨民。当然，我也再次强调：请各国政府主动与反动军阀摆脱干系，严禁介入地方军阀的事务；绝不允许外国势力支持地方军阀，对抗国民政府；各国侨民务必严守法令，对我北伐军不得有任何侮辱挑衅的言行，不得有妨碍我北伐行动的行为。

山口钦司：蒋主席的承诺掷地有声，令人欣慰，可是，战场之上不确定、不可控的因素太多，去年北伐引发的“武汉事件”和“南京事件”造成了非常恶劣的影响！新的北伐会不会故态复萌，再次发生此类事件？

蒋介石：众所周知，“武汉事件”“南京事件”的发生完全是中国共产党人的蛊惑和煽动，是苏俄和共产国际的挑唆，与我党毫无关系。在二届四中全会上，我党摈弃了“联俄、联共、扶助农工”的政策，通过实施清党、分共的举措，铲除了共产党分子，镇压了共产党的宣传与破坏活动，彻底根除了共产党对军队的影响。当前，共产党的暴动残余分子已逃上了井冈山，城市之中已经难觅共产党人的踪影，因此，武汉、南京令人遗憾的事件绝对不会重演。

加藤太郎：蒋主席，共产党人虽然难觅踪影，但是他们仍在活动。他们批判您背叛革命，说您是新军阀；说您是利用北伐清除异己，消灭对手，革命不过是一个招牌而已。对此，您作何评论？

蒋介石：【表情严峻，神色凝重】共产党人煽动暴力革命，实行红色恐怖，他们洗劫富人的财富，屠杀精英人士，仇视友邦，为泥腿子、工人、暴民撑腰，是十足的土匪强盗，与我党势不两立。我已经反复申明：国民革命是要实现国家的统一、民族的独立、人民的解放！国民革命任务艰巨，意义重大！请不要相信共党卑劣、恶意的攻击。共产党人反帝排外，煽动抗日，不仅是我党的敌人，也是日本的敌人！我对田中首相作出了镇压共产党活动的承诺。待完成北伐大计，我将全力围剿共党，斩草除根，除恶务尽。因此，完成北伐也是为发展中日关系而作的努力。中日在北伐上合作，就是在反共事业上的合作。

小岛俊辅：蒋主席对中日关系有什么希望吗？

蒋介石：请转告贵国政府、田中首相，尽快承认我南京政府为中国唯一合法政府，坚定地采取以我南京国民政府为中国唯一合作对象的方针，放弃对张作霖政权的支持，断绝对张作霖政权的军火物资的供应以及人员往来！这也是你我政府发展友好合作关系的前提和基础。希望贵国政府能在发展与我国民政府之间的友好关系上作出表率，助我国民政府打开外交局面。中日亲善，相互提携，共同反共，共同为亚洲、为世界的和平与繁荣昌盛做出贡献！这是我对中日关系的期盼。

加藤太郎：蒋主席描绘了美好的愿景，可是，在国民革命政府成立之前，我国政府就与张作霖政权建立了紧密的合作关系，这种关系有效地实现和维护了我政府在满蒙拥有的特殊利益。请问，如果我政府与国民政府建立外交关系，蒋主席将如何处置满蒙问题？

蒋介石：张作霖政权是国民革命的对象，是北伐打击的目标，是反动的、腐朽的、没落的，是没有前途的。代表着中国未来的只能是我南京国民政府，贵国政府只有与我政府发展关系才会在中国拥有未来。我政府主张废除一切不平等条约。只要贵国政府放弃与张作霖政权的合作，鼎力支持我完成北伐，消灭张作霖、张宗昌、孙传芳之流，推动国家统一实现，贵国政府在满蒙的权益就完全可以通过谈判、签订条约加以确认。

小岛俊辅：本次北伐，盘踞在山东的军阀张宗昌、孙传芳首当其冲。在济南、青岛和胶济铁路沿线，有我国大量的侨民居住，我方存在着重大的利益关切，此次北伐将令我侨民遭罹战火之灾。我政府已经声明，如果北伐战火殃及山东，我国政府将再次出兵山东，保护侨民。蒋主席又作何评论？

蒋介石：【面露不悦】我注意到了贵国政府的声明，并已通过外交途径表达了我方的态度。在这里，我强调：济南、青岛不是南京、武汉，济南的商埠也不是租界，国民政府坚决反对任何外国政府以任何名义出兵山东。去年日本出兵山东、保护本国侨民的行动，是严重违反国际惯例的行为，遭到了我国政府和国民的强烈反对和国际社会的一致谴责。当前的情况与去年毫无二致，出兵山东，毫无必要！望贵国政府再不要冒天下之大不韪！在这里，我代表国民政府郑重承诺：将全力确保在山东各国侨民的人身与财产安全；北伐期间，如有故意危及外国侨民安全、损害外侨商业利益的事件发生，一经查实，不论是谁，我定将严惩不贷。

小岛俊辅：好！我们一定让政府、让国人都知道蒋主席的承诺。

蒋介石：【情绪激昂】当前，贵国政府最现实可行的做法是，尽快拿出与我方建立外交关系的实际行动，助我北伐取得成功。你我双方以经济合作为根本路径，立足长远，友好合作，互通有无，互利互惠，实现中日的共同繁荣。

第二场　佐佐木到一“帮忙”

时间：1928年3月20日

地点：南京国府路（今长江路292号）国民政府军事委员会、国民革命军总司令部

人物：蒋介石、佐佐木到一、蒋介石秘书、警卫室值班班长、值班士兵等

【场景：一辆黄包车在南京国民政府军事委员会、国民革命军总司令部门口停了下来，日本参谋本部派驻国民政府联络参谋佐佐木到一中佐从车上下来，径直向大门口走来。值班士兵伸手挡住去路，索要出入证件】

值班士兵：长官，请出示您的通行证。

【值班班长见状，迅速从屋内跑了出来，一边示意值班士兵放下手，不要拦阻，一边跑向佐佐木到一】

值班班长：【敬礼】长官您好，请进！

佐佐木到一：【回礼】这位是新换的卫兵？

值班班长：报告长官，今天是他第一天上岗。

佐佐木到一：恪尽职守。很好！

值班班长：谢谢鼓励。长官！

【佐佐木到一趾高气扬地向门里面走去】

值班士兵：班长，这个日本人是谁？你怎么就这样让他进去了？

值班班长：谁？这位是日本参谋本部派驻国民政府的联络参谋佐佐木到一中佐，蒋总司令的顾问，他有蒋总司令签发的特别通行证，不必出示，可以随时出入蒋总司令办公室。记住了，别惹麻烦！明白吗？

值班士兵：明白。【立即又改口】报告班长，不明白！

值班班长：【闻言一愣】不明白，什么不明白？

值班士兵：我有一个问题，不知道该问不该问？

值班班长：你问吧。

值班士兵：是。为什么蒋总司令任用一个日本军官当顾问？

值班班长：【不知道该如何回答，一时语塞，面露尴尬。马上又板起脸来】这不是你该知道的，不要瞎打听。好好站岗！

值班士兵：是。

【场景：值班班长快快地走回了值班室】

【场景：佐佐木到一在秘书的引领下进入了蒋介石的办公室】

佐佐木到一：【热烈地】您好！蒋先生！久违了。恭喜您再任国民革命军总司令，荣升国民政府军事委员会主席、中央政治会议主席。

蒋介石：谢谢您，佐佐木先生。都是我党同志的信任与抬爱啊！

佐佐木到一：您现在可是党务、军务、政务集于一身，责任重大啊！

蒋介石：所以嘛，我现在天天诚惶诚恐、战战兢兢、如履薄冰啊！总感觉力有不逮，可是，国家和民族落魄至此，我理当殚精竭虑，鞠躬尽瘁！

佐佐木到一：蒋先生年轻有为，宏图大展，可喜可贺！

蒋介石：您过奖了。在中国办成一件事情很难，要把事情办好更难！需要各方面的支持和帮助，也有赖于先生的一臂之力啊。

佐佐木到一：职责所在，乐意效劳！贵党二届四中全会闭幕之后，我就迫切地希望能够见见总司令，无奈您公务缠身，所以才延宕至今。真是相见恨晚呐！

【皆笑】

蒋介石：二届四中全会一闭幕，我就远赴徐州，又去开封、武汉，整肃军队，为再次北伐作准备，忙得是不可开交，难得片刻闲暇啊！

佐佐木到一：总司令四处奔波，舟车劳顿，吐哺握发，令人敬佩。我也知道，您一回南京就举行了日本访华记者的招待会。

蒋介石：记者招待会的事你也知道？

佐佐木到一：知道。我看了有关记者招待会的报道，总司令对北伐的执着、对北伐必胜的信念、对国家统一的渴望，给我留下了深刻的印象！

蒋介石：还有对贵国政府的希望呐！

佐佐木到一：是的。鉴于国民政府对共产党活动的镇压、对反日排日活动的打击，你我两国政府的关系前景光明！我相信，我政府断绝与张作霖政权的关系，与贵政府建立外交关系也许就在不远的将来。

蒋介石：【高兴地】借你吉言！我衷心希望这种局面尽快到来，我衷心希望贵政府尽快拿出支持和帮助北伐的实际行动！

佐佐木到一：我就是为帮助您而来，我非常愿意跟随您北伐！

蒋介石：太好了！您就到我的参谋部来吧，随总司令部一起行动。

佐佐木到一：好的。不知北伐何时开始，我也好作准备。

蒋介石：北伐的准备工作仍在进行，主要是军费缺口太大。每月军费不得少于一千万元北伐方可进行！

佐佐木到一：军费开支真是浩大啊！

蒋介石：是啊！这个月以来，我主要是四处化缘，筹措军费，现在已经有眉目了，到本月底各方面的款项才能基本到位。军费一旦到位，我将再赴徐州，督师北伐。北伐开始时间不会晚于也不得晚于4月上旬！

佐佐木到一：明白了。我将于三天之内作好出发准备。不知北伐的作战计划能否让我看一看？

蒋介石：当然可以，正好给参谋参谋。作战计划是军事委员会办公室杨主任制定的。

佐佐木到一：是杨耿光吗？

蒋介石：就是他。你日本陆军大学校友嘛！

佐佐木到一：【敬佩】耿光君，那可是陆军大学的骄傲，由于成绩优异被天皇亲赐佩刀！他拟定的作战计划，一定能确保北伐成功。

蒋介石：【得意】那我就请他来介绍一下吧。【说着便拿起了电话听筒】给我接军事委员会办公室。

【场景：国民革命军列队训练】

【场景：国民革命军登上火车北上】

画外音：1928 年初，国民党二届四中全会制定了尽快完成北伐的方针。为了完成北伐任务，蒋介石通过封官许愿、金钱收买、利益诱惑等手段，成功拉拢了冯玉祥、阎锡山和李宗仁等地方军阀，组建了全新的国民革命军作战序列。北伐军由四个集团军组成，蒋介石任北伐全军总司令兼第一集团军总司令。第一集团军下辖 4 个军团，共 29 万人。第二集团军是冯玉祥任总司令的国民军，由 5 个方面军组成，约 31 万人。第三集团军由国民革命军北方军改编而来，总司令阎锡山，约 15 万人。第四集团军是桂系部队，总司令李宗仁，约 24 万人。四个集团军的总兵力达 100 万人。

【场景：蒋介石第一集团军行军的镜头】

画外音：第一集团军主力在徐州集结，沿津浦铁路两侧向北发动攻击，兵锋直指济南。

【场景：冯玉祥第二集团军、李宗仁第四集团军行军的镜头】

画外音：冯玉祥第二集团军自河南出发，李宗仁第四集团军自两湖出发，沿京汉线向北进击。

【场景：阎锡山的第三集团军行军的镜头】

画外音：阎锡山的第三集团军由山西沿正太路向河北进击。

第三场　巧拒公债

时间：1928 年 4 月 4 日（农历二月十四日）中午

地点：济南经二路纬五路 9 号、泰丰楼饭庄[①]

人物：吴东山、杜尚、王长庆、饭庄伙计若干名

【场景：4 月初的济南，乍暖还寒，路边的垂柳吐着嫩绿，泄露着春光。初春的阳光明晃晃的，有些刺眼，给城市洒下了一丝不安的气氛】

【场景：正午时分，一辆黄包车在泰丰楼饭庄门口停了下来，一身西装革履的山东省财政厅厅长杜尚趾高气扬地从车上走下来。正在饭庄门口迎接宾客的堂倌王长庆见状，立即迎上前去问候、施礼，引入门内】

【场景：泰丰楼饭庄入口侧面的账房处挂着一面铜锣，是用来通知后厨的，来几位客人就敲几下。王长庆随手在铜锣上敲了一下，引着杜尚走进了大堂】

【场景：一层大堂有七八桌食客在用餐。另外几张八仙桌子旁边空空荡荡，整个大堂显得冷清。看见走进来的杜尚，吴东山快步迎了上去】

吴东山：【充满热情地】**哎呦！这不是杜厅长嘛！欢迎！欢迎！**【拱手施礼】**今日喜鹊闹枝头，我就知道有贵客临门。**

杜尚：【拱手还礼，口气倨傲】**吴掌柜，客气！客气！**

---

① 泰丰楼饭庄：济南泰丰楼饭庄位于经二路纬五路 9 号，始建于 1913 年，店面是南北两院落的中式楼房，高三层，一层是前厅和散台，二层、三层是包房，共设有 200 个客席。今已不存。

吴东山：【谦恭地】杜厅长能够赏光，我饭庄蓬荜生辉，倍感荣幸。请到楼上雅座。

杜尚：【打着官腔】在下无事不登三宝殿，今天是特为公事而来。

吴东山：这都晌午了，您还忙工作，真令人感动。事要办，饭也要吃。请随我上楼。

杜尚：好吧。恭敬不如从命。

吴东山：请！

【场景：吴东山在前领路，二人来到二楼荷花厅。只见迎面是一扇临街的大窗，屋中央摆着一张八仙桌，周边摆了四把椅子。东墙墙根一个茶几旁摆着一对罗汉椅，茶几上方是一幅《荷花图》，题写着“映日荷花别样红”。西面墙上是一幅行草，上写“满座高朋”。杜尚、吴东山分别在罗汉椅上坐了下来。店小二奉上茶水】

吴东山：请喝茶。不知杜厅长为何事而来？

杜尚：【顾左右而言他】最近饭庄生意还好吧？

吴东山：【无奈】哎！您知道，现在天下不太平。今天你打我，明天我打你。打来打去，没完没了。饭庄的经营是每况愈下，不过是苦苦支撑而已！

杜尚：你们这些生意人从来都是怨声载道。

吴东山：这是实在话，不是抱怨，还请厅长大人明察。

杜尚：饭庄的经营状况，我心中自然有数。

吴东山：莫非又要我们交税吗？我饭庄一向守法经营，本月的厘金、牙税等前两天已经交过了，分文不少！

杜尚：厘金、牙税的收缴是厘金局的事，督查偷税漏税不属于我们财政部门。

吴东山：厅长说得是！

杜尚：我怎么没看见王掌柜啊？

吴东山：明天是清明节，王掌柜昨天下午赶回老家扫墓去了，明天下午才能回来。

杜尚：明天扫墓，昨天就回去了，挺性急嘛！

吴东山：厅长有所不知，今天是寒食，在王掌柜家乡，扫墓就是今天！不过仍然叫清明扫墓吧。厅长的事情要是不着急，可否等等，明天见了王掌柜再说。咱先吃饭。

杜尚：哦。是这样，冯玉祥、阎锡山的部队与张作霖的队伍在北边已经接上火了，蒋介石的北伐马上就要开始，大战在即，军情紧迫！这些事你都知道吗？

吴东山：【语调谦恭】有所耳闻。

杜尚：俗话说，“兵马未动，粮草先行”。张宗昌张督办刚刚下发了命令，为平定赤匪、抗击北伐军，现在全省筹措军费，特发行讨赤军事公债100万，全省各市、府、县商户资本额万元以上者均需认购，三天之内认购完毕，认购商户的名单昨天已经发出，你们今天应该收到。泰丰楼饭庄作为我市知名的大饭庄必须带头完成指标。

吴东山：【惊讶】啊？！又要买公债，还有指标！

杜尚：对。

吴东山：我饭庄指标是多少啊？

杜尚：【伸出了食指，比划了一下】我给你们派发1万块的任务！

吴东山：【惊叹】这么多！我们饭庄一年的营业额也不过1万多块，现在不过是勉强维持，这些杜厅长您也是清楚的。饭庄无论如何也拿不出钱款来购买公债了。

杜尚：吴掌柜不要哭穷！这条街上，你泰丰楼不认购，还让哪家买卖认购啊？

吴东山：不是哭穷。我们饭庄实在是不堪其苦啊！他张宗昌主政山东三年，已经先后两次发行过国库善后公债，还发行过一次盐余公债，三次发行的公债到现在一分都还没有偿还呢！我们饭庄持有的几万元公债眼看返还无望，本利皆失，已经变成废纸啦！

杜尚：张督办不是不想还，只是这天下不太平，百业凋敝，没有办法还嘛！

吴东山：所以啊，这发行公债无异于抢劫，就是图财害命啊！这岂止是失信于民，简直是涂炭生民。这样的公债让谁买？谁敢买啊！

杜尚：【声色俱厉】吴掌柜，请注意你的言论！你刚才的言论就是赤色言论，非常危险！

吴东山：【正色】杜厅长，我不懂啥是赤色言论，我只是讲实话而已。前三年发行的公债已经把饭庄掏空了！再买公债，实难从命。

杜尚：【恼怒】你肯定是受了谁的蛊惑、挑唆，这更加危险！

吴东山：【郑重】有压迫，就会有反抗。用不着谁来煽动！人同此心，情同此理！

杜尚：【不依不饶】识时务者为俊杰！我想王掌柜未必这样认为！

吴东山：【正气凛然】我与王掌柜一起经营饭庄已经十几年了，他比我更清楚现在抽走一万元对饭庄意味着什么！发行公债对饭庄来说无异于杀鸡取卵！饭庄必定难以为继，不复存在！我相信，王掌柜也不会答应的！

杜尚：【冷冷地】这么说你们就是不想买了！

吴东山：【淡淡地】是的。不过您刚才提到时务，我倒是请杜厅长仔细想一想当下的时务！

杜尚：【警觉】什么意思？

吴东山：【从容不迫，不卑不亢】您不是刚刚说过，蒋介石的北伐即将开始嘛！依我看，张宗昌的统治、张作霖的北洋政权是风雨飘摇，气数已尽了！张宗昌在济南的日子不会长了，这才是最大的时务！还请杜厅长高抬贵手，饶过饭庄，也是给自己留一条后路。

杜尚：【心里一惊，但是依然嘴硬】我是财政厅长，秉公办事才是我的正途！什么"后路"不"后路"的？！

吴东山：【情绪激越】秉公办事？张宗昌是一心为公的人吗？张宗昌的穷奢极欲山东百姓哪个不知，哪个不晓？张宗昌的所作所为只是在满足其个人的私欲！不只是公债，张宗昌还滥发山东省银行票、军用票、金库券……聚敛财富可以说是肆无忌惮，丧心病狂！去年6月，张宗昌强发军用票，引发了济南的省钞挤兑风潮，你应该还有印象吧？

杜尚：【底气已无】当然有印象。

吴东山:【慷慨陈词】风潮危害惨烈，触目惊心。省城市面上，货币贬值，物价暴涨，百姓家家损失惨重，生活难以为继；社会上人心惶惶，老百姓纷纷涌向银行兑换袁大头，引发挤兑风潮，酿成了十几个人被踩死的惨案！伤者更是无法计数。山东商业银行、东莱银行、道生银行等各大银号相继歇业，济南的金融业全面崩盘。真是民怨沸腾，怨声载道，哀鸿遍野，舆论哗然！

杜尚：【有气无力】这个我清楚。

吴东山：老百姓都说："张督办，坐济南，也要银子也要钱；鸡纳税来狗纳捐，谁要不服把眼剜。"可张宗昌捞了钱都干些什么呢？养兵、养姨太太、嗜赌成性、花天酒地……如此行事，何谈"为公"？

杜尚：【争辩】我只是在其位，谋其政，有什么不对吗？

吴东山：【语重心长】民意不可违！现在，您按照张宗昌的意志办事，就是助纣为虐、为虎作伥。普天之下已是烈火干柴，一颗火星上去就会引发燎原之势。如果强行发行公债，去年的悲剧很可能再次上演。根本不用北伐军来，张宗昌就得滚蛋！

杜尚：可是现在，张宗昌你们是惹不起的！他的大兵一到，长枪大刀把你的大门一堵，家当一抄，封条一贴，我看你生意还怎么做？泰丰楼将万劫不复！好汉不吃眼前亏。还是乖乖地把钱交上，花钱保平安吧！

吴东山: 有杜厅长在此，我饭庄何愁没有生路？杜厅长是有情有义之人，肯定会出手相救的，绝不会让大兵上门的事情发生。

杜尚：【面露难色】吴掌柜，你这可是给我出难题啊！

吴东山：杜厅长肯定是有办法的，还请您仔细想想。

杜尚：我有什么办法？【作无可奈何状】

吴东山：这公债派发给谁还不是您一句话吗！您就说"我饭庄已资不抵债，已不具备购买公债的资格"，这是应付的话，也是大实话！您把我饭庄从派发名单中划掉不就完了嘛！

杜尚：你说得简单。这怎么可能是我一个人的事？

吴东山：杜厅长，您肯定有办法的！

杜尚：【沉吟了一下】那我就想想办法，试试看。不过，这上下打点，打通关节……【举起右手，做出捻钱的动作】

吴东山：明白。【向怀里伸手，拿出一张支票】这是一张一百块钱的现金支票，您先拿着，买杯茶喝。如果能免去公债认购，当另有重谢。

杜尚：好说，好说。

吴东山：【如释重负】杜厅长，今天中午来份清蒸鲥鱼、红烧明虾，如何？

杜尚：你太了解我了。我就喜欢你们这里做的鱼和虾。

吴东山：再来一份奶汤蒲菜、小葱拌豆腐、半斤老白干。

杜尚：够了够了，酒要二两！我不贪多，吃饱就行。

吴东山：厅长说的是。来人，上菜！

杜尚：【吃惊】这么快啊！

吴东山：不瞒您说，您一进门我就让厨房准备了。

杜尚：【赞叹】不愧是个买卖人。

第四场　樱花树下的罪愆

时间：1928年4月5日（农历二月十五日），清明节傍晚

地点：济南经四路纬九路、松元修身府邸

人物：松元修身、永野一辉、松元夫人、松元诚一

【场景：太阳落下去了，一轮明月从东方升起】

【场景：街灯亮了起来，济南商埠繁华的街道褪去了白日的喧嚣。有报童迅捷地跑过，嘴里高喊："号外！号外！北伐战火再起，北伐军即将进攻济南。"】

【场景：济南经四路纬九路的松元修身府邸是一座雅致的四合小院，院内两株樱花树正繁花盛开。樱花在廊灯和皎洁的月光映照下，更显婆娑妩媚】

【场景：樱花树旁，席地坐着松元修身、松元夫人与松元诚一。一张长条矮桌，一边摆着一局围棋，松元修身与松元诚一正在棋局前对弈；一边摆着些茶水、点心、干果，松元夫人一边饮用茶点，一边欣赏樱花】

【场景：日本浪人永野一辉来到松元修身府邸门前敲门。佣人打开院门，引导永野一辉走进院中】

永野一辉：松元先生，好久不见，一向可好？【向前鞠躬】

松元修身：【起身还礼】是永野先生，我很好。您好啊！

【松原夫人、松元诚一也起身鞠躬问候礼。永野一辉还礼。松元夫人、松元诚一退下，回到房间】

永野一辉：【对松元修身】去年，与先生匆匆一晤，无暇深谈。一年不见，诚一都长这么高了！要是走到大街上，我可不敢认呐！

【仆人迅速撤去了围棋、茶水，送过来一方新的席垫，摆在小桌之前】

松元修身：一年里每个人都会发生变化，何况十三四岁的孩子呢。永野先生快快请坐，你我一同欣赏樱花。今天可是樱花最美的时刻啊！

永野一辉：这樱花开得确实绚烂，这月下的樱花更有一番风韵！

松元修身：的确。月下樱花更妩媚、更耐看。

永野一辉：真没想到在这个时节能见到先生，更没有想到能与先生一同欣赏樱花，实在是幸事啊！

松元修身：【笑】确实难得！人生就像这樱花一样，美丽而又短暂！我们的相聚，也像这樱花，美丽而又短暂！这不，转眼就是一年。

永野一辉：【笑】是啊。生而美丽，飘零也决绝，洒脱，多么像我们大和人的人生啊！美好的东西岂能错过？今天就让我们及时行乐，好好地欣赏一下樱花吧。

松元修身：说得好啊！【对着屋里的松元夫人】上茶。

松元夫人：【在屋内回复道】来啦。

松元修身：听说永野先生回国高就了，这是什么时候又来到济南的？

永野一辉：哪里哪里！我在国内待了一段时间，很快就又来支那了，一直待在广东，在广东的革命政府中走动。

松元修身：广东？听说那里的国民革命如火如荼，闹得正欢呐！

永野一辉：是的。南方的形势风谲云诡，国民党、共产党、陈炯明、杨希闵、李宗仁、唐生智……各方势力粉墨亮相，你方唱罢我登场，一会儿合纵、一会儿连横的，我们必须时刻把握动向啊！

松元修身：永野先生为了帝国“雄飞大陆”的梦想四处奔走，实在令人感佩啊！

永野一辉：先生谬奖。听说松元先生生意做得红红火火，风生水起，是我在济侨民中的翘楚，您也是帝国政府应该感谢的人啊！

松元修身：小本生意，微不足道。

永野一辉: 我是今天上午来到济南的。这不,刚安顿好,我就来拜访您了。

【松元夫人端上茶具等，洗茶、泡茶、献茶】

松元夫人： 永野先生，请喝茶。

松元修身： 这是上等的碧螺春。

永野一辉： 谢谢。【端杯，闻香】对夫人的茶艺，我早有耳闻，今日一见果然名不虚传。这碧螺春在夫人手里更似“白云翻滚”“香气袭人”啊!

松元夫人： 永野先生吃茶，也是行家。

永野一辉： 不瞒夫人说，为了方便在支那各地行走，对支那的茶文化我是做过功课的。我还曾在苏州小住过一段时间，因此，对碧螺春略知一二。

松元夫人： 永野先生见多识广，我今天献丑了。

永野一辉：【喝茶】茶是喝过不少，但是，按照日本茶道冲泡的碧螺春，我可是第一次喝哦！味道好极了。

松元夫人： 永野先生真会讲话。茶好喝还因为是水好吧。这可是济南的泉水泡的茶呢!

永野一辉： 对，对，济南是泉城嘛。

松元夫人： 济南有“家家泉水，户户垂杨”之称，很多人足不出户就可以喝到泉水。

松元修身： 靠山吃山，靠海吃海。济南人这是靠泉水吃泉水啊!

【众人笑】

永野一辉： 味道确实不错，确实名不虚传啊！难怪夫人对济南的泉水如此推崇。

松元夫人： 瞧您说的，我们一家人毕竟在此生活快二十年了，也算是济南人了吧。

永野一辉: 如果我没有记错的话,松元先生是仙台人,夫人是哪里人呢?

松元修身： 我是仙台人，内人来自和歌山。我们仙台也有泉水，不过是温泉。秋保温泉、作并温泉皆属日本三大温泉之一啊！去仙台泡温泉、赏秋景真是享受啊！唉！家乡已经多年没有回去了。

永野一辉：人生享乐无处不在，你我在此举杯品茗，也是人生幸事！且把济南当故乡！

松元修身：你看这套茶具，这可是我们的日本瓷器。中国人讲究“背井离乡”，我是把这套茶具带在身边。

永野一辉：【端详茶杯】这茶杯不错嘛！有品位、有档次，完全不在景德镇瓷器之下啊。

松元修身：这就是仿景德镇瓷器烧制的，怎么样，青出于蓝吧？

永野一辉：的确不错！

【说话间，松元夫人又斟了一次茶】

松元夫人：您慢慢品！【退下】

永野一辉：支那人真是肤浅得很哪，一点都不懂得珍视和传承文化！发明了茶饮，到如今茶文化却苍白得无可取之处；发明了瓷器，制瓷技艺却固步自封；发明了围棋，可是他们的国手连我们一个二流棋手都赢不了；曾经奉为治国之道的儒家思想也被批判得面目全非了……

松元修身：这岂止是肤浅，简直是妄自菲薄！

永野一辉：先生说得深刻！

松元修身：还是永野先生慧眼独具！看来对支那文化真是下足了功夫！

永野一辉：【连连摆手】先生过誉了！今日，我帝国地位已远在支那之上，帝国全面超越支那已经是不争的事实，这也是你我的共识了嘛。

松元修身：不错。的确如此！

永野一辉：我们大日本帝国已经成长为亚洲的领袖，成为亚洲文化的引领者！

松元修身：是啊。孙文就曾经发出哀叹，为支那没有能够“早于日本建设富强国家”而惋惜嘛！

永野一辉：“师夷长技以制夷”的主张就像号角唤醒了沉睡的日本人，指引了我们日本的振兴之路，可是支那人自己却依然昏昏沉睡。在巴黎和会上，我们帝国已经与英、法、美诸强平起平坐！而支那呢，勉强坐了末座，虽为战胜国，却像战败国一般任人摆布，地位尴尬。而今日之支那，政治黑暗，官僚腐败，内战不止，一盘散沙，经济凋敝，民不聊生，丝毫看不到振兴、崛起的前景。

松元修身： 确实！在文化上，支那人故步自封，自轻自贱，毫无生气；支那的政治昏聩颟顸，腐败横行，鱼肉百姓，闹得是民怨沸腾啊！

永野一辉： 是啊。万幸的是儒家文化在我们日本得到了传承和发扬光大，从“尊王攘夷”“和魂洋才”到“文明开化”，我们大日本帝国已经成长为亚洲文化的旗手！我们大日本帝国有责任、有义务带领支那走出贫穷和愚昧，走向富裕和文明，实现亚洲的繁荣昌盛。

松元修身： 让日本领导亚洲是黑龙会的一贯主张吧！

永野一辉： 是的。“发扬开国的宏谋，阐明东方文化的宏大深理，推进东西方文明的亲近交流，使日本成为亚洲民族兴隆的领导者”是我黑龙会的首要纲领。要让亚洲成为日本的亚洲，让亚洲的事务成为日本的事务。

松元修身： 黑龙会真是帝国的幸运和骄傲！有黑龙会在，帝国“雄飞大陆”的事业大有希望啊。

永野一辉： 松元先生过誉了。您来济多年，生意兴隆，朋友多，人脉广，在侨民中威望高，也为帝国的发展做出了贡献啊！只是松元先生与支那人的关系有点过于紧密，引来侨民的一些议论。

松元修身： 什么议论？

永野一辉： 无非是说您对支那人过于友善，有损国格；让利过多，有损帝国的尊严，是卖国，是“和奸”……

松元修身： 这是什么话？做生意嘛，只有和气才能发财，只有平等才能合作，只有尊重才能互信，只有互利才能发展，这与卖国、与损害帝国的尊严有关系吗？说我是“和奸”，那与我做生意的支那人不就是“汉奸”了吗？难道我们双方都卖国吗？这岂不可笑！

永野一辉： 松元先生，先别生气。这些议论我是不相信的！我今天来就是想请先生帮忙，既然传言都不是真的，那先生一定会帮我这个忙的。

松元修身： 什么忙？

永野一辉： 组建“日侨义勇团”，配合我军即将到来的行动，不知意下如何？

松元修身：哦？我军又要来济南吗？

永野一辉：是的。要实现亚洲的繁荣，必须要控制支那；要控制支那，必须首先要控制满蒙，这是田中内阁确立的国策。只有全面控制满蒙，实现对黑龙江流域的开发，帝国南下支那、北进苏联就拥有可靠的战略后方；帝国领导亚洲、称雄世界才会有坚实的基础。

松元修身：这个我知道，可为什么要出兵济南？

永野一辉：目前，帝国在满蒙虽然地位特殊，但是尚未实现对满蒙的全面控制，这严重制约了帝国在满蒙开拓殖民的步伐！当前，帝国迫切需要寻找一个机会介入支那的事务，借机分割满蒙，实现满蒙独立的目标。出兵济南是谋取介入支那事务的一个难得机会。

松元修身：这么说来，去年北伐之时，我政府出兵山东就是要分割满蒙，推进满蒙独立自治？

永野一辉：正是！只是因为去年的北伐半途而废，北伐军没有能够来到山东，介入支那事务的设想没有能够实现，分割满蒙、促成其独立自治的计划落了空。但是，天无绝人之路。今年年初，蒋介石再次上台。南京国民政府已经作出了继续北伐、统一支那的决定。田中首相认为，介入支那事务，解决满蒙问题的机会再次到来了。

松元修身：我知道，北伐战事已经在北方开启，张作霖的部队率先向阎锡山、冯玉祥部发动了进攻。

永野一辉：是的。目前，双方旗鼓相当，互有攻守，战事胶着。

松元修身：你看，要实现支那的统一，谈何容易！蒋介石不过是在做白日梦罢了。而解决满蒙问题，不过是个时间问题，我们只需要静观其变即可，为什么一定要出兵，靠武力解决呢？

永野一辉：夜长梦多，机不可失呀！对于支那的事务我们必须积极介入，不能听之任之。我们要努力使局势向着符合帝国利益的方向发展。

松元修身：出兵济南，就能够左右大局吗？

永野一辉：从表面上看，蒋介石的北伐旨在实现支那的统一，实际上，蒋介石是想借“国民革命”之名，消灭支那境内的地方军阀以及地方上的实力派，确立他在中国的一元化领导。如果蒋介石的目标达成，就会出现一个强大的统一的中央政权。这种局面一旦出现，帝国对支那分而治之的方针就会落空。因此，蒋介石北伐完全不符合帝国的利益，相反，却是对帝国利益的巨大威胁！出兵济南就是要挡住北伐军的去路，阻止其北上。因此，出兵济南就成为破坏中国统一，借机推动满蒙问题解决的关键！

松元修身：原来如此啊！

永野一辉：下棋需要布局。出兵山东就是为实施“大陆政策”布局。出兵山东既是向南京国民政府宣示帝国在山东的权益是帝国的核心利益，警告南京国民政府不得损害，也是宣示帝国在山东的存在，警告南京国民政府在山东不得肆意行事。出兵山东既是在向张作霖施加压力，借机寻求满蒙问题的早日解决，也是在试探美、英等列强的反应，为彻底解决支那问题投石问路。出兵山东，这可是一箭三雕的妙手啊！

松元修身：谋划得真深远啊！出兵山东，利在满蒙，功在支那，意在争霸。

永野一辉：松元先生概括得好啊！

松元修身：谋划得很周密！可是，如果张作霖不听从摆布怎么办呢？

永野一辉：一年来，芳泽谦吉、吉田茂、山本条太郎等先后对张作霖进行了多次游说，可是，张作霖我行我素，不听从摆布；对待帝国的要求推诿拖延，观望敷衍；忌惮日益高涨的满蒙反日情绪，害怕惹火上身，与帝国渐行渐远……种种表现令人大失所望。关东军对张作霖已经失去了耐心，决定放弃张作霖政权了。

松元修身：放弃张作霖？

永野一辉：是的。就是不再依靠张作霖政权谋求满蒙的独立自治，关东军已经制定了解决张作霖的办法。北伐军进入山东之日，就是我军出兵山东之时；北伐军进入北京之日，就是张作霖的亡命之时。

松元修身：明白了。假若张作霖回到东北就是放虎归山，满蒙的独立自治就将变得更加困难。

永野一辉：说得对。出兵山东，解决张作霖已“如转圆石于千仞之山者”，势所必然。因此，恳请松元先生组织好“日侨义勇团”，以配合我军的行动。

松元修身：组建“日侨义勇团”的事我一定尽力。

永野一辉：松元先生真是深明大义，您能够出面，意义重大啊！我们在华的侨民都会以您为榜样的。

松元修身：帝国利益高于一切嘛。

永野一辉：您只负责发动和组织，把在华商会的义勇团建立起来就行了，行动和指挥由我来安排。您与支那人毕竟关系友善，配合我军行动、抛头露面的事您还是不要参与了。

松元修身：好的。

第五场 慧子出徒

时间：1928年4月5日（农历二月十五日），清明节傍晚

地点：济南经二路纬五路9号、泰丰楼饭庄

人物：松元慧子、王传堂

【场景：济南泰丰楼饭庄的大堂内灯光明亮，有三桌散客在就餐，店小二穿梭忙碌，上菜上饭，端茶倒水……】

【场景：女扮男装的厨师学徒松元慧子走向大掌柜工传堂的办公室。松元慧子是个身材高挑、明眸皓齿、温婉可人的女孩。松元慧子上身穿一件湖蓝色对襟男士上衣，下身是湖蓝色的裤子，脚穿一双千层底的男士布鞋，虽然身着男装也掩饰不住其窈窕的体态。来到王传堂办公室门外，松元慧子稍事停顿，举手敲门。屋内传来饭庄掌柜王传堂的声音】

王传堂：请进。

【松元慧子推门进屋】

松元慧子：【行礼，鞠躬】您好，王掌柜。您找我？

王传堂：【正坐在办公桌后查阅账目，见松元慧子进来遂起身，一边说一边用手示意松元慧子坐下】是的，请坐。晚饭吃过了？

松元慧子：【在王传堂办公桌前的椅子上坐下】吃过了。

王传堂：【坐下】今天忙得怎么样，累吗？

松元慧子：今天不太忙。风传要打仗，外出吃饭的人不多，晚上更少。

不过，今天是我与济生哥这一组当班，为伙计们做饭吃。济生哥、明泉和舜才还在伺候大家伙吃饭呢。我不累。

王传堂：是的。打卤面一闻就知道是济生的手艺。

松元慧子：对。王掌柜品鉴美食的功夫也了不得！

王传堂：是吗？怎么样，打卤面你学会了吗？

松元慧子：早就学会了。今晚卤子是我与济生哥一起做的，鸡杂和卤子是我切的，料是我配的，也有我的一份功劳呢！

王传堂：【装作很意外的样子】真的？慧子功劳大大的嘛！

松元慧子：【得意地笑了】其实，我也可以做的！

王传堂：哦，那怎么你没有做呢？

松元慧子：济生哥说，伙计们尤其大师傅的嘴都刁，难伺候，我做得好与不好都可能挨数落，打击我的学习热情，所以，还是由他来做。

王传堂：【感慨】是啊。这做饭本来就是个众口难调的活儿，何况是给厨师们做饭吃。这郭济生还是个有心人呐。不过，你会做却不让做，就不打击学习热情了吗？

松元慧子：我内心里当然是有点不甘的，但济生哥说的有道理，而且肯定做得更好。毕竟他是一番好意。

王传堂：你能这样想很好。看来，你们两个越来越默契了！

松元慧子：济生哥待我是挺好的，对我的点拨总是恰到好处，又仔细又耐心。

王传堂：我听说，今晚的土豆炖鸡杂是你和济生的创新。

松元慧子：是的。我带来一种西餐调料，叫做“咖喱”。所以，今晚的菜应该叫“咖喱土豆炖鸡杂”。

王传堂：我们是鲁菜馆，你怎么想起来要做这样的菜？

松元慧子：前几天，有好几个伙计说没有吃过西餐，想尝尝西餐是啥滋味。我曾经去石泰岩吃过几次饭。

王传堂：哦！经一纬二路口那个德国馆子？

松元慧子：您知道？就是那儿。

王传堂：知道。我就是在那里认识的你父亲。

松元慧子：对了。父亲说过的，那一天他的钱包被偷了，还下起了雨，是您给他解的围，还把雨伞给了他。

王传堂：是的。一晃儿20多年了。

松元慧子：真是谢谢您了！

王传堂：【微笑】那时还没有你吧！不提了。还是说说做西餐吧。

松元慧子：我感觉做西餐没有多少技巧，主要是靠调料，最有特色的就是这咖喱粉。我在家也尝试着做过。

王传堂：看来你是到处偷师学艺呀。

松元慧子：我想让伙计们都尝尝西餐的滋味，就拿来咖喱怂恿济生哥做一次，济生哥最终答应了。

王传堂：所以，今天你们就做了。

松元慧子：对。济生哥事先在家里做过一次。

王传堂：我今天没有吃着啊，我吃亏了！看来反响不错。

松元慧子：【笑】今晚准备了两样饭：打卤面和咖喱土豆鸡杂就馒头，任选一样。年轻的伙计新奇、赶时髦，都是选的咖喱饭，吃得都很香。您去的时候只有打卤面了。

王传堂：看来要吃点新鲜的东西也要赶早啊！

松元慧子：【再笑】年轻人感兴趣，大厨、老师傅、老伙计都不以为然，冷淡得很！他们还是吃的卤子面。

王传堂：大厨、老师傅、老伙计瞧不上西餐啊。

松元慧子：是的。济生哥敢于尝试，创新真是需要胆量啊！您若想吃，我单独用鸡块给您做一次，肉多一点会更好吃。

王传堂：谢谢，不用了。石泰岩的西餐我没少吃，我不是老顽固吧？

松元慧子：【笑】不是！

王传堂：石泰岩也是老字号了，比我们泰丰楼的历史还要长呐！

松元慧子：是吗？

王传堂：是的。济生不落窠臼，大胆尝试，眼界和胸襟确实不一样。

松元慧子： 济生哥有学问，有想法，敢做敢为。

王传堂： 济生是个读书人，也是万般无奈才学了厨师。他见多识广，接人待物有分寸，这也是当初让你跟着他学徒的一个原因。

松元慧子： 济生哥还很有趣，他会讲故事。

王传堂： 噢。【若有所思】慧子，你来饭庄已经一年了吧？

松元慧子： 是的。

王传堂： 都有什么感受，还愿意继续干下去吗？

松元慧子：【有点意外】什么感受？我感觉挺好啊。怎么我干得不好，您要让我回家吗？

王传堂： 厨师这个活儿起早贪黑，吃苦受累不说，还烟熏火燎，总是在别人吃饭享受的时候忙碌，一日三餐没个准点，就是尽心尽力也不可能保证让人人满意，因此，在很多人眼里，厨师实在没有什么令人羡慕的！我不知道你一个女孩子是否愿意干下去？

松元慧子： 我不管别人怎么看，我就是喜欢炒菜做饭。当那些生涩腥膻、难以下咽的食材经过我的手变成可口的美味的时候，我心里别提多高兴了。

王传堂： 这么说，你愿意继续干下去？

松元慧子： 当然。

王传堂： 明白了。慧子，一年来，你早来晚走，踏实肯干，能吃苦，厨艺提高很快，单说刀工，就非常值得称道！

松元慧子： 王掌柜，还记得刚开始学刀工的时候，一天要切上几十斤的黄瓜和土豆！先练切块，再练切片，最后练切丝、滚刀、蓑衣刀！还有练习切肉，每天切十几斤肉也很正常。一天下来，胳臂、膀子都是酸的。刚开始，没经验，虎口上都磨起了泡！

王传堂： 我不是说嘛，干厨师是个苦差事。

松元慧子： 我不怕苦。我是说，这样的练习力度，刀工还愁练不出来？

王传堂： 劳动量确实不小啊！我们有 200 个客席嘛，赶上忙的时候，每天每桌翻一次台，就会有接近 400 人吃饭。

松元慧子： 是的。现在，食材比较单一的菜品，我可以一边起火上灶，一边切菜备料，不要助手的。

王传堂：慧子干活有条理，是个快手。

松元慧子：我感觉，切菜炒菜虽然累，但也有乐趣。累人的是刷盘子洗碗！这春天，手不过是泡得发白；到了冬天，每天要刷洗上百套盘碗杯筷，手常常泡在冰水里，冻得又痛又麻，可真不是滋味。

王传堂：学徒的过程就是一个历练的过程，当学徒就要能够全面承受厨师工作带给你的一切，要手上有技术，心里有把控，精神上有准备；要能体味出每一道菜的酸甜苦辣，确保每一道菜的色香味形；要能承受工作中的成败得失。很多学徒吃不了这个苦，半途而废的大有人在。

松元慧子：我能承受。苦中有乐，这是我的感受！

王传堂：【微笑】真是"知之者不如好之者，好之者不如乐之者"啊！你不但学得认真，博闻强记，还肯动脑筋。就说咱们鲁菜这上百种调味品吧，你不仅都编写上了标签，而且两个月就都记了下来，学会了使用，真了不起！这很少有人能够做得到啊！

松元慧子：我写标签是为了帮助记忆。一开始是我自己写，后来是济生哥抽时间帮我写，更多标签是他写的。要不是他帮忙，单靠我自己还早着呢！

王传堂：这也是你肯动脑筋、勤于钻研嘛！听说，你凉菜、热菜已掌握了 30 个菜品，是吗？

松元慧子：31 个了，今天又学会了宫保鸡丁的做法。

王传堂：【神情庄重】哦，了不起！正是那句老话，"世上无难事，只怕有心人"。鉴于你的表现，吴总管、钟大厨和我一致同意你出徒，提前一年出徒。从今往后，你每个月可以从账房领取一个大洋的例钱。

松元慧子：【惊喜】出徒，真的？

王传堂：【微笑】当然是真的。

松元慧子：太好了！谢谢。【起立、鞠躬】

王传堂：你不在饭庄住宿，到春节的时候可以再发一点车马费、过节费，过个好年。当然，这要看店里的效益如何了。好好干，继续努力，明年每月再加一个大洋。

松元慧子：嗯。我一定努力！

王传堂：你出徒，就可以独当一面了。我打算让刘明泉给你打下手，组成一组。当然，你也可以选择更换师傅，继续学习。

松元慧子：【想了想】我不换师傅，也不单独分出来。

王传堂：【惊奇】为什么？

松元慧子：最近，饭庄的生意不温不火，没有必要再分出一组来。多分一组有可能更怠工！还有很多东西我需要跟着济生哥学习呢。

王传堂：不出我所料，其他师傅大字识不了一箩筐，你这知识青年未必喜欢！那就这样，你再跟济生学一年。一年以后，你可以直接给钟师傅当徒弟，让他教你几手绝活。钟师傅可是轻易不收徒，他本来是准备收济生当徒弟的。

松元慧子：一年以后，给钟师傅做徒弟？【听王传堂这样说，有点发愣】

王传堂：【看见松元慧子迟疑、发愣，就又说】当然，到时候，你愿意回家开个自己的饭馆也可以，就凭你学的手艺，维持个小店是没有问题的。自己开店，手艺好，信誉好，有回头客，只是一个方面，关键是要应付官府、地痞流氓，还要和三教九流打交道。当然，你是日本人，没有人敢惹你，但也并不容易。

松元慧子：【若有所思】我跟济生哥再学一年吧，之后的事情，看情况再说吧。

王传堂：也好。

松元慧子：济生哥会讲故事，尤其是秦琼的故事。秦琼行侠仗义，有勇有谋，武艺超群，待朋友如亲人。我喜欢。

王传堂：南岗子[①]开张后，来了一个说评书的，名叫“傅泰臣”。他讲的《隋唐演义》《响马传》《七侠五义》远近闻名。济生一有空就跑去听，专听秦琼的故事，不仅听，而且学。济生的模仿力极强：口吻、节奏、起承转合、情绪的调动，让人难辨真假。他有个外号，叫“小傅泰臣”。

---

①南岗子：位于商埠区和老城之间，是一处休闲娱乐场所，类似北京的天桥。

松元慧子：【恍然大悟】原来他也是偷师学艺来着。

王传堂：是的。济生的家就在秦琼的祠堂附近，也难怪他对秦琼的故事格外着迷。

松元慧子：济生哥非常关心时事。每周日都会去一户大户人家，为人家免费做道菜，就是为了看一下人家里的报纸。每次回来，他就讲给大家听，我们可长见识了。

王传堂：这个我知道，是我同意让他去的。主要是他的手艺好，又勤快，那些大户人家都喜欢他上门做饭，这样可以稳定住这一批客户。

松元慧子：济生哥还参加了一个什么工人社团，每周末去参加活动。

王传堂：【警觉】工人社团，有这样的事？

松元慧子：有。是散工之后才去的，他与长庆哥一起去。

王传堂：去过几次？

松元慧子：【想了想】有两个月吧。现在，活动早已经停止了。

王传堂：王长庆与郭济生走得很近，是吗？

松元慧子：是的。长庆哥也有文化，从长庆哥这里也可以知道许多事。他有很多书，我就向他借过许多书来看。

王传堂：没想到慧子也爱读书。

松元慧子：听济生哥和长庆哥说话，引经据典的，时常听不懂；有时谈论一些社会热点话题，我也想搞明白，长庆哥就向我推荐了一些书。我在一点点地看！不过，我更喜欢炒菜做饭。

王传堂：慧子爱吃，众人皆知。

松元慧子：【不以为然】这有什么？做了就吃呗，近水楼台。

王传堂：【笑】引用得好！尔力②！

松元慧子：我们组的明泉、舜才干活也不错，踏实、勤快。

王传堂：作为新招进的学徒，他们都是读了点书的，表现得不错。

松元慧子：明泉年龄大一点，来得也比舜才早半年，厨艺长进很快，有几个菜品明泉做得也不差了。

王传堂：看来有点文化学东西就是快啊。

---

② 尔力：济南话，“厉害”之意。

松元慧子：我们这一组干活很默契，干起活来很舒心！

王传堂：本来，和你谈完了，我是准备找济生来的，把你出徒的事告诉他。既然工作安排照旧，今天我就不急着给他说了，明天晨会时一并说吧！

松元慧子：好。

王传堂：还有一件事。

松元慧子：还有一件事，也是好事吧？

王传堂：得寸进尺啊！【笑】

松元慧子：你们不是讲究好事成双嘛！

王传堂：哎吆！慧子，你这都成了精了，中国人的事你啥都懂啊！

松元慧子：您过奖了。

王传堂：这个谦逊劲儿，就很像我们中国人。谦谦君子嘛！

松元慧子：【调皮地】是谦谦慧子！

王传堂：【笑】谦谦慧子！好。我回老家扫墓，带了点香椿芽回来。你带回去，做给你父母吃。【说话间，从桌子下面取出来一捆用纸包好的香椿】

松元慧子：王掌柜，您可真好，总是想得周到。谢谢。【起身，鞠躬】

王传堂：不必客气。请坐！我与你父亲都是老朋友了，他对我们的生意很关照，代我问候你的父亲、母亲。告诉他们，这可是清明节前采摘的香椿，最好吃的。

松元慧子：【坐下。疑问】清明节前采摘的香椿好吃？

王传堂：是的。此时采摘的香椿鲜嫩无比，热炒、凉拌、油炸都非常可口。当然，太多了，可能一次吃不完，剩下的最好是洗一下，控水晾干，然后用盐腌起来，这样香味会沉淀下来，以后随吃随做，吃起来更有风味。

松元慧子：太好了！我几种吃法都试试。

王传堂：记住，香椿洗后，一定要抓紧晾干，然后再腌制；否则，会掉叶子的，甚至会腐烂的。

松元慧子：我记住了。

王传堂：最后，我问你一个问题。按道理，你应该称呼郭济生为“师傅”，现在却变成了“济生哥”，为什么？

松元慧子：是这样，济生哥喜欢秦琼的故事，讲起来眉飞色舞，张口闭口“哥哥来了”“二哥来了”，常常自比秦琼。我们就跟着叫起来了。

王传堂：【笑】知道了。没事了，回去吧。

松元慧子：王掌柜再见！

【松元慧子起身，鞠躬，出门，兴高采烈地向后厨走去】

第六场 “张宗昌万税”

时间：1928 年 4 月 5 日（农历二月十五日），清明节傍晚

地点：济南经二路纬五路 9 号、泰丰楼饭庄

人物：郭济生、王长庆、松元慧子、刘明泉、肖舜才

【场景：泰丰楼饭庄的厨房里人已经走得差不多了，只有王长庆还在吃着晚饭。郭济生、刘明泉、肖舜才在清洗案板、菜刀，归拢物品，为明天的工作作着准备】

【郭济生身材魁梧，留着寸头，眉目俊朗，神色坚毅自信，干活麻利。王长庆身材修颀，留着分头，面容清秀，一身书卷气质，眉宇间略带忧郁。刘明泉中等身材，体态健美，清俊的脸上写满了青春的活力。肖舜才中等身材，体态微胖，胖嘟嘟的脸上稚气未脱，一双细细的眼睛透露着灵气】

肖舜才：长庆哥，今天有什么好玩的事情吗？说给我们听听。

王长庆：【心情沉重】哪有什么好玩的事，都是要命的事！

肖舜才：要命的事，什么事？

王长庆：【放下饭碗和筷子】北伐军与张作霖的队伍在河北交上火了，蒋介石的北伐军也很快就要打过来了，济南恐怕难逃一场血光之灾了！到时候，我们的生意做不成，吃饭成问题不说，闹不好还会有人搭上性命。你说这是不是要命的事？

肖舜才：【好奇】北伐军比军阀好吗？比张宗昌怎么样？会对老百姓

下狠手吗?

刘明泉：这个可不好说。不过人们议论纷纷，都在盼着张宗昌早日滚蛋呢！【剧烈地咳嗽了起来】

郭济生：明泉，早点回宿舍休息吧，明天不用上工了，总是咳嗽，不能在厨房里待着。

刘明泉：知道了，济生哥。明天我不进厨房，就在外面干点力所能及的活儿吧。一个人待在宿舍没意思，多一个人多一份力。开饭庄费心费力，挣的是个辛苦钱，这可是你说的。

郭济生：所以，在北京，我们这一行被称作“勤行”，就是手勤、眼勤、嘴勤的行业。

王长庆：【感慨】可不是嘛，干厨师真不容易！以前的我是“衣来伸手，饭来张口”，哪里知道一道菜从择、洗、改刀开始到上灶，煎、炒、烹、炸、炖，烧、烤、熘、蒸、煮，再端上饭桌，吃到嘴里，哪一刻也松懈不得啊！

肖舜才：你在大堂迎来送往，跑前跑后，也很辛苦的！

王长庆：舜才这话有水平，不愧大舜之才啊！

【众人笑】

刘明泉：长庆哥，还有买菜呐。咱饭庄的菜可都是精挑细选的。

肖舜才：照你这么说，还有播种、除草、浇水、施肥呢！

刘明泉：你说得对。但是，你说的这些活儿不是属于我们厨师干的。长庆哥是说我们当厨师不容易！

肖舜才：好吧，你说得对。我不跟你争！【对王长庆说】长庆哥，我们偷偷给你留的咖喱土豆炖鸡好吃吗?

王长庆：好吃。谢谢。这咖喱是种什么东西?

郭济生：这是慧子拿来的一种西餐调味料，和我们的五香面差不多是一个意思，但是，我还搞不准它的调配方法。

王长庆：慧子对吃可是真用心啊，西餐也不放过！

郭济生：三句话不离吃！

【众人又笑】

刘明泉：长庆哥，你见过张宗昌，是吗？

王长庆：是的，见过。

刘明泉：那你就给我们说说张宗昌的事，算是感谢吧。

王长庆：【吃净碗里面，放下饭碗】好小子，学会讨价还价了，是个买卖人的料。

刘明泉：把碗筷给我。【收走了王长庆的碗、筷，放在盆里洗涮了起来】都忙了一天了，想听你讲点啥。

王长庆：好吧。看在你们给我偷偷留菜，又伺候我吃饭的份儿上，我就给你们讲讲张宗昌，看看军阀的嘴脸，解解闷。

刘明泉、肖舜才：好。

【众人忙完了手里活计，围坐了过来。松元慧子走了进来】

松元慧子：济生哥、长庆哥，大家好！都还没走呢？

刘明泉：慧子姐，长庆哥要给我们讲张宗昌的故事，你也来听一听？【起身让座】

松元慧子：张宗昌？我听！

【松元慧子就在郭济生和刘明泉之间坐了下来】

王长庆：张宗昌是土匪出身的军阀，虽然大字识不了几个，却喜欢附庸风雅，不仅写诗，还出了本诗集，逢人就送。

刘明泉：长庆哥，什么叫附庸风雅？

王长庆：风雅是诗的两种风格，后来就代指有学识、有修养、有品位、懂艺术。附庸风雅，就是没文化冒充有文化，没文化专做文化人做的事。

肖舜才：哦。不懂装懂，不会装会。装蒜啊！

【众人哄笑。刘明泉笑得直咳嗽】

郭济生：等一下。【站起身来，走到了案板前。松元慧子起身跟了过去】慧子，拿个碗过来吧，放上两小勺红糖，取一个红枣洗净给我。

松元慧子：哎。【取了一个碗，加入红糖放在了案板上。又取了一枚红枣用水洗净，也放在了案板上】

郭济生：【取了一块姜，飞速地去皮，切成碎末，放在松元慧子的碗中；

又把一枚红枣迅速地切碎，放在碗中】慧子，冲上开水，让明泉趁热喝下去。

松元慧子：好的。【向碗中倒入开水，然后把碗递给刘明泉】看把你乐的。来，喝口红糖姜汤吧，小心有点儿烫。

刘明泉：【忙站起身，接过碗来】谢谢济生哥、慧子姐。【喝了一口姜汤，说】让你们为我操心了。

郭济生：抓紧都喝上，暂时先压压咳嗽、驱驱寒、出出汗，只要今晚不发烧，就没有大问题。明天再解决咳嗽问题。

王长庆：【看到这一切，就向松元慧子打趣】慧子，你真不愧是大徒弟，与师傅真是配合默契。"心有灵犀一点通"啊！

【众人笑】

郭济生：让你讲张宗昌的，扯落李义山干什么？

王长庆：【微笑，卖弄】"文章合为时而著，歌诗合为事而作。"我是触景生情，有感而发。

郭济生：少废话！你还是讲讲张宗昌如何触景生情的吧。

肖舜才：对。讲张宗昌。

王长庆：好。我们就看看张宗昌是如何抒情的！

松元慧子：长庆哥，你念两首诗，让大家听听，看看怎么样。

王长庆：我先给大家来一首《咏雪》。

肖舜才：《咏雪》？

刘明泉：冬天的雪？

王长庆：对。"什么东西天上飞，东一堆来西一堆；莫非玉皇盖金殿，筛石灰呀筛石灰。"

【众人大笑】

郭济生：古人有把雪比作"柳絮"的，还有一个比作"撒盐"的，今天又出了个"筛石灰"的，还合辙押韵。"筛石灰"的想象力不差，只可惜石灰的意象太差了。

王长庆："忽如一夜春风来，千树万树梨花开。"树上的雪似梨花开放，多美啊。这才是诗歌的意境啊！

刘明泉：柳絮、梨花的比喻好。

肖舜才：长庆哥，再来一首张宗昌的。

王长庆：好。再来一首《游泰山》：“远看泰山黑糊糊，上头细来下头粗。如把泰山倒过来，下头细来上头粗。”

【众人又笑】

肖舜才：“把泰山倒过来”，这个想象力也不差嘛！

刘明泉：张宗昌就送人读这种诗啊，真不害臊！

郭济生：一个人没有文化就不知道羞耻！

王长庆：这附庸风雅也不全是坏事！张宗昌说，张作霖为了发展东北兴办了东北大学，孙中山为了培养军事人才建立了黄埔军校，我张宗昌主政山东，也要招揽天下人才为我办事，因此就有了今天的“亚历山大”。

刘明泉：亚历山大？什么意思？

王长庆：亚历山大是一个西方的姓氏，西方有一个非常有作为的国王，人称亚历山大大帝，就好比中国的秦皇、汉武，所以“亚历山大”很有名！

郭济生：在这里“亚历山大”是“亚洲历城山东大学”的简称，这是报纸拿山东大学开玩笑呢。

【众人笑】

郭济生：你们长庆哥就是考入山东大学的第一批学生。

王长庆：山东大学的第一任校长叫王寿彭，是清朝的一位状元。为了能让王寿彭来当校长，张宗昌还曾“三顾茅庐”呐。

肖舜才：“三顾茅庐”？张宗昌还真是诚心诚意啊！

王长庆：机缘巧合而已。

肖舜才：哦。巧了。

王长庆：张宗昌第一次派人去请王状元，王状元生病了。第二次派人去请，王状元走亲戚去了。在第三次请王状元之前，手下人给张宗昌说，要学刘玄德三顾茅庐，主帅亲自去请，以示求贤若渴的诚意。第二天，张宗昌带着参谋长、代理省长、顾问和仪仗队等直奔潍县南关状元庄。

肖舜才：还有仪仗队啊！

王长庆：那是！一队人马来在状元庄前，摆开阵势，敲洋鼓，吹洋号，仪仗队高唱歌曲：三国张翼德，长坂坡头吼，嘁零咔嚓桥梁断，河水还倒流。

【众人笑】

刘明泉："嘁零咔嚓桥梁断，河水还倒流。"这都哪跟哪啊？

王长庆：这是张宗昌写的歌词。张宗昌最崇拜张飞，自然要歌唱张飞张翼德了。

刘明泉：原来如此。

王长庆：在音乐声中，全体到场者向王老先生行礼，礼仪官念邀请词。之后，王老先生说："老朽何德何能，蒙张将军三顾，请张将军寒舍一叙。"此时省政府顾问韩虔谷站在张宗昌身后，韩说一句，张学一句："为振兴齐鲁之教育事业，不敢歇马，请王老先生屈就，望万勿推辞。"然后，王老先生升轿，轿前系一根红绸带子，绸带子的另一头搭在张宗昌的肩头，张像拉车一样拉着轿走。这就是有名的"督办领轿"。

郭济生：张宗昌的表面文章做得不错。

【众人笑】

王长庆：是的。开学那一天，张宗昌到学校训话。这家伙身材高大，军服穿得一丝不苟，看上去仪表堂堂，同学们都佩服得很。可是，他一说话就现了原形了，大家才知道这个家伙是个名副其实的草包，是"驴粪蛋子外面光"。

【众人笑】

刘明泉：张宗昌说什么了？

王长庆：他就说了一句话："要好好念书，不要闹革命，注意你们的脑袋！"然后就说："讲完了。"

【众人大笑】

刘明泉：这就完了？

王长庆：完了。同学们别提多失望了。

刘明泉：那场面，多尴尬啊！

肖舜才：就是嘛！

王长庆：后来，刚上任的王校长上来讲了一大通，说什么要“读圣贤书，做圣贤事”；要尊孔复古，倡导仁义道德，弘扬纲常礼教……

郭济生：张宗昌尊孔复古，用杀头恐吓学生，不准革命，就是让我们继续做顺民，任人宰割，任由官僚军阀为所欲为，作威作福！

王长庆：百姓稍有反抗就是大逆不道，就是犯上作乱，用心险恶！

郭济生：一所新式大学，依然是读圣贤书的陈词滥调，肯定不得人心！

王长庆：同学们都非常气愤！都说，想不到这大学如此守旧，也开历史倒车！别提多郁闷了。

郭济生：这附庸风雅也真不是件容易的事，闹不好就要丢人现眼呐。

【众人笑】

王长庆：还有呐。有一次，张宗昌视察校园，看见几个学生在打篮球，就对王校长说：“以后多买几个皮蛋子，给他们一人一个，不再叫他们几个人抢一个了。”

【众人大笑】

刘明泉：咱山东的百姓落在这样一个人手里，可真是倒霉了！

王长庆：说得是。张宗昌办教育不过是想往自己脸上贴点金而已，而实际上，此人思想上、文化上非常反动。他罗织罪名杀害了进步记者林白水，所作所为无不被人咒骂，招人痛恨！

郭济生：一点不错！这张宗昌就是个作恶多端的“杀人魔王”！

刘明泉：“杀人魔王”，怎么回事？

肖舜才：济生哥，你也讲一讲。

郭济生：青岛有六家日本人开办的纱厂，雇佣了数万名中国工人。这日本人根本不把咱中国工人当人看，侮辱、惩罚、毒打那是家常便饭，克扣工资、无节制地延长劳动时间也时有发生。三年前，纱厂工人们不堪忍受剥削、虐待和凌辱，一万八千名纱厂工人举行了大罢工。刚当上山东省督办的张宗昌为了讨好日本人，向日本人大献殷勤，不但不为工人出头撑腰，反而允许日本军舰开进胶州湾，并派出两千多名警察与日军一起包围了纱厂工人宿舍，对工人进行了血腥屠杀，当场死亡八人，重伤十七人，轻伤无数，数百人被通缉，三千多名工人被遣送回原籍，酿成“青岛惨案”。后来，又残酷杀害了中共青岛组织负责人李慰农，民主人士、《公民报》主笔胡信之。

王长庆：张宗昌就是日本人的一条狗。

刘明泉：张宗昌就是一个汉奸、卖国贼。

郭济生：对百姓穷凶极恶，心黑手辣；对洋人摇尾乞怜，一副奴才面孔，这就是张宗昌的嘴脸！

王长庆：反动军阀莫不如此！

松元慧子：其实，在日本，资本家对待工人也凶残得狠：有病不得请假，每天工作十几个小时，挨打受骂，工资微薄还经常被克扣……

刘明泉：看来是天下乌鸦一般黑，资本家都是唯利是图，心狠手辣。

王长庆：明泉说得有道理！

肖舜才：在日本，有没有人替工人说话？

松元慧子：有工会，可是能起多大作用我不清楚。反正在日本，一般人要想找差事做也很难的，有差事做的生活也很难，所以，很多人才跑到中国来谋求生路。

刘明泉：噢，原来日本人都是这样来中国的。

松元慧子：来中国的原因很复杂，大多数是生活不下去的，也抱着开发大陆和振兴东亚的目的。

王长庆：可是，他们来到中国就威风了，趾高气扬！

松元慧子：很多是，但也不全是这样的。

肖舜才：慧子姐，你是来中国谋生，还是为了亚洲的振兴？

松元慧子：我是从小生长在中国的，与他们都不一样吧。

刘明泉：对，不一样。

郭济生：【揶揄】我看一个样。

松元慧子：【白了一眼郭济生，没好气地说】我没有趾高气扬，没有耍威风吧，整天给你这师傅扛活！就算来谋生的吧。

郭济生：看把自己说得怪可怜的。说准确，不是给我扛活，是给资本家扛活。

【众人笑】

松元慧子： 甭管是谁，就是扛活。不过，我看王掌柜是个好人吧。

【众人面面相觑】

郭济生： 比较看，为人不错！

【刘明泉岔开了话题】

刘明泉： 长庆哥，张宗昌还有什么故事吗？

肖舜才： 对。你再讲一个吧。

王长庆： 好的。有一年，济南春旱，好长时间不下雨，很多麦苗都枯死了。张宗昌心血来潮，要为老百姓祈雨。

肖舜才： 祈雨？

王长庆： 对。就是向龙王爷祷告。这张大帅来到龙王庙，既不烧香磕头，也不供奉祷告，而是直接奔到龙王座前，对着龙王神像，劈里啪啦地就扇起耳光来。一边打一边骂："玉皇爷爷也姓张，为啥为难俺宗昌？三天之内不下雨，先扒龙皇庙，再用大炮轰你娘。"打完骂完，转身登车而去，让一行人目瞪口呆。

【众人大笑】

王长庆： 打完了龙王，张宗昌命令士兵在千佛山下架起了十九门大炮，每炮一箱炮弹，并告诉士兵，三天不下雨，就开炮。

松元慧子：【附和】我知道，这是真的！

肖舜才： 三天里，下雨了吗？

刘明泉：【调侃】老天爷没吓坏吧？

王长庆： 三天以后，这张大帅下令对天开炮，猛轰龙王他娘！

【众人又笑】

王长庆： 这么一打呀，龙王爷还真是怕了，在开炮的当天，雨就下来了。

松元慧子： 可是，济南城里还是到处是灾民，满街都是要饭的。

王长庆： 抗旱救灾，最要紧的是核定灾情，分清轻重缓急，调运粮食，开仓放粮，安顿百姓生活，以解燃眉之急；其次是放眼长远，组织百姓修渠打井，抢种补种，为来年的生产早作准备。

郭济生：说得对。开炮祈雨，荒唐至极！山东的百姓真是处在水深火热中啊！

王长庆：可是张宗昌却是吃喝嫖赌，样样俱全，他吹嘘自己奉行“三多主义”！

肖舜才：什么是“三多主义”？

王长庆：就是钱多，兵多，女人多。人称“三不知”将军，老百姓的死活他才不会放在心上呐！

刘明泉：“三不知”将军？这个我知道，就是“不知道有多少钱，不知道有多少兵，不知道有多少女人”。

王长庆：对。说的就是他。

刘明泉：我给你们说说这张宗昌的“不知道女人有多少”啊。

肖舜才：“不知道”，你讲什么呀？

【众人笑】

刘明泉：别打岔。据说，张宗昌有名有姓有来路的姨太太就有二十多房，没名分没来路的根本数不过来，有北京太太、天津太太、上海太太、苏州太太，还有朝鲜的、日本的、白俄的……因此，人们给张宗昌的姨太太们起了个绰号——“八国联军”。张宗昌“不知道有多少女人”是路人皆知！

王长庆：没错。张宗昌自己就说：“要问女人有几何，俺也不知多少个。昨天一孩喊俺爹，不知他娘是哪个。”

【众人大笑】

王长庆：有一个姓陆的某报社长，爱抽大烟，没有老婆，善于阿谀奉承。张宗昌每遇战事，陆某就大写鼓吹文章，歌颂张宗昌的功勋。有一次，张宗昌被他捧得高兴，便把一名姨太太赏给了他，为其成了家。

【众人又笑】

郭济生：女人在张宗昌那里不过是玩物而已！

刘明泉：有一次，张宗昌的母亲去千佛山进香，前面是张宗昌的卫队开道，张宗昌的太太、姨太太们在后面陪伴，那是高的矮的、胖的瘦的、白的黑的、蓝眼睛黄头发的、黑眼睛黑头发的……一个个花枝招展，前前后后排了一大队，引得过路人纷纷驻足观看，成了一道西洋景。

【众人再笑】

郭济生：张宗昌如此荒淫无道，却还对人炫耀，真是恬不知耻！

王长庆：张宗昌通过滥发纸币、公债、军用票、金库券等手段，不知道搜刮了多少钱财！

郭济生：他还通过买卖官职拼命地捞钱。在张宗昌那里，只要多掏钱，就能有前程！

王长庆：张宗昌大搞裙带关系，老百姓都说："会了掖县腔，就把官来当。会说掖县话，手枪腰上挂。"张宗昌的手下聚集了一大批贪官污吏，他们巧取豪夺，鱼肉百姓，老百姓吃尽了苦头。

刘明泉：这张宗昌是不是军阀当中最坏的一个？

郭济生：其他地方的我不知道，在山东是这样的！民国以来，咱山东的督军、督办、省长先后换了十一茬，张宗昌是祸害最严重的！他的苛捐杂税多如牛毛。老百姓都说"民国万岁，张宗昌万税"。

王长庆：十多年前，咱山东有一个叫张怀芝的督军，人称"张扒皮"。现在看，与张宗昌相比，那是小巫见大巫！

郭济生："也有姜，也有蒜，锅里煮着张督办；也有蒜，也有姜，锅里煮着张宗昌。"瞧瞧，老百姓都恨不得把他给煮了。

王长庆：俗话说，兔子不吃窝边草。军阀虽然都很坏，但对自己的家乡都是手下留情的。张宗昌可不管这一套，随意搜刮宰割咱山东百姓，毫无体恤之心！老百姓都说："张宗昌，坐山东，山东百姓受了坑；不怕雨，不怕风，就怕兵来一扫清。"你们看看张宗昌在咱山东人眼中的形象！

刘明泉：这张宗昌真不是个东西。这样胸无点墨、毫无廉耻、贪得无厌的人竟然能够称霸一方，真是不可思议。

王长庆：中国的百姓太老实本分了！山东的百姓太老实、太愚昧了！

郭济生：是啊。老百姓总是希望有什么"包青天"、"海青天"这样的清官，勤政爱民、主持公道，让人安居乐业，这实在是幼稚、愚蠢的想法。

王长庆：是啊。官场腐败，政治黑暗，怎么可能有清官出现？军阀混战，社会动荡，老百姓怎么过上清静日子？

郭济生：所以，现在才要开展国民革命，打倒军阀，打倒帝国主义，实现国家统一和民族独立。只有启发民智，兴民权，百姓自己当家做主人，才能摆脱被压迫、被剥削、被奴役的命运。

王长庆：愚民政治的根基就是封建礼教。要启民智、兴民权就必须彻底批判、摒弃“吃人”的封建礼教，要“打倒孔家店”；要倡导平等观念，反对复古倒退。

刘明泉：济生哥、长庆哥，这么说我们是应该欢迎北伐军的到来了？

郭济生：南方传来消息，国民革命军纪律严明，买卖公平，不夺不抢，不扰民，关键是打倒了军阀！我们当然是应该欢迎的。

王长庆：但愿北伐军能打倒张宗昌，给我们带来好日子。

刘明泉：有希望真好！虽不奢望蒋介石能做得多好，只求他比张宗昌做得好就行！

王长庆：明泉的要求不高嘛。

【众人笑】

郭济生：北伐军要是真关心百姓，肯定比张宗昌要好吧。

肖舜才：听你们这么说，我也希望北伐军来。

郭济生：我们要实现真正的民主共和，绝不能再指望“明君”“圣主”的出现。

王长庆：好吧，今天先聊到这里吧。今天讲的打倒军阀张宗昌还有国民革命的事情对任何人都不要讲啊。

刘明泉：知道了。今天时间还不算晚，再讲讲什么是民主，如何实现民主共和吧？

王长庆：【想了一下】这个问题很复杂。在这个问题上，有太多不同的主张，有太多的事要做，今天不讲了。你们自己也想一想。关了城门，济生哥就回不了家了。

肖舜才：济生哥，别回家了吧！晚了就在我们宿舍睡吧，还可以给我再讲点秦琼的故事。

郭济生：你长庆哥说得对，民主的实现需要一个过程，三言两语说不清。就到这里吧。

王长庆：是的。还有你慧子姐呢，太晚了，回家不安全。

刘明泉：好的。今天就到这吧。

肖舜才：长庆哥，回宿舍，你再给我们讲讲张宗昌的诗吧，他不是写了一本嘛！

王长庆：行啊。我再给你们讲讲《游趵突泉》《大明湖》。

肖舜才：【高兴】好。明泉，咱们走。济生哥、慧子姐，再见。

刘明泉：济生哥、慧子姐，再见。

郭济生、松元慧子：再见。

王长庆：济生哥、慧子，我回宿舍去了，你们路上小心。再见。

郭济生：再见。

松元慧子：明天见。

【王长庆、刘明泉、肖舜才回宿舍去了】

第七场 治大国若烹小鲜

时间：1928年4月5日（农历二月十五日），清明节晚上

地点：济南经二路纬五路9号、泰丰楼饭庄

人物：郭济生、松元慧子

【场景：看着王长庆、刘明泉、肖舜才走出厨房，郭济生也准备出门】

郭济生：慧子，换一下衣服也走吧。今天可以早走一会儿了。

松元慧子：济生哥。

【慧子又坐在了案台前，没有走的意思】

郭济生：慧子，有事？

松元慧子：你猜，刚才王掌柜找我说的什么事？

郭济生：这没头没脑的，我上哪里去猜嘛。

松元慧子：【调侃】看来，郭师傅并不是全知全能啊。

郭济生：我什么时候全知全能了？

松元慧子：你不是一直有问必答嘛！

郭济生：【坐在了松元慧子对面】我是你师傅，我把我知道的都告诉你，这有什么不对吗？

松元慧子：【调皮地】对，很对！就是显得我特别傻、特别无知。

郭济生：所以，你就挤兑我。

松元慧子：跟你学的！你刚才凭什么说我和其他日本人一个样的？

郭济生：【笑】哎呦！真不吃亏啊。不过，我可没说你傻。

松元慧子：你嘴上没说，心里是不是这样认为？

郭济生：师傅都喜欢提问题的学徒的！徒弟勤学好问，师傅求之不得。这与徒弟傻不傻是两回事。哎！我说慧子，今天说话的口气不对啊，有点兴师问罪啊。【若有所悟】我知道了，王掌柜一定跟你说了些什么了。

松元慧子：【踌躇满志】我可不敢冒犯师傅！我告诉你吧，我今天出徒了。

郭济生：【楞了楞神】出徒？我怎么不知道，王掌柜给你说的？

松元慧子：对。提前一年出徒！是王掌柜、吴总管和钟大厨一起做的决定，王掌柜本打算今天给你说的，因为工作安排都不变，所以决定今天就不告诉你了，明天一早宣布。

郭济生：【高兴地】哦。恭喜恭喜！真是令人高兴！

松元慧子：我出徒的事，你可是第一个知道的。

郭济生：难怪前两天王掌柜向我问起了你。

松元慧子：看来你没说我坏话！

郭济生：我只是实话实说。

松元慧子：【好奇】你都说了我些什么啊？

郭济生：【略加思索】我想王掌柜已经给你说过了。

松元慧子：我想听你说……说点不足也行，我想知道下一步如何提高。

郭济生：说坏话？

松元慧子：对啊。

郭济生：没有怎么办？

松元慧子：俗话说，“金无足赤，人无完人”。不可能没有！

郭济生：【微笑】好吧。你聪明，悟性好，学得快，学得好，勤快，用心，肯吃苦，能合作……

松元慧子：【打断了郭济生的话头】这不是坏话嘛！

郭济生：我在说实话。

松元慧子：跟王掌柜说的差不多！还是给我说说缺点吧。

郭济生：噢，真说了？

松元慧子：只要你提出，我会努力改进。

郭济生：【装作一本正经】有一个缺点……算了。这缺点你改不了，我还是不说了吧。

松元慧子：【认真地】你能指出来，我就能改。

郭济生：我说了你不生气？

松元慧子：不生气！

郭济生：一个字。

松元慧子：一个字？

郭济生：你呀，嘴太“刁”！用老百姓话讲：“馋”！

松元慧子：“刁”“馋”。

郭济生：馋！没有刁。

松元慧子：【嗔怒】“刁”和“馋”不是一回事！

郭济生：看看，说好不生气的，生气了不是？

松元慧子：我是喜欢吃、喜欢美食。美食是需要鉴赏的，只有口味“刁”一点，才能品鉴出来。“馋”是有好的不吃坏的，没有条件吃好的还一味攀比！这根本是两个意思！

郭济生：【惊叹】哎呦，我说慧子，你可太厉害了！这你也分得清！

松元慧子：我喜欢美食，所以才来饭庄学手艺。爱美食，不是馋。馋是好吃懒做，只吃不做！我还努力地学做美食！

郭济生：说得对！

松元慧子：凡是与吃相关的学问，我都悉心研究，搞清楚。

郭济生：说得好！你调味精确，这当然得益于你对味道的敏感。是敏锐、独到，不是“刁”，更不是“馋”。

松元慧子：你想说什么？不要绕我！

郭济生：我是说，你爱美食，能品鉴，这是优点。不用改，也改不了。我给你开个玩笑。

松元慧子：你是个坏师傅！

郭济生：你挤兑师傅，也不是好徒弟！

松元慧子：说正题。

郭济生：【郑重地】要说有什么不足，就是制作菜品时的火候，有一些把握得还不够精到，火候对菜品的色、香、味都会有影响，这需要慢慢积累，用心体会。

松元慧子：我知道了。

济郭生：还有，你出徒了，也不过是一个普通的厨师而已，还有很多菜品需要掌握呐！要想成为大厨还需要继续学习，要有几个拿手的菜、招牌菜。

松元慧子：我把你的拿手菜全学会，变成我的拿手菜、招牌菜。

济郭生：【微笑】好。你要超越师傅，要能推陈出新，创制新的菜品，当然，这都是后话了，也是我努力的方向。你还有很长的路要走啊！作为师傅我就说这些吧。

松元慧子：谢谢您的指点。

郭济生：【感慨】提前一年出徒，这种事情真稀罕，也就只能发生在你的身上。

松元慧子：【好奇】稀罕，为什么？依我看，明泉也不差，照这个势头，也可以提前出徒。舜才刚来时间不长，也有明显进步嘛。怎么会少有呢？

郭济生：明泉水平确实提高很快，但是，提前……【突然停了下来，随后说】但愿吧。

松元慧子：你看你，怎么吞吞吐吐的，一点也没个师傅样子。

郭济生：【被松元慧子抢白，心生不快，有点赌气地说】是啊。你出徒了，我也不是师傅了！作为师傅刚才我已把话说完了，没有了师徒关系我当然可以不回答，没点师傅的样子就没有吧！

松元慧子：不对！你还是我师傅啊……

郭济生：【打断话头】不对？哪里不对？你出徒了，我不是师傅了，咱们平起平坐，这有什么错！

松元慧子：你胡说什么呀！你也是自己瞎琢磨，根本不是你想的那样。

郭济生：慧子，你能出徒我真心为你高兴。你马上就要独当一面了，这对一个女孩子来说，是一个挑战。虽然都说“同行是冤家”“教会徒弟，饿死师傅”，可我也不是传说中那种小肚鸡肠的师傅，我希望你能超过我，我……

松元慧子：别说了！【感到了委屈，背过身去抹起了眼泪】

郭济生：慧子，你怎么哭了？

松元慧子：【哽咽】我只不过是想给你一个惊喜，让你为我高兴和骄傲，根本没有拿你当对手的意思嘛！而且，我给王掌柜说过了，继续拜你为师，依然在一组，不独立出来。没有要与你平起平坐的意思，你知道吗？

郭济生：【愣在一旁，不知所措】不独立分组，继续当学徒。怎么会是这样？

松元慧子：不是给你说了嘛，工作安排不变。你真可恨！

郭济生：你没讲清楚嘛！

松元慧子：我还没把话说完嘛。

郭济生：是，看来我的话有些是不太合适，但是，如果你了解传统学徒制的规矩，你就会理解我了。

松元慧子：【情绪稍稍得到了平复】理解什么，什么规矩，你说清楚！若不在理，哼！

郭济生：按照老规矩，一个学徒要出徒起码也要三年的时间，一般都会延长。

松元慧子：不对！懵人！我的学徒合同签的是二年！

郭济生：我说的是传统的学徒制，不是现在的。

松元慧子：就说现在，别扯远了。

郭济生：慧子，你听我慢慢说，其实不远。传统的学徒制有一个别称，叫“三壶主义”。

松元慧子：怎么这么多主义啊！一会儿“三民主义”，一会儿“三多主义”，又来一个“三壶主义”！“三壶”是什么？

郭济生：“三壶”是指管茶壶、拿酒壶、洗便壶三件事情。在传统制度下，学徒的生涯都是从干家务开始的：擦桌扫地、洗衣叠被、担水劈柴、买菜烧饭、带小孩、送信甚至端屎倒尿等等。学徒没有薪俸，对于老板或师傅来说不仅是免费的杂役，甚至是变相的“奴隶”，表现稍有懈怠就会受到责罚、打骂。有些坊店的投师契约中还有“打死不管”的条款。

松元慧子：学徒地位原来这么低下！

郭济生：是的。徒弟一般是干满一年的杂役才开始跟着师傅干活的，也不过是打打下手而已。到了必须传授技艺的时候，师傅也大多留一手，只教一点皮毛的东西，并不是倾囊相授的。

松元慧子：为什么？

郭济生：有句老话是这样说的：“教会徒弟，饿死师傅。”

松元慧子：“教会徒弟，饿死师傅？”

郭济生：因为徒弟成了才，师傅就多了一个竞争对手，师傅就要饭碗难保了。因此，我有一句话：“同行是冤家，师徒恩情薄。”

松元慧子：“同行是冤家，师徒恩情薄？”你说得也太绝情了，不至于吧！

郭济生：基本就是这个情况。当然，也有师徒关系好的、融洽的，这种情况不多。

松元慧子：你见过师徒关系好的吗？

郭济生：见过。

松元慧子：怎么个好法？

郭济生：在我的老家郭家庄，有一户铁匠，姓梁。梁铁匠手艺精湛，是真正的炉火纯青。他打制的菜刀、剪刀既锋利又耐用。十里八乡的乡亲也都找他打制物件，镰刀、锄头、镢头、犁，等等。可是，梁铁匠只生养了一个闺女，虽然很能干，毕竟无法传承他爹的手艺。梁铁匠就招收学徒，传授技艺。在学徒中，有一个侯姓学徒，忠厚老实，精明能干，梁铁匠就将侯姓学徒招赘为婿。

松元慧子：成了一家人了！现在怎么样了？

郭济生：梁铁匠不仅倾囊相授，而且送女婿侯师傅到济南来上学。毕业后，侯师傅去了一家在青岛的工厂上班，当上了总工程师。侯师傅把一家人连同老两口都接去了青岛。

松元慧子：这侯师傅真不错，知恩图报，有情有义，像秦二哥的做派。

郭济生：可是，这毕竟是少数！学徒三年出不了徒的可是常有的事情。

松元慧子：【揶揄的口吻】是啊。不是所有的师傅只有独生闺女。

郭济生：【神色黯然】不讲了。

松元慧子：【扮了个鬼脸】对不起，师傅！您接着说。

郭济生：出不了徒，就无法自立门户，就必须继续跟着师傅干。这样，师傅既少一个对手，还有一个免费扛活的，师傅当然是乐意的。

松元慧子：因此，你认为王掌柜不会让明泉早出徒，这样明泉就要白白地多干一年，对吗？

郭济生：有些事，大家心照不宣。现在的学徒制时间已缩减为二年，免去了伺候师傅一家人，有条件的徒弟也可以回家居住，自由了很多！尽管这样，出徒一条仍然是按照老规矩办。

松元慧子：所以，你就认定我出徒不仅仅是我手艺学好了，还有别的原因，对吗？

郭济生：可以这样理解吧。

松元慧子：是因为我是日本人吗？

郭济生：我觉得是。这就是不一样！

松元慧子：你就气不忿，为明泉、可能也在为你自己抱不平，说出了那些气人的话。对吗？

郭济生：【轻声地】我只是有感而发，并不是要气谁。

松元慧子：【愤愤地】看来中国的资本家和师傅也都不是好东西！唯利是图，压制人才华的施展。

郭济生：【委屈地】慧子，你可不能一竿子打落一船人啊，我可不是坏师傅吧？

松元慧子：你更不好！

郭济生：什么，更不好？

松元慧子：对。

郭济生：【争辩】我教你从来都毫无保留，从没有教训你，也没有欺压你。

我对你与明泉、舜才是一碗水端平的。

松元慧子：你自以为是，胡思乱想；不问青红皂白，张嘴乱说。

郭济生：是。刚才我情绪是有点不对头，现在你知道了原因，你应该会原谅我了吧？

松元慧子：我不原谅！

郭济生：我不是向你发火，毕竟这中间有误会！

松元慧子：乱发脾气就不行！

郭济生：【诚恳地】我向你赔礼，对不起了！

松元慧子:【高姿态】好吧。看在你不是个坏师傅的份上，我可以原谅你。

郭济生：谢谢慧子，谢谢你能记住我的好。

松元慧子：别得意。我也是实话实说，可并没有说你是好师傅。

郭济生:【看出松元慧子已不生气，心情放松了许多】说得对！实话实说。尔力！

松元慧子：【被逗笑了】真没想到，出徒会这样复杂！

郭济生：是的。我们面对的是一个陈腐的、落后的制度！

松元慧子：中国的官僚、资本家抱残守缺，不思进取，就会欺负自己人，不把自己人当人看，官气十足！对待洋人却总是高看一眼，卑躬屈膝，一副奴才嘴脸！我要告诉明泉，让他去争取个人权益。

郭济生：你的想法很好，但是，在当前，这是不可能的！

松元慧子：如果我出面呢？我为明泉说话，争利益，也不行吗？

郭济生：你的影响力太小了！不要以为学徒制因为你而松动就会发生根本改变！他们怕的不是你，而是你背后的国家。

松元慧子：我背后的国家？

郭济生：是的。就是给了你面子，让明泉早出徒，从根本上也改变不了什么！

【松元慧子没有吭声】

郭济生：其实，刚开始的时候，就算是洋人，朝廷、当权者也瞧不起！现在之所以高看一眼，是因为吃了洋人的败仗，吃到了苦头，让人拿枪逼着，这才不得不低头，不得不改变。

松元慧子：他们为什么不改变?

郭济生：改变会使这些人失去拥有的一切——权力、金钱、财富、地位……他们就不能随心所欲，作威作福了。

松元慧子：只有被动挨打了才知道改变吗?

郭济生：是的。

松元慧子：这些人真是贱。

郭济生：不是贱，是愚昧和贪婪！尤其是挨了你们日本的打之后，才开始了深刻的反思和求变。

松元慧子：被日本打败?

郭济生：对。这也就是你能来中国的原因。

松元慧子：你刚才说，我一个人力量太小，那如果我们日本人来得多了，是不是就能够推动中国的改变和发展?

郭济生：也不是。因为你们日本人并不是为了推动中国发展而来！冠冕堂皇地说“赶走殖民者，解放亚洲，繁荣亚洲”，从根本上说是为了实现一些人的一己之私。你刚才说过，日本的资本家也很凶残，对吧?

松元慧子：是的。

郭济生：他们来到中国，本性会改吗?

松元慧子：我看，不会。【摇头】

郭济生：说得对！资本家的本性不会改！“青岛惨案”就是明证。洋人的到来不可能改变中国的命运。

松元慧子：是这样啊!

郭济生：就说现在，在济南的日本人就不少，你的父亲与王掌柜就常来往。如果明泉与王掌柜两人发生纠纷，你认为你父亲是会为王掌柜说话，还是为明泉撑腰呢?

松元慧子：这……我想……应该会为王掌柜说话吧。

郭济生：所以，中国的事情还要靠我们来自己解决。

松元慧子：就是进行国民革命吗?

郭济生：是的。国民革命将带来中国社会的深刻变革。完成国民革命，建立民国，这是治标；全面实现三民主义，这是治本。要标本兼治才能实现中国的全面进步。

松元慧子：国民革命、标本兼治，什么意思？

郭济生：怎么说你才能听懂呢？就好比做菜……

松元慧子：做菜？

郭济生：老子就曾说过："治大国若烹小鲜。"

松元慧子：【疑惑】老子？"治大国若烹小鲜？"

郭济生：老子是中国古代一个非常有智慧的人，他把治理国家比喻成做鱼。把新鲜的鱼烹饪成一道美味可口的菜肴需要一个好厨师，对吧？

松元慧子：当然！比如，我。【调皮地笑】

郭济生：好吧。告诉我，你这个厨师好在哪？

松元慧子：我厨艺好啊！我知道不同鱼的特点，我会根据不同菜品的要求对鱼进行改刀处理，我会煎、炒、烹、炸，我会把握火候，我会调味……

郭济生：好了。【打断了松元慧子的话头】假如中国就是那条鱼，你会治理吗？

松元慧子：不会。

郭济生：我们是不是需要一个好管理者？

松元慧子：当然。

郭济生：这个当权者、执政者是不是必须懂得如何治理国家？

松元慧子：必须懂！

郭济生：不管是当权者，还是执政者，如果是百姓选举产生的，他就得听取百姓的呼声，接受百姓的监督，按照百姓的意志办事，否则，就让他下台。这就是民主。

松元慧子：就是说，当权者要为百姓服务。

郭济生：非常正确。国民革命就是要让百姓成为国家的主人！可是，现在我们国家的当权者、执政者是军阀！这些人靠枪杆子夺天下，压制民主，限制自由，反动透顶；强征暴敛，鱼肉百姓，根本不顾百姓的死活，只是利用手中的权力满足个人私欲，腐化至极！张作霖、张宗昌、孙传芳，个个如此！

松元慧子：那我们就推翻它。

郭济生：对！打倒军阀，再造民国，兴民权，开明政治，这就是治标。短期内可见的、可以产生效果的措施就是治标。

松元慧子：那治本是不是通过长期努力才能产生效果的措施？

郭济生：是的。兴办实业，壮大民族经济，改善民生，挖去穷根，这就是治本；发展教育，开启心智，昌明文化，消除愚昧，这也是治本。

松元慧子：你是说，发展经济和教育是立国之本。

郭济生：非常正确。经济是一个国家得以立足的基础，是各项事业发展的前提，发展经济不可有一刻的放松。对我们来说，发展教育，昌明文化尤为重要，这是一场深刻的文化革命，我们要实现对国民精神的再塑造，这是一项长期而艰巨的任务。“十年树木，百年树人”，不能有丝毫的懈怠。

松元慧子：现在宣传使用国货就是要发展经济，对吗？

郭济生：是的。

松元慧子：就一定要抵制外国货、日本货，对吗？

郭济生：不是。发展经济必须互通有无，平等互利。

松元慧子：那为什么还要抵制外国货、日本货？

郭济生：因为实际上，中外之间无法实现平等互利。中国因为分裂、落后，不得不受帝国主义的摆布，中国的企业不仅遭受封建军阀的刁难和盘剥，而且受到外国企业的排挤和打击，军阀已完全是帝国主义列强的哈巴狗、应声虫，与帝国主义狼狈为奸。

松元慧子：我明白了。

郭济生：这也是必须打倒张作霖、张宗昌的一个原因。

松元慧子：南京的国民政府一定能为中国人、中国企业撑腰吗？

郭济生：我相信能。中山先生主张民族、民权、民生，提出了“天下为公”。

松元慧子：天下为公？

郭济生：对。不论是谁，都需要有一颗公心才能够为天下人服务，一个人满脑子私心杂念是不可能公道办事的。

松元慧子：所以，你支持国民革命，主张实现中山先生的三民主义。

郭济生：是的。国民革命成功后，我们就能够平等地与各外方发展交流与合作。因为，发展经济需要互通有无，治理国家需要借鉴经验，繁荣文化更需要交流合作。对那些来打我们、奴役我们、剥削和压榨我们的人，我们要下逐客令！

松元慧子：逐客令？！

郭济生：就是请他们回家！如果不走，我们就赶走他。【激昂】我们要赶走那些帝国主义者！

松元慧子：【怯怯地问】济生哥，你说我来学厨师是不是有益于双方交流发展的，不是帝国主义者吧？

郭济生：【微笑】当然不是。

松元慧子：也就是说，我不会被赶走？

郭济生：【爽快地】不会。

松元慧子：【心情舒畅，心态坦然】就是！我自幼在中国长大，还是与那些帝国主义者不一样的。我应该算是中国人，对吧？

郭济生：中国人，你恐怕是当不成了。

松元慧子：【充满渴望】我想待在中国！离开了中国就没有了朋友，也没有了美食，生活将多么乏味啊！

郭济生：【惊异】你想一直待在中国？！

松元慧子：济生哥，如果我喜欢上一个中国人，你说他会娶我吗？

郭济生：【一时语塞】我，我不知道……

松元慧子：又是不知道。

郭济生：别人怎么想，我不知道，我不能瞎说吧。

松元慧子：【大胆地望着郭济生】我就想知道你是怎么想的……

郭济生：我……这怎么可能呢？我想……我该回家了，就要关城门了！

【郭济生说完，起身出门而去】

松元慧子：济生哥……

【松元慧子追到门口，望着远去的郭济生的背影，轻轻地发出了一声叹息】

【松元慧子转身回到屋内，又在凳子上坐了下来。她沉思片刻，自言自语】

松元慧子：慧子慧子，不着急。心急吃不了热豆腐！

【松元慧子起身，走进了更衣室】

第八场　女扮男装的秘密

时间：1928 年 4 月 5 日（农历二月十五日），清明节晚上

地点：济南经四路纬九路、松元修身府邸

人物：松元修身、永野一辉、松元慧子

【场景：松元慧子一身青年男子的打扮，从泰丰楼饭庄下班回到家中】

松元慧子：爸爸，我回来了。

松元修身：慧子啊，下班了。这是永野一辉先生，快来问好。

松元慧子：永野先生，您好！【鞠躬】

永野一辉：你好。【对松元先生说】慧子是个女孩啊，今天怎么穿起了男人的衣服?

【松元慧子面露羞赧，转身进屋去了】

松元修身：哎。一言难尽啊!

永野一辉：哦? 不妨说来听听。

松元修身：我这个女儿自幼在中国长大。我们刚来济南的时候，在济南的日本人还不多，儿童则更少。济南还没有专门为日本适龄儿童设立的学校，慧子也就只能进入中国的学堂学习，所以，现在慧子的说话、做事完全是中国做派。

永野一辉: 这没什么嘛。可以让慧子再进入我们日本的学校继续学习嘛。

松元修身：我也是这样想的。两年前，慧子初中毕业，在生活上也能够自立了，我就安排她回国，到家乡仙台的学校学习，可是待了不到半年，她就央求要回来。

永野一辉：为什么？

松元修身：她说，在日本生活不习惯，尤其是吃不惯日本饭，要吃中国饭！哭着闹着要回济南，闹到最后绝食。

永野一辉：绝食？！

松元修身：是啊，就是不吃日本饭。没有办法只好让她回来了。回到济南，书也不好好读，整天就是琢磨吃。不仅仅是吃，她还做。

永野一辉：这可真没想到！

松元修身：高中毕业后，我曾经在正金银行给她找了一份工作，可干了没几天，她就不去了，非要学做中国菜。迫不得已，我找到了济南泰丰楼饭庄的掌柜，恳请他们同意慧子进饭庄当学徒。这泰丰楼饭庄的鲁菜在济南可是首屈一指。

永野一辉：可这与女扮男装有什么关系？

松元修身：我与饭庄掌柜都是老朋友了，他当然不会驳我的面子，可是，大厨师傅却不同意收慧子当学徒。

永野一辉：为什么？

松元修身：在中国的饭庄里，女人是不允许进厨房的。慧子为了能进入后厨学习做菜，就开始了女扮男装。

永野一辉：是这样啊。

松元修身：现在，小女的厨艺大有长进，也学会了不少菜。改日，我一定请您品尝一下小女的手艺。

永野一辉：谢谢。一定。

松元修身：不客气！

永野一辉：我们的国家地域狭小，物产匮乏，饮食结构单一，确实与支那人餐桌上的丰饶无法相比。

松元修身：要想弥补这个差距容易，明天我就请您去泰丰楼吃一顿。

永野一辉：这个不急。还请先生对组建“日侨义勇团”一事多多费心，我们“雄飞大陆”的梦想一旦实现，济南的泰丰楼就是日本的泰丰楼。到时候您再请我也不迟啊！

松元修身： 有道理。

永野一辉： 时间不早了，告辞。

松元修身： 再见。

第九场　慧子的“中国心”

时间：1928 年 4 月 5 日（农历二月十五日），清明节晚上

地点：济南经四路纬九路、松元修身府邸

人物：松元慧子、松元夫人、松元诚一

【场景：松元府邸的堂屋，松元夫人迎住了松元慧子】

松元慧子：妈妈，晚上好！【鞠躬】

松元夫人：晚上好！晚饭吃过了？

松元慧子：是的，在饭庄吃过了。

松元夫人：今天怎么衣服也不换就回来了？

【母女二人在茶几前坐了下来】

松元慧子：我怕换衣服耽误时间，想早点回来，就没有换。另外，春天来了，天暖了，我想换洗一下这身衣服，所以，就穿着回来了。

松元夫人：哦，那怎么还是回来的不早呢？

松元慧子：回家路上，我买了几个莱芜酱肉烧饼，弟弟他爱吃，正好当作明天的早点吧。在路上还碰上点事。

【松元慧子打开手提包，取出了一个纸包放在茶几上。莱芜酱肉烧饼的香气透过纸包散发了出来】

松元夫人：真香！还说弟弟爱吃，我看是你想吃了吧！

松元慧子：瞧您说的。我要想吃，在路上我就把它都吃光了，就不会

拿回来了。【满心委屈，一脸的不高兴】

松元夫人：对，对。慧子已经长大了，懂事啦。

松元慧子：【转怨为喜】妈妈，烧饼热着吃最好了！外酥里嫩的，还热着呐，您吃一个吧。【把烧饼递了过去】

松元夫人：刚吃过晚饭，又在樱花树下吃了不少点心，还没住嘴呢。不吃了。

松元慧子：这里还有一些香椿芽，鲜的。【松元慧子又取出一个纸包放在桌上】

松元夫人：【微笑】在中国人眼里，没有什么东西是不能吃的。

松元慧子：您说得是。这是饭庄王掌柜今天从老家捎回来的，让我带给爸爸、妈妈尝尝。

松元夫人：这个时间回老家?

松元慧子：是的。清明节扫墓。王掌柜说，清明节前的香椿芽最好吃。

松元夫人：春天来了，万物生机勃勃，中国人却忙着礼敬祖先、慎终追远。他们总是生活在祖宗之法和过去的荣光之中。

松元慧子：是啊。我们日本人却在欣赏樱花，感叹生命的短暂，渴慕人生的绚丽。

松元夫人：依我看，我们日本人更务实，眼光看向未来，而中国人总是纠缠于一些虚头巴脑的事情，眼睛总是盯着过去。

松元慧子：中国人在吃上最肯下功夫。

松元夫人：【笑】“食为天”嘛！

【松元诚一房间的门开了，松元诚一从里面走了出来】

松元诚一：姐姐，你买了肉烧饼吧?！

松元慧子：你那鼻子真的比狗鼻子还尖！我这刚从包里拿出来你就闻到了。

松元诚一：【走近茶几，打开了包装纸】真香，给我吃一个吧。

松元慧子：等一下，妈妈还没吃呢。

松元诚一：妈妈，您来一个。

【拿起一个来，递给松元夫人】

松元夫人：哦，我不吃了。

松元诚一：那我可吃了。

【拿着烧饼就往嘴里送】

松元慧子：去洗一下手。

松元诚一：刚才在整理作业，手不脏的。

松元慧子：瞧你，长这么大了，那点出息。

松元诚一：你也别说我，彼此彼此。【对着烧饼就要咬一口】

松元慧子：好啊！还彼此彼此！【机敏地夺过了松元诚一手中的烧饼】

松元诚一：【举着空空的双手】好好好……姐姐，是我没出息，是我！不是你！

松元慧子：快去洗手。

松元诚一：遵命。【去洗手】

松元夫人：好啦，你两个别闹了。对了，慧子，你刚才说路上碰上点事，是什么事啊？

松元慧子：刚才，我买了烧饼之后，走出没多远，就被几个要饭的小孩子拦住了。一个抱住腿，一个拽胳膊，一个拦在前面张开手就要，嘴里说着"可怜可怜我们吧"，还说"我们一天都没有吃东西了"。我看他们确实怪可怜的，也怕他们揪住不放，就把烧饼给了他们。

松元夫人：那这些烧饼是哪里来的？

松元慧子：这是我返回去又买的。我怕再遇见那帮小乞丐，就绕了一条路走回来了。

松元夫人：真难为你了。

松元慧子：当时，我是挺害怕的。多亏了我穿了一身男人的衣服，如果是女孩，您说，他们会不会抢啊？！

松元夫人：这可真不好说。人要是饿极了，什么事都能干出来的。

松元慧子：自从去年济南闹水灾以来，大街上要饭的就更多了。

松元夫人：可不是嘛！

松元慧子：早晨去饭庄的路上，我还看见有人爬上榆树摘榆钱呢。

【松元诚一洗手回来，拿起了刚才的烧饼就咬了一口，边吃边说】

松元诚一：什么是榆钱？摘它干什么？

松元慧子：榆钱就是榆树的种子，因为外观长得像铜钱，中国人把它叫做“榆钱”。

松元诚一：摘它卖钱吗？

松元夫人：把摘下来的榆钱掺到玉米面、小米面里，做成烙饼、蒸饼、蒸糕……用来充饥，或者干脆直接吃！

松元慧子：春天正是青黄不接的时候，很多中国人就是靠吃树种、树叶、野菜等渡过这一关的。树种、树叶、野菜也吃不上，就只有要饭了。

松元诚一：姐姐，下次你去买东西叫上我，我给你当保镖。看看谁还敢抢你！

松元慧子：你？到时候，恐怕你是泥菩萨过河……

松元诚一：什么意思？

松元慧子：自身难保！

松元诚一：你别小瞧人，我的技击课可是优等！老师说了，我们强身健体就是要打败欧美帝国主义，赶走殖民者，解放支那人，领导亚洲，称雄世界。那些小要饭的根本不是我的对手。

【松元慧子面露不屑，松元夫人喜不自禁】

松元夫人：【高兴地】小小年纪，志向可不小。

松元诚一：姐姐，你别去那个支那人的饭庄学手艺了。有什么好学的，多丢人呐！爸爸给你找的银行工作多好啊！干净，轻松，还挣钱。在饭庄当学徒，不挣钱不说，早出晚归，吃苦受累的，何必呢？！

松元慧子：学手艺有什么可丢人的！没有这做饭的手艺，东西能吃到嘴里吗？没有这手艺，你能吃上这肉烧饼吗？

松元夫人：诚一还是个小孩子嘛！

松元慧子：妈，我给您说，由于我厨艺进步快，学得好，我今天出徒了，以后可以每月领取例钱了。以后，我可以用自己的钱买烧饼吃了。

松元夫人：发钱，多少？

松元慧子：一个大洋。

松元诚一：【满脸的不屑】一月一个大洋？！这不是妈妈给我们的零花钱吗？为了这一个大洋早出晚归，值当吗？支那人也太小瞧我们了！

松元慧子：钱是不多，早出晚归，确实是很辛苦很累的，可是我乐意！在饭庄里，大师傅一个月也才拿几个大洋。一个大洋，我很知足。掌柜的让我好好干，明年再加一个大洋，他们并没有小瞧我。再说，多与不多也是相对的。现在中国人都说“一块大洋娶一个老婆”。我白天还可以在饭庄吃饭，这样又可以省下许多呐。

松元诚一：“一块大洋娶一个老婆”，姐姐会不会被有一块大洋的支那人给娶走啊？【笑】

松元慧子：【既羞且恼】你胡说！

松元夫人：诚一，不要乱讲。【示意松元慧子不要生气】

松元诚一：我不是乱讲，我的同学总是说三道四的。

松元慧子：让他们说吧，我们堵不住他们的嘴。我还要说，跟中国人学手艺没有什么丢人的。一千多年前，我们就开始向中国学习了！我就不明白，我们日本人的优越感是哪里来的，为什么中日之间不能平等相待？

松元诚一：你说的都是老皇历了。现在，我们是实现了现代化的国家，我们的实力远在支那之上。我们日本人有文化、有教养，有技术、会制造……已经成为世界强国了。对了，你见过永野先生吧？

松元慧子：见过了。

松元诚一：永野先生今天到我们学校去了。

松元夫人：哦。永野先生今天去学校了？

松元诚一：是啊。下午来的，和一个叫西田畊一的驻济南代理总领事一起来的。

松元慧子：他们去干什么？

松元诚一：永野先生给我们作了个报告，名字叫“为帝国‘雄飞大陆’的梦想而奋斗”。我的作业就是整理报告纪要，刚刚整理完。

松元夫人：你都记住了些什么？

松元诚一：永野先生说，我们日本是个岛国，国土狭小、耕地少、资源短缺、人口多，而且台风、地震频繁，民族生存的空间小，生存的压力巨大。因此，我们日本国民要有危机意识、忧患意识，要树立开拓殖民的精神，要开拓民族生存空间。

松元夫人：我与你父亲就是响应开拓殖民的号召才来支那的。

松元诚一：永野先生还说，目前，开拓殖民已取得了显著成效。下一个目标就是要实现对满蒙，也就是奉天、吉林、黑龙江和蒙古的完全控制，把满蒙建成殖民地的楷模，就能够让日本更好地承担领导亚洲的重任。

松元夫人：这是要推动实现满蒙的独立自治啊。

松元诚一：永野先生还说，在山东，我国政府也存着重要的利益，将来要把山东建设得和满蒙一样，成为日本殖民地的样板；最终把整个支那都建设成满蒙的样子。目前，支那的国民革命风起云涌，北伐军随时可能到来，因此，维护我政府在山东的权益就显得特别重要和紧迫。我们日本可以为满蒙、支那带来先进的文化和制造技术，为当地居民带来富裕的生活、良好的教育、医疗和社会保障服务，要严防英美的势力染指山东，赶走欧美列强，让日本成为亚洲的解放者。他要求我们强身健体、刻苦学习、效忠天皇，为日本强盛、为大东亚的繁荣而努力奋斗！

松元慧子：【神清凝重，心事重重】又是这一套！狗拿耗子，强词夺理！

松元夫人：【没有理睬松元慧子】记录得不错！刚才永野先生没认出你来吧？

松元诚一：我个子高，坐在了最后一排，他看不见我。看见了，也认不出。

松元慧子：【语重心长】如果我们打败了中国，就可以认为日本比中国强，日本人就比中国人优越，就可以剥削和奴役中国人？这是狭隘的、短视的。如果将来有一天中国比我们强大，难道我们也应该被歧视、被蔑视、被剥削和奴役吗？

松元诚一：支那富强，怎么可能？你看看这满大街的叫花子、小偷、大烟鬼，更不用说是随处可见的土匪、强盗、地痞、流氓了！

松元慧子：叫花子、小偷、土匪、强盗也不是生来就是，他们中的绝大多数是因为灾荒而生活不下去的人，还有就是让张宗昌逼得活不下去的人。大烟鬼本身就是军阀们纵容的恶果。张宗昌就亲自参与倒卖烟土，大赚黑心钱。如果中国人都能吃饱穿暖、接受教育，也能够和我们日本人一样有文化、会工作，他们的人生就会是另外的一种样子。

松元诚一：我看你在说梦话！我还没有看见过有文化的支那人。

松元慧子：诚一，请你以后不要再说"支那人"了，请说"中国人"。

松元诚一：这有区别吗？

松元慧子：有。用"支那"称中国非常不礼貌，请说"中国"。

松元诚一：你我能听懂就行，这不是大问题吧。

松元慧子：不行。你的作业让我感到永野先生用心险恶。

松元诚一：用心险恶？

松元慧子：永野处处把满蒙与支那并列，在他心中已经把满蒙从中国分割了出去！这是在营造满蒙不是中国一部分、满蒙的独立自治与中国无关的舆论，彻底剥夺中国政府在满蒙自治问题上的发言权。

松元诚一：满蒙对我们很重要，是我们的生命线。你不能为中国人着想。

松元慧子：诚一，我给你说，中国人勤劳智慧，和他们在一起没有什么丢人的；中国人善良包容，有点好处总会想着朋友！你看，这是今天他们送给我们家的香椿芽！

松元诚一：这点东西算什么！

松元慧子：是。这点香椿芽值不了几个钱！中国有句话，"千里送鹅毛，礼轻情意重"。东西不在贵贱，表达的是尊重、是感情。中国人总是把最好的、最能表达感情的东西送人！你懂吗？

松元诚一：是这样啊。

松元慧子：诚一，我再给你说，我们饭庄的济生哥、长庆哥都是读过书、受过教育的人，他们就是有教养、有思想的中国人。

松元诚一：【惊奇】他们很有学问吗？

松元慧子：学问比我大，更比你大，更重要的是他们懂得如何为人。

相信我，中国值得尊重，中国人值得善待，也值得去……爱。

松元诚一：【心里一怔，想说什么却又改口】好吧。我听你的。

松元夫人：可是，我觉得民族有优劣，我们日本人就应当解放中国人，领导亚洲。

松元慧子：民族有没有优劣我不清楚，但是，在我看来，中国人不是劣等民族。我无法忍受外国人对中国人的蔑视和仇视。这也是我早早从仙台再回济南的原因。

松元夫人：慧子，你年纪还小，并不了解国家和大人们的处境，因此，很难对大人的决定和行为作出评判。

松元慧子：妈妈，我在外面工作一年了，接触到了太多的人，看到、听到了太多的事，明白了很多事理，我真的长大了。再说，既然是大人的事，为什么要跑到小学校去大讲特讲。中国的事情就让中国人自己来做好了，用不着其他国家指手画脚，插手干涉！北伐军要打倒军阀、消灭张宗昌，就让北伐军来打吧。胜负取决于人心的向背！现在的济南人个个盼着张宗昌滚蛋呢！

松元夫人：是吗？

松元慧子：是的。张宗昌卖官鬻爵，徇私枉法，政治黑暗；贪得无厌，巧取豪夺，横征暴敛；不知廉耻，生活糜烂，思想反动。山东的百姓真是过得水深火热，不得安生啊！

松元夫人：张宗昌真可恨！

松元慧子：中国正在开展国民革命，相信他们可以处理好自己的事情的。

松元诚一：姐姐，你真厉害，知道的太多了！

松元慧子：来我们饭庄吃饭的什么人都有：达官显贵、文人墨客、军官武夫、富商巨贾……因此，什么消息都能听到。吃饭的时候、休息的时候，伙计、总管、还有账房先生就把听到的、看到的说给大家听，七嘴八舌的，别提多热闹了。你说，我的工作苦吗？这不比枯坐在银行的柜台里面，对着顾客笑脸相迎的职员快乐多了。

松元诚一：看来是挺有意思的。

松元慧子：我告诉你们吧，蒋介石的北伐马上就要开始。其实，在北方，冯玉祥、阎锡山的队伍已经与张作霖的队伍交上火了。

松元诚一：北伐军就要打来了。妈妈，我们也要准备防范乱兵啊。

松元夫人：过几天安静的日子真难哪！时间不早了，都去洗洗，睡觉吧。

松元慧子、松元诚一：是。

第十场　张宗昌的抉择

时间：1928 年 4 月 6 日上午

地点：济南珍珠泉大院、山东军务督办公署

人物：张宗昌、金寿良、吕雅仙、郑副官

【场景：金寿良手持一份电话记录走进了山东军务督办张宗昌的办公室】

金寿良：效帅，早上好。

【张宗昌正在看郑副官写字】

张宗昌：老金，你来得正好，看看我刚写的一首诗。

【郑副官将写好的一幅字展开，放在了书案上】

张宗昌：【对郑副官说】你下去吧！

郑副官：是。【敬礼，退下】

张宗昌：看。这首诗叫《笑刘邦》："听说项羽力拔山，吓得刘邦就要窜。不是俺家小张良，奶奶早已回沛县。"

金寿良：【恭维】效帅可真不赖。一手拿枪，一手拿笔，左右开弓，文武双全啊！

张宗昌：【高兴】行！老金，真有你的。

金寿良：效帅怎么对刘邦来了兴趣？

张宗昌：我知道，大家都说俺是草莽英雄，刘邦也是草莽英雄。有句话怎么说："英雄喜欢英雄？"

金寿良：是“英雄惜英雄”！

张宗昌：对、对。英雄惜英雄！差一个字，差不多！依我看只有这草莽英雄才能成就大事。刘邦是草莽英雄，李渊、赵匡胤、朱元璋也不是读书人，不都照样得天下吗？你再看看读书人，有几个坐天下、当皇帝的！“秀才造反，三年不成。”

金寿良：效帅说得是。

张宗昌：这读书人花花肠子太多，思前想后，徘徊犹豫，患得患失，抓不住机会，也就难成大事。

金寿良：读书人最缺乏的就是杀伐决断的能力和魄力。

张宗昌：对嘛！看准了就动手，这才是做大事的做派。不要去考虑后果，失败不怕，大不了从头再来。我张某人几起几落，靠的就是这股子劲头。

金寿良：效帅说得太有哲理了。

张宗昌：有哲理，什么是哲理？

金寿良：就是深刻的道理。

张宗昌：你们这读书人说话就是有意思，说话非得说得让人听不懂。

金寿良：有些话变个通俗的说法，意思就走样了。

张宗昌：不谈哲理！现如今，蒋介石、冯玉祥就要打过来了，这可是我再次成就大业的好机会，也是弟兄们发财的好机会！写首诗表达一下心情，你看怎么样？

金寿良：前面都挺好，只是这最后一句有点说不通吧？

张宗昌：原来是“奶奶的他早已回沛县”，昨天，俺老师说字数应与上句保持一致，让我改。所以，今天我就省略了两个字，诗词追求的不就是简约、含蓄和意犹未尽嘛？

金寿良：【苦笑】您老师，王寿彭吗？

张宗昌：对。就是那个不中用的清朝状元。我给他个教育厅长干干，让他教我写写诗，也算是我张宗昌重视教育、重视人才嘛！

金寿良：您是名师高徒。这老夫子都评点了，我就不再置喙了。

张宗昌：看看，又不直说！说的啥？

金寿良：【笑】我的意思就是没有意见。

张宗昌：那就这样了。你找我什么事？

金寿良：刚才，日本驻济南代理总领事西田畊一打来电话。

张宗昌：日本人打来电话，说什么？

金寿良：他说，蒋介石的北伐军发兵在即，战事一触即发，济南已是一座危城，他非常担心日本在济侨民的安全，因此，希望效帅您向日本发出邀请，请求日本派兵保护山东、保护济南的日本侨民及财产的安全。

张宗昌：他奶奶的，这日本人也太拗了吧。去年他们来，招惹得满世界抗议，灰头土脸地回去了，今年又要来？真是不到黄河心不死！你是在日本喝过墨水的，更知道他们的底细。你说是不是？

金寿良：日本人办事计划性、目的性强，一旦目标确立，就会一以贯之地执行，不达目的不罢休。

张宗昌：一以贯之？不要脸！不是说国际上没有出兵保护侨民的惯例吗？

金寿良：是的，没有。但是如果您发出邀请，日本出兵就绕开国际惯例的约束，出兵就变得合理合法了。

张宗昌：真见鬼！这是老子的地盘，侨民的安全用不着他们操心。他日本人怎么知道北伐军一定能够打到济南，我老张也不是白给的。

金寿良：日本人是"醉翁之意不在酒"啊！

张宗昌：这日本人就是表面一套，背后一套。还总想施小惠，占大便宜。

金寿良：效帅看得准。这出兵只是借口，其意在谋求在华更多的权益。

张宗昌：跟老子抢地盘，休想！

金寿良：不仅是抢地盘，日本人还害怕未来的北伐军危及他们在山东和满洲的利益。所以，出兵山东并不完全是针对您的。

张宗昌：【愤怒地】他奶奶的，这日本人就没想我好！

金寿良：南京国民政府对日本出兵也是忧心忡忡，蒋介石先是发表声明，又为日本记者设宴洗尘，还派出代表团访日……千方百计阐明立场，想方设法阻止日本出兵。

张宗昌：蒋介石也怕日本人？！

金寿良：不仅怕日本人，更怕日本人破坏了他的统一大计。

张宗昌：你看，我们该怎么办？

金寿良：目前，全国上下反帝反日浪潮风起云涌，如果邀请日本出兵，我们就将背上“卖国贼”的骂名，这不仅会让蒋介石出师有名，还会让我们在道义上处于十分不利的地位。更严重的是，让日本兵来无异于引狼入室，后患无穷！

张宗昌：这个我懂，请神容易送神难！

金寿良：日本出兵的借口是“保护侨民的在华利益”，其目的则是要全面控制山东，进而占领全中国。我们打赢了，要受制于日本人；我们打败了，就只能听由日本人摆布了。

张宗昌：原来这样啊！这小日本胃口可真够大的啊！

金寿良：因此，从各个角度看，邀请日本出兵都是弊大于利！

张宗昌：唉！俺老张现在就是风箱里的老鼠——两头受气。

金寿良：目前，在北京，雨帅（指张作霖）也不好受。日本人是步步紧逼，雨帅对日本人是敬而远之，避而不见。

张宗昌：哎呀！别绕弯子，有话直说。

金寿良：雨帅的办法是“拖”！我们也给日本人来个“拖”。

张宗昌：“拖”？

金寿良：对！就是要求日本人暂缓出兵。

张宗昌：暂缓出兵？

金寿良：就是这个意思。明确拒绝是下策，我们得罪不起日本人。可是，邀请日本出兵更是死路一条。因此，我们可以给日本人这样说：我军完全能够阻挡得住北伐军的进攻，有能力保证日本侨民及其财产的安全，日本完全没有出兵的必要。一旦我军抵抗失败，需要撤出山东，再请其出兵不迟。

张宗昌：这个办法好，以“拖”待变。

金寿良：日本人若想全面控制山东，肯定会与北伐军有一场恶战。因此，我们犯不上跟日本人较劲，而且要交好日本人，日本人获胜，我们可以获得好处。北伐军若是赶走了日本人，只要我们保住了实力，我们改换门庭，他蒋介石也必须高看我们一眼。

张宗昌：太对了！谁知道哪块云彩会下雨。到那时，济南我们守不住，就交给日本人，让日本人与蒋介石去争。我们也来个保存实力、坐山观虎斗。只要保住实力，留住队伍，有人有枪，不论是谁都不能小瞧了我们。

金寿良：对。保全实力是上策，我们不必与北伐军硬拼，让日本人跟北伐军去斗法吧。

张宗昌：对！还有，孙传芳肯定会与蒋介石的北伐军去硬拼！他不是总想着证明自己，总想着咸鱼翻身，当他的五省联军总司令吗？

金寿良：对。孙传芳在北京有大量的房屋和产业，他会拼死抗击！我们就让孙传芳带兵对抗北伐军。还有，蒋介石尚未发兵，在济的国民党地下组织已经蠢蠢欲动。情报显示，济南的大、中学校都有学生暗中准备上街游行，欢迎北伐军。

张宗昌：昨天我们商定的抗击北伐军的作战方案是否准备好了？

金寿良：已经调整完毕，正在加紧印制。

张宗昌：好。老金，你马上去办这几件事：第一，打电话给日本驻济南代理总领事西田畊一，就说，我军目前尚有能力保证日本侨民及其财产的安全，请其不要出兵。第二，给各军部发电报，把我们确定的后天召开的军事会议提前到明天下午，命令各军军长、参谋长连夜赶到济南参会，部署抗击北伐军作战计划。第三，给济南警署打电话，马上派人到各大、中学校严查国民党的地下组织活动。凡有反对当局的言行者、欢迎革命军到来者，一律逮捕法办。如有必要，可以安排卫戍部队协助抓捕，确保济南的稳定！

金寿良：好的。

张宗昌：派人通知孙传芳，请他也参加明天的军事会议，让他去守住鲁西。我们做个样子给孙传芳看看，私底下告诉我部官兵，以保存实力为原则。三十六计，走为上计。

金寿良：好的。我马上去安排。

【金寿良出门离去，张宗昌开口骂道】

张宗昌：小日本，真他娘的该用炮轰！大炮开兮轰他娘，威加海内兮回家乡，数英雄兮张宗昌，安得巨鲸兮吞扶桑。对。俺张宗昌也来一首《大风歌》。【对外面喊】郑副官。

郑副官：【在门外答应】到。

张宗昌：给我再来写首诗。

【门开了，张宗昌的四姨太吕雅仙抢先一步走了进来，把郑副官挡在了身子后面。吕雅仙身穿一件猩红半袖提花旗袍，足蹬高跟鞋，手里握着一个手包，一步三摇地走进张宗昌的办公室，大大咧咧地在椅子上坐了下来。张宗昌挥手让郑副官退下】

吕雅仙：哟！认识了几个字，还真把自己当成文化人了。这又是当校长，又是作诗的，不怕丢人哪！

张宗昌：【急忙坐在了吕雅仙身边】唉哟！老四，我的美人儿！这你就不知道了吧。我让王寿彭当山大校长，结果学生抗议他思想守旧，被赶下台了，这校长位子就成了烫手的山芋，一时没有合适的人选，也没人敢接手！这不我才来当的嘛。蒋介石那小子不是还当了黄埔军校的校长嘛！再说，这作诗也不是读书人专有，是吧？新文化不是倡导白话入诗嘛？

吕雅仙：呸！别谈新文化了！不让女学生穿短袖衣服上街，派人在女学生胳膊上刷黑漆，是不是你干的？王寿彭思想守旧，你更好不到哪里去！

张宗昌：【表情尴尬】好了，好了。咱不谈文化，不谈文化！你怎么到这里来了？

吕雅仙：当然是有事找你啦！

张宗昌：什么事？回家说不行啊？

吕雅仙：回家说，回哪个家啊？这都几天了，都看不见你的人影！

张宗昌：天地良心。只要有时间，我不都是去你那里的嘛！只是这几天军务繁忙嘛。北伐军要来，日本人也要来，这不是刚才还与参谋长商讨对策来着嘛！

吕雅仙：军务繁忙还有时间写诗？

张宗昌：忙里偷闲，忙里偷闲。好了，好了。宝贝，咱也不谈写诗，不谈写诗。找我要办什么事？

吕雅仙：不论什么事，也必须好好办。

张宗昌：对，对。什么事也必须好好办，好好办。

吕雅仙：过两天我要过生日，我要请姐妹们吃饭。

张宗昌：嗨。就这事！我张某人的女人过生日肯定要场场面面的。说吧，去哪？济南的饭馆随便选。让郑副官马上去办。

吕雅仙：不用麻烦郑副官。你只管把钱给我就行，我自己去办。

张宗昌：没问题。【拉开抽屉，拿出一沓纸钞】这是二百块，拿去。

吕雅仙：哎呀！山东券啊？我要大洋。

张宗昌：战事吃紧，军费开支巨大。要不我给你五百块山东券。

吕雅仙：我不嘛！

张宗昌：要不这样吧。我先给你一百个大洋，二百块山东券。我这里没有更多的大洋了，就算我欠你的。生日那天，我让郑副官给你送过去。

吕雅仙：一百块就一百块吧，剩下的一百块可一定给我啊！

张宗昌：我什么时候骗过你。怎么样，满意了吧？

吕雅仙：现在山东券被越来越多的商家拒收了！

张宗昌：敢拒收老子山东券。我给你派几个卫兵跟着，看看哪一个敢拒收。

吕雅仙：还是算了吧，我的大帅。大帅还是多打几场胜仗吧。这样，山东券就有人收了。

张宗昌：你放心过生日。这仗我一定会打胜。你要了这么多钱，能给我说说你生日怎么过吗？

吕雅仙：我是这样安排的……

【场景切换：吕雅仙公馆】

第十一场　吕雅仙的生日打算

时间：1928年4月6日下午

地点：济南西更道街、吕雅仙公馆

人物：吕雅仙、王淑娴、祁红、春红、秋影、勤务兵

【场景：济南西更道街吕雅仙公馆。张宗昌的四姨太吕雅仙、五姨太王淑娴与九姨太祁红正在围坐，吃茶、闲聊】

吕雅仙：……到生日那天下午，咱们先去二大马路新开张的济南电影院看场电影，看完电影后，咱们再去逛逛瑞蚨祥、隆祥绸缎庄，看看布料，买点衣服。最后，咱们去泰丰楼饭庄吃晚饭。

祁红：是经二纬五路的泰丰楼吗？

吕雅仙：就是那里。到时候，姐妹们放开了耍！我请客！

祁红：太好了。

王淑娴：看来，司令给了你个大红包啊！

吕雅仙：那是当然。老五，等到你过生日，你也狠敲他一笔。

王淑娴：唉哟。我可不敢，我可没有您那么大的面子。

吕雅仙：我有什么面子！你又不是不知道，他老张家当家的是老大和老七，一个常驻督办公署，掌管督办大印；一个常住省长公署，掌管省长大印，大事小情，都是她们盖章拍板。那才是有头有脸的人物。不过，他张宗昌在女人身上还是肯花钱的！你说是吧，老九？

祁红：没错。

王淑娴：当然。这么多女人跟着他，哪一个不是生活所迫！一是怕他手中枪，一是看中了他手中的钱。在这炮火连天的乱世，只有这样才能过几天安稳日子。我家中有父母需要养活，弟弟上大学还需要我付学费、生活费呢！

吕雅仙：我知道。其实大家都挺难的。

王淑娴：好在我弟弟很快就毕业了！他要是能有份工作，把父母养起来，我就解脱了。

吕雅仙：不管怎样，你过生日时要狠咬他一口。

王淑娴：听说北伐军要打过来了，真不知道能否等到我过生日的那一天。

祁红：过一天算一天吧。老四，能告诉我们看什么电影啊？

吕雅仙：《火烧红莲寺》，听说这个电影轰动了上海滩啊！

祁红：具体讲的啥故事？

吕雅仙：我也说不上。

王淑娴：我还是喜欢卓别林的《淘金记》……

祁红：我也喜欢。女主角的发型和服装真好看。不知道瑞蚨祥有没有那些新款服装？

吕雅仙：要买新款服装还可以去上海服装店看看啊！

王淑娴：这过日子还真不就是吃饭穿衣的事。如果能像电影中的女主角一样找到一个相知相爱的如意郎君，就是抛却了万贯家财也值了。

吕雅仙：别瞎想了。我们这是嫁鸡随鸡，嫁狗随狗，认命吧！

王淑娴：老四，你是见过世面的人，怎么也如此保守。

吕雅仙：不是我保守，是这个世道容不下我们女人走出家门，走向社会。《淘金记》的男主人公不是也从流浪汉变成百万富翁了吗？

王淑娴：我听说北伐军里有很多女兵，北伐军来了是不是我们女人也能解放？

吕雅仙：国民革命倡导男女平等。

王淑娴：那太好了。就让北伐军来吧。

吕雅仙：哎呀！你可别瞎说，难道不要命了？！

王淑娴：怕什么。虽然我是锦衣玉食，可是这种生活有什么意义？我不过是他张宗昌的一件摆设、一个玩偶而已。这种婚姻就是人生的坟墓！生不如死，活着也没有什么意思。

祁红： 要是男人都能对婚姻忠贞不二就好了。

王淑娴： 不要对男人抱有幻想。要改变命运只有靠我们自己。真心希望国民革命能改变我的命运。

祁红： 如果国民革命能实现男女平等，我也希望北伐军来。

吕雅仙： 我看你们都疯了。到此为止，咱不说了。

【勤务兵来到门外】

勤务兵： 报告。

吕雅仙： 进来。

【勤务兵推门进屋】

勤务兵： 回太太话，泰丰楼饭庄吃饭的桌位已预订好了，这是菜单。

吕雅仙： 好的，放在这里吧。

【勤务兵退下】

王淑娴： 你为什么选在泰丰楼饭庄，听说那里贵得很呢！

吕雅仙： 一是这泰丰楼饭庄距离电影院、绸缎庄都非常近，我们可以从从容容看电影，逛商店；二是我要见识一下正宗的鲁菜。我看我们在山东待不了多长时间了。等过完生日，我就搬去天津租界。

王淑娴： 哎哟，看来你也要远走高飞。

吕雅仙： 不许瞎说！【对门外喊】春红、秋影……

【春红、秋影走了进来，给三位姨太太施礼】

春红、秋影： 给姨太太请安。

吕雅仙： 你两个去给各位姨太太发请帖，就说我后天过生日，看电影、逛商场、请吃饭。请务必捧场。

春红、秋影： 是。【退下】

第十二场　孙传芳的盘算

时间：1928 年 4 月 6 日晚

地点：济南饮虎池、孙传芳公馆

人物：孙传芳、程登科、女佣

【场景：夜色深沉，安国军第一方面军总监程登科来到孙传芳的家门外。警卫员敬礼，为程登科开门】

警卫员：报告司令，程总监到。

程登科：【进门，立正，敬礼】报告。馨帅您好！

孙传芳：一家人，不必拘礼。请坐！

【二人在沙发上坐了下来，女佣送上茶水后退下】

程登科：舅舅，您找我有事？

孙传芳：今天，张宗昌派人打来电话，说明天要召开军事会议，要求互相通报情况，以便协同抗击北伐军。

程登科：这件事我知道了。

孙传芳：明天的会议我就不参加了。

程登科：您不去了？为什么？这可是大事！

孙传芳：在 3 月 8 日的军事会议上，抗击北伐军的作战方案已经敲定，分工也已明确，我军的作战计划也已经进行了通报，现在又决定召开军事会议，于事无补。

程登科：我想可能是要进一步落实作战中的协作与沟通细节。

孙传芳：落实协作与沟通细节？他张宗昌哪次打仗有个像样的章法？我去了也没用！

程登科：您说得也是。

孙传芳：三年来，山东一直是他张宗昌的天下。自去年我们投奔了张作霖，才得以回到济南，不得不与张宗昌为伍。真是人在屋檐下，怎能不低头啊！

程登科：是啊。想当年，您可是五省联军总司令，威镇东南，岂是张宗昌的鲁直司令可比！

孙传芳：往事不堪回首啊！去年龙潭一役，我军主力损失殆尽，才落得今天这个地步。只怪我错判了形势，低估了北伐军的实力。

程登科：龙潭战役的失败不怪舅舅您的判断！假若不是李宗仁、白崇禧的桂军东进；假若我们能早一日渡过长江，攻克南京，战局将完全是另外的局面。

孙传芳：是啊！可是历史不能假设，机会就这样稍纵即逝了！

程登科：胜败乃兵家常事。

孙传芳：这次再战北伐军，就是我们实现翻身的大好时机。我们一定要打出当年五省联军的威风，洗雪龙潭战败的耻辱，让张宗昌看看谁是真正的英雄！

程登科：舅舅壮志不减，雄心犹在，真是令人敬佩啊！

孙传芳：我军虽然刚刚恢复建制，兵员尚不充足，而且大多数是新兵，但是，“兵贵精，不在多”。经过近期的强化训练，我部的作战实力有了大幅度的提升，对付蒋介石在鲁西南的进攻，绰绰有余。

程登科：就是。蒋介石，一个日本士官学校的“士官候补生”，我就没见他在战场上打过胜仗，怎么能和舅舅您这日本士官学校的高材生相提并论！

孙传芳：【微笑。面露得意之色】蒋介石为人圆滑，喜欢拉帮结派，拜把子，重乡谊；热衷于培植个人势力，排斥异己，长于拉一个打一个；长于窥测动向，

善于投机钻营。只可惜……【冷笑】

程登科： 可惜“眼高手低，志大才疏，统兵作战不灵光”，对不对啊，舅舅？

孙传芳：【大笑】说得好！不枉舅舅对你的一番栽培。

程登科： 不过，蒋介石此次可笼络了不少人啊！冯玉祥、阎锡山、李宗仁，来势汹汹，舅舅要多加小心啊！

孙传芳： 他们虽然人数众多，但是此次北伐作战的战线太长，战场太广，各路大军都是各自为战，我们完全可以做到各个击破。还有，阎锡山、李宗仁远离山东，不足虑。能够对我们构成威胁的还是蒋介石、冯玉祥！尤其是冯玉祥，他打山东的算盘不是一天两天了。

程登科： 的确，冯玉祥对山东觊觎已久，早就积极地向山东渗透力量，不断施加影响。经四路纬五路的基督教大教堂[①]就是冯玉祥资助兴建的，前年才刚落成！舅舅，您可要防备着蒋介石与冯玉祥的夹击啊！

孙传芳： 这一点我想到了。冯玉祥是个无利不起早的土包子，蒋介石就是利用山东的利益和手中的金钱吊着冯玉祥的胃口，冯玉祥才会如此卖命。虽然冯玉祥、阎锡山、李宗仁等几路人马都归顺了蒋介石，其实是面和心不和，各怀鬼胎，相互提防。他们之间都是利益关系，都是为了钱，为了地盘！只要我军让他们在战场上碰个头破血流，人财两空，他们的联盟就会瓦解，蒋介石的如意算盘就会落空！关键是我们要以打促变！

程登科： 这确实是既关键又微妙的时刻！我听说北边冯玉祥、阎锡山与张作霖的部队战事胶着。我看阎锡山是出工不出力，意在保存实力。

孙传芳： 你说得很对。阎老醯是个滑头，翻手为云，覆手为雨。他看到北伐军得势，就背叛了张作霖，投靠了蒋介石，明摆着是投机革命！阎老醯目光短浅，所作所为就是要守住山西的一亩三分地。蒋介石给他一个“国民革命军北方总司令”的名号，这是一个烫手的山芋，张作霖会让他吃苦头的。

① 经四路基督教大教堂：指中华基督教自立会礼拜堂，1924 年兴建，1926 年落成。在济南市经四路路北，与路南的北伐军战地政务委员会山东交涉署相对。

程登科：是的。奉军装备精良，还有空军助战，阎锡山讨不到便宜。

孙传芳：因此，北方阎、冯的作战如果得不到蒋军的及时支持，将难以取胜！只要我们能挫败蒋介石的进攻，力求获得几场局部的胜利，就有可能导致北伐军联盟的瓦解，从而扭转整个战局！到那时，我们不仅可以保住山东，还有可能再返江浙。

程登科：舅舅英明。

孙传芳：兵马未动，粮草先行。不知作战物资准备得如何？

程登科：我正准备向您报告，粮食、弹药、枪支、服装等物资准备充足，只是药品、油料存在缺口，正在采购，很快就可以到位。请放心。

孙传芳：你办事，我是放心的。这些年，你跟着我，枪林弹雨，出生入死，什么样的惊涛骇浪都经历了，下一步我再给你一个师长干干，在人情世故上多历练一下，你一定能够再进一步。"人情练达即文章"嘛！

程登科：谢谢舅舅栽培。

孙传芳：还有，要取得战役全胜，张宗昌必须在津浦线上有所作为。既然谈到与张宗昌部的沟通，我任命你为联络官，全权负责与张宗昌部队的消息沟通。明天上午，我给总参谋长孟星奎、前敌总指挥部参谋长司可庄把任命之事打个招呼，下午，你们一起去参加会议。你把我军的作战计划再熟悉一下，代表我在会议上进行通报。具体需要协调的事情由总参谋长做主。你只要带着眼睛和耳朵，多听、多看、多记即可，对于张宗昌的军事部署要再落实，尤其要弄清楚他下一步的打算。

程登科：我明白了！

孙传芳：只有摸清张宗昌的"小九九"，才有助于我方战略意图的实现，确保我方的安全。

程登科：是。

孙传芳：还有，你要把联络官办公室设在督办公署并且住在那里，多派几个人手，时刻注意张宗昌的动向。

程登科：在督办公署长驻，有必要吗？

孙传芳：害人之心不可有，防人之心不可无。你要努力交好、笼络张宗昌的情报人员，要在第一时间获知情报。一旦有紧急情况，可直接向我汇报，不需经过其他人。张宗昌为人狡猾奸诈，关键时刻恐怕靠不住，只怕是大祸临头各自飞！这是生死攸关的大事，必须慎之又慎。与北伐军开战在即，我们不得不留一个心眼。

程登科：知道了。我一定把事情办好。

孙传芳：另外，明天，你就安排人手把还在济南的家眷全部送往天津租界。然后，你就住到督办公署去。

程登科：好的，我回去马上就安排。舅舅，这一次，我们真的会离开济南吗？

孙传芳：我们要做最坏的打算。离开济南我也舍不得啊！舅舅我自幼跟随你的姥姥来到济南，长期住在你的家里，我已经把济南当作自己的故乡了。

程登科：我知道，姥姥给我说过好多次，当年灾荒，姥姥、我姨和您在泰安老家生活不下去，不得已才来济南投亲的。

孙传芳：是啊。后来，我又离开济南搬到了保定居住，然后参军、上军校，再到赴日留学，我的籍贯一直写的是济南历城，已经很少有人知道我们一家人来自泰安了。现在，舅舅上了点年纪，非常想叶落归根。可是，自民国以来，天下大乱，时局多艰，我厕身其间，南征北战，戎马倥偬，攻城略地，杀人如麻，也曾雄踞一方，傲视天下……我现在厌倦了这种生活，最想做的就是激流勇退，安度余生，念诵佛经，超度那些死在我手下的冤魂。可是，太多的事情让我身不由己！终老济南只能是一个梦了！

程登科：我明白了。舅舅不要太伤感，等打完这一仗，“了却生前身后事”，我和舅舅一起解甲归田。

孙传芳：你还年轻，应该有自己的人生追求。舅舅还是希望你能接我的班，为我们家撑起一片天。

程登科：我懂了。【起身告辞】舅舅，您早点休息吧。再见。

孙传芳：【起身送客】好的，再见。

第十三场　“八国联军”引风波

时间：1928年4月6日上午

地点：济南经二路纬五路9号、泰丰楼饭庄

人物：松元慧子、郭济生、王长庆、刘明泉、肖舜才、钟兴利、张守仁、王传堂、吴东山、李宝诚、赵明德、周德发、厨师和伙计若干名

【场景：王长庆、刘明泉、肖舜才等几个青年人，早早地来到饭庄大堂，坐等饭庄晨会开始。松元慧子走了进来，手里拎着一个提包，径直走到王长庆跟前】

松元慧子：长庆哥，早上好。

王长庆：慧子，你好。

松元慧子：【从手提包里面拿出四本杂志】这是借你的四本《新青年》杂志，我看完了，现在还给你。

王长庆：【接过杂志翻看了一下】《新青年》第一号[①]、《文学改良刍议》[②]、《易卜生主义》[③]、《马克思主义》专号[④]，没错，是这四本。

松元慧子：【真诚地鞠了一躬】谢谢你了。【说完，与刘明泉、肖舜才打招呼，在旁边一张桌前坐了下来】

---

①《新青年》第一号：指1916年9月1日《新青年》第2卷第1号，陈独秀于其上发《新青年》一文。

②《文学改良刍议》：胡适作，发表于1917年1月1日《新青年》第2卷第5号。

③《易卜生主义》：胡适作，发表于1918年6月15日《新青年》第4卷第6号。

④马克思主义专号：出版于1919年5月，为《新青年》第6卷第5号。

王长庆:【对松元慧子】不客气，慧子。看完《新青年》，有什么收获吗？说来听听？

松元慧子：收获很多，说什么呢？还是你问吧。

王长庆：这么自信？

松元慧子：试试看吧。

王长庆：好。你能告诉我中国的“新青年”应该是什么样子吗？

松元慧子: 关于“新青年”，陈独秀先生是这样说的，“生理上身体强壮”，心理上要“斩尽涤绝做官发财思想”，“内图个性之发展，外图贡献于其群”；“以自力创造幸福”，而“不以个人幸福损害国家社会”。

王长庆：【伸出大拇指】尔力！

松元慧子：过奖。

王长庆：你如何看待胡适先生主张的“文学改良”呢？

松元慧子：我认为，胡适先生提出的“文学改良”八事项可以概括为三句话：白话行文，言之有物，通俗易懂。

王长庆：【惊叹】厉害。概括得精准！

松元慧子：胡适先生对古文的批评很有道理，但也不全对。如果完全按照“文学改良”八事项写文章，语言就会丧失很多美感，没了韵味。平白如话的文章不就是白开水一样的东西嘛！

王长庆：我想我们应该从文化传播、文化普及的角度来理解胡适先生的主张，毕竟我们国家是个文盲、半文盲遍布的国度。当务之急是让国人先识字、认字，学会用文字交流。因此，文章的美感也就变得次要了，或者说我们应该在白话文创作中去寻找新的美感。

松元慧子：汉语的韵律、美感在古文、古诗词当中有很精致的表现，很难被替代！恰当的成语、典故可以使表达既准确，又凝练，文章缺少了韵律和典故就像炒菜没有放调料，没有回味。

王长庆:【赞叹】说得好！不过胡适先生对于用典并不一概反对，恰当的、习以为常的典故、成语是可以使用的。

松元慧子: 所以，你借我的《唐诗三百首》《古文观止》我还要反复看看，就先不还你了。

王长庆： 哎哟！慧子，你还要用功啊？往后，我可不敢给你乱讲话了，闹不好就要贻笑大方了。这可不是闹着玩的！

松元慧子： 瞧你说的！介绍马克思主义的文章很多，但我还是有很多不理解的地方，似懂非懂，似是而非，有时间还需要听你讲讲。

王长庆： 没问题。不过我也是在探讨，就算是抛砖引玉吧。

松元慧子：【笑】看看，你一会儿“贻笑大方”，一会儿“抛砖引玉”，这可都是典故啊！小心胡适先生要找你的麻烦喽。

王长庆： 这些成语、典故已经进入到人们的日常语言当中，与白话文运动并不矛盾，胡适先生也会这样讲的。

松元慧子：【笑】胡适先生介绍易卜生主义的文章对我很有启发。

王长庆： 易卜生主义倡导妇女解放，维护妇女权益，引起你的共鸣很自然，印象深刻很正常，我说得不错吧？

松元慧子： 是的。

王长庆： 有什么心得呢？

松元慧子：【迟疑一下】先不给你说了，我需要去把鸡、鸭喂一下了。一会儿再聊。【说完，拿起手提包出门，快步向后院走去】

王长庆：【失落，自言自语】哟，还不告诉我！

刘明泉： 慧子姐一大早喂鸡、喂鸭，每天如此。关于妇女解放的话题，我感觉慧子姐有些难为情，有些话可能不好说。她对做饭的事非常上心。【咳嗽】

王长庆：【苦笑】你说得不对。慧子对吃饭最上心！

【众人笑】

刘明泉： 长庆哥，这几本杂志也借给我看看吧。

王长庆： 可以。给你。【把杂志递给了刘明泉】

刘明泉： 谢谢。【咳嗽】

王长庆： 不客气。【起身给刘明泉披了件衣服，对刘明泉说】多穿件衣服，济南的倒春寒很伤人。

刘明泉： 谢谢。

王长庆： 明泉快变成了日本人了，“谢谢”不离口啊。

刘明泉： 谢谢夸奖。其实，我们中国人也非常讲究礼数，不过都被革命了。

王长庆： 是的。我们反对繁文缛节，但是，不应该把必要的礼节也抛弃掉。

刘明泉： 哪些礼节必要，哪些礼节不必要，这太难区分了。只好一概否定，有点矫枉过正了，是不是？长庆哥。

王长庆： 是的，说得很有道理，明泉的学问长进也不小啊！

刘明泉： 这些事，听您讲过。

王长庆： 是吗？好记性！

刘明泉： 言者无心，听者有意。听您讲话，长学问。

王长庆： 聪明。看来你真是块读书的料！

刘明泉： 您过奖。

王长庆： 给你们说个事，吃饭的事。今天晚上“八国联军”要来我们饭庄吃饭。

刘明泉： 张宗昌的姨太太们吗？【吃惊。咳嗽】

王长庆： 对啊。

肖舜才： 啊！她们要来吃饭？

王长庆： 怎么，不行吗？我们可是济南最好的鲁菜馆！

肖舜才： 长庆哥，您崩木根⑤吧？

王长庆： 【对肖舜才说】我是听钟大厨亲口说的。

刘明泉： 您知道的，张宗昌不是什么好东西，掌柜的干嘛让他的姨太太们来吃饭？【说话间又咳嗽】

【郭济生走了进来，王长庆、刘明泉、肖舜才马上起身打招呼。郭济生就在他们对面坐了下来】

郭济生： 你们几个来得早啊！

王长庆： 我们不用赶路，当然来得早啦，对吧？

郭济生： 不用赶路才不慌不忙，往往是踩着点来嘛！

⑤崩木根：济南话，“说谎，没有其事”之意。

王长庆：我不是“往往”，我是王长庆。

【众人笑。松元慧子走了进来，若无其事地与郭济生打招呼】

松元慧子：济生哥，早上好。

郭济生：【脸上掠过一丝不自然，迅速平静了下来】你好，慧子。【继续与王长庆的话题】你就是鬼，总爱抖机灵。【郭济生从口袋里拿出两盒药，递给了刘明泉】明泉，老远就能听见你咳嗽，这是两盒橘红丸，抓紧吃上一丸吧。

【松元慧子走到郭济生身边坐了下来】

刘明泉：【接过橘红丸】济生哥，您太好了。我的病还让您操心，昨天喝了红糖姜水，今天轻松多了，头不胀了，鼻不酸了。我还没有出徒，没有例钱，所以药钱……

郭济生：【打断了刘明泉的话头】不用客气。舜才，去给明泉端碗水来，要温开水。

肖舜才：好的。【站起身到灶上倒水去了】

王长庆：明泉兄弟，抓紧吃药吧。济生哥自学杏林之术，赶得上半个郎中！

刘明泉：济生哥，谢谢您！我一定好好干活……

郭济生：不要见外，谁叫你是我的徒弟呐。

王长庆：济生，济生，普渡众生。济生哥真是大慈大悲啊。

郭济生：少耍贫。普渡众生、大慈大悲的是释迦牟尼！

王长庆：怎么，想去千佛山当和尚？那可有人不高兴喽。

【众人笑。刘明泉开始拆橘红丸的包装】

松元慧子：【拿起桌上的另一盒药，边看边说】济生哥，你这药是从宏济堂买的吧？

王长庆：【不等郭济生回答】不对，是济生堂。

松元慧子：什么，济生堂？有这么一个药店？

王长庆：那当然。悬壶济世济生堂！

松元慧子：这上面明明写的是宏济堂！

王长庆：我看看。【装模做样地拿过药盒观看】慧子，你认错了，这明明是济生堂嘛。

松元慧子：啊！我认错字了吗？

王长庆：对，是济生堂。

松元慧子：济生哥，你说这写的是什么？

郭济生：是宏济堂。长庆在跟你开玩笑呢。

王长庆：没开玩笑，我就读济生堂，日本人才读宏济堂呢！哈……【笑】

松元慧子：长庆哥。你老大不小的，整天没个正形，油嘴滑舌的，让我差点上了你的当。

【肖舜才端来了一碗热水】

肖舜才：水来了。

郭济生：来，明泉，把药吃上。

刘明泉：【吃药，喝水】感觉好多了，嗓子马上不那么痒了。

郭济生：管用就好。晚饭后，你再吃一丸，一天两丸。这一盒吃十天，吃完这一盒估计就能好个差不多。不行，可以再吃一盒。

刘明泉：济生哥，真不知道该如何谢谢您。

郭济生：不客气，要多喝水。

松元慧子：这药这么灵吗？

郭济生：【耐心地解释】慧子，这伤风感冒引起的咳嗽，吃橘红丸是很有效的，而这宏济堂的橘红丸又是最好的，疗效好，还好吃，不涩不苦！物美价廉！宏济堂西铺离我们饭庄很近，你可以买两盒给家人预备着。济南的春天变化无常，忽冷忽热，很容易引起伤风感冒的。

松元慧子：如果不管用怎么办？

郭济生：还要看情况。如果出现高烧、发热、打喷嚏，还要让郎中看看，再开几副草药，熬点汤剂喝。单纯地依靠咳嗽药是不行的。如果有呼吸困难，恐怕还要看西医。

王长庆：【打趣】济生哥，你今天的话也不少嘛。嘘寒问暖，关心备至啊！

松元慧子：长庆哥，不要无事生非啊！

郭济生：【对松元慧子】别理他。他就那样！

王长庆：【继续调侃】济生哥，就哪样啊？你可要说清楚。

郭济生：说话没深浅，话里话外地捉弄人，与无事生非差不多。

王长庆：呦！调门很一致嘛！我是话多一点……

郭济生：【打断了王长庆的话头】承认多嘴多舌就行，我们被你捉弄得还少吗？

王长庆：哪有的事？

郭济生：没有？整天拿我们的名字寻开心的是你吧！什么“天下名泉刘明泉”“七十三泉刘明泉”。高兴了就是“大舜之才肖舜才”，不高兴就是“不肖之才肖舜才”。刚才不是“济生堂”，就是“济生和尚”，还有慧子……

王长庆：【急忙打断了话头】济生哥，我可没有拿慧子的名字开过玩笑，我是 Lady first。这可是国际玩笑。【干笑】嘿嘿！你别瞎说，不然我可不认你这个哥。

郭济生：耍赖，还威胁？

王长庆：【皮笑肉不笑地】不。算我求你。

郭济生：【无奈】好吧。你要真是尊重妇女，女士优先，注意国际影响，就嘴上把把门，注意说话的尺度、分寸，不要开慧子的玩笑。

王长庆：好。我不开慧子玩笑！不过，慧子总是穿男装，我是不是可以不把她当女孩子？开点玩笑无伤大雅。

郭济生：狡辩！你还得了理了，真是巧舌如簧啊！

松元慧子：长庆哥，你肯定在背后给我起外号……

王长庆：【再次抢过话头】慧子，没有这回事。你可别上了济生哥的当。

松元慧子：不用你提醒。“七十三泉”“不肖之才”是谁在喊我是知道的。

王长庆：唉。看来我做不成好人了。【装作无辜的样子，又向松元慧子打趣】我说，慧子，你现在怎么老是向着济生哥说话呢？

松元慧子：长庆哥，你有点良心吧。济生哥什么事上也没亏待你。

王长庆：听这话，真像是一家人啊！

【郭济生一把锁住了王长庆的手腕】

郭济生：我发现你今天的话真不少！【用力紧握王长庆的手腕】

王长庆：哎哟……济生哥，大哥。疼啊！疼！！我错了，我错了。你大人不记小人过，放开我吧！

郭济生：不要再乱说话！

王长庆：不说，不说！

郭济生：说话算话？

王长庆：当然，当然！

【郭济生松手】

王长庆：【王长庆一边活动手腕一边说】平时不是挺能闹的吗？今天还没说几句就动手了。

郭济生：不许开这样的玩笑！

王长庆：【忽然装作明白的样子】哦。不是玩笑，那就真是一家人啊！

【刘明泉、肖舜才闻言又笑了起来。松元慧子坐在座位上，转过头去装作没有听见，却也忍俊不禁】

郭济生：【无奈】真拿你没办法。【岔开了话题】哎？都这个点了怎么就咱们几个人，其他人呢？今天的晨会怎么还不开始？

肖舜才：掌柜的、二掌柜、大厨、账房先生在屋子里不知道为什么争起来了，其他人都在那门外围着听呐！

刘明泉：【跑到门口查看】来啦！都来啦！

【掌柜、账房、厨师、伙计、学徒……都来到了饭庄大堂里，大掌柜王传堂开始讲话】

王传堂：各位同仁，早上好。今天的晨会开始得晚，主要是因为一件事情：前天，张宗昌的四姨太在我店预定了八桌酒席，时间就是今晚。现在有人反对接单、要求取消订单，可也有人依然坚持接单，还有人说张宗昌太坏，接单也不会好好做……总之，莫衷一是。我只好来听听大家的意见，再作决定。

张守仁：我先说，我是主张接单的。现在，时局动荡，生意难做，好不容易来了一单大买卖，干嘛不做？伙计们还指望着饭庄生意兴隆，养家糊口呢。况且，四姨太的预定标准是每桌十二个大洋，比我们的最高标准还多两个大洋呢！八桌就是近百两银子！这可是我们这半个月最大的一笔收入啊！再说，前来预定酒席的勤务官是我的老乡，当时，二位掌柜都不在，我就做主应承了下来，我不好出尔反尔吧。还有就是张宗昌刚到济南时不是也曾来我店吃过饭吗，当时可以，为什么现在不可以？

周德发：我同意接单。干嘛放着钱不挣？！何况以前张宗昌也来吃过，不能不给张先生面子吧！

【众人中有附和者："就是，就是。"】

吴东山：我反对接单，主张取消订单。我们开饭庄要挣钱不假，要养家糊口也对，但我们不能不讲道义。他张宗昌盘剥百姓、巧取豪夺，鱼肉乡里、倒行逆施，多少人对他恨之入骨。我们怎么能招待他的姨太太呢？想当初，张宗昌刚到济南，来我们饭庄吃饭，我们盛情款待，我们希望他做个青天大老爷，为我们百姓办点实事。谁知道，张宗昌暴虐无道，贪婪成性，拼命搜刮，毫无廉耻，山东人无不恨之入骨，我们就应该抵制他的姨太太来吃饭。

李宝诚：吴掌柜说得在理，应该取消预订。张宗昌的队伍到我们乡里去剿匪，结果他们比土匪还可恶，白吃白喝，又拿又抢，闹得是鸡飞狗跳，人心惶惶。我是不会伺候他的姨太太的。

吴东山：俗话说："匪来如梳，兵来如篦，官来如剔。"这三条他张宗昌都占全了，对于这种人我们就是不伺候。

【众人中也有附和者："对，对，不伺候。"】

郭济生：大掌柜、二掌柜，我有话要说。

王传堂：济生啊，你说吧。

郭济生：我认为，接单做生意和反抗张宗昌是两回事，不应该混为一谈！我们是开饭庄的，在商言商，贵在一个"诚"字，所谓"一诺千金"！既然已经接单，没有正当理由就不应该取消。否则，有损饭庄的信誉。所谓"君子一言，驷马难追"。取消预约，让张先生的颜面往哪里搁呢？

张守仁：济生能体谅我，说得在理！

郭济生：还有，既然接单，我们就应该保证菜品的口味，好好招待。我也非常痛恨张宗昌，也盼望着他早日垮台，我也想参加革命军，与张宗昌的部队对着干。做坏事的是张宗昌，是他的士兵们，并不是他的姨太太。老百姓的话叫“冤有头，债有主”，我们不能按照株连的办法做事，让姨太太代人受过！

周德发：对对对。应该区别对待！

郭济生：因此我说，取消订单没有道理，我们的反对也没有多少实际意义。退一步讲，就是她们成了阶下囚，我们不是也要让她们吃饭吗？何况她们是花钱吃饭，是我们的客人，我们没有理由给她们使绊子。只是今后再遇到类似的事情，干脆回绝，拒不接单，免得再闹出今天这样尴尬的局面。

松元慧子：济生哥说得对！我同意。

【众人目光全都转向了松元慧子】

松元慧子：【大窘】王掌柜，我说错什么了吗？

王传堂：【微笑】没有。看来济生有知音了。

【王传堂一语打破僵局，众人大笑。松元慧子放松了下来，郭济生反倒是有些不自然】

钟兴利：我来说两句。我不懂什么“革命”，就谈谈后厨的准备吧。大家知道，做葱烧海参需要将海参提前在水里泡一天，发起来以后才能下锅，烧出的海参才能绵软入味。因此，我昨天在看到菜单后，就挑出了一些大个海参放在水里发上了。另外，我还派人采买了鹿柳和几样时令蔬菜。谁知今天又要取消预订。现在，街面上不肃静，前来吃饭的人少，花大价钱吃饭的人更少，八桌子菜用的海参、鹿柳今天不吃掉就会变臭、坏掉的。这将是一笔不小的损失！请掌柜的予以考虑。

王传堂：钟师傅讲得实在，济生说得在理。看来，只有接了四姨太的这一餐，我们才有仁有义，才有脸面，才场面；不接这一餐，我们就无情无义，就丢分，就掉价！对不对？所以，我决定我们就接下四姨太的这个单。如果有谁跨不过要伺候姨太太这个坎儿，可以给钟大厨言语一下，安排到散客、零点上去，就不用参加晚宴的准备了。

张守仁：王掌柜场面！

王传堂：还有，北伐战事又要开启，济南城里的人都准备往乡下跑，前来吃饭的人越来越少，忙完今天这一单，饭庄将缩减散客服务规模，以接受预订为主，因此，饭庄将安排一半甚至可能更多的师傅、伙计回家，待战事结束再恢复正常营业。还是以前的老办法，凡同意待战事过后再回饭庄营生的，饭庄先发放半薪，另一半每到月底来饭庄补齐，主要是回店看看有什么事情安排。凡决定不再回饭庄营生的，饭庄发放一个月薪水。咱们好聚好散。【闻此言，大家面面相觑】吴掌柜还有什么要说的吗？

吴东山：我们饭庄开业以来，由小到大，由弱到强，依靠的是诚信经营、高品质的服务，今天的地位来之不易啊。现如今，天下不太平，政局风云变幻，我们饭庄也是几盛几衰、几起几落，可是我们坚持以道义为上，诚信经营，所以才能经风雨而不倒。今天，四姨太的这一餐对我们又是考验，既然大掌柜作出了接单的决定，我服从，希望各位也能排除干扰，通力合作，把晚宴准备好、服务好。大家这个月的薪水就指望今天晚上了。我在这里拜托大家了。【向大家拱手】

王传堂：下面请钟师傅安排一下今日的活计。

钟兴利：今晚这八桌菜这样分工：葱烧海参、烧鹿柳、奶汤蒲菜和四个凉菜，由我来做。周德发……

周德发：哎。

钟兴利：你带两个人，把糟溜鱼片、杏仁豆腐、芙蓉银耳汤做了吧。

周德发：是。就让小丁、刘四儿跟着我吧。

钟兴利：李宝城，晚宴能不能出点力啊？

李宝城：刚才掌柜的说了嘛，既然确定接单，我服从。菜，我能够做好。

钟兴利：好。水晶肘子、红烧干贝，这些你拿手，就交给你了。

李宝城：好来。让大成、兴邦跟着我吧。

钟兴利：济生啊，这宫保鸡丁、香酥鸭就交给你了。

郭济生：行啊。让明泉、舜才跟着我吧。

钟兴利：济生啊，别忘了慧子，她是你的大徒弟。对了。我向大家宣布一下，松元慧子小姐在我饭庄学徒一年，厨艺突飞猛进，已经出徒，今天成为我饭庄的正式厨师。大家欢迎！

【众人鼓掌】

钟兴利：下面我继续安排分工。韭菜、芦笋，周德发、李宝城你两个一人再做一样。

周德发：我来做韭菜吧。

李宝城：我就做芦笋。

钟兴利：赵师傅，今天多发点面，多做点银丝卷、豆沙包，准备点长寿面。

赵明德：掌柜的放心。已经多发了一缸面，多泡了一盆红小豆，一会儿就把红小豆煮上，误不了事。

钟兴利：好。其他没有派到活计的，都在零点上候着。

王传堂：吴掌柜，您再安排一下前台和大堂。

吴东山：关于前台和大堂，大家都是轻车熟路了，主要是搞好卫生，要窗明几净，整齐美观；要打起精神，有眼色点，从一开始车辆的停放、人员的引导以及落座后的服务——倒水、斟酒、上菜、吃饭，样样都要谨慎行事，别捅娄子。茶水的冷热、饭菜的咸淡、斟酒的时机都要把控好。现在，前台没有事干的，都去帮厨。

王传堂：大家还有什么问题吗？没有了吧？分头准备吧。

第十四场 分工的学问

时间：紧接上一场

地点：济南经二路纬五路9号、泰丰楼饭庄

人物：松元慧子、郭济生、王长庆、刘明泉、肖舜才

【场景：众人散去，大堂里只剩下郭济生一组与王长庆】

刘明泉：【真诚地】慧子姐，祝贺你提前出徒。

肖舜才：【羡慕】慧子姐，您真了不起。

王长庆：【随声附和】对对对。祝贺祝贺。

松元慧子：【高兴地】谢谢你们。

王长庆：光说“谢谢”怎么成？这么大的喜事，摆一桌谢师宴吧！请年轻的郭大师傅吃一顿，我们也跟着沾沾光，怎么样，慧子？

松元慧子：【愉快地答应】行啊。

郭济生：【反驳王长庆】什么“年轻的大师傅”、什么“谢师宴”，瞎起哄！昨天你吃的饭都是慧子做的。

王长庆：这可不一样啊。一个是吃饭，一个是宴席，你说不摆就不摆了？这可是规矩。

郭济生：规矩是可以改变的。

王长庆：呦！你也“咸与维新”了！

郭济生：对，维新。谢师宴免了。

王长庆：【看到郭济生态度坚决，又对松元慧子说】慧子，看来济生哥真没有把你当外人。

松元慧子：对，不是外人。

王长庆：不是外人，那就是内人！济生哥，是内人说了算，还是您这师傅说了算啊？

【王长庆说完哈哈笑了起来。刘明泉、肖舜才也跟着笑了起来。突如其来的问话让郭济生反应不及，不知道该说什么好】

松元慧子：【急于化解局面】这件事我能说了算，我请你们去石泰岩吃西餐吧。

王长庆：好啊！慧子，你当家，真好！常请客啊。

【刘明泉、肖舜才闻言都笑了起来】

松元慧子：能请大家吃饭，我高兴。到时候可别都不来啊！

郭济生：慧子，别拿长庆的话当真！你说得对，他没有正形！

王长庆：【得意】请不请，无所谓。我就是想知道这里是内人说了算，还是师傅说了算。

郭济生：【打断了王长庆的话头】慧子，听见了吧？说实话了，这是在拿我们寻开心呐！

王长庆：【不依不饶】呦呦呦……还"我们""你们"的，分得真清楚！明泉、舜才，明白什么是内人，什么是外人了吧！

【刘明泉、肖舜才只是微笑，并不答话】

郭济生：不要"内"与"外"饶舌了！一边凉快去吧。

松元慧子：不就是吃顿饭嘛，没什么大不了的。

王长庆：【调侃】哎呀！慧子，你当不了家啊！男女平等、妇女解放任重道远，你还需努力啊！

【刘明泉、肖舜才又笑了起来】

郭济生：【岔开话题】好了好了。走，我们去杀鸡、宰鸭吧。

【郭济生从大堂出来向后院鸡鸭养殖棚走去，松元慧子、王长庆、刘明泉、肖舜才跟在后面】

王长庆：慧子师傅，今天我给你帮厨吧。

松元慧子：给我帮厨？【看了一眼郭济生】你不是一直给济生哥帮厨吗？

王长庆：我才不给大男子主义者帮厨呐。你出徒了，可以当师傅了，我就帮你干活。

松元慧子：这我可做不了主。

郭济生：【搭话】这有什么不可以的！带上两只手来干活就行。

王长庆：我本来就是两只手嘛。

刘明泉：济生哥是让你多干活，少说话。长庆哥，你整天绕着弯儿说别人，这会儿怎么反应不过来了？

王长庆：【又作明白状】哎吆。当局者迷啊！我总是把济生哥当作好人，今天看他也不是个善茬！

刘明泉：长庆哥，你也不好惹啊！

郭济生：他是不好惹。快人快语，锋芒毕露！吃亏也就在这了。

刘明泉：是啊，要不是这样，长庆哥也不会被山东大学开除！

王长庆：话该说就说！我是动员同学们反对封建脑壳王寿彭的尊孔复古，这是政治立场问题，这个态度必须鲜明。我不后悔！

郭济生：态度鲜明我不反对，但是，眼下当权的都是拿枪杆子的反动军阀，你还要善于隐藏和保护自己。“木秀于林，风必摧之”。

王长庆：你说得对。不过现在，我也没有什么好怕的了。

郭济生：还是要小心为上，不要乱讲话。留得青山在，不怕没柴烧。

王长庆：谢谢提醒，我以后一定注意说话的场合。

松元慧子：【好像忽然想起了什么】济生哥，刚才我的发言没有问题吧，是场合不对吗，大家为什么都看我？

【郭济生看了松元慧子一眼，没接话茬。转脸对肖舜才说】

郭济生：舜才，你去后厨拿两把牛耳尖刀来。试试快不快，不行的话，再磨一下刀。

肖舜才：明白。

刘明泉：我去帮着磨磨刀。

【肖舜才、刘明泉去了厨房】

松元慧子：【见郭济生不答应，就又说】济生哥，你怎么不说话？还有，为什么我们组只做两道菜？

王长庆：【抢过话头】慧子，我知道为什么。我告诉你，我是不是就是好人呢？

松元慧子：那我要看你说什么。你，我不太相信！

王长庆：我肯定说实话。【附在松元慧子的耳朵上，小声说】我敢保证，你的问题济生哥是不会回答的。

松元慧子：【很意外的样子，放慢了脚步，故意落在了郭济生身后】真的，为什么？

王长庆：钟大厨让济生哥只做两道菜，这就是他的精明之处。济生哥还太年轻，不能挡了老师傅们的光。

松元慧子：论资排辈啊。

王长庆：也不全是，也有“人尽其才”的意思。

松元慧子：是吗？

王长庆：别看是两个菜，却是个脏活累活，费时费力，要从杀鸡宰鸭开始。钟大厨看中的就是济生哥年轻力壮，手快、刀工好，而且烹制“宫保鸡丁”的火候好，明白了吧？

松元慧子：明白了。

王长庆：你呀，先杀鸡宰鸭吧。

松元慧子：啊，要我杀？

王长庆：是的。你不是出徒了吗？而且是杀你饲养的那几只。

松元慧子：真的啊？

王长庆：不骗你。明泉饲养的那一些鸡和鸭昨天不是已经杀完、卖掉了吗？刘四儿养的那一批还没太长成个嘛。济生哥派舜才去拿两把刀，该你出手了！

松元慧子：啊？我擅长在灶上干活，这杀鸡宰鸭都是我给济生哥打下手的！这也太突然了，我怎么下得去手啊！

王长庆：就看济生哥是拿你当徒弟，还是当厨师了。

松元慧子：【狡黠】反正，我还是徒弟！

【郭济生、王长庆、松元慧子刚到鸡鸭棚，刘明泉、肖舜才也赶了过来】

肖舜才：济生哥，刀拿来了。

郭济生：明泉，去准备开水。舜才，在鸡笼里抓四只鸡出来，慧子、长庆，去鸭笼那儿抓四只鸭子出来。

松元慧子：真杀吗？我的大芦花、金凤凰、角斗王……

【看着肖舜才拎出来的鸡，松元慧子用手擦起了眼泪】

郭济生：慧子，你在这干什么呢？举行送葬仪式吗？快去把鸭子抓来。

刘明泉：济生哥，水我已经烧上了。我去逮鸭子。要杀慧子姐饲养的这些鸡鸭，她还有点不适应吧。

郭济生：【想了想】慧子，你去后厨准备辅料去吧。长庆你也一起去吧。

王长庆：好的。慧子，走吧。这里刀光血影的，吓人。

【松元慧子、王长庆去了厨房操作间】

郭济生：唉。就这点胆量，怎么办？！

【抬手杀了一只鸡，肖舜才又递上一只。刘明泉抓着鸭子等在一边】

刘明泉：女人，胆小，需要慢慢适应。女人出门在外干活，吃苦、受累、受惊吓，不容易。

郭济生：小小年纪，懂得不少啊！

刘明泉：都是跟师傅学的。

郭济生：你这个家伙，我啥时候教过这个。

刘明泉：没有言传，可有身教。

肖舜才：明泉也学坏了，不老实。

郭济生：【笑】看来你们都长大了。

第十五场　菜单的奥妙

时间：紧接上一场

地点：济南经二路纬五路9号、泰丰楼饭庄

人物：松元慧子、王长庆、郭济生、小丁、刘四儿、大成、兴邦

【场景：泰丰楼饭庄的厨房操作间里，松元慧子、王长庆在忙着添火、烧水、洗葱、洗姜、剥蒜，准备调料。小丁、刘四儿、大成、兴邦等也在自己的案板前忙碌着】

松元慧子：长庆哥，你说这道菜为什么叫“宫保鸡丁”？

王长庆：这你可问着了，我这店小二的天天给人叨叨。“宫保鸡丁”原来叫“酱爆鸡丁”，是大清朝山东巡抚丁宝桢丁大人最喜欢的一道菜，每天必吃。

松元慧子：每天必吃？

王长庆：对。不仅每天必吃，凡是丁大人请客，这道菜必须上。丁大人家请了几位鲁菜师傅专门做饭，对“酱爆鸡丁”潜心完善，“酱爆鸡丁”也就成了丁家的私房菜。因丁大人剿灭捻军有功，被封“太子太保”，“酱爆鸡丁”也就成了“宫保鸡丁”。

松元慧子：名字的来历是这样啊！

王长庆：我们的钟师傅就得到了“宫保鸡丁”的真传，那味道绝对地道！给你多说一句，你的济生哥“宫保鸡丁”从刀工到翻炒，那火候才叫炉火纯青，大有后来者居上的架势。安排你跟济生哥当学徒掌柜的也是煞费苦心。可惜了，这杀鸡，你学不着了。

松元慧子：这杀鸡还很难学吗?

王长庆：会者不难，难者不会！关键是这一刀下去要割断鸡的颈动脉，给它放血。我曾经有一次杀鸡，只把气管割断了，没放血，结果，那只鸡耷拉着脖子还满院子里跑，真吓了我一跳。

松元慧子：【笑】那我可要回去试试。

王长庆：算了吧。现在啊，你的金凤凰早上天了。

松元慧子：唉！对了，今天晨会上我说话，为什么大家都看我，还都笑?

王长庆：【故弄玄虚】这可有点复杂。

松元慧子：少卖关子，快说！

王长庆：说实话有风险，不落好。

松元慧子：你尽管说，我谢谢你。

王长庆：怎么谢我?

松元慧子：【略加思考】我请你吃"一大"[①]的蜜三刀如何?

王长庆：你真行。真是三句话不离吃。

松元慧子：哎呀，快说吧。

王长庆：是这样，在中国，女人是不出门、不当家、不拿主意的，万不得已需要女人拿主意也不能当面说，在朝廷上都是要垂帘听政的！你当面表态，大家当然很吃惊了。

松元慧子：不该我说话，就因为我是女的?

王长庆：是，也不全是。

松元慧子：啥意思?

王长庆：你没听见，王掌柜说"济生有知音"嘛！

松元慧子：怎么啦?

王长庆：这是在说你，心有灵犀、夫唱妇随！

松元慧子：你又胡说，王掌柜也不是好人！

① 一大：济南的一家食品店，以糕点制作闻名。

王长庆：【调侃】我就说嘛，我告诉你，肯定也做不成好人！在你的眼里，是不是天底下只有济生哥才是好人？

【王长庆一句话问得松元慧子两颊绯红】

松元慧子：长庆哥，你……

【这时，郭济生走进了厨房，松元慧子马上收住了话头，扭过脸去】

郭济生：你们准备得如何？

王长庆：差不多了。鸡、鸭可都收拾好了？

郭济生：杀完了。明泉、舜才在收拾着呢，还需要一阵子。你们这儿还差什么？

松元慧子：【松元慧子转过脸来说】已经准备好了。

郭济生：【看见松元慧子脸红红的，关心地问】慧子，你的脸怎么红了，病了？

松元慧子：我……我衣服穿得有点多，这厨房里有点热，没事。

郭济生：没事就好。

松元慧子：【转移话题】看，花椒、大料、桂皮，香叶……都备齐了，葱、姜、蒜、花生、干辣椒都已经洗好。

王长庆：请动刀吧，郭大师傅！

郭济生：葱、姜、蒜和干辣椒洗干净就行。慧子，动刀你拿手，这活儿交给你。

松元慧子：葱、姜、蒜都切丝吗，现在就切出来吗？

郭济生：不用。现在切出来到晚上用，味道都跑掉了。看到客人来时，再动刀。

松元慧子：好的。

郭济生：水烧得怎么样了？

松元慧子：明泉烧上了一桶，一会儿就开，耽误不了给鸡鸭褪毛。

郭济生：好。烧开水后，就把晚上做菜用的花椒油煸出来，没问题吧？

松元慧子：没问题。把灶台上的油罐装满够吗？

郭济生：足够了。

松元慧子：知道了。

郭济生：长庆，一会儿帮我把热水抬到后面去吧。

王长庆：没问题！不过，济生哥，我看你应该再准备点红豆交给慧子。

郭济生：【一时摸不着头脑】红豆，什么红豆？做菜不用红豆，那是白案的活儿。赵师傅不是已经准备好了吗？

王长庆：唉，你真是不解风情啊！“愿君多采撷，此物最相思。”有人得了相思病，你难道袖手旁观？

【郭济生听王长庆如此说，心里不免一惊，又看见松元慧子的脸红了，明白是王长庆又在作怪。后厨人多嘴杂，郭济生不便发作，只得岔开话题】

郭济生：你喝了迷魂汤了吧，胡说！【冲着王长庆发狠、瞪眼】说正经的，我问你，你对这四姨太的菜谱有什么看法？

王长庆：【看见郭济生发怒的脸色，讪笑着】感觉怪怪的，有点太多了。

郭济生：八仙桌子，摆十二道菜，都是女人，如何吃得了？这是一顿吃个够的架势。

王长庆：有钱，作吧！

郭济生：这是最后的疯狂，是树倒猢狲散的一顿饭。依我看，这张宗昌的气数到头了，张宗昌在济南的日子不多了。

王长庆：一顿饭，你就能看出战争胜负。真有你的！

松元慧子：济生哥，北伐军真能打赢吗？

郭济生：【坚定地】肯定赢！

第十六场　徐州誓师

时间：1928 年 4 月 7 日上午

地点：徐州、北伐军誓师会场

人物：蒋介石

【场景：1928 年 4 月 7 日上午，北伐军第一集团军在徐州举行誓师大会，蒋介石在誓师大会上发表讲话，开启了津浦铁路两侧的第二次北伐行动】

蒋介石：诸位将士，经过第一次北伐，打垮了反动军阀吴佩孚，翦灭了孙传芳在东南五省的势力，但是，北洋军阀张作霖依然擅权专政，倒行逆施，祸国殃民。他的爪牙张宗昌依然盘踞齐鲁，作威作福，为害一方；投靠了张作霖的孙传芳仍在苟延残喘，负隅顽抗。当下，反动军阀已成为我中华民族实现独立、自由和统一的最大障碍。中山先生教导我们“革命尚未成功，同志仍须努力”。此次北伐的任务就是要推翻北洋军阀政权，肃清国内反动势力，实现国家的统一与民族的完全独立，进而推进民权主义和民生主义的彻底实现，最终达成国民革命的目标。

诸位将士，作为国民革命军人，要胸怀必胜之气，直捣幽燕，长驱关外，使张作霖覆灭而后无继张作霖而起之人！

诸位将士，作为国民革命军人，要胸怀报国之志和感恩之心，要对得起总理的灵魂，对得起已经牺牲的将士，对得起生我的父母，对得起痛苦的民众。党国存亡，主义成败，人民祸福，同志荣辱，在此一战。

诸位将士，作为国民革命军人，要有钢铁般的纪律和大无畏的牺牲精神。我们要严守纪律，服从命令，不惜牺牲，奋勇向前，英勇杀敌，一鼓作气，救国救民于水火，毕国民革命之功于一役，用胜利告慰中山先生的在天之灵。

国民革命成功万岁！

众将士：【振臂高呼】国民革命成功万岁！

蒋介石：中国人民自由解放万岁！

众将士：【振臂高呼】中国人民自由解放万岁！

蒋介石：中国国民革命军万岁！

众将士：【振臂高呼】中国国民革命军万岁！

【场景：张宗昌兵败界河】

画外音：1928 年 4 月 9 日，蒋介石下达总攻命令。第一集团军第一军团刘峙部沿津浦线向兖州推进。张宗昌部一触即溃。4 月 10 日，刘峙一部占领台儿庄。4 月 12 日，第一军团包围临城。同日晚，张宗昌下令全军撤退。4 月 14 日，第一集团军顾祝同部占领临城。4 月 16 日，第一军团开始进攻界河。4 月 18 日，第一军团第一军突破了张宗昌耗资 50 万、费时半载、聘请德国人指导构筑的界河防线。

【场景：贺耀组部、方振武部与孙良诚部进攻济宁】

画外音：第一集团军第三军团贺耀组部、第四军团方振武部在微山湖以西向济宁推进；第二集团军第一方面军孙良诚部也由菏泽向济宁推进，与孙传芳部在鲁西南发生激战。

【场景：孙传芳反击得手】

画外音：4 月 12 日，推进至鱼台一线的第一集团军第三军团贺耀组部遭到孙传芳部的猛烈反击。第二十七军夏斗寅部和第三十三军张克瑶部被击溃；贺耀组亲自指挥的第四十军陷入包围，贺耀组乘夜色突围，侥幸逃脱。4 月 14 日，孙传芳部占领丰县。随后，孙传芳以骑兵一部突袭沛县，直接威胁第一集团军的后方基地徐州。

【场景：鲁西激战】

画外音：得知丰县失守，蒋介石急电第二集团军司令冯玉祥调石友三部自兰封沿陇海线东进，反攻丰县；又调第一集团军第一军刘峙一部由临城前线回撤徐州，会同贺耀组的第三军团余部阻止孙传芳部南进。与此同时，第二集团军第一方面军孙良诚部在鲁西南向孙传芳的主力李宝章部发动猛攻。4 月 15 日，孙良诚部攻占巨野，李宝章部全军覆灭。16 日，孙良诚部包围济宁。孙传芳见济宁告急，后路有被切断的危险，急率 5 个师北援济宁。徐州转危为安。

第一集团军、第二集团军在山东赢得了战场的全面主动。

第十七场　出兵山东！马上！

时间：1928 年 4 月 18 日

地点：日本东京、内阁议事厅

人物：田中义一、铃木喜三郎、高桥是清、白川义则、冈田启介、原嘉道、森恪

【场景：日本首相田中义一召集临时内阁会议，内阁成员列座】

田中义一：蒋介石的南京政权没有听从帝国政府的建议，坚持北伐，执意要实现支那的统一。目前，蒋介石的第一集团军主力正沿着津浦铁路全力北进，兵锋直指山东济南。张宗昌部一触即溃，孙传芳部虽然反击得手，击溃了蒋军在微山湖以西的进攻，却遭到了冯玉祥第二集团军一部的猛烈夹击，孙传芳部苦苦支撑，但是独木难支，北伐军在山东的胜利已不可逆转。倘若蒋介石部从山东北上，张作霖的奉军将陷入与蒋介石、冯玉祥、阎锡山、李宗仁部的多线作战，必败无疑！支那迎来了统一的曙光！这是帝国政府不愿看到、不能看到的局面。

森恪：关于承认我政府在满蒙权益的要求，蒋介石政府没有给予明确的答复，只是承诺“在国家统一后，双方通过修约，协商解决”。蒋介石在国家尚未统一之时都不能答应的事情，在统一之后更无应允的可能！可见，我国政府确定的“积极外交”政策非常英明正确！必须采取“外科方法”确保帝国在满蒙、在山东的既得利益，必须出兵山东阻止一个统一支那的出现！

田中义一：联络参谋佐佐木到一刚刚传来情报，北伐军与孙传芳正在济宁以西地区鏖战，张宗昌部已从济宁后撤，北伐军已全面掌握战场优势。

白川义则：这就是说，北伐军会很快攻占济南？！

田中义一：是的。济南代理总领事西田畊一、青岛总领事藤田荣介先后发来电报，建议政府立刻出兵。驻济南武官酒井隆少佐向总参谋长铃木庄六发来电报，也建议立即出兵山东。现在是出兵山东的最佳时机，也是最后的时机，这是大家的共识。

森恪：机不可失，时不再来！今天上午，田中首相已就再次出兵山东事宜向天皇作了汇报。鉴于山东的形势和北伐军的动向，天皇同意了我政府再次出兵山东的决定！

田中义一："名不正，言不顺！"南京国民政府的此次北伐为我再次出兵山东、出兵支那提供了一个"正名"——保护侨民的机会，这是一个难得的契机！本次出兵支那的直接目的，就是破坏北伐、阻止统一、扩大帝国在满蒙的权益。从长远看，则是我帝国占领支那、称霸亚洲、争霸世界的第一步，也是关键的一步。万事开头难嘛！

森恪：但是，我们还必须让支那政府——不论是张作霖政权还是蒋介石政权都充分相信：我政府本次出兵就是为了"保护侨民"及其利益，完全是自卫的行动；我政府将公开承诺，日军决不干涉支那内政，不阻碍国民革命军的北伐，不妨碍支那的统一。我们还要将我出兵山东一事晓谕英、美、法等国的政府，既要谋求其谅解，更要防止其插手。

田中义一：对于"出兵护侨不符合国际惯例"的指责，我们完全不必在意！当今的国际社会只有强权，没有规则。是强者在制定规则，也只有强者可以打破规则！强权就是规则。只有弱者才渴望规则和正义。国际交往没有正义，只有利益。凡不符合帝国利益的规则都是可以打破的。帝国应该成为国际规则的创制者。

森恪：济宁距离济南不足200公里，孙传芳只是在苦苦支撑，随时都有败退的可能，北伐军随时可能沿津浦线北上济南。济南是山东的首府、北京的门户。我军占领济南，就可以阻止北伐军取道津浦线快速北上。因此，建议军部立即再次出兵山东，在第一时间抢占济南，为实现全面控制满蒙、占领支那、争霸世界打开局面。

白川义则：对于出兵山东，军部早有预案。熊本的第六师团可以即刻集结，起程开赴青岛，经胶济线抵达济南。

田中义一：这需要多长时间？

白川义则：依照去年出兵山东的经验，轻装步兵需要6天时间抵达济南，坦克、火炮、马匹等重装备全部到位约需要10天行程。

冈田启介：坦克、火炮、马匹等重装备的装卸需要3～4天的时间。

田中义一：10天？这无法保证我军抢在北伐军之前占领济南！军队不能提前占领济南，就无法阻挡快速北上的国民革命军，我们的出兵就变得毫无意义。必须再想办法！

白川义则：是否可以这样，由中国驻屯军驻天津的部队组成“临时济南派遣队”，从天津出发，先期抢占济南，控制住津浦线火车站，迟滞国民革命军北上，等待第六师团的到来。

田中义一：从天津乘火车到济南需要多长时间？

白川义则：一天。

田中义一：好！就这样办。我们来个双管齐下！给中国驻屯军司令官新井龟太郎发电报，命令在天津的中国驻屯军立即组建“临时济南派遣队”，即刻开赴山东，以最快的速度完成对济南的占领和控制。命令熊本第六师团立即集结，出兵山东，务必于10天之内全部赶到济南。

白川义则：明白。

田中义一：命令海军部即刻安排运输船只，赴熊本县接送第六师团赶赴青岛。

冈田启介：明白。同时，为确保第六师团的行动，我建议，命令在青岛港停靠的第二外遣舰队海军舰队派出陆战队员，率先登陆青岛，控制火车站、码头等交通要冲，接应第六师团登陆；派出海军陆战队保护胶济铁路，为第六师团开赴济南做好准备。

田中义一：这样很好！希望陆军部与海军部能密切配合，完成任务。

白川义则、冈田启介：是。

田中义一：【转向白川义则】通知佐佐木到一，让他转告蒋介石，我政府已决定出兵山东，并阐明我政府本次出兵的目的：保护侨民，推动中日亲善。出兵绝无针对北伐军、破坏北伐、阻挠支那统一的意思，打消蒋介石的怀疑和猜忌。

白川义则：是。

【场景：1928 年 4 月 20 日，天津火车站。日军“临时济南派遣队”三个步兵中队共 460 人，在小泉恭次中佐的带领下，自天津乘火车开赴济南】

【场景：1928 年 4 月 20 日，青岛码头。停泊于青岛海岸的日海军第二外遣舰队派出陆战队 700 余名，登陆青岛，占领控制了火车站、码头和交通要冲】

【场景：1928 年 4 月 25 日，青岛码头。日军第六师团首批部队抵达青岛。第 11 旅团长斋藤浏少将率日军第六师团先遣部队乘火车开赴济南】

【场景：1928 年 4 月 26 日，第六师团先遣部队进入济南，在胶济线火车站前列队】

【场景：走出胶济火车站的日军受到在济南的日本侨民——妇女、青年学生等的夹道欢迎。由商人、浪人等组成“日侨义勇团”趾高气扬地沿商埠街道散发传单】

画外音：1928 年 4 月 18 日，日本政府作出了出兵山东的决定。

1928 年 4 月 19 日，日军参谋总长铃木庄六向近卫师团长长谷川直敏、第六师团长福田彦助中将及中国驻屯军司令官新井龟太郎中将发布了关于派遣第六师团及“临时济南派遣队”的第一号命令：命令第六师团、“临时派遣电讯队、临时派遣铁道队”开赴山东。

1928 年 4 月 20 日，驻天津日军三个步兵中队共 460 人组成“临时济南派遣队”，在小泉恭次中佐率领下自天津登车开赴济南。次日，天津“临时济南派遣队”抵达济南，驻扎在商埠区。

1928年4月20日，停泊于青岛海岸的日本海军第二外遣舰队派出陆战队700余名，侵入青岛，并向胶济铁路沿线派出士兵，控制胶济铁路。

1928年4月25日，日军第六师团首批部队抵达青岛。先遣部队在第十一旅团长斋藤浏少将率领下开赴济南，次日抵达济南，占领商埠。

第二部

泉城不设防

第一场　斋藤的毒计

时间：1928年4月28日下午

地点：济南经五路纬六路日本寻常小学、第六师团第十一旅团司令部

人物：斋藤浏、安藤利吉、新山福治、小泉恭次、佐藤、高冈谦吉、永野一辉、日本少佐以上军官若干名

【场景：1928年4月28日下午，日本寻常小学会议室】

斋藤浏：今天，我们召开这个会议，是为了统一指挥并协调各部在济南的行动，强化我部在商埠地区的守备。此次出兵山东，任务不仅仅是保护侨民及其财产，更重要的是彰显我军军威，阻止国民革命军的北伐，破坏支那统一的实现。对此，各位务必保持清醒的头脑。

众人：明白！

斋藤浏：为此，在下一步的行动中，我军要制造借口，挑起事端，寻找机会咬住北伐军。我们要像钉子一样把北伐军牢牢地钉在济南，让他们行动不得、动弹不得；要让北伐军充分地领教我大日本皇军的厉害，要让北伐军闻风丧胆，老老实实地退出济南，退出山东，退回南京。

小泉恭次：目前，对我军出兵山东，北京政权和南京国民政府均提出了强烈抗议，一些济南人士也对我军行动进行批评和抗议，指责我军公然违反国际法，是侵略行为。请问该如何处置？

斋藤浏：近日，山东省督办张宗昌已经派人联系过我驻济南的领事馆，对我政府出兵山东的军事行动表示理解和欢迎。因此，对于那些指责和抗议完全不用理会！在济南、在山东，我军可以名正言顺、放心大胆地采取行动！

小泉恭次：明白！

斋藤浏：为了确保达成行动目标，顺利完成任务，我决定，在商埠地区设立东、西两个守备区。东守备区以纬一路、纬三路、经一路、经三路为界，继续由先期抵达的“临时济南派遣队”驻扎把守。东守备区毗邻津浦铁路、胶济铁路的两个火车站，地理位置极为重要。一旦战事开启，守备部队要伺机派出部队占领火车站，阻止北伐军快速北上，切断济南与外界的铁路联系，使济南变成一座孤城！这样济南就成了我军的囊中之物，在战略上，可以确保我军进可攻、退可守。

小泉恭次：明白！

斋藤浏：以纬六路、纬十路、经二路、经六路为界，设立西守备区，由步兵第四十七联队驻扎把守。

新山福治：是！

斋藤浏：西守备区是我侨民集中的居住地区，是工厂、学校、医院、银行、物资仓库的所在地，把守住西守备区，就可以确保我军立于不败之地。

新山福治：明白！

斋藤浏：步兵第十三联队作为预备队，随时听候调遣。

安藤利吉：是！

斋藤浏：在出入守备区的各条道路的路口，要堆筑工事，设置路障，布设机枪阵地，设置活动电网。在防守阵地前一百米处设置流动哨，哨兵要来回巡逻，密切监视支那军民的行动。都听明白了吗？

众人：明白！

斋藤浏：要强化守备区防卫的措施，确保侨民人身及财产安全，确保部队自身安全。严禁任何人员擅自进入和通过守备区。严禁北伐军士兵通过，凡不遵从者，可一律击杀。设立守备区之后，与支那人、与北伐军的摩擦自然增加，我军可以随时寻找借口，扩大事端，发动攻击。我命令：自今日起，我入济部队必须时刻保持战备状态。

小泉恭次：来济一周了，终于到了大显身手的时候了。

斋藤浏：不。目前，福田彦助将军所率人马以及坦克、火炮等重武器尚未运抵济南，因此，现在还不是大显身手的时候！要等待人员到齐，重拳出击，一举击溃北伐军。

小泉恭次：明白了！

斋藤浏：现在的主要任务是，在确保守备区安全的前提下，不断地制造摩擦，挑起争端。要制造我方侨民遭受骚扰、劫掠和侵害的声势；在非常情况下，可以采取嫁祸于人的方法，为军队的介入提供借口。这项任务请“日侨义勇团”“在乡军人会”配合完成。

高冈谦吉：“日侨义勇团”“在乡军人会”都已经组织起来，并进行了培训和演练，只待一声令下。

斋藤浏：很好。黑龙会要积极开展侦查活动，要渗透到济南市的各个角落、各个行业、各个部门，做好情报的搜集工作，为我军的进攻行动、为“日侨义勇团”和“在乡军人会”的挑衅行动提供支持。

永野一辉：明白！

斋藤浏：我再次强调，在下达进攻命令之前，各部队不得采取任何进攻行动。但是，要积极支持和配合黑龙会、“日侨义勇团”和“在乡军人会”开展的制造摩擦的挑衅行动。

众人：明白！

斋藤浏：制造摩擦、开展挑衅时，各部队要注意：

第一，要做到尽量刺杀敌人，不要开枪；击杀要稳、准、狠，不留痕迹。就是要让北伐军感受到恐惧、恐慌，让其知难而退。对英、美等西方国家要努力消弭、隐藏事态的严酷程度，淡化行动的攻击色彩，避免招致指责！

第二，冲突、摩擦要零散、隐蔽，造成偶然、无序的假象。要避免引起北伐军的警觉，招致报复。

总之，就是要瞒天过海，确保我军未来全面出击的隐蔽性、突然性！要让蒋介石、让北伐军感受到：山东、济南就是我们日本人的天下！我们的力量、我们的影响无处不在，无时不在！如果北伐军不后撤，我们就消灭它！都听明白了吗？

众人：明白！

第二场　李延年的济南

时间：1928年4月30日下午

地点：山东泰安、火车站月台

人物：李延年、刘永强、王凤池、杨冠英、王德发、陈家生、李全有、一连士兵若干名

【场景：4月30日下午，泰安火车站月台。国民革命军第一集团军第一军团第一军第二师第五团正在休息待命，全团以连、排、班为单位列阵，一连的几名士兵正围坐在一起聊天】

王德发：老兄，来抽支烟。

陈家生：【接过王德发递来的香烟】谢谢老弟。

王德发：我说，你这"赛诸葛"，见多识广，老谋深算，给分析分析，为什么不让咱攻打泰安城，却让咱去济南，会不会另有重任啊？

陈家生：那还用说，肯定是重任！前面可是济南府，张宗昌、孙传芳的老窝，你说这任务重要不重要？！

王德发：嘿！说你胖，你还喘上了。

李全有：老陈，你有啥高见，说给大家听听。

陈家生：我也是道听途说，不敢乱讲的。

王德发：我们知道你有数，说来听听。

陈家生：我们团座作战勇猛，善于出奇制胜，就是在黄埔的毕业生里

也是拔尖的。

李全有：这个我们都知道。

陈家生：团座和我一样的年纪已经是少将了，这个，你知道？

李全有：这个，我刚知道。

陈家生：团座是山东人，在济南读了四年书，这个你知道吗？

李全有：团座是山东人，听口音就能知道。其他的不清楚。

陈家生：这就是为什么打济南的任务要交给我们团的原因。

王德发：明白了。

陈家生：而且很快就会出发。

王德发：是吗？

陈家生：你想想，直接在火车站集结！

王德发：噢。明白点了。

李全有：这泰安城还没打下来，我们就去打济南，保险吗？

陈家生：不懂了吧。这叫釜底抽薪，三十六计之一。泰安虽小，却易守难攻。济南有张宗昌、孙传芳在，泰安守军就会负隅顽抗，就会幻想着济南的援军来解救！可是，一旦攻占济南，就绝了泰安城内守军的后路，泰安城也就唾手可得，这叫“不战而屈人之兵”。

李全有：不战而什么兵？

陈家生：这么说吧，现在我们北伐军人多将广，兵强马壮，轮番上阵，就凭张宗昌现在的家底，蹦跶不了几天！等我们打败了张宗昌、孙传芳，泰安守军就得乖乖地缴枪投降。

王德发：老兄，你这“赛诸葛”名不虚传啊！让你扛枪打仗真是屈才了。

陈家生：诸葛亮？不敢当！不过比你们多吃了几年饭吧。要说足智多谋还是我们团座！我们团座文武全才，喜欢舞文弄墨，是位儒将。听说尤其好书法，特别是隶书。

李全有：“隶书”？什么是“隶书”？

陈家生：不知道。

王德发：是不是写得特别有力？

陈家生：有力。你听谁说的？

王德发：我听刘团附说，团座的字苍劲有力。

陈家生：看来是这个理。

李全有：哎！团座来了。

【团长李延年、团附刘永强带两名卫兵视察连队】

王凤池：【跑向前去】报告团座，一营一连正在休息。一连连长，王凤池。

杨冠英：【站在王凤池身后，向前一步】报告团座，一连一排正在休息，一排排长，杨冠英。

李延年：继续休息。带我看看弟兄们。

王凤池：是！

【李延年、刘永强、王凤池、杨冠英等向陈家生等处走来】

李延年：战士们最近的士气如何呀？

王凤池：报告团座，我们一路上连战连捷，势如破竹。现在战士们斗志高昂，只是……

李延年：只是什么？

王凤池：起兵都二十多天了，弟兄们连日征战，风餐露宿，吃不好睡不好，有点疲惫，如果能理个发、洗个澡、刮刮胡子、睡个好觉，斗志就更高昂了。

杨冠英：战士们的衣服都馊了，急需洗一洗。

李延年：前面就是济南府，等打下济南府，消灭了张宗昌、孙传芳，大家就可以好好休息一下：吃顿热饭、洗个澡、睡个安稳觉、换洗一下衣服了！

杨冠英：我真想现在就打进济南府。

【众人笑】

【场景：李延年等来到士兵中间，坐下】

李全有：报告团座。听说您在济南读过书，是真的吗？

李延年：是的。我是在山东省立商业专门学校，就是现在山东大学的前身读的书。

王德发：这么说您还是大学生了？

李延年：山东省立商业专门学校是由原来的山东大学堂拆分出来的。现在，拆分出来的学校又合并起来，改名叫山东大学了。你们看看算不算？

【几个士兵面面相觑】

陈家生：专门学校是从大学堂拆分出来的，名字不是大学，但是层次还是大学，因此，应该算是大学生。

王德发：说得在理。

【众人笑】

杨冠英：团座，您给我们说说济南好玩的地方吧！

李延年：好啊！济南，人称“泉城”，它有七十二名泉，有“家家泉水，户户垂杨”的说法。最有名的泉是趵突泉，它有三股水同时喷涌，水量大，水势汹涌，堪称奇观。还有就是趵突泉的水质好，清冽甘甜，被誉为“天下第一泉”。

李全有：“天下第一泉”？口气真大！

李延年：那当然！你知道说趵突泉是“天下第一泉”的是谁吗？是乾隆皇帝！乾隆爷下江南，出北京后一路上喝的是玉泉山的泉水。乾隆爷来到济南，喝了趵突泉的水，就不再喝玉泉山的泉水了！喝什么呢？趵突泉！

【众士兵笑】

李延年：除了趵突泉，乾隆爷还非常喜欢珍珠泉。珍珠泉在原巡抚大院内，乾隆爷南巡路过济南时就住在巡抚大院，每天就用这珍珠泉的水泡茶，并为珍珠泉赋诗一首。诗被刻成石碑，立在了珍珠泉的边上。到了济南，弟兄们可以去珍珠泉逛逛看看。

李全有：那我可要去看看。

王德发：你？大字不识一筐，看了也是“猴子看书——假斯文”。

【众士兵笑】

李全有：我是说去看泉水，是看趵突泉、珍珠泉，不是看诗文！你也别说我，你去那是“看戏不花钱——”

王德发：啥意思？

李全有：“白瞅”。

【众人笑】

李全有：团座，您继续讲。

李延年：到了济南，你们还可以去爬千佛山。这千佛山是济南的又一大名胜，是观景的好去处！登上山顶向北望去，不仅济南城尽收眼底，还可以看看黄河远帆、齐烟九点、鹊华烟雨等景色。

刘永强：黄河远帆、齐烟九点、鹊华烟雨都是名列济南八景的。“齐烟九点”出自唐代李贺的诗，“鹊华烟雨”因为赵孟頫的一幅《鹊华秋色图》而闻名天下了。

李延年：乾隆皇帝非常喜欢《鹊华秋色图》，他在济南的时候，曾经专门派人去京城取来《鹊华秋色图》，实地对照观看呢。

李全有：团座、团附，你们这读过书的人谈起风景来就是不一样，总能这诗词、那书画的说一大堆。

李延年：其实，看风景就是看文化。人们总是说看景不如听景，其实是看景的人没有看出风景中的文化，体味不出其中的奥妙。

陈家生：团座，照您这么说，我们这些没文化的还是听听您说风景吧！我们看也是白看。

【众士兵笑】

李延年：我给你们再说说大明湖吧。这大明湖是人文荟萃之地。大诗人李白、杜甫都曾到此一游，曾巩、苏辙、黄庭坚都曾在济南为官。在历下亭上写有一副对联：“海右此亭古，济南名士多。”这历下亭就在大明湖中间的一个小岛上。济南还诞生了李清照、辛弃疾两位著名的词人。这辛弃疾是南宋的著名词人！他也是一个北伐的积极主张者，和诸位是同道。辛弃疾终其一生也没有完成北伐，实现统一。完成北伐可是一个历史使命哦！

【众士兵大笑】

王凤池：我们一定完成北伐，打倒军阀，统一中国！

李延年：一座城市，有泉、有山、有湖，实在不多见。有副对联是“四面荷花三面柳，一城山色半城湖”，很好地写出了济南的景致。

杨冠英：团座，听您这么一说，这济南城真是一个好地方。

李延年：弟兄们有所不知，这济南还有一个好去处。

众士兵：还有好去处？

李延年：有。商埠！

众士兵：商埠？

李延年：对！济南是一座古城，更是一座“新城”。

众士兵：新城？

李延年：这新城就是商埠！出老城西门，一直向西，走两袋烟的工夫就是济南“新城”，老百姓称“商埠”。商埠是配合胶济铁路开通而建设的新城，毗邻济南火车站，是对洋人开放的地区。商埠内有领事馆、洋行、贸易处、洋人住所等，洋楼、洋房、洋教堂和洋人随处可见，绝对让你们大开眼界。商埠内酒馆饭店、商行旅店比比皆是，医院、剧场、影院、邮局、浴池、理发馆随处可见，还有一个公园。弟兄们若想在商埠吃饭、住宿、理发、洗澡、听书、休息……都可以找到好的去处。在商埠，弟兄们可以感受到上海滩一样的繁华。

众士兵：真的？

李延年：当然是真的。还有一点请弟兄们一定要清楚，商埠虽然洋人多却不是租界，商埠是我们的地盘，一切都是我们做主。当然，对于洋人的驻地和私人场所，我们切不可乱闯。洋人应有的权益我们还是依法予以保护的。

王凤池：团座放心。这些纪律都已经三令五申了，弟兄们都明白，是不是？

众士兵：是！

李延年：很好！

王德发：团座，这济南有啥好吃的吗？

杨冠英：你啊，就知道吃，走哪也忘不了！

【众士兵笑】

李延年：【对王德发】其实，我和你一样，也是走到哪里都要找好吃的！

刘永强：团座也是未能免俗啊！

【众士兵笑】

李延年：在济南最有名的当然是鲁菜。不过，当年团长我还是个穷学生，对鲁菜这种大餐也都是只闻其名，什么黄河鲤鱼、海参鲍鱼……都没吃过。这恐怕也不是你们的菜啊！还是给你们说点特色小吃吧。济南号称有“两怪”：一怪是甜沫不甜，二怪是茶汤不是茶。还有就是赵家的大米干饭把子肉……

【传令兵跑了过来】

传令兵：报告团座，师部命令。

李延年：【接过传令兵递过来的命令观看】师部命令我们，今晚八点钟乘火车开赴济南。【看手表】现在是五点三刻。刘团附，传我的命令：全团两小时之内作好出发准备，七点三刻集结等车。

刘永强：是。【接过命令，迅速离去】

李延年：一连的弟兄们，抓紧吃饭、整理行装，晚八点启程。明天一早我们就可以在济南吃早饭啦。

王德发：我要喝甜沫。

陈家生：我要来碗茶汤。

李全有：我要吃大米干饭把子肉。

李延年：等解放了济南，你们会发现更多好吃的！

【李延年迅速赶去团部】

王德发：唉呀！我们晚饭吃什么？

杨冠英：白菜炖豆腐、大米干饭。

王德发：【失落】三天没吃肉了！

陈家生：不懂了吧。人说泰安有三美：白菜、豆腐、水，白菜炖豆腐应该就叫“泰安三美”。

王德发：你净玩虚的！要是有济南的把子肉就好了。

【众人笑】

第三场　接应北伐军

时间：1928 年 4 月 30 日下午

地点：济南旧军门巷、魏剑白住所

人物：魏剑白、张丕介、葛覃、王旭、徐树楠、学生若干名

【场景：魏剑白住所，国民党济南地下工作人员正在召开迎接北伐军入城事宜准备会】

张丕介：大家好。据可靠情报，我北伐军已从东、南、西三个方向进抵济南城郊，张宗昌、孙传芳的主力已被消灭，大势已去，败走省城已成定局。今天召集大家来就是商量一下如何做好迎接北伐军进城的工作。从前天起，济南城内就充斥着张宗昌的残兵败将、散兵游勇，抢掠事件时有发生，局势非常混乱。另外，大约在一周以前，商埠又驻扎进来了日本兵，济南城的情况变得更加复杂！因此，如何稳定局势，防止破坏事件的发生就显得特别重要！我们要力争引领北伐军顺利进城，使济南获得和平解放。下面请魏剑白同志部署一下具体工作。

魏剑白：当前的形势大家都清楚，我们的首要任务是维护城市秩序。要严密防范张宗昌及其残兵败将在败退时的破坏活动，避免不测事件的发生。要做好各项接应工作，引领北伐军顺利进城。其次是进行情况通报。要及时向北伐军通报济南城内的情况，尤其是日军进占商埠，划分守备区一事。

张丕介：对。及时准确地传递出情报非常重要。

魏剑白：情况已经很清楚，前几天的混乱局面，既有张宗昌的败兵作祟，也有日本浪人、侨民的暗中参与，推波助澜。对于日本人的乘人之危、浑水摸鱼、趁火打劫，必须让北伐军有所防备。

张丕介：日本人是黄鼠狼给鸡拜年——没安好心。

魏剑白：对于日本出兵山东，南京国民政府和张作霖政权都已经提出了严正抗议，强烈要求撤军，但是目前看没有效果。要提醒北伐军："害人之心不可有，防人之心不可无。"联系、接应北伐军的工作就请王旭同志负责吧。

王旭：好的。

张丕介：你有什么打算吗？

王旭：我准备在东、南、西三个方向的主要道路上各派二位同志前去接应，通报情况并指引部队进城。据情报，今、明两天主要有西、南两个方向的北伐军抵达，东面的部队需后天才能抵达东郊。

张丕介：那好。今、明两天我们只迎接西、南两个方向的部队进城，你总共能派出多少人员前去接应、引路？

王旭：十八个人，共分九个组。

张丕介：能派出更多的人手吗？

王旭：没有更多的人手了。张宗昌到处抓我们的人，人们不敢向我们的组织靠近。

魏剑白：如果只是西、南两个方向也差不多，有可能的话，可以利用北伐军队伍中的济南人、北方人。

张丕介：目前只好如此了。在有限的人员当中，要派身体好、熟悉济南道路、了解日军部署情况的得力人员。

王旭：请放心。关于入城部队的番号、防区、兵员数量、进城路线以及驻扎地点等，我们都作了相应的安排，保证让北伐军平安进城，而且是进得来、住得下、吃得好、睡得着。

张丕介：有你这个保证我就放心了。

王旭：为确保顺利沟通，准确传递信息，我还对派出人员进行了南方话的简单培训。

张丕介：太好了。想得周全。

魏剑白：有没有从津浦铁路车站直接进城的部队？

王旭：这个不确定。不过，从今天午夜起，在津浦铁路车站的出站口，也安排了我们的二位同志负责咨询、指引。

魏剑白：好，下面我来谈一下北伐军进城路线的安排。我已经联络了城外一区警署署长隋得功，由他负责开放南门和南圩子门。趵突泉派出所巡警孙应都，由他负责开放西门、普利门、林祥门。如果驻扎在商埠日军阻挠，即引北伐军全部由南门进入老城。不进老城的部队，可在商埠、城郊等地就近安排驻扎。

王旭：明白。会后，我马上派人出城迎接北伐军。

魏剑白：为防范张宗昌败退时进行破坏活动，现在做如下安排：

第一，入夜后，我们把消防器材运到督署附近，发现火光，即发动百姓救火。这项工作主要由我来组织。

第二，由孙应都通知普利门派出所，指派几名得力警员到东流水电灯公司，保护好发电设备。

第三，在张宗昌败走之前，警察厅看守所的内应人员要设法把扣押的我党人士及无辜人员营救出来，免遭张宗昌的杀害。

葛覃：对。尤其是不久前被抓进去的那些准备参加欢迎北伐军的人。

魏剑白：对。那这项工作由你负责如何？

葛覃：太好了。我一定要把我们的人救出来。

魏剑白：第四，请隋得功通知，从督署到西门的沿街商铺要加派人员守夜；如果发现有散兵抢劫，即请岗警协同镇压。

第五，北伐军进城之后，商店一律开门悬旗欢迎。

葛覃：欢迎的旗帜、标语在哪里？

魏剑白：欢迎的旗帜、标语都已准备好了，存放在正谊中学。

徐树楠：是的。旗帜、标语都存放在我校的学生宿舍内。分发悬挂旗帜的工作就交给我们学校负责吧。

魏剑白：好的。还要广泛发动学生，组织队伍，欢迎北伐军进城。

徐树楠：在布置悬挂旗帜的任务时，我们把欢迎队伍的组织工作也布置下去。

魏剑白：这项工作你们有何打算？

徐树楠：我们准备选派学生到驻济的各大、中学校去联络，一方面组织人手分发旗帜和标语，一方面请各学校组织欢迎队伍，在圩子城门口、老城门口列队欢迎。

魏剑白：很好。会后，其余人员跟随我，把准备好的消防器材运送到省督署附近。然后，从院前大街至西门一带进行流动巡逻，以防不测发生。

张丕介：好的。

魏剑白：大家还有什么问题吗？

徐树楠：我们学校还有一些共党分子，该如何处置？

张丕介：对共党分子要严密监视，要提防共党分子的乘机破坏，煽动暴动。北伐军一到，立刻抓捕。

魏剑白：目前形势非常紧张，大家既要做好工作，又要保护好自己。我们很快就会迎来胜利了。

张丕介：好。如果没有问题，大家就分头去行动。

【场景：4月30日午夜，张宗昌一行乘10余辆汽车，从督署出发前往津浦路火车站，登上铁甲列车向北逃窜。孙传芳等随后也弃城北去。张宗昌所部随后炸毁了洛口铁路桥】

画外音：4月30日午夜，张宗昌、孙传芳先后弃济南城向北逃窜。张宗昌所部随后炸毁了洛口铁路桥。

第四场　李延年团入城

时间：1928 年 5 月 1 日，黎明时分

地点：济南商埠区

人物：刘永强、黄云山、毛丰、王凤池、张震环、王德发、陈家生、李全有、通讯员、士兵若干名

【场景：5 月 1 日拂晓，北伐军第一军团刘峙部李延年团战士列队行进在商埠区】

王德发：【惊诧】老陈，你看这个楼，门口的石柱真高啊！上面还有雕花呢！

陈家生：【赞叹】它的门真大啊！

李全有：你们看那个楼，真高！上面还顶着一口锅呢！

王德发：那边还有一个尖顶的楼呢！

黄云山：进了济南城就看出你们是群乡巴佬了。那个石柱大门的楼房是一家银行，是希腊风格的建筑。那个尖顶的是教堂，是哥特式建筑。

陈家生：营长，我们不是看出来是乡巴佬，我们就是乡巴佬。参加北伐军，我们是既打仗又打开了眼界，长见识！大早上的，我还想见识见识济南的甜沫呐。

李全有：对。我想尝尝大米干饭把子肉，有点饿。

王德发：你说，这甜沫不甜，它到底是什么味啊？这茶汤不是茶，它到底是什么呢？

陈家生：现在，天还没有大亮。过一会儿，有人出摊，每人来一碗就知道了。

黄云山：我看呀，你们就是一群吃货！

王德发：团座说了，我和他一样。团座也是吃货吗？

陈家生：人家团座那叫美食家，你就叫吃货。

【众人大笑】

王德发：我怎么就是吃货呢？我说“赛诸葛”，你说吃货和美食家有什么不同啊？

陈家生：这个我说不上！

王德发：营长，能说一下吗？

黄云山：让我说啊，这看风景和吃东西是一个意思。

陈家生：怎么个意思？

黄云山：这有文化的人看风景能够看出风景的妙处，没文化的人也就是看看热闹，过过眼瘾，其实啥也没瞧见。吃东西也一样，美食家吃饭能吃出文化、吃出品味、吃出境界，吃货就是“美味穿肠过，废物心中留”。

【众人又大笑】

陈家生：这个有意思！

【众人高兴地向前走去。队伍路过一个十字路口，路口有沙包垒起的工事以及荷枪实弹的士兵。队伍中欢快的气氛顿无，将士们的神经紧张了起来】

王德发：哎！这路口怎么修上工事了？“赛诸葛”，你看工事里面是些什么人？

陈家生：我看是日本人。

王德发：日本人？！咱们团座不是说过，这商埠是我们的地盘吗？

李全有：就是！日本人怎么能在这里耀武扬威呢？

陈家生：这个真不好说。看来情况有点复杂。

王凤池：全连注意。立定。

【黄云山快步向前走去】

【队伍在经三路纬二路路口停住了。日军岗哨挺枪拦在前面。几个北伐军战士挺枪对峙。几位营、连干部赶了上来】

黄云山：怎么回事？为什么不前进？

王凤池：报告营长，前面是日军守备区。日本兵说，这是他们的防区，禁止通行。

张震环：岂有此理！整个济南都是我们的防区。让鬼子让开路，不然老子就开枪。

黄云山：张连长，别冒失！上峰有令，没有命令不准开枪。

毛丰：日本人太不讲理了，先干了他再说。

黄云山：军令如山，不可莽撞行事！

张震环：我们整天喊“打倒帝国主义，打倒列强，打倒军阀”，今天碰上了帝国主义，却不让打，反而受他欺辱。真气人！

王凤池：刘团附来了。

【刘团附和翻译从后面赶了上来】

刘永强：毛营长。

毛丰：到。

【刘永强在毛丰耳边低语几句，毛丰听完后答道】

毛丰：是。【迅速向后跑去】

【刘永强、翻译走向日本哨兵，几位干部跟在身后】

刘永强：你告诉他们，就说：“我们是国民革命军第一集团军第一军第二师第五团，我团奉命来济南驻防，正在赶往防地，请他们让开道路，我们是无害化通过。如果仍将拦阻，我们将对拦阻者予以消灭。这是中国的地盘，由于他们的拦阻造成的后果将完全由日方负责。请他们不要以卵击石，无谓送死，自取灭亡。”

【翻译话说完，刘永强一扬手。毛丰率领2挺马克沁机枪摆出阵势。日军岗哨稍事迟疑，毛丰迅速带领士兵控制住了岗哨。李延年团顺利通过了日军划定的守备区。刘永强、黄云山、毛丰等走在了队伍的最后】

黄云山：刘团附，您刚才那一番话真厉害。有软有硬，软有硬，又拉开了阵势。让日本人不得不让，不能不让。

刘永强： 这是我和李团长合计好的。你知道，团座总有自己的主见。不然，借我一个胆我也不敢下令开枪啊！这可是外交事件，要产生国际影响的。

毛丰： 我们总怕什么国际影响，日本人为什么不怕？

黄云山： 弱国无外交！这小日本在我们的国土上如此猖狂、霸道，就是因为我们的政府拿日本人没有办法。国际上也没有人给我们说话。

刘永强： 给我们说话？不合在一起欺负我们就万幸了。别忘了“八国联军”，他们可是联手打我们啊！

黄云山： 八个国家打我们啊！悲哀啊！

刘永强： 同时与八个国家为敌，这说明我们还不懂外交！不会与外国人正常打交道，遇上事情，要么无原则地退让，要么盲目对抗，结果是割地赔款道歉，受尽欺辱！什么时候能学会有理有利地去斗争就好了！

【突然，身后传来了几声枪响】

毛丰： 怎么回事？

刘永强： 应该是在我们刚刚经过的路口。

黄云山： 要不要派人过去看看？

刘永强： 通讯员。

通讯员： 到。

刘永强： 你到刚才经过的路口看看发生了什么事。

通讯员： 是。

【通讯员很快跑了回来】

通讯员： 报告，刚才是二十三师的队伍路过日军控制的路口，由于沟通不畅，发生了枪战，是日本人先开的枪。我们死伤了一些士兵。

毛丰： 什么？日本人开枪？！

通讯员： 为防止事态扩大，我方没有还击。二十三师的队伍绕道走了。

刘永强： 知道了。

毛丰： 真窝囊！在自己的土地上还受这份气。

黄云山：没办法。上峰有令，没有命令，不得开枪还击，否则，严惩不贷。

刘永强：看当前的态势，这种息事宁人的做法未必能有好的结果。

毛丰：就是。日本人一定认为我们软弱可欺，他们会得寸进尺的。

刘永强：看来，我们的济南之行不太平啊！

第五场　崮山闻捷

时间：1928 年 5 月 1 日早晨

地点：崮山火车站、蒋介石专列

人物：蒋介石、杨杰、朱培德、熊式辉、陈舜耕

【场景：蒋介石专列办公车厢。蒋介石、杨杰、朱培德、熊式辉等围坐】

陈舜耕：【走进将蒋介石办公车厢】报告总司令，方振武、刘峙、贺耀组等先后发来电报。

蒋介石：前面什么情况啊？

陈舜耕：我第四军团方振武一部、第一军团刘峙一部已于今日拂晓先后进入济南城，济南已被我军占领。方振武部进驻济南老城西部和圩子城西部，刘峙部进驻济南老城东部。第三军团贺耀组一部进驻济南商埠、辛庄地区。张宗昌、孙传芳残部放弃抵抗，连夜逃过黄河，向北逃窜。另外，第二集团军孙良诚部也已抵达济南西郊，亦可随时入城。

【闻讯，众人振奋】

蒋介石：【兴奋】好、好、好啊！我军兵不血刃，占领济南！张宗昌、孙传芳望风而逃，善之善者也！

朱培德：我北伐军真是打出了威风！

熊式辉：我军占领济南，就打开了进攻北京的门户，张作霖的好日子就要到头了。

杨杰：张宗昌、孙传芳北逃，黄河以南再无战事。王师北定中原，指日可待。

蒋介石：北定中原，指日可待。好！马上发布战况通报，把我军攻占济南的消息通报全军。

陈舜耕：报告总司令，我已经起草了《关于我军占领济南的战况通报》，请您过目。

蒋介石：噢！你的工作很到位嘛！【看通报，然后，递给杨杰】大家都看看，没有什么问题的话，可立刻发布。

陈舜耕：方振武在电报中说，张宗昌逃跑时炸毁了津浦线上的洛口黄河铁路大桥。另外，在济南的商埠区发现有日军驻扎，日军设立了东、西两个守备区，在道口构筑街垒，阻止我军通过和进入，双方时有摩擦发生。如何处置，等待您的指示。

蒋介石：【面生愠色】日本人实在难缠！又来无事生非！关于北伐，我们已做过多次说明和解释了，对日本更是反复表示了我们的友好诚意，要求他们不要出兵！可是，日本人依然故我，不但出兵山东，还在济南设立了守备区。对此，你们有何高见？

杨杰：日军出兵山东是严重违反国际法的行为，是完全错误的，“保护侨民”的借口毫无道理！而设立守备区则是错上加错，我们必须坚决反对。必须要求我入济部队严守军纪，不给日军出兵提供口实，使其师出无名。

朱培德：对。鉴于我们面临的国内和国际形势，我们不可能对济南的日军采取军事行动，但我方必须明确提出要求：撤销守备区，迅速撤兵。

熊式辉：害人之心不可有，防人之心不可无。我们不采取军事行动，但必须警惕日军对我军采取敌对行动，避免摩擦和冲突。

蒋介石：好。对于日军的行动，命令方振武、刘峙、孙良诚等严格约束部队，尤其是进驻商埠的部队，不得有挑衅和刺激的言行，要派出宪兵监督士兵行为，保护好各国使领馆和侨民安全，尤其是要避免与日军发生摩擦、冲突。如果受到日军挑衅，产生摩擦，必须以隐忍为计，不可还击，不可扩大事态，否则军法从事。同时，向日方面提出四点要求：一、撤销守备区；二、迅速撤兵；三、不得对我军采取敌对行动；四、避免摩擦和冲突。

杨杰： 最好给方振武一个相应的名分，方便其与驻济日军接洽。现在，我部距离北伐开始快一个月了，济南是我军攻占的第一个大城市。至此，部队已十分疲劳，须在济南休整些日子，补充给养，养精蓄锐。在战地事务委员会尚未跟进的情况下，济南的治安与社会秩序的恢复也需要有人负责，不知总司令可有人选？

蒋介石： 关于山东省政府的设立，我同冯玉祥已经进行过协商。我答应了冯玉祥的要求，山东省主席由孙良诚担任。孙良诚是冯玉祥的老部下，冯玉祥已把山东视作自己的地盘了！因此，我决定任命方振武为济南卫戍司令，全面负责济南的军政事务，维护社会治安，尽快恢复市场秩序和社会秩序，在战地事务委员会抵达之前全面开展工作。

杨杰： 难怪冯玉祥对山东的战事如此卖力。下一步的北伐，就让冯玉祥、孙良诚多出力，我们不能为他人火中取栗！

蒋介石： 陈秘书，马上给方振武回电，请他以济南卫戍司令的名义与日方军、政方面交涉。

杨杰： 张宗昌炸毁铁路桥梁，说明他害怕，他害怕我北伐军乘胜追击，妄图迟滞我北伐军的北进步伐。可命令方振武立即派兵守住黄河铁路桥，安排工兵想尽一切办法早日修复，为部队早日过河做好准备。命令各部队抓紧休整，补充给养，时刻待命北过黄河，完成北伐。

蒋介石： 好。命令部队：抓紧休整，补充给养，时刻准备追击张宗昌、孙传芳，完成北伐。只要津浦路铁桥一修复，部队立刻过河北上。

陈舜耕： 明白！

蒋介石： 通知外交部长黄郛和战地事务委员会明天务必抵达济南。命令战地事务委员会外交处处长蔡公时尽快设立山东交涉署，承办涉外事务。命令何思源以政治部的名义再次向全军发布命令，严肃军纪，爱护百姓，严禁扰民，不得侵犯侨民和使领馆，杜绝涉外纠纷事件的发生。联系英国、美国、德国、日本驻济使领馆，请他们告诫本国侨民自觉服从我方的管理，我政府将绝对保护各使领馆和寓济侨民的安全。

陈舜耕：明白！

蒋介石：我们今天也可以进入济南城了嘛！

朱培德：是啊！现在担任总司令部警卫的是第一军教导团，团长李仙洲是山东济南人，可找他来了解一下济南的情况。

杨杰：对。我们首先需要找个地方安顿一下。

蒋介石：陈秘书，请把李仙洲李团长叫来。

陈舜耕：是。

第六场　方振武的喜与忧

时间：1928 年 5 月 1 日上午

地点：济南贡院墙根街原道伊公署、北伐军济南卫戍司令部

人物：方振武、杨恩熙、苏有文

【场景：天光大亮，济南的大街小巷人头攒动，沿街住户商铺都挂起了青天白日旗，爆竹声在全城中各处都可以听到，民众热烈欢迎国民革命军进城。“国民革命成功万岁”“中国人民自由解放万岁”“中国国民革命军万岁”“打倒军阀”“热烈欢迎北伐军进城”的口号声此起彼伏。济南市民、学生在主要街道上夹道欢迎北伐军。北伐军官兵迈着整齐的步伐进入济南城】

画外音：《国民革命歌》：打倒列强，打倒列强，除军阀，除军阀，国民革命成功，国民革命成功，齐欢唱！齐欢唱！

【场景：在贡院墙根街原道伊公署、济南卫戍司令方振武的办公室，方振武、杨恩熙二人对坐。苏有文进来报告】

苏有文：报告司令，要求各部“严守军纪，确保全市居民与侨民安全”的命令已经下达。目前，全城局势平稳。

方振武：入城各部队的驻扎情况掌握了吗？

苏有文：报告司令，至今晨九点为止，各部进驻情况已经汇总。

方振武：把具体情况说一下。

苏有文：【走到地图前】八十八师王日新部驻十二马路南、北大槐树及辛庄东头。八十九师余亚龙部驻一大马路、纬一到纬六路之间，靠近津浦铁路车站、胶济铁路车站及其沿线。九十一师卫占林部驻北商埠、成丰桥到洛口一线。骑兵师及九十二师冯华堂部、九十三师华文选部驻商埠及南关。四十军贺耀组部驻四里山、千佛山、开元寺、东关、黑虎泉、青龙桥一带。四十七军军部及一个师驻城里岱宗街、后宰门、大明湖、汇波桥一带。第一军刘峙部驻东郊花园庄、洪家楼、王舍人庄、路家庄、东西梁王庄等地。目前，在济南周围我军各部兵力，合计已达五万人。

方振武：知道了。

杨恩熙：占领济南，赶跑了张宗昌、孙传芳，扫清了北伐道路上的最大障碍，将士们都非常兴奋。部队纷纷往济南城里跑，想找个地方休整一下，睡个安稳觉，洗洗澡，理理发，买点随身用品。

方振武：入济日军的情况如何？

苏有文：入济日军一个中队来自天津中国驻屯军，由小泉中佐率领；另一部分是来自日本熊本的第六师团，由斋藤浏少将指挥。两方共计约1800人。日军在商埠设立了东、西两个守备区，严禁中方人员进入。

杨恩熙：目前，我军驻地与日军防区犬牙交错，极易产生摩擦。尤其是我军刚刚打了胜仗，多数士兵心态放松，毫无戒备，也难免有骄狂之态。

苏有文：是啊！现在市面上闲逛的，一多半都是我们的人。

杨恩熙：因此，虽然局势平稳，却仍不可掉以轻心。在日军守备区附近偶有摩擦产生，士兵伤亡的事件时有来报，必须慎重。

方振武：我命令：九十二师、九十三师担任济南卫戍部队，时刻保持战备状态，万万不可松懈。同时，派出宪兵加强巡查，一方面，严控驻扎商埠的八十八师、八十九师和骑兵师的官兵，杜绝挑衅言行，避免与日军发生冲突和摩擦。另一方面，协助地方维护社会治安，恢复市场秩序，预防暴民、乱匪，尤其是要提防日本浪人等捣乱破坏。

苏有文：明白。我马上传达。

方振武：还有，蒋总司令反复强调，对于日本人的挑衅，我方一律忍让为上，不得还击，不得扩大事态。战地事务委员会明天就会抵达，凡涉外事务一律交山东交涉署办理。

杨恩熙：目前，各部队的物资给养匮乏，尤其是食品短缺，急需在济南补充。部队还要在济南待几天，待物资准备充分后，再行北伐。担任济南卫戍部队的九十二师、九十三师任务很艰巨，切不可麻痹大意。

方振武：命令：九十一师卫占林部把守住洛口渡口；八十八师师长孙祥芝及时向我汇报黄河大桥灭火与修复的进程，为北伐做好准备。

苏有文：现在，国民党山东省党部、济南市党部皆已公开建立并开始办公，其负责人张丕介、葛覃、王旭正在会客室等候。济南市公安局临时局长魏剑白、济南市总工会代表武竹亭、商会代表郭愚民都来联系工作。

方振武：太好了。这真是及时雨啊！布告安民，维护社会秩序，恢复正常生活，号召商家开门营业，正需要有人帮忙呢。

杨恩熙：我们的食物、给养也指望着这些人给我们落实呢！

方振武：走。我们马上去见他们。

【正欲起身，刘秘书进来，送来一份文件】

刘秘书：司令，急件！

【方振武看文件，猛地站了起来，又颓然坐下。方振武将文件递给了杨恩熙】

方振武：你看，今天上午，第一军一营营长阮济民、少校副官朱有礼带领4个连长和几个士兵，在没有携带武器的情况下，到商埠寻找住处，在经五路纬五路路口济南日报社附近被50多个日本士兵和浪人无故抓住。日本兵把我官兵当场全部用刺刀穿死，并将死者的尸体用卡车拉去焚烧了。

杨恩熙：【吃惊】什么，有这种事？这是一个非常严重的事件！

方振武：这的确是一个非常严重的事件！

杨恩熙：日本人为何如此凶残？

方振武：我也不明白。从远处说，在北伐之前，我政府就一再向日本示好，承诺保护其侨民和在华利益，希望中日亲善。就今天的事件看，我方官兵徒手，仅仅是在道路上行走，根本没有做出敌对行为的可能！日军没有对我发动攻击的理由啊！

杨恩熙： 报告上说，日方有 50 多名持枪士兵和浪人参与了屠杀。

方振武： 是啊！

杨恩熙： 他们人数处于绝对的优势，完全不必采取如此极端的手段。

方振武： 这其中必有文章。

杨恩熙： 零星的摩擦、冲突可以归结为军纪不严的偶发事件。这种大规模的集体屠杀行动，我认为就是有预谋的。我怀疑这背后有阴谋，必须提醒部队加强戒备，提高警惕！

方振武： 事情紧急。我最担心的是部队忍无可忍，怒而还击，一旦上升为大规模的冲突，麻烦可就大了。这责任你我都承担不起！

杨恩熙： 正因为如此，蒋总司令才要求山东交涉署明日到济，不愿意我们插手涉外事务而坏了他的大计。依我之见，司令您应该马上去日本驻济领事馆走一趟，就今日之事进行交涉，提出抗议。同时，要求日方作出保证，不再发生此类事件。

方振武： 你说得很对。不管日本人是阴谋还是阳谋，作为济南卫戍司令，我必须向日方提出强烈抗议。只要此类事件不再发生，日本人就无文章可做。

杨恩熙： 今天的事件发生在第一军身上，这是老蒋的嫡系部队，我们不便插手，其责任与具体的善后处理，我建议移交战地事务委员会的山东交涉署。这毕竟是外交事务。

方振武： 好的。你按照刚才的意思拟定一个处理意见，上报蒋总司令。接见济南各界代表的工作也请你代劳吧。我马上去一趟日本领事馆。

杨恩熙： 好的。

【场景：方振武乘车前往日本领事馆，交涉中日冲突】

画外音：5 月 1 日，济南卫戍司令方振武到日本领事馆会见西田畊一、斋藤浏少将，对于日军的暴行提出抗议，要求日军严肃军纪，杜绝此类事件的再次发生。经过一番交涉，商埠区的局势趋于稳定。

第七场　饭庄新客

时间：1928 年 5 月 1 日中午

地点：济南经二路纬五路 9 号、泰丰楼饭庄

人物：王长庆、段培德、麻敏卿、康化南、王振海、肖舜才、大成

【场景：时近中午，第一集团军第四军团四十一军九十二师第十五团的段培德、麻敏卿、康化南、王振海等四位下级军官走进了泰丰楼饭庄。堂倌王长庆迎了上来】

王长庆：各位军爷，中午好！欢迎国民革命军将士，里边请！

段培德：呦，店小二也知道国民革命！

王长庆：那当然。打倒列强，打倒军阀，实现民主共和嘛！我们早就盼着你们来，快来把张宗昌、孙传芳赶跑呢。现在，他们真跑了。应该谢谢你们！

康化南：这店小二有见识。

王长庆：过奖，过奖。

段培德：可有包间雅座？

王长庆：有。几位请跟我上二楼。

【王长庆带路，众人跟随上楼】

段培德：走。我们上楼。【边走边问】你这饭庄都有什么特色菜啊？

王长庆：军爷走进我们店，就说明你有眼光。我们可是鲁菜名店。

段培德：鲁菜，都有什么菜?

王长庆：鲁菜以制作海鲜为主，我们济南菜是鲁菜的重要一支。今天，后厨准备了滑炒肉片、松子肚卷、酱肘子、红烧排骨、宫保鸡丁，还有韭菜、蒲菜、菠菜、芦笋几样时蔬，可荤可素，另有馒头、花卷、手擀面。

【说话间，众人来到了二楼荷花厅】

王长庆：【推开了荷花厅的房门】军爷，到了。你看这一间，当街、宽敞、明亮、幽静，还可看西洋景。怎么样?

段培德：【审视房间】很不错，就这里了。

王长庆：好。请各位军爷入座。

【四个人分主、次坐了下来】

王长庆：这是今天的菜谱。【双手递给段培德菜谱】

段培德：这没有多少海鲜吗?

王长庆：军爷，您应该知道，这北伐军的大炮一响，济南城里的人很多都跑到乡下去了，做买卖的、开工厂的纷纷关门歇业，能外出吃饭的人很少，很多饭店都关门了。前几天，日本兵又来了，控制了胶济铁路，火车要保证日本军队的需求，影响了货物的运输。我们饭庄既不敢进货，也不敢屯货，想进海鲜也找不到商家!

麻敏卿：战争时期，可以理解。

王长庆：军爷，你说得太对了。你们一打，这张宗昌就败了。残兵败将一窝蜂似的涌入济南城，是强买强卖，不卖就抢，反抗就开枪，闹得整个城市是人心惶惶、鸡飞狗跳！谁还有心情下馆子？我们现在不过是勉强维持，不敢准备太多的菜品。但军爷您放心，今天的几个菜都是我们济南菜的招牌菜，也是特色，我们这个店绝对是品质保证，保您吃饱、吃好。

段培德: 小二说得真不错。【看菜单】那就滑炒肉片、松子肚卷、宫保鸡丁、清炒芦笋各来一份，再做个奶汤蒲菜吧。各位饭食吃点什么?

康化南：有米饭没有?

王长庆：米饭没有，有馒头、花卷。不过，只要军爷您耐心等，可以马上给您蒸。这可是吴家铺的黄河大米，好吃着呐!

段培德：米饭等不及了，上十二个花卷吧。我们还要去洗澡，不可离开军营太久。快一点上菜吧！

王长庆：好来。【高声确认菜谱】二楼“荷花厅”雅间：滑炒肉片、松子肚卷、清炒芦笋、宫保鸡丁、奶汤蒲菜，十二个花卷。抓紧上菜啦。

【肖舜才、大成端着花生、瓜子、茶壶、茶杯等来到了房间。然后，肖舜才取走了菜单。大成与王长庆一起给各位军官摆盘、摆筷子，取茶杯倒水】

王长庆：各位军爷，先喝点茶水，吃点花生、瓜子。菜稍后就到。

康化南：【看见大成用热水烫洗餐具】你们这是干什么？

王长庆：【马上殷勤地回答】军爷，这是在给餐具消毒。为了使顾客吃得放心，我们掌柜的要求“必须当面对顾客的餐具进行消毒”，严防病从口入。

段培德：呦。你们的掌柜人不错，有良心，有见地，还很懂经营之道嘛！

王长庆：我们掌柜的还说，“良好的卫生习惯是健康生活的保障”。

段培德：【好奇】你们掌柜的从哪里学来的这些理论。

王长庆：实不相瞒，我们大掌柜曾赴日本留学，寻求救国救民的道路。归国后，秉持实业救国的理想，几度创业，然而，军阀混战，世事艰难，不得已才开了这样一间饭庄。

段培德：哦，日本。告诉你大掌柜，张宗昌被我们赶跑了。我们很快就会打下北京，张作霖也蹦跶不了几天了，他又可以实业救国了。

王长庆：军爷说得对，我一定转达。

康化南：小二，这附近可有澡堂或者浴池？

王长庆：有啊。从这里沿纬五路向南走，在经四路、经五路上有很多公共浴池，各种档次的都有，就是不知道今天是否都开业了，要看军爷的运气。

段培德：卫戍司令部不是已经下过命令，要求店铺开门营业吗？

王长庆：您说得不错。可开门营业需要人手啊，店铺里的伙计都跑了，仅剩下看门的，如何开业啊？

康化南：不管怎样，我们都要去看看。离这很远吗？

王长庆：不远。这里是经二路纬五路，到经四路就过两个路口，走到经五路不过十分钟。

段培德：这会不会离我们的驻地很远？

王长庆：您驻地在哪？

段培德：济南商会。

王长庆：噢。经二路纬三路。

段培德：对。

王长庆：我们离得很近！你们是沿着经二路一直走过来的。

段培德：对。我们驻地的东面有日军的街垒工事，就一个路口的距离，所以，我们就向西来了。这边繁华得很嘛！商铺众多，建筑也独特，看得有点眼花缭乱，感觉走出了很远。

王长庆：你说得对。这里是商埠最繁华的地方！其实不远，也就两个路口。不过也不能再往西走了，前面是纬六路路口，又到日军的西守备区了。

段培德：西边也是日军？

王长庆：是的。向西去，有许多日本人的买卖：商店、银行、工厂、学校、医院、报社……可以说应有尽有，还有日本人的居住区，所以日军保护了起来。

康化南：不是说商埠不是租界吗，怎么有这么多日本人？

王长庆：商埠不是租界，却是对外开放的地区，所以，这里有很多日本人来开银行、办工厂、做买卖。只要守咱们的规矩，正常的投资、商贸往来是该欢迎的。

段培德：说得对。但是，日本出兵保护纯属“六指划圈——多此一举”！设立守备区则是错上加错。

王长庆：可是，我们拿日本兵没有办法！日本兵蛮横得很，凡不听命令、看着不顺眼的，端起刺刀就捅。

康化南：【怒，以拳捶桌】真不是东西！

王长庆：军爷，别发火。老百姓现在是无处讲理，就指望你们来给撑腰呢！

【说完，王长庆退出了房间】

王振海：这么说我们处在日军的夹击之中。

康化南：夹击？谁夹击谁还不一定呢！济南四周都是我们的队伍。西边有王日新的八十八师，北边是余亚龙的八十九师，中间是我们九十二师，西守备区的日军就是瓮中之鳖。在东面，有第一军团和四十七军驻扎，挡住了东守备区日军东进的去路。只要上峰敢下令打，我们一定能让日军有来无回。

麻敏卿：你别想了。今天上午就先后接到了政治部和济南卫戍司令部的两道命令，要求我们严肃军纪，确保侨民安全，出现摩擦、冲突必须忍让，对于挑衅不得还击，违者军法从事。

王振海：还要求我们出门不得携带枪支，就是怕出现擦枪走火的情况。

康化南：挑衅不得还击？！这日本人都打到家门口了，我们政府一点强硬的表示都没有，还要捆住我们的手脚。真憋屈！

段培德：军人以服从命令为天职。我们只管按照上峰的命令行事就是了。

王振海：真是咽不下这口气！

王长庆：【敲门，端着两盘菜走了进来】军爷，您的菜来了。

段培德：不说这些烦心事。吃饭。

第八场　何思源的济南

时间： 1928 年 5 月 2 日晨

地点： 徐州开往济南的列车上

人物： 黄郛、蔡公时、何思源、刘秘书、高天行、中央政治学校学生若干名

【场景：列车公务车厢，整洁、宽敞、明亮。黄郛与蔡公时在沙发上对坐】

黄郛： 痴公，此次领命战地政务委员会外交处处长、山东特派员，你身上的担子不轻啊！

蔡公时： 请部长放心。此去济南，卑职一定恪尽职守，不辱使命。

黄郛： 我放心。痴公，你是江西人，你可知道，江西人与济南的渊源？

蔡公时： 你说的是曾巩，南丰先生吧？

黄郛： 正是。

蔡公时： 知道。南丰先生是我们江西南丰人，唐宋八大家之一。我自幼习读经史，曾经与同乡好友在家乡九江成立“慎所染斋”宣传孔孟之道，对儒家思想有点研究，读了不少南丰先生的文章，知道他曾在山东齐州做官。

黄郛： 噢，你还宣传过孔孟之道？

蔡公时： 宣传儒家思想是表面文章，暗地里传播民主革命思想是真，所以“慎所染斋”很快就被当局查封了，我也被迫离开家乡。在广州，我遇到了中山先生，开始追随中山先生从事反清斗争，不久，中山先生就派

我赴日本留学。在日本，中山先生为组建中国同盟会东奔西走，我总是陪伴左右，略尽绵薄之力。我以《民报》为阵地，大力宣传三民主义；还曾多次组织和参与反清的武装起义，虽屡败屡战，但锲而不舍，终于迎来了辛亥革命的成功。

黄郛：痴公为革命出生入死，是我党元老、肱股之臣啊！

蔡公时：过奖过奖。此去济南我一定像南丰先生一样，为济南、为北伐军、为国民革命做点事。

黄郛：痴公耿耿忠心，可敬可敬！

蔡公时：尽职尽责而已。

黄郛：南丰先生初到济南就用官府拨付给他的修建住所钱款修建了一座水门，消除了济南水患。他还在大明湖里修建了一座堤坝，把大明湖南北两岸连在了一起，人称“曾堤”。据说，西湖上的苏堤就是东坡先生受了曾堤的启发才修建的。

蔡公时：没想到南丰先生一心为百姓办事修的曾堤不为人知，却让东坡先生的苏堤抢了头彩。

黄郛：是啊。关键是东坡先生描写杭州的诗文影响太大了。

蔡公时：南丰先生的诗文虽好，但影响力较东坡先生还是略逊一筹。

黄郛：在济南，南丰先生可是大名鼎鼎的人物啊！南丰先生廉洁奉公，勤于政事，关心民生疾苦，疏河架桥，修缮城池，使百姓安居乐业。他还兴办学校，削减公文，整顿吏治，废除苛捐杂税，深受群众拥戴。当南丰先生离任时，济南百姓“起吊桥，关城门，啼哭拦路”，不让走啊！南丰先生是半夜里出城，才离开济南的啊！

蔡公时：南丰先生在《醉心亭记》中曾写道：“吾民给足而无憾于下；下之学者皆为材且良；夷狄鸟兽草木之生者皆得其宜。”当时，只认为南丰先生是在借写欧阳先生的快乐来抒发心志，今天才深刻地体会到南丰先生是这样说，也是这样做的！

黄郛：南丰先生言必信，行必果，知行合一，也是读书人的楷模啊！

蔡公时：南丰先生也是个立德、立功、立言“三不朽”式的人物了。

黄郛：你这个评价很中肯。

蔡公时：在徐州时，我曾与蒋公说，此去济南“料想日本人一定要同我们捣乱！我们如一退让，他们就要更加凶狠，我要拿革命的精神同他们周旋！”

黄郛：济南有很多事情在等着我们，很多日本人的事情在等着我们呐。

蔡公时：不过，在今天，我还是希望能无为而治！

黄郛：无为而治。说得好啊！

蔡公时：我想，只要我们北伐军军纪严明，不去招惹日本人，不给日本人以把柄和口实，他们就是存心破坏捣乱，又能把我们怎么样？

黄郛：你说得对。战地政务委员会政治部主任何思源是不是也在车上？

蔡公时：是的。战地政务委员会的人基本都在车上。

黄郛：我们是否可找何思源来了解一下情况。

蔡公时：可以。

黄郛：刘秘书，去前面的车厢，把政治部主任何思源请到我这里来。

【场景：列车餐车厢，政治部主任何思源正在教中央政治学校学生组成的宣传队队员学唱《马赛曲》】

何思源：同学们，《马赛曲》你们的演唱已经比较熟练了，学得很快，也很好。在此，我向你们提出表扬。

【学生们高兴地鼓掌】

何思源：但是，我们的演唱水平还可以再提高。宋飞同学建议，把第一句歌词“前进法兰西祖国的男儿”改成“前进中华民族的儿女”，能更贴近我们的士兵。所以，我们就这样改了。听明白了吗？

众学生：明白！

何思源：好。然后，这样唱：“前进中华民族的儿女。”都会了吗？

【学生纷纷模唱，表示可以】

何思源：好。那么我们跟着伴奏，从头来一遍。注意按照调整后的歌词来！

众学生：好。

何思源： 小高，你的手风琴演奏得再激越一点，再铿锵一点。

高天行： 好的。

何思源： 同学们，把声音控制好。要唱出对专制暴政的仇恨，唱出对自由的渴望和对英勇牺牲的无畏。行不行啊？

众学生： 行！

何思源： 预备，开始。

众学生：【跟着伴奏，情绪激昂】

前进中华民族的儿女
光荣的时刻已来临
专制暴政压迫着我们
祖国大地在痛苦呻吟
祖国大地在痛苦呻吟
你可见那凶狠士兵
到处在残杀人民
他们在你的怀抱里
夺去你妻儿的生命

公民 武装起来
公民 决一死战
前进 前进
万众一心 把敌人消灭净

神圣的祖国号召我们
向敌人雪恨复仇
我们渴望珍贵的自由
决心要为它而战斗
决心要为它而战斗
看我们高举自由的旗帜

胜利迈着大步前进
让敌人在我们脚底下
听着我们凯旋的歌声

公民 武装起来
公民 决一死战
前进 前进
万众一心 把敌人消灭净

当父老兄弟英勇地牺牲
我们将战斗得更坚定
亲手埋葬烈士的尸骨
追随他们的足迹前进
追随他们的足迹前进
我们不再羡慕生命
却愿战死在斗争中
能为他们复仇而牺牲
我们将会感到无上光荣

公民 武装起来
公民 决一死战
前进 前进
万众一心 把敌人消灭净

【在唱歌的时候，刘秘书走进了车厢，就站在一旁静静地听】

何思源：好，很好！我们的士兵听了你们的演唱，一定会更加地勇往直前，直捣北京，消灭张作霖。

刘秘书：【鼓掌】好！

何思源：噢。刘秘书，你怎么来了，有事？

刘秘书：何主任，黄外长请您过去，有要事相商。

何思源：是吗？我马上来。【对学生说】同学们，再跟着小高的手风琴练习一下。小高，这里就交你负责了。

高天行：保证完成任务。

【何思源跟着刘秘书走进了黄郛的车厢】

何思源：【行礼】您好，黄外长。

黄郛：您好。

何思源：【行礼】您好，蔡主任。

蔡公时：您好。

黄郛：何主任，请坐。

何思源：您找我有事？

黄郛：找您来是想了解一下目前我军的军风军纪情况。

何思源：黄外长，您是担心各国在济侨民和使领馆的安全吧？您知道，在本次起兵之前，我军就决定停止使用“打倒帝国主义”的口号，将斗争的矛头直指反动军阀，目的就是不去刺激美、英、日等国的政府，防范他们从中作梗，阻挠北伐。二次北伐开始以来，我各路人军纪律严明，一路上秋毫无犯，随行的英、美等国记者都对我军军纪赞誉有加。

黄郛：是吗？

何思源：是的。昨天下午，遵照蒋总司令的命令又在全军重申外事纪律，可以说是三令五申。我第一集军团、第四集军团素以纪律严明著称，第三集军团接受了南京事件的教训，反帝的思想情绪得到廓清，因此，相信不会再出现极端的排外行为，还请黄外长和蔡主任放心。

黄郛：【高兴】那就太好了。

蔡公时：【如释重负】这样我们的工作就会减轻不少啊！

黄郛：何主任，听口音，您是山东人？

何思源：是的。我是山东荷泽人。列车一会儿就会路过我的家乡。

黄郛：您对济南熟悉吗？

何思源：外出求学、做事，有几次路过。也在济南停留过几天，曾经四处转转，三大名胜也都去过。

黄郛：趵突泉、大明湖和千佛山吗？

何思源：是的。

黄郛：南丰先生在济南治水，修过一座水门，这水门还在吗？

何思源：在。就是大明湖的汇波门，也是济南城的北门，南丰先生写了一篇文章，专门记录此事。

黄郛：济南城的北门是水门？

何思源：是的。一座北方的城市有水门还是不多见的，而且这是济南老城唯一的北门。后来，人们在北水门上建桥，又在其上建一座汇波楼。现在行人只要想坐船进城，就要从汇波楼下过船闸。在北面，从陆上行人是进不了济南城的。陆上行人一般是从西门、南门和东门进济南城。

黄郛：噢，济南很有些江南城市的味道嘛。

何思源：是的。所以黄山谷才说“济南潇洒似江南”嘛，而济南的城北更像南方。那里是一片沼泽地，被开辟出了大片的藕田。夏天，城北也会有“接天莲叶无穷碧，映日荷花别样红”的气象。

黄郛：现在刚五月，这次荷花是看不成了。

蔡公时：没关系。北伐胜利后，你可以从北京回来看。我在济南等你。

【众人笑】

何思源：这汇波楼也是观景的好地方。我曾在一个黄昏登临汇波楼，领略了汇波晚照的壮丽：金色的晚霞映照在湖面，波光粼粼，水天相连，一片金光灿烂，宛若置身仙境。真令人流连忘返呀！常常勾起我的回忆。

黄郛：哎呀！听您这么一说，我一定要到汇波楼上看看。

蔡公时：也算我一个哟。

何思源：好的。到时候我给你们做导游。

黄郛：是啊。您留学美、法，我与痴公留学日本，都曾是“独在异乡为异客”的游子，家乡的美景总是慰藉着我们的乡思啊！

何思源：是啊。“湖上风来波浩渺。秋已暮，红稀香少。水光山色与人亲，说不尽，无穷好。”每每想起汇波晚照的景色，我总是念起这首易安居士的《怨王孙》。

黄郛：“水光山色与人亲，说不尽，无穷好。”写得真好，真想将湖光山色揽入怀中啊。

蔡公时：“莲子已成荷叶老。青露洗，苹花汀草。眠沙鸥鹭不回头，似也恨，人归早。”你看是不是我们应该晚点回去，玩个尽兴呢？

黄郛：这下阕更好。我们一定要“兴尽晚回舟”“沉醉不知归路”。

何思源：一言为定。

【众人笑】

【场景：汽笛长鸣，列车在初春的原野上奔驰】

【场景：5月2日晚，济南津浦火车站。黄郛、蔡公时、何思源等到达济南，走出津浦火车站，相互道别】

画外音：5月2日晚9时半，黄郛、蔡公时、何思源等一行到达津浦铁路济南站。当晚黄郛、蔡公时等入住津浦铁路宾馆，何思源与政治部人员在经二纬六路的一所小学内住宿。第二天一早，政治部转入山东省银行（商会隔壁）驻扎。战地事务委员会外事处、山东交涉署进入商埠经四路纬五路办公地点。

第九场　蒋介石入济南

时间：1928年5月2日晨

地点：济南珍珠泉大院、北伐军总司令部行署

人物：蒋介石、杨杰、朱培德、熊式辉、陈立夫、邵力子、曾养甫

【场景：蒋介石车队悄然开进济南，杨杰、朱培德、熊式辉、陈立夫、邵力子、曾养甫、高凌白等人随行。蒋介石从车内看到沿途日本军队设置的工事、路障、岗哨，警戒森严，表情凝重，心中不快】

【场景：蒋介石车队驶入珍珠泉大院】

【场景：珍珠泉，蒋介石办公室。杨杰、朱培德、熊式辉在座】

蒋介石：【忧心忡忡】刚才，在入城的路上，你们都看到了，日军设立防区，壁垒森严，虎视眈眈，而且与我部队交错杂处，局面令人担忧。

杨杰：【焦虑地】是的。这种局面下，产生摩擦在所难免，极易发生事端！

熊式辉：总司令的担心非常有道理。

蒋介石：所以，天翼，我想请你马上去见佐佐木到一，将昨天我们确定的要求日军撤销守备区、迅速撤兵、不得对我军采取敌对行动、避免摩擦和冲突等四项主张当面重申，请其将我方的态度抓紧如实转告日本驻济南领事馆和驻济日军，请日军严格约束部下，双方皆勿发恶言、勿出恶声，杜绝摩擦冲突事件的发生。同时，再次重申我方承诺，尤其是“国民革命军将维持济南地方治安，保护寓济侨民”一条；希望日方从大局出发，维护好中日双方的友好局面。

熊式辉： 好的。会后，我马上就去。

蒋介石：【语重心长地】此事事关北伐成败，事关统一大局，务必谨慎行事，成功成仁。拜托了！

熊式辉：【郑重地】请总司令放心，我一定将您的意见全面转达。

杨杰： 我建议，今天下午就召开入济部队军以上干部会议，总结北伐以来作战情况，传达下一步北伐部署，尤其要结合当前局势，再次强调妥善处理与洋人，特别是与日本人关系的重要性，请各路将领严格约束各自的部下，杜绝摩擦和冲突。

朱培德： 最根本的办法是各部队抓紧休整，早日离开济南，与日军脱离接触。

蒋介石： 这几个议题很好！正合我意。耿光，你马上起草一份《关于北伐以来作战情况总结》，同时，对下一步北伐的作战计划进行调整和完善，交我审定后提交会议通过实施。

杨杰： 好的。

蒋介石： 益之，传令下去：今天下午两点半召开入济部队军以上干部会议。

朱培德： 是。

第十场　慧子报信

时间：1928 年 5 月 2 日上午

地点：济南经二路纬五路 9 号、泰丰楼饭庄

人物：松元慧子、王长庆、王传堂、刘四儿、兴邦

【场景：松元慧子沿着纬五路向饭庄走来。今天，松元慧子恢复了女儿妆，梳了一个运动头，留着空气刘海，上身穿一件乳白色真丝双绉立领对襟盘扣上衣，藏蓝色粘纤摆裙下是乳白色的长筒袜，脚上穿一双黑色底口袢带平跟牛皮鞋】

【场景：泰丰楼饭庄大堂。王长庆、刘四儿和兴邦正在打扫卫生。松元慧子走进饭庄，看见了正在打扫卫生的王长庆】

松元慧子：你好！长庆哥。

王长庆：【意外】慧子，你真神！你怎么知道店里有活干了，正缺人手呢。

松元慧子：我早就想过来看看，在家闲了快一个月了，闷死我了！昨天炮声、枪声都停了，所以，我就来了。

王长庆：噢。原来是来解闷的啊。

松元慧子：不是的。今天早上，日侨协会突然发布通知，晚上有一列去青岛的火车，要撤走八百名妇女儿童、老弱病残。

王长庆：【吃惊】撤侨？妇女儿童？

松元慧子： 是啊。

王长庆： 你要去青岛，来告别吗？可济生哥还没回来上工呐！

松元慧子： 我不去青岛，所以才躲出来，免得麻烦。咱们这里有什么消息吗？

王长庆： 【长舒了一口气】有啊。我告诉你，北伐军来了，我们来生意了，有很多官兵来吃饭。忙啊，帮我擦桌子吧。

松元慧子： 太好了。等我换一下衣服。

【王传堂听见松元慧子说话，从后厨走了出来】

王传堂： 是慧子来了吗？

松元慧子： 是我。【鞠躬】王掌柜，您好！

王传堂： 【上下打量了一下松元慧子】从家里偷跑出来的？

松元慧子： 不是。我不去青岛父母是知道的，我的事情我做主！待在济南，我不会有危险！

王传堂： 那好，衣服不用换了。你能马上去一趟郭济生的家吗？

松元慧子： 【高兴】能啊。去干什么？

王传堂： 叫济生来上工啊！现在后厨缺人手。

松元慧子： 叫济生哥来上工，太好了！【感觉到自己有点失态，于是改口】厨房的活我能干，找别人去叫济生哥吧。

王传堂： 【叹气】唉！我也不愿意让你去跑腿，可是，你去最合适。

松元慧子： 【好奇】为什么？

王传堂： 这一个月进货不多，又在打仗，很多东西买不到，厨房里缺东少西的，许多菜品需要变通做法，你刚出徒，不见得能行！济生毕竟是你师傅，脑灵手快，又有力气。舜才、大成去万紫巷采购了，还不知道能买些什么回来。兵荒马乱的，店铺不敢开门，小贩不敢出摊，真难哪！大街上又是北伐军又是日本兵的，其他人没见过这种世面，出门我不放心。你毕竟中国、日本来回走过一趟，见过大世面，日本话、中国话说得好，所以……

松元慧子： 【愉快地】知道了，我去。

王长庆：【插话】王掌柜，大堂也缺人手，我这里也忙啊！再找个伙计回来吧，当兵的可不是好伺候的！

王传堂：你的脚底下勤快点就行了，还有刘四儿、兴邦嘛！

【王长庆做出个哭脸】

松元慧子：济生哥的家我大概知道，就是没有去过。

王传堂：不远，就在西门外，南顺城街。半个时辰就能回来。

松元慧子：【看手表】现在还不到九点，一个小时来回，耽误不了干活！

王传堂：哟！慧子戴上手表了。

松元慧子：是。我的生日礼物，也是祝贺我出徒。

王长庆：【插话】慧子，你啥也不缺，为什么还要学厨师呢？

松元慧子：我喜欢好吃的，更喜欢做好吃的，喜欢让大家吃好吃的。我要靠自己的双手养活自己。

王长庆：【故意逗松元慧子】慧子，我知道你的属相是什么了。

松元慧子：是什么？

王长庆：猫。

松元慧子：哪有这属相？

王长庆：有啊。馋猫。

松元慧子：长庆哥，你又没有正形。我不理你了！【松元慧子满脸的不高兴，转身向门口去】

王长庆：【快步超过松元慧子，一本正经地来了个日式鞠躬】慧子，哥哥逗你玩！我错了，我给你鞠躬！【松元慧子忍俊不禁】

王传堂：【斥责王长庆】瞎胡闹！慧子可不简单！现在的女孩子有多少能自食其力的？

王长庆：【垂首低眉】王掌柜，您说得对！

松元慧子：王掌柜，济生哥家在西门外，距离明泉家也不远了。要不我再去明泉家，看看他的病是不是好利索了。如果病好了，就叫他也回来吧。济生哥和明泉来了，还有我，这样后厨应该能忙得过来吧？！

王传堂：那当然好。你是快手，明泉干活也是一个顶俩的。

松元慧子：那我就去看看明泉，争取叫他也来。

王传堂：明泉住在小赵庄他的姨妈家里。你知道怎么走吗？

松元慧子：我知道，从西小北门出圩子城向北，过铁路不远。

王传堂：这你也知道啊。

松元慧子：长庆哥教我们看地图的时候，我们在地图上研究过。长庆哥把你的地图借我用一下吧。

王长庆：好的。我回宿舍拿。【取地图去了】

王传堂：济南城这巴掌大的地方也需要地图？不过，这小赵庄在城北，来回恐怕需要一个多时辰。对了，慧子会骑自行车，是吧？

松元慧子：会啊。我今年的生日礼物是手表和自行车任选一件。

王传堂：你的家离饭庄不远，自行车没多大用场，所以，你选的手表。我说得对吧？

松元慧子：是的。

王传堂：【微笑】这样吧。你骑我的自行车去。

松元慧子：【兴奋】骑车去，太好了。

王传堂：找到济生后，你再去找明泉。去北园骑车不方便，那里净是藕池和沼泽地，何况前两天刚下过雨，城外的道路肯定不好走，你走着去吧。虽然不太远，安全为上。让济生骑车回来。

松元慧子：好的。不就是多走几步路嘛，没事。

王传堂：明泉如果能来当然好，不能回来，也不要勉强。路上不要着急，能赶回来吃午饭就行。

松元慧子：【高兴】回来吃现成饭，时间就更宽裕了！不过，我上午什么也没干。

王传堂：你去叫济生、明泉回来上工，这就是干活啊！来回十几里地，要走一个上午了！喝口水再走吧，也可以在后厨先吃点东西。

松元慧子：不用了。我喝口水就走。饿了，正好路上解馋。

王传堂：【微笑】慧子，你真是三句话离不开吃，难怪长庆说你是馋猫！

松元慧子：王掌柜，您别听他的！他是三句话离不开挖苦人。

王传堂:【大笑】说得是！对了，我说过，这个月你应该有例钱的，让“八国联军”的事一闹，把这事忘了！柜上还没有支给你，对吧？【从口袋里掏出二枚银元】来，拿着，两个大洋，下个月的一起给你了。路上买点好吃的。

【松元慧子高兴地接过了二枚银元】

松元慧子：谢谢王掌柜，不用在意。今天早晨我们家才吃完您送的香椿芽。我做的炸香椿，父亲还让我谢谢您呢。

王传堂：不用客气。喜欢吃，明年我再多送点。

松元慧子：真是太感谢了。

【王长庆取地图回来】

王长庆：慧子，给你地图。

王传堂：慧子，你先熟悉一下道路。我去查看一下自行车，打打气，擦擦车，调试一下车闸。【说完，向后院走去】

松元慧子：【把地图铺在餐桌上】济生哥的家在南顺城街？

王长庆: 对，西门外，南顺城街中段，很好找。【手指地图】就在这，路东，院门旁有棵大树，那条街上就一棵大树！院门上的对联是济生哥过年写的：“湖上芦花桥上月，窗前流水枕前书。”他替你写过调料标签，他的字你该认得吧。

松元慧子：我能认得。【忽然想起】济生哥说你的字很好的，你怎么没有写？

王长庆：【意外】济生哥还给你说过这个？！

松元慧子：怎么了，这还是秘密吗？

王长庆：没什么。你们的交流很深入嘛。

松元慧子：有一次，我向济生哥请教一个字的写法，顺便说起来的。

王长庆：噢，是这样啊。春联我当然写了，而且不止一副。

松元慧子：是吗？【满脸怀疑的神色】

王长庆：是这样。几年来，每逢春节济生哥都写春联送给左邻右舍，仗义嘛。济生哥是他们街上不可多得的人才，识文断字，字又写得好。

松元慧子：【似有所悟】我猜，今年是你写的？

王长庆：【文绉绉的】正是。无功受禄，岂是君子所为？今年，鄙人在济生哥家过年，天天白吃饭，总要干点什么吧。

松元慧子：所以，你把写春联的活承揽了下来！

王长庆：【继续卖弄】正是。济生哥只写大门口的一副。

松元慧子：哈哈！我猜对了。

王长庆：【踌躇满志】告诉你，鄙人的春联可是大受欢迎，有的人家要去了三副，把济生哥家里的红纸全写光了。我也很仗义哦！【得意】

松元慧子：【虽然心存敬畏，但故意装作不以为然】王婆卖瓜！不对，是王先生卖瓜！

王长庆：【看到松元慧子无所谓的样子，又被讥讽，顿感失落，于是调侃地】不信？问问你心爱的济生哥呗。

松元慧子：【羞怒】你真讨厌！

王长庆：【坏笑】叫你泼我的冷水！

松元慧子：【赌气】我没看见，就不信。

王长庆：【争辩】我写的留下了一副，贴在济生哥的屋门上了："陟历山思接千载，对趵突心意难平。"你去看吧！

松元慧子：你这对联我听不太懂。

王长庆：【无奈】懂不懂不要紧，关键是找到那棵大树，这样才能找到济生哥。

松元慧子：南顺城街？是不是街口附近有家点心铺？

王长庆：慧子，真行。还是吃！对。街口附近是玉美斋点心铺，对面是德盛楼饭庄、北厚记酱菜铺。

松元慧子：德盛楼糖醋鲤鱼，我知道的。我去骑车。【进后院推车】

【不一会儿，王传堂跟随松元慧子一起走了出来】

王传堂：慧子，路上要特别小心！往东走是日军的东守备区，注意绕开。

松元慧子：我出入，没问题的。

王传堂：主要是提醒你济生哥。

松元慧子：放心吧。我走了。长庆哥，地图我带上啦。

王长庆：你放好，小心别丢了。它可值一个大洋哦！

松元慧子：不要紧的，丢一赔十！

王长庆：那你把它丢了吧。哈哈哈……

松元慧子：我回来，就丢给你。沙优娜拉！

【把地图装进口袋，出门骑车向东去了】

第十一场　喝口漱玉泉的水吧

时间：1928年5月2日9时

地点：济南估衣市街与南顺城街街口、郭济生家

人物：松元慧子、郭大娘、郭济生、卖烟男孩、张大娘、士兵甲、织补妇女若干名

【场景：济南老城西门外的估衣市街，道路两侧店铺众多。9：00，店铺多已开门营业，众多的国民革命军士兵走进走出，采购物品】

【场景：估衣市街与南顺城街形成了一个“丁”字路口。南顺城街南通趵突泉公园，道路两侧多为民居，因此，行人较少，与热闹的估衣市街相比显得幽静了许多。三五个妇女分坐在南顺城街北头两侧，招揽着织补和盥洗的活计，不时有国民革命军士兵前来织补衣服】

【场景：一个国民革命军士兵来到了郭大娘跟前】

士兵甲：阿婆，我的衣服坏了，你看能不能缝一下。

郭大娘：我看看。

【郭大娘接过衣服查看，士兵甲在一旁指点着破损处】

士兵甲：有三道口子。

郭大娘：可以缝补一下。只是左胳膊肘的这袖道口子缝不住了。这里的布“萧”了，缝上很快就会开线的。

士兵甲：什么意思？

郭大娘：就是你衣服胳臂肘这里，长期磨损，变薄了，不结实了，缝上也会很快开线的。

士兵甲：那怎么办？

郭大娘：最好是打块补丁。

士兵甲：你能打补丁吗？

郭大娘：可以。只是我的布料与你衣服颜色不完全一样，而且布料也没有你们的精细。你看，就是这种。

【取布料给士兵观看，士兵接过布料看了一下】

士兵甲：老粗布？

郭大娘：是的。

士兵甲：你这块布料的颜色更深了，还有其他的布料吗？

郭大娘：没有了。这一种我也只有这一块了。你不补，别人也会用的。

士兵甲：那你补一下吧，要多少钱？

郭大娘：像你这样的活，一般是缝补一处收取一文钱，三处就要三文钱。一个补丁十文钱。这个胳臂肘虽然没有坏，也需要补，两边对称好看，你的胳膊也舒服。这样，两个补丁收二十文钱。另外一处我也给你缝上，不要钱了。

士兵甲：好吧。二十文，你给我补上吧。我什么时候取？

【取出了20文钱给郭大娘】

郭大娘：顺着这条街向南，走几步就是趵突泉了，还可以顺便看一下漱玉泉、金线泉……坐在泉边，喝杯泉水茶，回来取即可。

士兵甲：这附近有没有澡堂、理发馆？

郭大娘：向西走，商埠区澡堂、理发店很多。旅店也可以洗澡的。

士兵甲：知道了。谢谢。我去洗个澡，理个发，然后来取衣服。

郭大娘：没问题。

【士兵甲向西走，没几步，就看见了路边有一个卖香烟的小男孩】

士兵甲：【招手】小朋友。过来，买盒香烟。

【卖烟男孩听到呼叫，飞快地跑了过来】

卖烟男孩：老总，您买什么牌子？这里有哈德门、大前门、老刀牌，还有美丽牌香烟。

士兵甲：来一盒哈德门吧！多少钱？

卖烟男孩：五十文或六个铜元加二文。

士兵甲：【吃惊】这么贵！

卖烟男孩：打仗嘛，什么都涨价！拿货的价格比平日翻了一番！

士兵甲：【怀疑】是吗？

卖烟男孩：真的，不骗你！而且，货也不多。你不买，就会被别人买去。

士兵甲：【无奈】好吧，拿一盒！哎吆，我的零钱不够了。只有国民政府的纸币了，给你一角，在南京一角钱值一百文呐！

卖烟男孩：你这种钱，花不出去啊！

士兵甲：哎。一样花！不骗你，你看看这街上当兵的，都是花的这种钱，对吧？

卖烟男孩：那我也找不开啊。

士兵甲：不用找了。我给你一角，这点零钱也给你，你给我两盒，如何？

卖烟男孩：这一角钱真的值一百文吗？

士兵甲：真的，不骗你。等革命成功了，这张钱会更值钱。

卖烟男孩：革命啥时候成功啊？

士兵甲：【洋洋得意】我们来了，张宗昌滚蛋了，孙传芳溜了，革命已经成功了一半。等我们打到北京，消灭了张作霖，实现了国家统一，革命就成功了。

卖烟男孩：你们什么时间打北京啊，会很快吗？

士兵甲：抽完了你卖给我的香烟，我们就出发。

卖烟男孩：你们能打胜吗？

士兵甲：【骄矜地】肯定胜啊！北京的张作霖也肯定是望风而逃，你吃不了亏。怎么样，可以成交吗？

卖烟男孩：可以！

士兵甲：小朋友真不错，懂事！

【士兵甲接过香烟，抚了一下小男孩的头顶，转身走了】

【松元慧子骑着车来了，在南顺河街街口下了车子。松元慧子下车问路边张大娘】

松元慧子：大娘，您好。请问这是南顺河街吗？

张大娘：是的。姑娘你找谁啊？

松元慧子：我找泰丰楼饭庄的郭济生。

张大娘：郭济生，泰丰楼？噢，你找的是石头吧。

松元慧子：石头？

张大娘：对。我们搞不准大名，只知道姓郭，是厨师。我们都叫他“石头”。

松元慧子：应该就是他。

张大娘：刚才还在这哪！他妈妈郭大娘在那边呢。【向对面喊】郭大姐，这位姑娘是找你儿子的！

【郭大娘放下了手里的活计，站了起来，打量着松元慧子。松元慧子推着车子走到了郭大娘面前】

郭大娘：【意外、迷茫】姑娘，你找石头？

松元慧子：【停车，行鞠躬礼】郭大娘，您好！我叫松元慧子，泰丰楼饭庄的，济生哥的徒弟。

郭大娘：噢。你好！【微笑】你是那个东洋姑娘。

松元慧子：是的。我今天是来看看济生哥能否回饭庄上工。

郭大娘：明白了，他刚回家。走，我领你去找他。

【郭大娘麻利地收拾好东西，交代给了身边的人。然后，她与松元慧子一起沿街向南走去。在她们身后，几个妇女指指点点，议论纷纷】

妇女甲：听说话、看身材就是咱们中国人，怎么就是东洋人了呢？

妇女乙：可不是嘛！小鬼子嘛，个都不高的。

妇女丙：让我说，肯定是从小就吃咱中国饭长起来的！你听听，中国话说得多地道！

妇女丁：看这衣着打扮不中不洋，头发不男不女，新潮得很，还骑自行车，怎么看也不是个学厨师的！

妇女乙：还带着手表呐！没缠小脚，穿的是皮鞋。

妇女甲：干厨师这么挣钱吗？不是自行车，就是手表。真要是这样，将来我让我的孩子也去学厨师。

妇女乙：不可能。大厨的收入不错，但是一年挣的就是不吃不喝也买不起自行车，更别说买手表了。真要那样，郭大姐也不用在这里揽针线活了。

妇女丁：这不是打仗了嘛，家家基本上都是坐吃山空。

妇女甲：一个女孩子学厨师，不敢想啊！

妇女丙：在我们老家，女孩子还是大门不出，二门不迈，不可能出门谋差事的。

妇女丁：你那里山高皇帝远的，这可是济南府！北商埠新建的纱厂招揽了多少女孩子上工啊。

妇女乙：这女孩家的家境肯定不一般。

妇女丙：那肯定的。东洋人嘛！

【松元慧子随郭大娘走进巷子】

松元慧子：济生哥的小名是叫“石头”吗？

郭大娘：是的。

松元慧子：为什么起这样一个小名？

郭大娘：老话说，孩子的名字起得贱，上不了阎王爷的生死簿，阎王爷就叫不走，这样的孩子就能远离灾祸，健康长寿。石头这东西平常、多见，是最卑贱的东西了，谁也不拿石头当回事，而且坚硬无比，命硬。

松元慧子：我明白了，名字叫“石头”就是祈求平安、健康、长寿。

郭大娘：就是这个意思！

松元慧子：【微笑】是这样啊。家还很远吗？

郭大娘：不远。这就到了。

松元慧子：您在忙什么？

郭大娘：这不是北伐军来了嘛，我招揽一点织补、洗涮的活计干干。北伐军的衣服坏得很多，也脏得很。这两天不得闲啊，昨天收了一些脏衣服，洗到很晚！今天早上，北伐军士兵来，把衣服都取走了。

松元慧子：一宿衣服就干了？

郭大娘：不是说春雨贵如油嘛。济南的春天干燥少雨！虽然前两天下了一场雨，可是这两天回温快，衣服很快就能干。

松元慧子：北伐军的军纪好吗？

郭大娘：好。北伐军待人和气，买卖公道，出手也大方。在街口你也看到了，干织补的人虽然很多，却没有多少纠纷。店铺也都陆陆续续地开张营业了。

松元慧子：这里的市面确实热闹得很！

郭大娘：这里紧靠西门，城里城外都住上了北伐军，人来人往的，当然热闹。就是北伐军说话让人听不懂。他们说话跟鸟叫差不多，听着费劲。

松元慧子：【大笑起来】北伐军大部分是南方人，口音有差距也正常吧。

郭大娘：这口音相差也太大了。你说，这中国得有多大啊？

松元慧子：我们日本地方不太大，口音相差也不小。

郭大娘：是吗？

松元慧子：我回日本老家仙台，一路上也是南腔北调的。

郭大娘：【笑】真是一方水土一方人，一个地方一个腔调。到家了。

【推开院门】

郭大娘：慧子姑娘，请进来吧。【向屋里喊道】石头，石头。快看看谁来了。【屋里没有回音。郭大娘走进屋内】不在家？

松元慧子：【推车进院，靠墙根停下车子】他不会是走远了吧？

郭大娘：门没锁，肯定走不远。进屋歇歇吧。

松元慧子：您别客气。我待不住，就在院子里等吧。

郭大娘：那也好。外面亮堂，快请坐。

松元慧子：谢谢。【在院子里的桌子旁坐了下来，举目四望】这里距离城墙可真近啊！

郭大娘：可不是！这屋后就是护城河。我们洗衣洗菜都是在护城河边。天热的时候，石头常常去河里游泳呢。【说完，向屋里走去】

松元慧子：游泳？

郭大娘：【在门口回过头来说】是啊。还摸鱼、捞虾、捉泥鳅、跳水、扎猛子……这都是小时候的事了。

松元慧子：【微笑】济生哥小时候是不是很调皮啊？

郭大娘：【端着个饭碗，拿着一个小笸箩从屋里走了出来，笸箩里是几个油旋】可不是吗？有一次，说是要做什么实验，石头偷了他父亲半瓶白酒，让他父亲知道了，追着打他。到了护城河边，石头一个猛子扎到水里，半天没有上来，可把他父亲吓坏了。没成想石头在十几丈外冒了出来，让他父亲哭笑不得。

松元慧子：【笑】济生哥是在做实验，这不是坏事。

郭大娘：读书的事我搞不懂，不过石头读书倒没有让我们家长费心！他的成绩总是名列前茅。他偷偷地考取了杆石桥外的那所高等学堂，可是家里负担不起学费……唉！

松元慧子：没有上吗？

郭大娘：没有办法啊！

松元慧子：太遗憾了！

郭大娘：叫我说啊，石头不读书也没啥！男人最怕的是好吃懒做，不懂礼数，沾染上偷偷摸摸、抽烟喝酒、赌博打架的坏习气。好在石头这孩子没有这些毛病。只要人勤快，还怕没有好日子过。

松元慧子：济生哥的为人，我知道。

郭大娘：【高兴】那敢情好！来，慧子姑娘，喝碗甜沫，吃个油旋吧。

松元慧子：【惊奇】甜沫，还有油旋！

郭大娘：甜沫是石头早晨做的，卖给北伐军的。这是留出来准备中午吃的。

松元慧子：济生哥做甜沫卖给北伐军？

郭大娘：是啊。

松元慧子：济生哥怎么干起这个来了？

郭大娘：饭庄缩减服务规模，石头就回家来了 。

松元慧子：这个我清楚，济生哥是主动要求回家的！他把工作机会留给了那些拖家带口的老厨师了。济生哥回家，我没了师傅，刘明泉因为有病，所以，我们俩也回家了。

郭大娘：这些天，他每天就到常去做饭的几个大户人家走走，看看有什么活计可以干。

松元慧子：【急切地】活干得怎么样呢？

郭大娘：要打仗了，这些大户人家走的走，散的散，灶上也没有多少活可干，反倒是给人家搬了好几回行李。

松元慧子：大门大户都跑了？

郭大娘：是啊。回老家的、投亲靠友的、躲到乡下去的，还有跑到天津租界里去的……留下的不是小门小户，就是给大户人家看门的人；还有就是走不了的、不想走的、无奈观望的……你看，我们这条街也就剩了一半的人吧。打起仗来，最遭罪的还是老百姓——不是四处逃命，就是死于非命。

松元慧子：大娘，您怎么没有躲出去呢？

郭大娘：【忧心忡忡】我也想躲出去啊。石头他爹带着他妹妹已经回乡下老家了，正是春耕时节，乡下也有很多活要干。可石头这个愣头青，偏不回乡下。他说要观察一下北伐军的做派，如果北伐军真像宣传得那样好，他就要报名参军。我不放心啊，就也留下了。

松元慧子：【吃惊】济生哥要参军？！

郭大娘：可不是嘛。他每天都去那些大户人家了解打仗的进程，消息灵通得很。昨天一早，他看见来到济南的北伐军士兵四处找饭吃，就开始准备做甜沫材料，今天天不亮他就起来了，做了两桶，专门卖给北伐军。说是这样可以近距离接触和了解北伐军。家里的锅太小，无法做更多了。这不，很快就卖光了。

松元慧子：原来是这样。那他对北伐军了解得如何？

郭大娘：我还没有来得及问呢。【充满期待地】你来了，能让他回饭庄最好，我真不希望他去当兵。

松元慧子：【沉思了一下，说】放心吧。我有办法让济生哥去饭庄。

郭大娘：【惊讶、怀疑】你，有办法？

松元慧子：大娘，您就放心吧。

郭大娘：【高兴了起来】太好了！来，趁热吃。

松元慧子：既然是你们留的，我吃了，这不好吧！

郭大娘：客气啥！【递上甜沫和油旋】再说，石头真要是回饭庄上工，午饭也不用留了。我的还有。

松元慧子：那我就不客气了。【慧子接过饭碗，拿了一个油旋】哎呦！还真热着呐。

郭大娘：盛在砂罐里，放在灶台边，凉不了。

松元慧子：【慧子一边喝一边吃了起来】好吃。

郭大娘：没什么好招待的，就是这家常饭。好在是石头做的，否则，也拿不出手。

松元慧子：【忽然想起了什么事情】对了，长庆哥在您家住过吧？

郭大娘：是的。过春节的时候待过一阵子，住了七天吧。

松元慧子：长庆哥写过春联，对吧？

郭大娘：是啊。写了很多，都送给邻居了。除了屋门上的一副。看，在那！【用手指着屋门的方向】

松元慧子：【放下碗，到屋门口观看】“陟历山思接千载，对趵突心意难平。”

郭大娘：也不知道说了些啥！

松元慧子：我也不太懂。

郭大娘：石头说这对联好，书法更好。说什么“小王学大王挺到家，就是内容不太符合春节的氛围”，所以，就没有再送人，也没有贴在大门外。我看，长庆这孩子有心事。

【院门口传来了开门的声音，郭济生挑着一担水走了进来】

松元慧子：【松元慧子转身，快步迎了上去】济生哥。

郭济生：【意外】慧子，你怎么来了？

松元慧子：怎么，不欢迎？

郭济生：【笑】欢迎欢迎！就是有点出乎意料。

郭大娘：打水怎么去了这么长的时间？

郭济生：我刷洗了一下水桶。早上盛甜沫的，有油水，不太好刷。【放下担子，向水缸里倒水】等了很长时间吗？

郭大娘：倒是也没有等多少时间。慧子姑娘是来通知你回饭庄上工的。

松元慧子：【不等郭济生回答】听说你想参加北伐军，是吗？

郭济生：【看了他母亲一眼】是的，我有这个打算。

松元慧子：北伐军的表现你还满意吗？拿定主意了，还是再看看？

郭济生：北伐军的先头部队才刚来一天，今天又有大批的队伍涌入，还没有完全安顿下来，征兵还没有来得及开始。军风军纪我不敢妄断，就目前看，肯定是比张宗昌的队伍要好得多！纪律严明，不强买，不强卖，不扰民。

松元慧子：人们都说"吃粮当兵"。你吃穿不愁，为什么要当兵？

郭济生：我是吃穿不愁，也只是刚刚温饱而已，并没有过上富足的日子！还有太多的人吃了上顿没有下顿，还有太多的人衣不蔽体，流离失所！还有太多的人看不起病，上不起学！

松元慧子：你当兵是为了完成国民革命，实现天下为公，对吗？

郭济生：国难当头，男儿必须有所担当；生逢乱世，大丈夫理应立功疆场。就像秦琼，驰骋疆场，名垂青史。

松元慧子：战争可以改变命运，战争更可以要人性命。秦琼的价值在于"义"字当先，在于为朋友两肋插刀，不是逞匹夫之勇！还有，你现在当兵是不是有点太晚了！在北伐军里，年龄比你小的军官比比皆是了，对吧？

郭济生：是的。可是……

松元慧子：【打断了郭济生的话头】你是读过书的人，当兵的大都大字不识，与一群不识字的人待在一起，你会自在吗？也对不起你的满腹诗书啊！

郭济生：投笔从戎的大有人在。

松元慧子：大有人在？那就不缺你一个。现在饭庄需要你这个好汉的出手相助，怎么样，不帮忙？这可有失秦二哥的本色！

郭济生：这……【一时语塞】商埠的北伐军很多，是吗？

松元慧子：多。就像蚂蚁一样，随处可见。来饭庄吃饭的人也很多！

郭济生：我能想象得出。

松元慧子：所以人手很紧张，我来请师傅出山。你这可是在为北伐军的将士做饭吃，直接就是支持国民革命，功劳大大的！而且，在饭店吃饭的可都是高级军官，更方便你了解北伐军！你参加北伐军，八字还没有一撇呐，对吧？

郭济生：是的。我们这里是第一军第二师第三团的防区，出入的主要是这"一二三"的士兵，最大官也就是团长。

松元慧子：【疑问】"一二三"的士兵？我听不懂。

郭济生：番号呀。第一军第二师第三团，他们沿津浦线一路北上，张宗昌一触即溃，战斗减员不多，还不知道要不要征兵呢。

松元慧子：你怎么知道得这么清楚？

郭济生：我母亲给北伐军缝补、清洗衣服，那些衣服的臂章上写的都是这个番号。要按照番号和姓名发放衣服，不然就乱了。

郭大娘：是的。衣服是石头帮我发的，他识字。

松元慧子：你回饭庄，再发挥特长，为北伐军做点更有意义的事吧。

郭济生：【沉思了一下】好吧。我先跟你回饭庄。

松元慧子：【向郭大娘丢了个眼色，得意地笑了】王掌柜让你骑车先回饭庄。我还要去小赵庄，看看明泉能不能也回饭庄上工。

郭济生：你骑车来的？

松元慧子：是的。【指向停在门后墙根的自行车】王掌柜的车子。

郭济生：噢。你要去找明泉，也让他回饭庄？

松元慧子：看看明泉的病是不是好了，没有好就继续让他歇着。

郭济生：那你等一下，我换身衣服，先送你出城。【说完郭济生向屋里去了】

郭大娘：【看着松元慧子，满心欢喜，目光中充满了喜爱】慧子姑娘真是聪明伶俐，你咋知道这么多道理呢？

松元慧子：哪里啊，都是济生哥教的。

郭大娘：他教的？我看你最懂他的心思了。对了，你还要去找明泉，是吗？

松元慧子：是的。

郭大娘：这里有两件北伐军士兵不要的衬衣——他们进城后买了新的，这旧的就不要了。【一边说一边在晾衣绳上取下两件衬衣】我昨天晚上洗干净了，这不已经晾干了。你济生哥个子高，肩膀宽，穿不上。你带给明泉吧。

松元慧子：那我先替明泉谢谢您。

郭大娘：别客气。告诉明泉，这衣服上还有几处破损的地方，我来不及缝了，让他抽空自己缝一下吧。北园四面是水，阴冷，容易着凉。让他多加注意。

【郭大娘找了一块小包袱皮，将两件衣服包了进去】

松元慧子：好的。

郭济生：【换了一身衣服，从屋里出来，手里面拿着两个碗，来到了水缸边】慧子，这是我从漱玉泉里打来的水，这可是真正的泉水。你尝尝。【舀了一碗水，递给松元慧子】

松元慧子：直接喝？

郭济生：当然。

松元慧子：【喝水】嗯，好喝！刚才还喝了一碗甜沫，吃了个油旋呐。

郭济生:【自己也舀了一碗,喝水】好。这样路上你也不会饿了。咱们走。【转身去推自行车】

松元慧子：【向郭大娘道别】郭大娘，再见。

郭大娘：【递过包袱】慧子姑娘，认识家门了，有空来玩啊。

松元慧子：好。

郭济生：妈！商埠离这里大老远的，慧子怎么可能来！

松元慧子：【对郭济生说】不远。【对郭大娘说】有时间我就来看您。

郭大娘：好……【郭大娘还想说什么，郭济生打断了她的话头】

郭济生：妈！晚上你早休息，别等我了。我可能又要忙到关城门了。

郭大娘：知道了。你们路上慢着点啊。

【三人先后走出院门，郭大娘目送二人离去】

第十二场　“清泉石上流”

时间：1928 年 5 月 2 日上午

地点：济南东流水街 – 铜元局街 – 西小北门一线

人物：松元慧子、郭济生

【场景：郭济生骑着自行车行走在东流水街上，车子的后座上坐着松元慧子。东流水街是一条僻静的小街，街上偶有行人来往，个个形色匆匆】

郭济生：慧子，这条街叫“东流水街”，前面就有宏济堂的铺面。宏济堂阿胶就是在这里熬制的，用咱们济南泉水熬制的阿胶特别好。

松元慧子：阿胶治什么病啊？

郭济生：主要是医治久病体虚，尤其是身体虚弱的女人、老人，吃阿胶补身子最好。想当年，慈禧太后就是吃阿胶治好了她的身弱体虚的毛病。阿胶也从此扬名了。

松元慧子：这个老太太挺会享受啊！

郭济生：就是她太会享受了，大清国才败给了你们日本人。

松元慧子：【好奇】怎么回事？

郭济生：醇亲王为了讨好慈禧太后，也是盼着慈禧早日结束垂帘听政，归政他儿子光绪，就挪用了大量的海军军费修建了一座园林——颐和园，送给慈禧太后颐养天年。可结果呢，慈禧太后是离开了皇宫，却造成北洋水师军费短缺，战备松懈，战斗力严重下降，直接导致了北洋水师在甲午战争中的覆灭。这大清朝从此一蹶不振，走向了穷途末路。

松元慧子：这老太太实在是可恶！唉！中日两国不打仗该多好啊！

郭济生：我们中国人是不想打仗的！

松元慧子：我真希望我们日本人也不打仗。

郭济生：可是，日本兵又来了。

松元慧子：是啊。说是“保护侨民”！不是说北伐军保护侨民吗？

郭济生：我相信北伐军！可是日本人不相信北伐军。

松元慧子：我也相信北伐军。我看北伐军的士兵待人很和气，很友善。

郭济生：可是，我听说日本兵都挺横的！

松元慧子：我总感觉这些日本兵不怀好意，但他们不会把我怎么样！对了，日军在商埠设立了守备区，禁止中国人通过。你回饭庄的时候注意绕开啊！

郭济生：这个我也听说了，我会绕开的。

松元慧子：【车子颠簸了一下】哎哟！

郭济生：石板路，年代久了，坑坑洼洼的。怪我，只顾说话，没注意道路。

松元慧子：没事。只要你不是故意的就行。【笑】

郭济生：我就是要报复一下日本人。【笑】

松元慧子：你真坏！我可是地道的中国人，是济南人。

郭济生：【放慢了车速】前面还是石板路，路面不平整。不如你下来，我们走走吧。

松元慧子：【高兴地】好啊！

【松元慧子从后座上跳了下来。郭济生也从车上下来，推着车子。二人并肩向北走】

松元慧子：这条路真该修修了。

郭济生：济南是个古城，有太多的路需要维修。

松元慧子：对，都修成经二路那样的柏油路多好，宽敞、平整，走起来舒畅。

郭济生：商埠是新城，路宽又平整，好走。这东流水街可就不那么简单了。

松元慧子：【好奇】这有什么不一样的？

郭济生：这东流水街虽然不长，附近却有五龙潭、东流泉、江家池、月牙泉、温泉以及醴泉等近十处泉眼，泉水旺盛的时候，石板路的缝隙中也会有泉水涌出，是真正的“清泉石上流”的所在，是济南的城市特色，换成柏油路就失去泉城的味道了。

松元慧子：【惊奇】“清泉石上流”，真的吗？

郭济生：当然。等到夏天，几场透雨过后，泉水旺盛，我带你来再走走，体验体验。

松元慧子：一言为定！你不说，这里我真的很少能来。

郭济生：主要是这条街上没有好吃的可买吧！

松元慧子：你取笑我？

郭济生：我实话实说。

松元慧子：又来了！【赌气地】好吧，到时候你自己来吧！

郭济生：【笑】街口就是德盛楼，到时候我请你吃糖醋鲤鱼，来不来？

松元慧子：【继续赌气地说】我才不让你请呢！

郭济生：【又笑】慧子是个美食家……

松元慧子：【抢白】少给我戴高帽子！

郭济生：美食家，这顶帽子不高啊！自我感觉不错嘛！

松元慧子：反正甜言蜜语肯定没好事。

郭济生：哎。你等我说完嘛！我是说你会吃、会品鉴，还应该知道济南的美景啊。你从日本到中国来，翻山越岭，跨河过海，美景看遍；出入集镇、饭馆、茶肆，阅人无数，也算是个旅行家吧！可是这东流水的泉水都没见识过，就辜负了“济南人”的盛名了！

松元慧子：辜负了“济南人”的盛名？

郭济生：对啊。到夏天，我领你品品美食，观观泉水，看看明湖美景，千佛山色，成为一个真正的济南人，如何？

松元慧子：【闻言既感到意外，又格外兴奋，内心闪过一丝喜悦，歪头看着郭济生说】我可以成为济南人吗？

郭济生：当然！

松元慧子：【一步跨到郭济生面前，挡住了去路】你愿意和我一起做济南人吗？

郭济生：【迟疑】我……当然……只是……

松元慧子：【打断了郭济生的话头】好。你请我！

郭济生：【欲言又止】……我请。

【松元慧子脸上露出了会心的微笑，她转过身欢快地向前走去。郭济生急忙追了上去】

松元慧子：【边走边说】美食泉水、湖光山色，好！【指着右边说】快看！这边的烟囱，多高啊！

郭济生：这里是山东电气公司，发电厂。那个烟囱是发电机锅炉上用的，在我家院子里就能看得见。

松元慧子：是吗？我没注意。在这近处观看真是太震撼了！高耸入云啊！

郭济生：是的。这个烟囱有城墙的三个高！你再看电厂的煤堆，都和城墙一样高。

松元慧子：可不是嘛！沿着煤堆就可以爬上城墙了。要是坏人知道了，晚上关城门可就没用了。

郭济生：你想得可真多！这煤堆有电厂的围墙挡着，电厂门口写着“工厂重地，闲人免进”，专门有人守卫，一般人是不可能走进电厂那扇大门的！再说，这电厂在护城河边，外面还有圩子城！想从这里进城，要先进圩子城，再过了护城河，进了发电厂才有可能上煤堆！这可不是轻易就能实现的事。

松元慧子：我是说，万一城门走不了，这煤堆就是一条路啊。

郭济生：怎么，你想演一出《打登州》？

松元慧子：打仗就必须考虑到各种可能性，就不能循规蹈矩！

郭济生：慧子，你看到这煤堆怎么就会想到了攻城？

松元慧子：在日本，中小学校都开设军体课，训练学生并时刻提醒学生准备打仗。

郭济生：【若有所思】原来这样！你啊，太鬼！

松元慧子：【反唇相讥】你啊，太傻！

郭济生：前面就是圩子门[①]了，马上就出城了。

【说话间，他们走出了圩子门，来到了护城河的桥上】

松元慧子：你看前面都是土路了，而且道路狭窄，还有点泥泞，骑车不方便，骑车带人更不行了，真怕你把我摔到水沟里去！王掌柜还盼着你呢。

郭济生：【不放心地】你自己能找到明泉？

松元慧子：没问题。王掌柜就是让我自己去，我带着地图呐。

郭济生：是吗？把地图拿出来，我们看看。

【松元慧子取出地图递给郭济生。郭济生展开地图，与松元慧子一起观看】

郭济生：我们现在在这个位置：西小北门。从这里沿着这条路一直向北，穿过角楼庄，上胶济铁路，沿铁路一直向东，走铁路桥过西泺河和北关火车站，再从这条小路向北去，就到了小赵庄了。看前面，就是铁路线。

松元慧子：这么近了！我看懂了。放心吧。

郭济生：挑干燥的地方走路，绕开泥巴窝。

松元慧子：知道了。你快回饭庄吧！

郭济生：对了，你和明泉在哪吃午饭，是回饭庄吗？

松元慧子：是的。是王掌柜说的。

郭济生：好。平安回来，我给你们做好吃的。

松元慧子：【露出了幸福的微笑】你也要注意安全，不要忘了绕开日军的守备区！

郭济生：忘不了。

松元慧子：再见。【说完，松元慧子转身走上向北去的小路】

郭济生：再见。【郭济生看着松元慧子走远了，骑车赶往泰丰楼饭庄】

---

① 圩子门：指位于圩子城墙上的西小北门。

第十三场　清河捕鱼

时间：1928年5月2日9时多

地点：济南北园、小赵庄

人物：松元慧子、刘明泉、程爱莲、赵尚文

【场景：5月初的济南城北。藕田间的小路上坑坑洼洼，略显泥泞。小路两旁繁花盛开，杨柳依依。藕田里，一片片荷叶张开了碧绿的小伞在碧波上荡漾；水塘边，一丛丛新生的芦苇随风舞动着柔嫩的身姿；水塘里，一只只洁白的鸭子自由自在地游弋。松元慧子在小路上逶迤前行，心情愉快，步履轻盈，时不时地停下来采摘路边的野花】

【场景：松元慧子走上胶济铁路，穿过北关火车站，跨过西泺河，就看见在远处的一片柳荫里静卧着的小赵庄。松元慧子走下路基，沿着田埂向小赵庄走去】

【场景：在新辟的藕田里，刘明泉与姨父赵尚文、姨妈程爱莲正在劳作。刘明泉看见了走在田埂上的松元慧子】

刘明泉：慧子姐，是慧子姐！慧子姐来啦！

程爱莲：就是那个学厨师的日本女孩吗？

刘明泉：就是她。

赵尚文：她来干什么？

程爱莲：肯定是叫明泉回去上工呗。

【刘明泉放下手里的活计，走上田埂，向着松元慧子挥手跑去】

刘明泉： 慧子姐！

松元慧子： 明泉！

【松元慧子也向刘明泉跑来，两个人手拉在一起，高兴地跳着】

刘明泉： 慧子姐，你好。你怎么来了？

松元慧子： 我是过来看看你的，你的咳嗽好了吗？

刘明泉： 好啦。吃完一盒橘红丸就彻底好了。【用手拍了拍胸脯】你看，我都能下地干活了。济生哥、长庆哥、舜才都好吗？

松元慧子： 都很好。我是从济生哥家过来的，饭庄让我通知济生哥回去上工。

刘明泉： 是嘛！你能找来真不简单。你是走过来的吗？

松元慧子： 我是骑自行车先去找的济生哥，济生哥把我送到了西小北门。我只是走了城外这一点路。

刘明泉： 那济生哥呢？

松元慧子： 城外的道路没法骑车，济生哥就骑车去饭庄了。

刘明泉： 是不是也要叫我回饭庄？

松元慧子： 我就是过来看看你，是否回饭庄你自己拿主意。

刘明泉： 应该没有问题，藕田里的活马上就干完，以后没有多少活可干了。

松元慧子： 给你，拿着。【把手中的鲜花递给了刘明泉，然后从身上解下了一个包袱】这个包袱是郭大娘让我带给你的。

【刘明泉接过了包袱，打开看见是两件衬衣。程爱莲、赵尚文也快步迎了上来】

刘明泉： 慧子姐，这是我姨父、姨妈。【刘明泉介绍说】

松元慧子： 大叔、大姨，你们好。【向二老分别鞠躬】

程爱莲： 慧子姑娘，你好。走，快去家里喝口水。你看，你怎么还给明泉带衣服来了。

【一边说话，一边接过了包袱。几个人一起向村里走去】

松元慧子：这是济生哥的妈妈郭大娘让我捎给明泉的。她说，北园到处是水，阴冷，容易着凉。希望明泉能保重身体。

程爱莲：郭大娘可真好！

松元慧子：现在，城里满街的北伐军，很多士兵的衣服需要缝缝补补。这两天，郭大娘就在街边揽点织补、浆洗的活来做。有两个北伐军的士兵嫌衣服破旧，买了新衬衣，旧的就直接扔掉了。郭大娘就捡了回来，洗好。让我捎给明泉，希望不要嫌弃。

程爱莲：感谢还来不及呐，谈不上嫌弃。

松元慧子：只是衣服还有几处破损，她来不及织补了。

程爱莲：这不是事。你是不是来叫明泉回饭庄上工？

松元慧子：您怎么知道？

程爱莲：你刚才不是说"城里满街的北伐军"，这是添了多少张要吃饭的嘴啊！你们饭庄肯定缺人手了。

松元慧子：大姨，您真厉害！料事如神！

程爱莲：大姨没什么厉害的。你看看我们庄，家家在新辟藕田。为什么呢？这"商埠"就像一个刚出生的孩子，一天天地在长大，这才二十多年的功夫，大小已经快赶上老城了。

松元慧子：的确是。

程爱莲：商埠新建了那么多工厂、商店、洋行，哪家不需要人手啊！外地人、外省人、外国人纷纷往商埠来，济南的人口是年年增加！人多，吃得就多，咱北园的藕也是一年比一年好卖；庄里也有更多的人走进了工厂、商店——明泉不就是进了饭庄了嘛！如果没有军阀们打来打去，我们早就过上好日子了。

松元慧子：今年，咱家开辟藕田了吗？

程爱莲：刚才我们干活的地方就是新辟的藕田，今天就种完了。开辟这块新藕田多亏了明泉，他在家这些天可帮了大忙了！

松元慧子：明泉走到哪里都能干！

程爱莲：你还夸他呢。谢谢你照顾他。到家了！

【说话间，一行人走进了院子。院子里有一张小桌，桌旁几只板凳。刘明泉将松元慧子采摘的野花放在一个玻璃瓶里，倒上了清水，摆到了窗台上。然后，到一边去打水，与姨父一起洗涮去了】

程爱莲：【让松元慧子在小桌旁坐了下来】慧子姑娘，你先坐，我也去洗一下，手上全是泥，没法招待你。

松元慧子：不客气，给你们添麻烦了。

程爱莲：【一边洗手一边说】你说这话就见外了，不麻烦！你来不来我们都要洗涮不是？你先歇会儿，我这就给你倒水。【向屋里走去】

松元慧子：我没走多少路，不累，也不渴。

程爱莲：【从屋里走出来，手里端着个小笸箩，小笸箩里放着些柿饼、核桃、红枣等】明泉，来，你也坐下。慧子姑娘是稀客，也是贵客。这么些日子没见，陪慧子姐多说会儿话吧，给慧子姐拿柿饼吃，再砸个核桃尝尝。【说完返身又走回屋里】

刘明泉：【在桌边坐下。拿了二个柿饼递给松元慧子】慧子姐，给。

松元慧子：我不饿。

刘明泉：这不是饭，吃着玩的。尝尝，像蜜一样甜。

松元慧子：【双手接过柿饼，咬了一口，慢慢地品味】嗯。好吃。

【程爱莲从屋里出来，一手拿着几个茶杯，一手拎了个保温瓶。刘明泉又在门框上挤碎了两个核桃，放在松元慧子面前】

程爱莲：【给慧子倒水】喝口水，柿饼又甜又黏，漱漱口。小心烫。

松元慧子：谢谢。大姨，您家里怎么会有这么多山货啊？

程爱莲：【微笑】你不知道，明泉其实是个山里的孩子，他出生在仲宫，仲宫在南边的大山里！仲宫的乡里乡亲经常有来济南府办事的——看病、买药、买东西，还有的来卖点山货。由于路途太远，很多乡亲当天赶不回去，旅店住不起，就来我们家住一宿。山货我们家是不缺的。

松元慧子：仲宫离我们这有多远？

程爱莲：出太阳就启程，赶到仲宫就落太阳了。

松元慧子：要走一整天？！

程爱莲：是的。主要是山路，大大小小的要过五六道山梁呐！当年，我把明泉从山里接出来，就是头一天一早出发，第二天赶回的。明泉还记得吗？

刘明泉：我有印象。头一天，我们是在村外的土地庙里过的夜，白天是姨父推着独轮车，您抱着我坐在车上回来的，对吧？

程爱莲：是的。上坡时我就下来推车，下坡和平道我就抱着你坐在车上。

松元慧子：怎么是在土地庙里过夜，没有睡在家里呢？

程爱莲：那一年春天，明泉的刘家村里闹瘟疫，人死了很多，瘟疫过后，村里只剩下不到一半的人了。明泉的爷爷、奶奶、爸爸、妈妈都在瘟疫中去世了，只有明泉活了下来，寄养在一个远房的叔叔家。这个叔叔家条件也不好，吃了上顿没下顿，就托人稍信来让我想想办法，我就决定把明泉接出来。当年，明泉年纪还小，赶夜路不放心，我与你大叔也走了一天了，非常疲劳，就没有马上返回，可是又害怕染上瘟病，晚上不敢在村里的人家里睡，就在村外的土地庙对付了一宿。

松元慧子：明泉真是命大。

程爱莲：可不是嘛！村里人都说，明泉大难不死，必有后福。【伤感】可是，跟我长了这么大，也没有享到什么福！

刘明泉：姨妈，别这样说，现在不是很好吗？

程爱莲：明泉是好孩子，懂事。

松元慧子：别伤心，一定会越来越好的。

程爱莲：真快啊！这一晃儿十三年过去了。

刘明泉：【给松元慧子倒水】慧子姐，喝水。

程爱莲：现在时间还早，我把衣服给明泉缝好。慧子姑娘，你先吃点干果。一会儿吃午饭，吃完午饭再回饭庄。他大叔，你去杀只鸭子。

松元慧子：【急忙阻拦】大姨、大叔，你们不用忙。掌柜的已经吩咐了，我们回饭庄吃午饭，就不麻烦您了。

程爱莲：你头一次来，怎么能不吃饭呢？再说，饭庄的午饭都是要忙完午饭后才能吃上。到时候，你还不饿坏了？

松元慧子：大姨，不会的，我都习惯了。这里还有这么多核桃、柿饼、红枣，饿不着。【向刘明泉使眼色】

刘明泉：姨父、姨妈，别忙了。我们不在家吃了！

赵尚文：明泉这是想饭庄的饭食了！【笑】

松元慧子：我想，明泉一定是想早一点见到他的伙伴们。【给刘明泉打圆场】

程爱莲：是啊。明泉在家里闷得慌！我抓紧收拾一下，让你们早回饭庄。

刘明泉：姨妈，你先收拾着东西。趁这会儿工夫，我去河里捕几条鱼。慧子姐，你和我一起去捕鱼吧！【起身，收拾起了渔网】

程爱莲：捕鱼？那可来不及做着吃了。

刘明泉：不是让您做。我想带着鲜鱼回饭庄！在饭庄，那么多人都关心我。我生病以后，掌柜的让我休息。济生哥给我买药，慧子姐、长庆哥、舜才兄弟忙前忙后的照顾我……我想送几条鱼给他们尝尝。

程爱莲：说得是，真应该感谢一下！快去吧。

【刘明泉开始收拾渔具】

松元慧子：我可没做什么啊！

程爱莲：明泉常给我们说起你。他说，一个日本女孩中国话说得好，学做菜学得快。你们还一起读书看报，学文化。

松元慧子：济生哥爱读书看报，见多识广。长庆哥是个大学生！他的书可多了。闲下来的时候，我们就听济生哥、长庆哥讲故事、讲见闻，不懂的我们就问。

程爱莲：在家里这些天，只要一有空，明泉就读书，可着迷了。你说，读书看报都能知道些什么呀？

刘明泉：【插话】知道的可多了！国民革命、反帝反封建、德先生、赛先生、白话文、新文学、男女平等、妇女解放、婚姻家庭，还有就是哪里打仗、哪里闹灾、哪里闹土匪……我们都知道。

程爱莲：【感叹】这读书识字的人都成了千里眼、顺风耳了！

刘明泉：读书识字，尽知天下事！

程爱莲：瞧你说的。

松元慧子：明泉，你现在看什么书啊？

刘明泉：我向济生哥借了本《说唐》，向长庆哥借了本《平面几何》，还有几本杂志，就是你还给长庆哥的那四本。这些天我都看完了。

松元慧子：厉害。你现在集他们二人之长啊！

刘明泉：我就是解解闷。还是听济生哥、长庆哥讲给我们听有意思。

程爱莲：【好奇】这大学生怎么就进饭庄当伙计了呢？

刘明泉：【一边整理渔网一边说】这事说来话长！长庆哥在入学的第二年头上，接到家里发来的一封电报，说是家有急事，望速归。长庆哥急急忙忙地赶回了家才知道家里给他准备了一场婚礼。女方是当地富户家的小姐，也算是门当户对。

程爱莲：事先没有给你长庆哥说一声、打个招呼？

刘明泉：长庆哥完全蒙在鼓里！

程爱莲：为什么会这样呢？

刘明泉：长庆哥在学校里积极参加革命活动，带头反对学校的倒行逆施，成了学生运动的领袖。后来，长庆哥的父母知道了长庆哥在学校的表现，他们瞒着长庆哥定下了这桩婚事，是想让长庆哥结婚成个家，收收心，安心读书，不要再搅和到学生运动中去。

程爱莲：身为父母这样做也有道理啊！

刘明泉：有道理？做父母的哪里知道长庆哥的心思。

程爱莲：你长庆哥不同意？

刘明泉：长庆哥非常反感包办婚姻，竭力反对这桩婚事！他觉得受了愚弄！可是，反对没有效果。长庆哥不屈服，就被他的父母关了起来。

程爱莲：闹得这样僵？！

刘明泉：长庆哥坚持认为，如果与女孩结婚，既是对自己的不负责，也是对女孩子的伤害。因此，就在举行结婚仪式的前夜，长庆哥乘人不备从家中跑了出来。他的父母连夜驱车追赶，不成想天黑车快，马失前蹄，车翻入了水渠，父母二人双双被淹死了。

程爱莲：啊？！【吃惊】真不幸！你长庆哥没事吧？

刘明泉：长庆哥落了个大逆不道之名，婚约被取消，人也被逐出了家门，家业被他人侵占了。长庆哥上学失去了家庭的资助，学校也借机把长庆哥除名了！

程爱莲：【愤愤不平】真是祸不单行。这学校也太不讲人情了！

刘明泉：讲人情？像长庆哥这种不安定分子，学校巴不得他不回去呢！

程爱莲：后来呢？

刘明泉：长庆哥就辍学了。但是，长庆哥还是想读书，就来我们饭庄勤工俭学，饭庄吃住是不要钱的，能多积攒点学费，找机会重返校园。

松元慧子：所以，长庆哥也盼着张宗昌滚蛋，对吧？

刘明泉：是的。

程爱莲：竟然是这样！这都是新文化害的，你长庆哥要是同意了婚事，就不会发生后来的惨剧啦。

刘明泉：话不能这样说！让长庆哥生活在没有感情的婚姻里就是道德的吗？

程爱莲：这孩子，真是反了！咱中国人的婚姻自古就是“父母之命，媒妁之言”，我和你姨父就是这样过来的。感情是在生活中培养起来的。不结婚，哪里来的感情？

刘明泉：时代不同了。女孩子开始走出家门，也有选择生活的权利了。“父母之命，媒妁之言”过时了。

程爱莲：什么“时代不同”，就是你们这代人的心思变了。没有新文化的影响，你长庆哥的家庭惨剧就不会发生。

刘明泉：新文化与家庭惨剧没有关系，相反，恰恰是“父母之命，媒妁之言”才是家庭惨剧的根源。

程爱莲：瞎说。父母哪有不为子女好的！

刘明泉：姨妈，您想想看，长庆哥的眼界开阔，思想活跃，您给他找一个乡下姑娘，双方缺乏共同的语言，缺乏感情，生活在两个精神世界中，这对双方不都是摧残吗？这不就是家庭悲剧吗？

程爱莲：小孩子，你懂什么！

刘明泉：好。我是不懂，可是长庆哥反对！

程爱莲：你长庆哥也是！唉，强扭的瓜不甜！

刘明泉：长庆哥的出走不过是上演了另一场家庭悲剧，根子还是“父母之命，媒妁之言”！

程爱莲：哎，可怜天下父母心啊！

刘明泉：父母的去世、家庭的变故令长庆哥深受刺激，所以，刚来饭庄时，他沉默寡言，很少与人交往。多亏了济生哥平日里多加照顾，长庆哥才慢慢变得活跃了起来！过年的时候，长庆哥无处可去，是济生哥请长庆哥去他家过的年！

程爱莲：你济生哥可真仗义，像秦二哥。

松元慧子：您也知道济生哥喜欢秦琼秦二哥。

程爱莲：知道。明泉回来常说。

刘明泉：不过，长庆哥变得有点玩世不恭，总爱调侃人、爱捉弄人。我认为，长庆哥拿别人开玩笑不过是一种情绪的宣泄。

松元慧子：你怎么知道？

刘明泉：因为，他经常拿自己调侃。

松元慧子：他说什么？

刘明泉：就说他的名字吧。他说，不是“长庆”是“长痛”，是“长恨”。他常说，“人生是苦，回头无岸”。

松元慧子：听你这么一讲，长庆哥写在济生哥家门上的春联，我有点明白了。

刘明泉：什么对联？

松元慧子：陟历山思接千载，对趵突心意难平。

刘明泉：登高怀古，临水伤逝。准确地说是伤心啦！

松元慧子：真机灵，让你一眼就看穿了！

程爱莲：长庆真可怜。有时间的话，也请你长庆哥到我们家来，我们这里有荷田，有苇塘，还有小清河，最适合散心了。

刘明泉：那我替长庆哥谢谢你了，姨妈。

松元慧子：有时间我也来，这里的风光真好。

程爱莲：那可太好了。

松元慧子：大姨，我看明泉喜欢读书，又聪明，上大学应该也没有问题。

程爱莲：这个我知道，一年前，明泉的姥爷病了，为了看病抓药，家里面的钱都花光了，欠了一屁股债，老人也没了。他们兄妹三个全都辍学了。

松元慧子：是这样啊！

程爱莲：现在，明泉在饭庄学徒，虽然还不挣钱，但吃、住都有着落，他的弟、妹这才又进了学堂……

刘明泉：【打断了程爱莲的话头】姨妈，不说这些。不上学是我的决定。等将来我一定多挣钱，让弟弟、妹妹去读大学。【对松元慧子说】慧子姐，我们打鱼去。

松元慧子：小清河远吗？

刘明泉：不远，就在北边。

松元慧子：我在地图上看看。【拿出随身携带的地图查看】

刘明泉：还带着地图呢！长庆哥的吧？

松元慧子：是的。这样能保证找到你。

刘明泉：【看地图，指点着说】我们在这，向北走，这就是小清河。一会儿就能回来。【说着，把地图收了起来，放在了桌上】

程爱莲：明泉可是打鱼的好手！他水性好，常常是到了河边就下水。他懂鱼性，什么地方有鱼，他明白着哪！

松元慧子：真没看出来。

程爱莲：慧子姑娘，你可要注意安全！可千万别下水，天虽然暖了，但春水凉得厉害。这地图给我吧，我把它放在包袱里。

松元慧子：好的。谢谢。

【刘明泉把抄网递给松元慧子拿好，自己背起渔网，抓起鱼篓，与松元慧子一起兴冲冲地出了家门，向着小清河跑去】

【小清河边，刘明泉找准位置，奋力将渔网向河中央抛去，渔网在空

中划了一条优美的弧线，像大伞一样张开扑进了河里。稍停片刻，刘明泉开始收网。伴随着渔网的出水，网中出现了活蹦乱跳的鱼儿】

松元慧子：鱼！有鱼！【在一旁的松元慧子高兴得拍手，欢快地呼喊】

刘明泉：慧子姐，把鱼篓递给我。

【刘明泉一边收网，一边说。松元慧子拿着鱼篓来到网边，兴致勃勃地从网里向鱼篓中装鱼】

松元慧子：有三条大的！还有那么多小的。

刘明泉：我们只要大的，小鱼再放回河里吧。

松元慧子：真想不到你还有这本领！从哪学的？

刘明泉：你知道，我是五岁时候来到北园姨妈家的，一直生活到现在。这里东边是东泺河，西边是西泺河，北边是小清河，南边……

松元慧子：南边是大明湖！【抢过话头】

刘明泉：对。还有数不清的沟渠和水塘，如果把水渠当成小路，那么河流就是大路，水塘就是农田。在这样的环境里，我自然就学会了游泳和捕鱼。你知道吗？这小清河一直通到大海呢，济南的泉水就是它的源头！

松元慧子：是吗？

刘明泉：不骗你！在小清河入海的地方有盐场，我们济南人的食盐就是通过小清河运来的。胶济铁路通车后，食盐就从东边黄台附近的码头卸船，再从黄台火车站装车经铁路运往各地，这一段小清河的航运才萧条了下来。

松元慧子：日本就在大海的另一边，从这里坐上船我就可以回到日本了！

刘明泉：是的。

松元慧子：你说得对！小清河是大路，这大海就是桥梁。一条河就把中国和日本连在一起，中日两国完全可以做朋友！

刘明泉：要是日本人都像慧子姐这样想就好了。

松元慧子：我们日本人还是不太了解中国，如果他们了解得多了，他们也会像我一样热爱中国的。

刘明泉：希望如此。相互了解是一个漫长的过程。就像从小清河乘船去日本一样，目的清晰，道路曲折，要经历暴风骤雨、恶浪险滩的重重考验。

松元慧子： 明泉，你说话也越来越像个大人了。

刘明泉： 我已经是个大人了。

松元慧子： 在姐姐面前充大人，早了点吧。

刘明泉：【笑了笑】我再去捕一网。

第十四场　福田彦助抵济

时间：1928 年 5 月 2 日正午时分

地点：济南北园、小赵庄

人物：松元慧子、刘明泉、赵尚文、程爱莲、于师傅、

【场景：在赵尚文家的院子里，赵尚文、程爱莲仍在操持忙碌，为刘明泉返回泰丰楼饭庄做着准备】

程爱莲：【招呼刘明泉】明泉啊。

刘明泉：哎。【刘明泉来到了姨妈身边】

程爱莲：来换上这件衣服吧，这是郭大娘刚拿来的，干净，我已经缝好了。身上这件打鱼、吃饭的，全是鱼腥汗臭了，换下来洗洗吧。

刘明泉：好的。【换衣】

程爱莲：还有，一会儿走的时候，你挎着这个竹篮子。篮子的底层是你捕的鱼，我都用荷叶把鱼包好了，又放上了几个藕瓜，最后又盖上了荷叶。路上小心走，应该没有什么问题。千万别磕倒，摔了篮子，散了鱼包。鱼散了，你就不好带了。

刘明泉：知道了，我一定小心走路。

程爱莲：还有这个包袱，里面是你的几件换洗衣服，还有你借的书和地图，也把它背好！要学会照顾好自己了，注意增减衣服，小心别再感冒。

刘明泉：我会的。

程爱莲：【拉住松元慧子的手，向屋内走去】慧子姑娘，你第一次来也没能够好好招待。蒸包还好吃吗？

松元慧子：好吃。大娘您可真能干！这么一会儿工夫就蒸好了。

程爱莲：你可真会说话。这用鸭肉调制包子馅还是明泉教给我的呐！我们这样人家吃东西不讲究，也讲究不起来，肉馅调料配不齐，你说个“好吃”，我别提多高兴了。

松元慧子：不是客气，真的很好。谢谢！

程爱莲：【小声给松元慧子说】今天呐，也多亏有你大叔帮忙！

松元慧子：大叔帮忙，平日里大叔不做饭？

程爱莲：可不是吗？按我们的老规矩，男人在家里是不进厨房的。

松元慧子：你们规矩可真多！饭庄是不让女人进厨房，家里是男人不进厨房。

【二人笑】

程爱莲：这次你大叔可是杀鸭子、剔肉、剁馅、烧火、拉风箱，样样干……我自己可要忙活半天呐。看来还是你面子大！

松元慧子：你们中国人就爱讲面子。

程爱莲：那可不！这是中国人的面子。明泉能有个日本姐姐照顾我放心。这里还有几个鸭肉蒸包，你带上，请饭庄的师傅们尝尝。

松元慧子：这些包子我不带了，留给弟弟、妹妹吃吧。【推让】

程爱莲：客气什么！都带上。这个包袱就交给你了。

松元慧子：那我就替师傅们谢谢您啦。

【程爱莲走出屋子。松元慧子乘人不注意将二枚银元放在了桌子上的碗底下，然后也来到了院子里】

程爱莲：明泉，准备得怎么样了？

刘明泉：好了。

程爱莲：这就走？

刘明泉：好。慧子姐，我们走。

【刘明泉系好包袱，挎好篮子，把松元慧子采摘的那束鲜花也别到了

包袱上，准备出门。此时，远处传来了异样的声音，声音由远及近，引得众人侧耳谛听】

松元慧子：什么声音？

刘明泉：听不出来。正好出门看看。

【刘明泉、松元慧子、程爱莲、赵尚文一起走出院门，来到村口，向着发出声音的方向望去。只见一面太阳旗引领着一列长长的士兵队伍行走在铁道线上。士兵们踏着整齐的步伐自东向西走去，军靴踏在枕木上发出“噗噗”的声响。正午的阳光下，日军士兵的刺刀散射出耀眼的寒光】

刘明泉：是日本军队！

赵尚文：怎么回事，来了这么多日本兵？

刘明泉：看，于叔叔回来了。

【水塘埂上，一个身穿铁路制服的中年男子正向村里走来】

程爱莲：对。是栓宝他爹，他是北关火车站的巡道工，应该知道点消息吧。

【于师傅很快走到了村口】

赵尚文：于师傅，您好。今天这是上的什么班啊？这么早就回来了。

于师傅：赵大哥，您好。我今天是白班。这不是日本人来了嘛，为了确保日军通过的安全，我这不安全分子就被打发回家了。

赵尚文：这话从何说起，您怎么成了不安全分子？

于师傅：【负气地说】赵大哥，您不知道，前天，东边的龙山车站附近一段铁道线遭到了破坏，日本的军列开不过来了，日本人怀疑是中国人所为，巡道工首当其冲，最为可疑！铁路断了就是砸了我们的饭碗，我们自己会干这样的傻事？

赵尚文：真是不讲道理。那下一步你您算怎么办？

于师傅：让我在家等候通知，暂时还没打算。

赵尚文：事情还有挽回的余地，不用担心。

于师傅：没关系。日本人要是来了，干不干我还没拿定主意呢。

赵尚文：【看了一眼松元慧子】那这股日军是怎么回事？

于师傅：这是日本的第六师团，一大早从龙山走过来的，要赶着去商埠的。师团长名叫福田彦助。

赵尚文：不乘火车来是因为铁路断了？

于师傅：是的。日军工兵正在抢修铁路，说是中午之前能修完。但是，福田听说蒋介石进了济南府，不等铁路修好就带队伍走来了。

赵尚文：这么着急！该不会发生什么事吧？【转向刘明泉】明泉，你还回饭庄吗？

刘明泉：都准备好了。今天回不去，鱼明天就臭了。

于师傅：明泉这是要回饭庄？道上可要小心了。我听说日本鬼子在商埠设立了两个守备区，不许中国人进入。昨天，有一个南方商人不明白情况，被刺死在了小广寒电影院门口。我看这股日军是来者不善啊！

刘明泉：谢谢于叔叔，我一定小心。再者说，现在不是北伐军来了嘛，有北伐军撑腰，我想日军不敢太嚣张吧！

赵尚文：还是要多加小心才是啊！

刘明泉：进商埠时，我绕开日军的守备区就是了。

于师傅：对。惹不起，躲得起。

赵尚文：这么长的队伍，这是多少人？

于师傅：这个不清楚。

刘明泉：大约一千五百人。

于师傅：你怎么知道？

刘明泉：我测算的。

于师傅：测算？怎么测算？

刘明泉：我从小就从这庄口看火车，总想知道火车的长度。可是火车跑得快，又那么长，一直没有办法测量。不过现在有办法了！

松元慧子：【吃惊、意外地】你有办法？

刘明泉：是的。我最近一直研习《平面几何》，刚才又看了地图，我想，在这里可以利用三角形的性质来解决求长度的问题。

于师傅：是吗？你说说看。

刘明泉：把我们所在的位置与老济南北城墙的东西两端连接起来，就构成了一个以济南的北城墙为底边的三角形，胶济铁路恰好就是这个三角形的中线延长线。我们以北城墙为参照，就可以测算出福田队伍的长度。看！福田队伍现在恰好走在了三角形的中线上，长度基本相等。

于师傅：确实差不多。

刘明泉：东端从海晏门算起，西端对准西小北门城楼。我们已知，济南的北城墙长三里多一点，加上至海晏门一段恰好是一千六百米。中线长度是底线的一半，这样福田的队伍就是八百米长，日军二人并行，前后距离一米，除去马匹、独行的军官等，大约一千五百人。

于师傅：可不是嘛！

松元慧子：明泉，你真神！

于师傅：了不起！赵大哥，您这个外甥是个人才啊！将来肯定能做大事的。

刘明泉：于叔叔您过奖。我现在能做好饭、能自己吃上饭就知足了。

于师傅：好好学手艺，让叔叔我也解解馋。

【众人笑】

刘明泉：等下次回来，我给您做顿红烧鲤鱼尝尝，就用我们小清河的鲤鱼做。

于师傅：好孩子，我等着！

刘明泉：姨夫、姨妈、于叔叔，时间不早了。我们该走了。

松元慧子：大叔、大姨，再见！【鞠躬】

赵尚文、于师傅：再见！

程爱莲：路上一定要多加小心啊！

刘明泉：放心吧。

【松元慧子、刘明泉二人沿小路向济南城走去，赵尚文、程爱莲站在村口久久地凝望】

第十五场　明泉之死

时间：1928 年 5 月 2 日正午时分

地点：胶济铁路 - 西小北门 - 小纬北路一线

人物：松元慧子、刘明泉、永野一辉、日军士兵甲、路人甲

【场景：松元慧子和刘明泉两人并肩走在铁道线上，远远地跟随着日军第六师团的队伍】

松元慧子：明泉，我们走哪条路回饭庄啊，不会是跟着第六师团走到商埠吧？

刘明泉：当然不会。我们去西小北门，但不进城。我们向西走，直奔商埠。

松元慧子：这样走比从铁道上走要近一点吗？

刘明泉：远近差不多。如果我们跑几步应该能与第六师团同时赶到商埠。

松元慧子：我们还是避开第六师团吧。

刘明泉：我们从十王殿沿着纬一路向南，到经四路再向西拐，这样就可以绕开日本人的守备区了。

松元慧子：好。那你带路，城外的路我没有走过。

刘明泉：没有问题。这条路我走了多少回了，熟得很。

松元慧子：明泉，你脑子好使，不读书真可惜！你不去上学就是因为付不起学费，对吗？

刘明泉：是的。慧子姐，我姨妈家的情况你也看见了，日子过得很紧。我也是不得已才来饭庄学艺的。

松元慧子：你还想去上学吗？

刘明泉：不想了。现在，我对上学读书有了些新的看法。

松元慧子：是吗？

刘明泉：本来我是喜欢上学的，读书对我来说不是难事。可是，那一次听长庆哥说，现在的读书人依然是“学而优则仕”，学校不过是“官僚养成所”。我很失望。

松元慧子：长庆哥是说过。他说，很多人读书就想做官，做官就是要捞钱，千方百计地捞钱，不管百姓死活！是财迷。与陈独秀先生期望的“新青年”相去甚远。

刘明泉：更有甚者，见利忘义，贪赃枉法，骄奢淫逸……令人不耻！

松元慧子：是啊！把读书当作升官发财的“敲门砖”，高高在上，作威作福，盛气凌人，这样的读书人确实让人瞧不起！

刘明泉：我已经想清楚了：我不能为了当官而读书，也不能为读书而读书，读成个书呆子！所以，学校不去也罢。没劲！

松元慧子：学校中不是也有像长庆哥那样的读书人吗？要消除中国的贪婪和愚昧，必须发展教育，让更多的人读书。你可以做为百姓办事的好官啊，关键是把控好自己。

刘明泉：恰恰是长庆哥的遭遇让我想明白了很多事，改变了我的看法。

松元慧子：是吗？说来听听。

刘明泉：慧子姐，你说人生的目的在于追求幸福，对吧？

松元慧子：这没有错。

刘明泉：可什么是幸福呢？

松元慧子：【想了想】人的追求是不同的，应该有很多吧。

刘明泉：是的。幸福是有层次的，对穷人来说，能够有钱，有吃有穿，无病无灾，平平安安过日子就是幸福。

松元慧子：衣食无忧，当然是好事。

刘明泉：有钱读书，前途似锦，也是好事，你说对吧？

松元慧子：当然。这是一个更高的层次。

刘明泉：可是，你想过没有，长庆哥曾经是个公子哥，家中有钱，衣食无忧，长庆哥感到幸福了吗？长庆哥进入大学读书，让无数的人羡慕无比，可是他得到幸福了吗？

松元慧子：【犹疑】应该是没有。

刘明泉：对。我认为，金钱和读书都没有给长庆哥带来幸福！

松元慧子：是的。

刘明泉：长庆哥本来是可以洞房花烛的，可是他却反对强加给他的婚姻。所以，我感觉在金钱、读书和婚姻之外还有更重要的东西。

松元慧子：你认为，那是什么呢？

刘明泉：精神的充实比物质的富足更重要。

松元慧子：【努力回想】精神的充实比物质的富足更重要？好像谁说过。

刘明泉：是泰戈尔，他来济南时就是这样说的。我认为有道理。

松元慧子：对。有一次，济生哥介绍梁任公的文章，也是这样说的。

刘明泉：但是，我反对离开物质财富的虚无缥缈的精神生活。没有了物质生活，谈不上精神生活；物质生活越富足越应该有多彩的精神生活，而不是放纵堕落。人不能活得没有精神，人生更重要的是要有精神生活！这些天待在家中，如果没有书籍和杂志的陪伴我将会非常痛苦。

松元慧子：是的。这些天我也出不了门，闷得很，也是靠读书打发时光。还有就是给家人做饭，有乐趣。

刘明泉：【笑】长庆哥抗婚，他并不是因为女方贫穷而反对，他关心的是精神生活，是两情相悦！

松元慧子：确实如此。没有精神生活的人就如猪狗一般！还有一个词，是行什么“肉”来着？

刘明泉：行尸走肉。

松元慧子：对！

刘明泉：我认为，自由的思想比僵化的真理更重要。人不能死读书，读死书。读书既要增长知识，更要增长智慧，智慧比知识更重要。

松元慧子：知识、智慧，二者如何区分呢？

刘明泉：这个我说不好，我只能凭着我的感觉来说。

松元慧子：你说说看。

刘明泉：我认为，知识就是对具体事物的认识，比如，我们对路边的花草树木、猫狗鱼虾的认识就是知识。这种知识是死的，一就是一，二就是二。春暖花开，秋风落叶，夏雨冬雪，一成不变。

松元慧子：那智慧呢？

刘明泉：智慧是活的，是一种活学活用的能力；智慧不局限于对一个具体事物的认识，而是在对具体事物的深刻认识中形成的。

松元慧子：能说具体一点吗？

刘明泉：【略加思考，停下了脚步，指着池塘里的荷叶】慧子姐，你看这池塘，冰化水开，荷叶亭亭如伞，告诉我们春天来了，是吧？

松元慧子：是的。

刘明泉：春天到了，我们挖塘蓄水，开辟藕田，耕耘播种，就是运用知识。如果我能把藕种在暖房里，就是屋外漫天大雪，我也能让它长出荷叶，开出鲜花，就是运用智慧。

松元慧子：这比喻好！我懂了。

刘明泉：谢谢姐姐夸奖。智慧还是一种批判精神。知识有对有错，往往是需要智慧作出评判的。有智慧的人不盲从，思想独立，能对书本上的知识进行消化吸收和批判否定。

松元慧子：就是说，智慧是一种独立的思考能力。拥有了智慧就可以自我学习，自我成长。

刘明泉：就是这个意思。不愧是慧子姐，你就是智慧的化身啊！【笑】

【说话间，两人又向前走去】

松元慧子：你也会甜言蜜语了，还拿我的名字开玩笑！你应该知道，在中国这是犯忌讳的。

刘明泉：【干笑】嘿嘿。那都是老皇历了！慧子姐，你比我们中国人还传统。

松元慧子：好的传统应该继承。

刘明泉：【调皮】对。有智慧的人还知道，对传统中的糟粕要批判，要抛弃！

松元慧子：【笑】你跟长庆哥就是学了这些鬼机灵。你还有什么心得？

刘明泉：智慧还是一种联系实际、解决问题的能力，老的说法是“学以致用”。

松元慧子：这听上去有点玄乎。

刘明泉：我拿做菜打个比方吧。

松元慧子：好。这个我最能懂。

刘明泉：比如，你与一位新入行的学徒一起学做一道菜品——对你两个人都是完全陌生的菜品，在同等条件下，你认为，你二人谁会做得更好？

松元慧子：当然是我了。

刘明泉：为什么？

松元慧子：虽然我也没做过，但是我比新入行的学徒有实践、有经验。比如，如何按照食材的性质对食材进行处理、使用何种刀法、如何配料、如何入味、如何把握火候……这可不是说说就行的。

刘明泉：这个运用知识经验去解决新问题、未知问题的能力也是智慧。

松元慧子：我懂了。智慧还是一种创新的能力。

刘明泉：只要能平日里多读点书，独立思考，有自己的思想，不受欺骗，不受蒙蔽，何必花钱再去学校呢？

松元慧子：我还有个问题，生活中有太多的未知，如果碰到完全未知的事物，你会怎么办？

刘明泉：不懂的就是不懂，不要不懂装懂，请教能人就是了！如果有必要，可以再学习嘛。对于未知的新事物，我相信，自然有人去搞清楚的。

松元慧子：所以，你就选择不再上学了？

刘明泉：是的。一个人如果能够以自己喜欢的方式独立生活就是成功，不是只有读书才是成功！关键是不能离开劳动。一个人离开了劳动，也就失去了人的本性。

松元慧子：这话说到我的心坎里去了。对我来说，活下去不是难事！但是，我想开自己的饭庄，我喜欢做饭，自力更生。

刘明泉：我跟着姨妈长大，虽然姨父、姨妈待我很好，可是我毕竟增加了家里的负担，因此，我也想早日独立生活，让姨妈放心，也能够报答姨妈一家人。

松元慧子：尽早独立，补贴家用，也是你不想上学的原因，是吧？

刘明泉：是的。对于我这平民百姓而言，能够享受到基本教育就行！只要能明白做人的道理，掌握求知的方法，掌握谋生的技艺就行。

松元慧子：我们日本实行的是六年义务教育，是每个人都必须接受的教育；学校中午管饭，不要钱。这就是你说的平民教育吧。

刘明泉：【惊异】义务教育？人人上学，午饭不花钱？！真不敢想象，还有这样的好事情。

松元慧子：真的，不骗你，还有统一的校服呢！这样做既是为了减轻学生的家庭负担，也避免了学生间的相互攀比。义务教育之后是各类专业学校，就是要求学生掌握谋生的技艺！

刘明泉：【感叹】每个人都有一技之长，难怪日本成了先进国，日本教育真是走在了前面，我们差得太远了！

松元慧子：是啊。济生哥、长庆哥，还有你都是因为贫穷而不能继续读书，真让人无奈啊！

刘明泉：中国的广大百姓不但被剥夺了受教育的机会，反而还要接受奴化教育。愚民政策大行其道，“民可使由之，不可使知之”。

松元慧子：你说的是科举制？

刘明泉：是的。科举制下的读书人，一辈子就是四书五经等几本书，颠来倒去，最后都变成了思想僵化、四体不勤、五谷不分的废物！

松元慧子：难怪济生哥说，贪婪和愚昧是中国落后的根子呢！

刘明泉：是的。百姓贫困，学校少，上学门槛高，知识怎么可能普及，百姓如何不愚昧？思想活跃、文化繁荣和创新精神的培养从何谈起啊？

松元慧子：教育不普及真是大问题！

刘明泉：是的。教育普及，道路漫长啊！在发展教育的问题上，我们真应该向日本学习了！

松元慧子：日本还有入你法眼的地方。

刘明泉：当然。日本毕竟已经实现了现代化！

【说话间，二人已经走下了铁路，来到了西小北门外】

松元慧子：明泉，西小北门到了，要不我们从这里进圩子城，坐黄包车回饭庄。黄包车跑得快，你看怎么样？

刘明泉：那可不行。长这么大，我还没有坐过那东西呢。

松元慧子：是吗？

刘明泉：我没有钱，洋车坐不起。我好胳臂好腿的让人拉着走，心里不舒服。再说，时间还早，我们就是现在到了饭庄也插不上手了。

松元慧子：说得是。

刘明泉：还是按照刚才我说的，从这里沿着圩子墙一直往西，从北坦边上过去，到永和街，再走小纬北路，经十王殿向南进商埠。

松元慧子：好吧。

【二人沿着圩子城墙并肩向西走去】

松元慧子：我明白你为什么不再上学了：一是没有钱，二是急于报答你姨妈一家，三是你觉得完全可以自我学习，没有必要。对吗？

刘明泉：现在，我更想自己做点喜欢的事，我也喜欢上了做饭！像你一样。

松元慧子：调皮！你没回答我的问题。看得出来，你对上学这件事思考了很多。

刘明泉：是的。这些天待在家中，我除了干活、读书，就是憧憬自己的未来，我也有自己的梦想。可是，没有钱，付不起学费，就无法去读书，一切都是幻想！这就是现实，我必须面对。

松元慧子：明泉，我看你有悟性，有才气，你应该继续读书，你会有出息的。

刘明泉：慧子姐，你是伯乐吗？

松元慧子：【笑】我不是伯乐，但你确实是千里马！

刘明泉：【苦笑】对，是一匹“骈死于槽枥之间”的千里马。

松元慧子：不要怨天尤人。你去上学，我来帮你。

刘明泉：【认真地】慧子姐，我上学真的行吗？

松元慧子：行！

刘明泉：你帮我？

松元慧子：我帮你！

刘明泉：慧子姐，你可真好。仗义！

松元慧子：我也像秦二哥？

刘明泉：像！我看你与济生哥有缘分。不，应该说“心有灵犀一点通”！

【松元慧子听刘明泉这样说，心里非常高兴。由于较刘明泉年长，松元慧子也就没有了在王长庆面前的羞涩，于是来了个顺水推舟】

松元慧子：【不动声色地说】明泉，你是弟弟，姐姐也不瞒你。我想让济生哥娶我，你认为怎样？

刘明泉：不用你说，大家都看出来了。长庆哥还作了分析呐。

松元慧子：是吗，他怎么说？

刘明泉：这……【欲言又止】

松元慧子：哎呀。怕什么？我什么话都能听进去！

刘明泉：他说，你与济生哥……家庭地位悬殊、文化差异太大，尤其是当下，中日两国的关系前途莫测，你们会夹在中间，把握不大……将来的日子不会好过。

松元慧子：我以为是什么远见卓识呢，原来是门当户对的陈词滥调。

刘明泉：不错。是不新鲜。可长庆哥说的是现实，这些因素你不能不考虑啊！你必须面对一个完全陌生的中国家庭。同样，济生哥也要面对一个完全陌生的日本家庭，这两个家庭能不能相互接纳，两个家庭如何相处，你能不想想？

松元慧子：【沉思片刻】我的姻缘必定要惊世骇俗了！只要济生哥接

受我，家庭、亲情、世俗的眼光，都不是羁绊！循规蹈矩就会错失真爱！

刘明泉：【小心翼翼】依我看，济生哥做事中庸，循规蹈矩……不管不顾，可不是他的风格。

松元慧子：不错。但是，济生哥思想敏锐，乐于接受新事物，敢于尝试和突破；他心思缜密，只要看准的事，一定敢做。我会说服他，打消顾虑，冲破樊篱。

刘明泉：【感叹】看来，你也已经想了很多啊！

松元慧子：【深情地】是的。待在家里的这些天，听不见他的声音，看不见他的笑容，听不到他讲故事，没了他的点拨……生活就没有了色彩，没有了乐趣，没有了意义，心里空落落的，我必须和他在一起！只要济生哥喜欢我，别人如何看，我不在乎！

刘明泉：把平淡的生活过得有趣味，就像把简单的食物变成美味，这是济生哥的过人之处。

松元慧子：这是他的可爱之处！

刘明泉：那你可必须盯紧济生哥了，要拴住他，否则……

松元慧子：怎么了？

刘明泉：长庆哥说，济生哥不仅懂生活，而且心气高，有大志向。济生哥是虎落平阳、龙游浅滩的秦叔宝，一旦有机会，他很可能就要远走高飞！不知在这儿女情长的事上，济生哥能不能当英雄了？

松元慧子：无情未必真豪杰！不过，还是要谢谢你告诉我这些话。刚才这些话，你对济生哥说过吗？

刘明泉：【急忙分辨】没有！怎么会呢！这种事，我是晚辈，轮不到我说话，插不上嘴啊！

松元慧子：其他人有给济生哥说的吗？

刘明泉：【沉吟片刻】肯定没有！这是刚刚才有的事情，也就是我们回家前的两三天。这几天，济生哥白天和你在一起，不，是我们在一起。谁也没有和他单独说上话，晚上他也没在饭庄过夜。

松元慧子：【思忖了一下】好吧。

刘明泉：【又补充说】这种事是最难开口的！关键是还没有看出济生哥的态度，不知道该说什么，能说什么！也不好说呀！弄不好，一句话就被噎回来，会很尴尬的！

松元慧子：【释然，点头】说得是。你的态度呢？

刘明泉：【吃了一惊】我？当然是希望……济生哥人品、才学、相貌，样样都好，你的眼光不差！哦，都不差，很般配！【笑】郎才女貌，跨国良缘。我肯定帮你使劲！

松元慧子：【高兴】这还不错，算你有良心！你上学的事包在我身上，你可要努力哦。

刘明泉：【怀疑】你真有办法？

松元慧子：当然有了！

刘明泉：你要有办法，我就去读书。

松元慧子：说话算数？

刘明泉：算数。

松元慧子：明年，我的生日礼物是自行车。我自行车不买了，用买自行车的钱资助你，足够你读完大学的。如果我把手表当了，长庆哥的学费也能够了。

刘明泉：【充满感激】谢谢。慧子姐，你真慷慨。不过，这是你父亲的钱啊。

松元慧子：给我买礼物，钱就能我说了算。等等看，等这次战事过去，天下太平了，你就去考学。好好准备吧！

刘明泉：这好是好，我还觉得过意不去！

松元慧子：没什么不好意思的。我不过是晚骑一年自行车而已！如果一辆自行车能改变你的命运，我就是永远不骑车也值！

刘明泉：【激动】慧子姐，如果我真的考上了，上学的钱就算借你的。

松元慧子：可以。真要是考上，钱你就放心好了。我现在就挣钱，你不用着急还。

刘明泉：【坚定地】我一定好好准备，争取考上“亚历山大”！

松元慧子：好。你将来想干什么呢，你不是说有理想吗？

刘明泉：我的老家是仲宫，这你知道。仲宫号称“终军故里”，出过一个名人叫终军，这你知道吗？

松元慧子：终军？【思考】是那位主动请缨的人吗？《滕王阁序》写到的。

刘明泉：对，就是他。

松元慧子：这么说终军是咱济南人了！

刘明泉：没错。终军出使南越，成功劝说南越王归顺了汉王朝，整个南越国成了汉王朝的属国。

松元慧子：你是说，你要当一名外交官？

刘明泉：对。

松元慧子：有志气！

刘明泉：我要出使日本，让每个日本人都像你一样了解中国，热爱中国；我要促成中日友好，让你与济生哥的日子不再难过！就算是对你给我帮助的回馈！

松元慧子：【笑】太好了。一言为定！

刘明泉：一言为定！

松元慧子：从今往后，我教你说日语。这样，你就能和日本人打交道，能向日本人介绍中国了。

刘明泉：【学着日语的腔调】哈依！请多关照！老师，您辛苦了！

松元慧子：【笑】鬼机灵。

刘明泉：【疑问】难道你不管济生哥了吗？

松元慧子：他？我自有安排。

刘明泉：【好奇】哦，你有何打算？

松元慧子：他要是娶了我，我们就一起开一家菜馆。如果他不愿意干，想读书，我就送他去日本。

刘明泉：去日本上学？

松元慧子：是的。刚才你也说了，日本的教育比中国的好。新文化运动的旗手陈独秀、李大钊、鲁迅都是日本的留学生。我就送济生哥到日本上大学，我相信他也一定能有建树！

刘明泉：我也相信。

松元慧子：【忽然想起】对了。你游泳好，我弟弟诚一也是个游泳好手，济生哥的水性也很好，有机会你们三个比一比。我们日本人都喜欢游泳的。

刘明泉：这个就没有必要吧。我是爱好，不为比赛。

松元慧子：只是一起游一下，没人给你发奖的。

刘明泉：既然这样，等天暖和了，我们到小清河里比试一下。

松元慧子：好。

松元慧子：明泉，有一件事你要如实告诉我。

刘明泉：什么事？

松元慧子：就是长庆哥给人起外号的事。

刘明泉：这不是什么大事。

松元慧子：我听出来了，长庆哥也给我起了个外号，对不对？

刘明泉：【迟疑了一下】没有吧。我不知道。

松元慧子：是没有，还是装不知道？我没别的意思，就是好奇。你放心，告诉我，我不会找长庆哥闹事的。

刘明泉：你真的不生气？

松元慧子：长庆哥给你起外号你生气吗？

刘明泉：这起外号其实很复杂。外号，有表示尊敬的，有描绘特点的，有调侃的，当然也有骂人的……梁山好汉一百单八将都有外号……长庆哥给我起的外号主要还是调侃吧。

松元慧子：所以，你并不生气。那我的外号是什么？

刘明泉：【犹豫、顾左右而言他】我说不上是调侃，还是……

松元慧子：【迫不及待】哎呀，你倒是快告诉我呀！

刘明泉：长庆哥说，“松元慧子，这名字太罗嗦，干脆叫松子”。

松元慧子：松子？

刘明泉：对。长庆哥还说，中国有孔子、老子、孟子、孙子、韩非子……可以增加一个日本的松子。我觉得他没有恶意。你可别说是我告诉你的！

松元慧子：长庆哥是不是还说，栗子、榛子、瓜子、葵花子、松子……

都是吃货！

刘明泉：【大笑】哈哈哈……慧子姐，你真是三句话离不开吃！吃货！这可是你自己说的。

松元慧子：哼！你就骗我吧。

刘明泉：我保证长庆哥没说！不过，他倒是说……【停下了话头】

松元慧子：说什么？

刘明泉：【讪笑】这是一个谜语，是长庆哥创制的，叫“慧子下班”，答一称谓。

松元慧子：“慧子下班”，答一称谓？好啊，还是拿我的名字寻开心。

刘明泉：你猜猜看，很好玩。

松元慧子：我不猜。你快告诉我！

刘明泉：美食家。

松元慧子：美食家？

刘明泉：长庆哥说，慧子下班就是漂亮女孩回家吃饭，简称“美食家”。

松元慧子：【恍然大悟。大笑】哈哈哈……这比吃货强不了多少。叫你们在背后里嚼舌头！

【松元慧子挥手拍打刘明泉，被刘明泉敏捷地躲过】

刘明泉：【故作委屈状】我真不该告诉你，松子。

松元慧子：你真讨厌，七十三泉！

【松元慧子挥手又要打刘明泉，刘明泉见状飞快地向前跑去，松元慧子在后面紧紧追赶。一会儿刘明泉放慢了脚步，松元慧子也跑得气喘吁吁。刘明泉跑热了，脱去了外衣，露出了北伐军的内衣】

刘明泉：【气喘吁吁】慧子姐，不跑了，累了，出汗了。是我不对，我再也不叫你……外号了。

松元慧子：【气喘吁吁】又来……鬼机灵！

刘明泉：【气喘吁吁】是。我以后“洗心革面，重新做人”，不做鬼……机灵。

松元慧子：【大笑】哈……你就是鬼！前面就是十王殿，让阎王把你抓了去。

刘明泉：【笑】那些泥胎不过是用来吓唬老百姓的，我才不怕呐！

松元慧子：从十王殿往西就是日军的东守备区，从中穿过去到饭庄最方便。要不，我把你带过去吧，你别说话，就充当我弟弟。

刘明泉：我们还是绕着走吧，多走点路不要紧。

松元慧子：那好吧。

【二人走到了铁道南街路口，发现日军在这里也设置了岗哨】

刘明泉：不好。这里怎么会有日军的岗哨，过不去了。

松元慧子：这是怎么回事，又扩大守备区了吗？

【刘明泉向迎面走来的市民打探】

刘明泉：大爷，您好！日本人为何在此也设岗了？

路人甲：听说是什么日军主力抵达，为保证安全，刚刚扩大了警戒范围。这不是，正在驱赶人嘛！

刘明泉：知道了。谢谢您！

松元慧子：是第六师团。就是刚才在铁道线上行走的那队人马。

刘明泉：对。

松元慧子：这可怎么办？

刘明泉：我们不从十王殿的路口走了。前面有条小巷可以转到德顺街上去，沿德顺街向南到馆驿街，再向南去南岗子……这样要多走不少路。

松元慧子：好吧。不要紧，我们不着急。

【正说话间，两名日本兵流动哨迎面走了过来，发现穿着北伐军内衣的刘明泉。两名日本兵端着枪逼住了刘明泉】

日军甲：你是北伐军？

刘明泉：【疑惑】北伐军？【否认】我不是。

日军甲：那为什么穿北伐军的衣服？

【松元慧子急忙鞠躬行礼，用日语解释】

松元慧子：こんにちは。私たちは日本人です。これは弟です。（你好。我们是日本人，这是我弟弟。）

【两个日本兵并不理会，上前殴打刘明泉并抢夺竹篮。刘明泉拼力争夺。拼抢间，刘明泉肩上的包袱落地散开，鲜花散落一地，书、济南地图和几件衣服都掉落了出来。篮子里的藕包、鱼包也破了】

【日军甲捡起地图来观看】

刘明泉：把地图给我。【伸手要夺回地图】

日军甲：他不是日本人，他是中国人，有地图！他是间谍。

松元慧子：いや！私たちは日本人です、彼は私の弟です、彼はスパイではありません！（不。我们是日本人，他是我弟弟，他不是间谍！）

【说话间，日本兵已将刺刀刺入了刘明泉的胸膛，接着又是一刀。松元慧子扑向刘明泉，将刘明泉揽在怀里，发疯似地呼喊】

松元慧子：私たちは日本人です！彼は私の弟です！（我们是日本人！他是我弟弟！）

【这时，永野一辉手持短枪，带着几名"日侨义勇团"的人跑了过来】

永野一辉：怎么回事?

日军甲：发现一个北伐军间谍，已被杀死了。可是，这个女孩说是她弟弟，是日本人。

永野一辉：我看看。【永野一辉走近观看】这是松元修身先生的女儿，那个死去男孩不是她弟弟。【指着松元慧子说】快把她送到松元先生的府邸。

【场景：几个人围过来要拉起松元慧子，松元慧子紧紧地抱着刘明泉不松手，口里只是不停地呼喊，最后，变成喃喃自语。由于强烈的刺激，松元慧子神智逐渐变得模糊不清了，被人强行拖走了……】

【场景：刘明泉的遗体，旁边是散落的鲜花、藕、鱼、肉蒸包、书籍、杂志和衣服】

第十六场　福田的诡计

时间：1928年5月2日下午

地点：济南经五路纬六路横滨正金银行、日军第六师团司令部

人物：福田彦助、黑田周一、斋藤浏、安藤利吉、新山福治、末松俊造、小泉恭次、佐藤、师团少佐以上军官

【场景：正金银行大厅。众军官列坐，福田彦助讲话】

福田彦助：由于胶济铁路遭到破坏，严重迟滞了我军的行动，导致我师团主力部队今天中午才全部抵达济南，我出兵山东的作战目标至今未能达成。孙子曰："兵贵速，不贵久。"我决定，力争在最短的时间内向北伐军发动攻击，给予北伐军以毁灭性打击，完成我出兵山东的目标。下面先请斋藤旅团长介绍一下济南北伐军的情况。

斋藤浏：本次北伐，参加向济南进攻的部队是蒋介石第一集团军大部、冯玉祥第二集团军一部。根据佐佐木到一提供的情报，蒋介石第一集团军的第一军团第一军、第九军各一部入驻济南老城内，蒋介石的总司令部就设在了原山东督署大院内，也就是珍珠泉大院的里面。第二军团陈调元部驻在大辛庄以东，远在东郊；第三军团贺耀组部第四十军第三师驻商埠；第四军团方振武第四十一军第九十一师驻老城，第九十二师、第九十三师驻商埠，第三十四军驻辛庄兵营。目前，济南地区的北伐军总兵力约五万余人。济南卫戍司令是第一集团军第四军团总指挥方振武，卫戍部队为驻扎在商埠的第九十二师、第九十三师。

北伐军出兵已接近一个月，部队一路上行军作战，风餐露宿，来到济南已是人困马乏，给养短缺，急需休整。目前的北伐军是一支疲惫之师。

还有，就是北伐军刚刚赢得了对张宗昌、孙传芳作战的胜利，全军上下还沉浸在胜利的喜悦中，心态轻松。目前的北伐军是一支骄狂之师。

佐佐木到一特别指出，蒋介石并无与我军开战的打算和准备，并严令部队对可能出现的摩擦采取退让态度，不得还击；士兵外出上街都不准携带武器，以避免摩擦和冲突。因此，北伐军不处在作战状态，是一支毫无戒备的部队！

福田彦助：疲惫、骄狂、毫无戒备，这对我们都是好消息。

斋藤浏：目前，北伐军仍在不断地涌入济南，人数还在不断增加，因此，我非常同意福田司令官尽快对北伐军发动进攻的决定。我军应该乘北伐军在济南立足未稳之际，以雷霆万钧之势将其打垮，迫使蒋介石放弃北伐。

福田彦助：北伐军的不断涌入，对我军不是好消息。尽早尽快开战对我军是有利的，要力争打北伐军一个措手不及。

黑田周一：当断不断，必受其乱。我建议，发动进攻的时间就定在明天上午，避免节外生枝！夜长梦多。

福田彦助：好。发动攻击时间就定于明天上午，也就是5月3日10：00。

黑田周一：尽早开战还可以使我方早日摆脱外交困境。今天上午，佐佐木到一又转来了蒋介石要求我方撤军、杜绝摩擦和冲突等四项要求，正在等待答复。

福田彦助：对于北伐军的要求，可依照惯例进行回复，请佐佐木转达。就说我军是奉命前来济南保护在华侨民，不针对国民革命与国民革命军；答应北伐军要求我方的撤军要求并作出撤军姿态！这样做可以使北伐军继续放松警惕，同时，还撇清了我方挑起战争的责任！回复口气要真诚、谦卑、友善，要稳住蒋介石，不能让蒋介石看出破绽，判断出我方的意图。

黑田周一：非常正确。必须隐藏好我们的进攻计划。

福田彦助：最后，关于明天的进攻作战，我强调：

第一，制造和平假象，缓和紧张气氛，掩盖进攻意图。为确保攻击发动的突然性，今天散会之后，各守备部队立即派人拆除街垒、工事，撤回岗哨，制造和平假象。同时，命令闲暇士兵全部返回营地集结，扩大警戒范围，为发动进攻做好准备。

第二，进行战术欺骗，继续麻痹北伐军，使其丧失警惕。明日一早，我驻济领事馆人员、守备部队代表就去造访蒋介石，一来刺探北伐军的军备情况，二来散布撤兵的假消息，让蒋介石继续陷入迷茫之中，无法在短时间内作出正确判断，从而为我军的进攻赢得更多的时间。

第三，进攻一旦开始，就要切断对方的电话线路，瘫痪北伐军各部队之间的联络。北伐军各部队音信不通，群龙无首，就会陷入混乱，可保证我军在进攻中始终处于主动地位。这是保证战役全胜的重要条件。

第四，进攻要突然、迅猛，保证一击制胜。各部队要做好进攻的充分准备，接到命令迅速出击；进攻要勇猛大胆，敢于牺牲，此次作战是在北伐军的重重包围之中进行的。我东、西两个守备区，作战人员只有三千余人，而北伐军有数万之众，要想赢得胜利，必须拿出以一当十、以少胜多的精神！孙子曰："置之于死地而后生。"告诉士兵们，我们现在就处于死地！进攻要强悍，不论男女老幼，皆可击杀。要用屠杀吓退北伐军，要用鲜血、死亡震慑支那人。

黑田周一：现在，胶济线已全线修复并被我军完全掌控。今晚有一列火车从青岛驶来，铁甲车、火炮等重武器明天一早就能运到，可为我军的进攻提供强有力的支撑。

福田彦助：为保证济南作战的顺利进行，也为确保我在华侨民的安全，现对在济南的侨民作出如下安排：一、凡妇女老幼者，今晚需乘火车撤离济南，前往青岛。二、凡不撤退的侨民必须集中居住。从今晚开始，在济侨民皆不得私自外出活动，不得随意上街，避免被我军误伤。三、要求黑龙会、"日侨义勇团""在乡军人会"佩戴明显标识，积极与我各部队取得联系，配合我军行动。

黑田周一：会后，我立即将如上要求通知到所有在济侨民。明天，5月

3 日，在大街上行走的人将都是北伐军人和支那人，我军皆可开枪击杀。

福田彦助：在商埠驻扎的贺耀组第四十军第三师、方振武第四十一军第九十二师、第九十三师，将是我们明天进攻的主要对象。我们首先把身边的北伐军赶出商埠，这是我军作战行动的第一步。然后择机进攻济南老城，把蒋介石的第一军团赶出济南，这是我军作战行动的第二步。控制火车站，千方百计阻止北伐军北上，这是我们的最终作战目标。我们一定要让蒋介石的北伐“竹篮打水——一场空”。作战行动的具体方案，请黑田参谋长进行部署。

【场景：黑田周一作战斗部署】

【场景：日军拆除街垒、工事，撤回岗哨。同时，部置前出哨兵扩大警戒范围，做好了突袭北伐军的准备】

画外音：5 月 2 日晚，驻扎在商埠的日军拆除了街垒、工事，撤回岗哨，士兵回营，道路恢复了往日的宁静，制造了和平的假象。但实际上日军随后扩大警戒范围，为突袭北伐军做好了准备。

第十七场　蒋介石赋诗

时间：1928年5月3日6时30分

地点：济南珍珠泉大院，国民革命军总司令部行署

人物：蒋介石、李仙洲、警卫员、通信兵

【场景：5月3日晨，早早起床的蒋介石心情愉悦，踌躇满志，在珍珠泉边徜徉，不时地停下来观读泉边的碑刻。李仙洲向珍珠泉泉池走来，看见了赏泉的蒋介石】

李仙洲：校长，早上好。

蒋介石：是仙洲啊，你好。你怎么到这来了？

李仙洲：今天上午，我要去按察使司街办理收编事宜，出来吃早饭，路过此地，看时间尚早，进来看看珍珠泉。这珍珠泉可是难得一见啊！

蒋介石：你以前没见过珍珠泉吗？

李仙洲：这珍珠泉深藏在这督署院内，平日里平民百姓是看不到的，可谓是“养在深闺人不识”。我来济南次数不少，也曾待过不少时间，可是还没有见过珍珠泉的“庐山真面目”呐！

蒋介石：那你可要好好看看。机不可失！【大笑】

李仙洲：若不是进行北伐，真不知道何时能看见珍珠泉！更没想到还能遇见校长，校长依然是坚持早起啊！

蒋介石：不瞒你说，我昨晚一夜没有睡着。

李仙洲：是房间条件不好，还是环境不适应？

蒋介石：都不是。是兴奋、是激动啊！

李仙洲：兴奋、激动？

蒋介石：是啊。你想一下，这是什么地方？济南，北京的门户。由此向北，跨过黄河，就是一马平川，北京已无险可守。自北伐以来，我几路大军连战连捷，所向披靡，势如破竹，张作霖已成惊弓之鸟，国家的统一指日可待。想想这些，我能不兴奋吗？民族独立在望，人民自由可期，想想这些，我能不激动吗？日本人撤去岗哨、拆去工事，北伐的障碍消除，国家统一在即，中山先生三民主义的理想就要实现了！国家富强有望，民族复兴有望啊。想想这些，我怎能睡得着啊？！

李仙洲：是啊。的确让人兴奋、激动。打垮了张宗昌、孙传芳，就是砍掉了张作霖的一条臂膀！张作霖现在是只有招架之功，没有还手之力了。我们一定能打进北京城，推翻张作霖的政权。

蒋介石：是啊！已经没有什么力量能够阻挡我北伐军的步伐了。我刚才构思了一首小诗，你听听：鹰影沉渊底，鱼乐向天潜，莺声惊征梦，风舞前树飞。

李仙洲：诗虽小，却有物，有景，又抒情，豪放之情与婉约之致兼备，颇有几分古代军旅诗作的风格！

蒋介石：仙洲，你很有鉴赏水平嘛！

李仙洲：从诗中还可以看出您的心境，充满豪迈与愉悦！

蒋介石：说得好。真不愧是我的学生。走，跟我去吃早饭！

李仙洲：谢谢校长，我已经吃过了。再说了，来到济南，应该是我做东的。

蒋介石：【微笑】对。你是济南人。

李仙洲：是。我是济南长清赵官镇大马头村人。

蒋介石：等忙过这几天，给你放两天假，回家去看看。也算是衣锦还乡啊！

李仙洲：谢谢校长。

蒋介石：早饭在哪里吃的？

李仙洲: 出珍珠泉大院，沿曲水亭街向北走，有一条向西的小街，名叫“辘轳把子街”。街上有一个小饭铺，名叫“文升园”，它的油旋和坛子肉特别有名。从这里过去，三五分钟就能走到。

蒋介石: 文升园、油旋、坛子肉，听上去不错。一个小饭铺，怎么起了个文绉绉的名字？

李仙洲: 从前，这辘轳把子街的西头曾是大清朝的贡院，起这样一个名字是迎合前来参加贡试的穷举子，吃饭也讨个好彩头。现在，贡院变成了府学文庙，北面建起了山东省图书馆，附近还有济南第一中学、正谊中学等，读书人、穷学生依然不少，因此，一直买卖兴隆。前几天，张宗昌兵败，日本人又出兵来济，闹得人心惶惶，“文升园”已经好几天不营业了。听说北伐军来，日本人又撤去了工事，见北伐士兵吃饭的人多，今天早晨才开业的。

蒋介石: 这“文升园”开业是济南和平安宁的象征啊！我应该祝贺一下。走，去看看。

李仙洲:【伸手拦住了蒋介石】由于开业仓促，今天“文升园”没有坛子肉。这坛子肉看似简单一块肉，要在灶上熬一宿呢！改天，我来请校长。

蒋介石: 干嘛改天啊！今天你吃的是什么，我就吃什么！

李仙洲: 报告校长，“文升园”是个小店。今天我去得早，吃饭的人不多。待我吃完的时候，里面就坐满了人，大多是我军士兵，您这会儿过去，既不方便，更不安全吧。

蒋介石: 噢！既然影响士兵们吃饭，我就不过去了。不过，听你刚才一说，这珍珠泉附近可是人文荟萃啊。

李仙洲: 是的。这珍珠泉周围就是“家家泉水，户户垂杨”的所在，是济南最富传奇的地方，这附近还有状元府、郡王府、张家大院。出珍珠泉向北是曲水亭街。曲水亭街的北头就是大明湖的正门，也就是南门。正门往西走是山东省图书馆，是比照浙江宁波著名的藏书楼天一阁的建筑格局修建的。

蒋介石: 噢。山东省图书馆是仿照我们老家浙江宁波天一阁修建的？

这天一阁在山东还有个孪生兄弟嘛！

【二人笑】

李仙洲：校长真风趣！从大明湖正门往东，您会看到一座新建的德式风格的二层楼房，那就是正谊中学的教学楼。它们已经是大明湖边新的风景了。

蒋介石：仙洲，我发现你对学校很在意嘛。

李仙洲：校长，我在考入黄埔军校之前是一名教师，对济南的学校比较熟悉。而且，北伐军入城驻扎地点主要是选在了学校，所以，我对附近的学校作了一番考察。

蒋介石：对对，你是投笔从戎。我们不少黄埔学生是这样的。时势造英雄。如果没有国民革命你也不会报考军校，我军也就少一名优秀的军官了，是吧？

李仙洲：校长过奖了。只是这世道当一名教师要养家糊口真是不容易。

蒋介石：正谊中学，听名字应该是所民办学校吧？还修建了洋教学楼！

李仙洲：校长说得不错，正谊中学是一所民办学校。校长鞠思敏先生早年参加革命，是一位老同盟会员，辛亥革命中在荣成领导反清起义，差一点丢掉了性命。辛亥革命后，袁世凯复辟，掀起了尊孔复古的文化逆流，鞠思敏先生痛感民智未开，百姓愚昧落后，民主共和思想是石板开花——缺乏根基。于是他创办学校，旨在普及文化，启发民智。学校专门招收贫苦百姓子弟，真正是有教无类。鞠思敏先生立志要把正谊中学办成山东的南开中学。我们黄埔一期的第一队的项传远就是正谊中学的毕业生。我是考入的山东省立商业专科学校，与李延年是同学，我们几个人一起报考的黄埔军校。

蒋介石：你这么一说，我想起来了。项传远，现在国民革命军第一师补充第三团担任营长。

李仙洲：就是他。

蒋介石：正谊中学为党国输送了人才啊。鞠思敏先生潜心教育，开启民智，可敬，可敬！

李仙洲：鞠思敏先生是山东教育的一面旗帜，大名鼎鼎。正谊中学创办之初，学校没有多少收入，没钱聘任教师，只管来上课的老师吃顿饭而已。

蒋介石：真是薪火相传，筚路蓝缕啊。

李仙洲：鞠思敏先生为了办好学校是殚精竭虑，夙夜忧叹，而他本人两袖清风，一家人粗茶淡饭，住破屋，居陋巷，是位真正的正人君子。正谊中学这新校舍在我考入黄埔军校之前还没有修建，所以现在看见这样漂亮的校舍，我心情特别激动。

蒋介石：等实现了国家统一，我们一定要多办学校，搞好教育，让老师们摆脱贫困，过上有尊严的日子；让百姓走出蒙昧，过上有选择的人生。

李仙洲：校长英明！

蒋介石：你是上校团长，月薪是二百三十个大洋吧？

李仙洲：是的。士兵的月薪是十个大洋，所以，人们才踊跃参军嘛！

蒋介石：将来，教师的薪水就比照你这个少校团长的标准制定。

李仙洲：到时候，我还去当老师。

蒋介石：到时候，我让你去当校长。

李仙洲：当校长？！那可不行，我怎么能抢您的差事呢！

【二人皆笑】

蒋介石：八点整，罗家伦召集济南市教育界人士开会，讨论复学复课问题，我看看能否见到鞠思敏先生。

【通讯兵跑来】

通讯兵：报告总司令，日本联络参谋佐佐木到一刚刚来电，八点半济南代理总领事西田畊一、驻济武官酒井隆少佐等将前来拜访。

蒋介石：来得正好。我也正想找他们呢。【看表】现在快七点了，我马上去吃饭。【向通讯兵】转告陈秘书：第一，请他通知杨杰、朱培德、熊式辉七点半到巡抚大堂开会，研究一下如何应对日本人。第二，请他马上联系黄郛、蒋作宾，请他们陪同接见。

通讯兵：是。【通讯兵离去】

蒋介石：【对李仙洲】日本人要来，鞠思敏先生今天恐怕是见不成了。

李仙洲：是。改日还有机会。校长公务繁忙，学生就此告辞。

蒋介石：好的。你也是公务在身。

李仙洲：是的，校长。我要去按察使司街商讨收编刘振襄部事宜。刘振襄率部起义，没有追随张宗昌北撤。

蒋介石：刘振襄能弃暗投明，投身国民革命这是件大好事，要表示欢迎。最重要的是要做到以礼相待，不要让他感到被轻视；要表示出充分的诚意，打消他们顾虑，让他们尽快融入到北伐的队伍中来。

李仙洲：谢谢校长的指点。【敬礼、离去】

第十八场 西田拜访放烟幕

时间：1928 年 5 月 3 日 8 时 30 分

地点：济南珍珠泉大院，国民革命军总司令部行署

人物：蒋介石、杨杰、黄郛、蒋作宾、朱培德、熊式辉、佐佐木到一、西田畊一、酒井隆、小泉恭次、河野悦次郎

【场景：日本驻济南代理总领事西田畊一、日本驻济南武官酒井隆少佐、天津驻屯军小泉恭次中佐一行，在日本参谋本部派驻国民政府联络参谋佐佐木到一中佐的引领下，8：30 准时来到了蒋介石国民革命军总司令部行署】

蒋介石：【态度严肃】一早来访，所为何事？

西田畊一：【态度谦恭】两天以来，你我双方的部队发生了一些摩擦和冲突，这都是由于误会造成的。就我方来说，绝不是有意为之。今日，我们就是为消除你我双方的误会而来。

蒋介石：不是有意为之就好。我也可以负责任地说，这些摩擦也不是我方有意为之。在本次北伐行动开始之前，我政府就已经晓谕各国政府，我方将全力保护各国侨民及其财产的安全，切实维护各国侨民的利益。

西田畊一：【赞赏】革命军入济已快三日，所到之处，秋毫无犯，纪律严明，真乃文明之师、王者之师啊！比张宗昌的部队不知要好多少啊！蒋总司令治军有方，令人钦佩。

蒋介石：纪律严明是治军的第一要务。没有严明的纪律，部队一盘散沙，

这样的军队难成大事。我军以完成国民革命为宗旨，重任在肩，军队纪律不可不抓。贵政府出兵山东，实属大可不必。这有损于中日邦交，有损于国民革命，也是国际法所不允许的。对于出兵山东，我国民政府已经提出抗议，并多方交涉，还请尽快撤兵为盼。

西田畊一：总司令所言极是！请您千万不要误会，此次出兵确实是为保护我国侨民而来，是为了防范张宗昌的部队，并不是针对北伐军的！张宗昌的部队纪律松弛，与土匪、强盗毫无二致。几天前，张宗昌的败军入城，抢夺劫掠的事件时有发生，我国侨民深受其害，出兵实在是不得已而为之！革命军的到来，稳定了社会局面，我国侨民才拥有了安全感。

蒋介石：据我所知，昨天中午贵军又有一千五百多名士兵赶到了济南，并不断地有重武器运抵火车站。这又是为何？

西田畊一：总司令有所不知，为防范张宗昌的败军作乱，这些士兵早早地就从青岛出发了，本该早几天赶到济南的，只是由于龙山站附近的铁路线遭到破坏，福田将军只好率军队徒步前来。没想到革命军进军神速，以迅雷不及掩耳之势占领济南，张宗昌仓皇北逃，才出现今天的尴尬局面。请总司令不要多虑！

蒋介石：前天，我方就向你们提出了撤销守备区、停止增兵等四项要求，福田将军完全可以率兵返回青岛嘛。

酒井隆：【一本正经，煞有介事】军人以服从为天职。福田将军只是在执行出兵山东的命令！今天，我来济部队已接到撤退命令，将尽快返回原驻防地。现在，龙山段铁路修复，我第六师团即刻返回青岛。我们现在就是前来辞行的。

小泉恭次：【言之凿凿】是的。我是日本中国驻屯军“临时济南派遣队”，从天津来的，已经完成了保护侨民的任务，也接到撤离济南的命令。昨天，我部就已将岗哨撤掉，街垒、工事全部拆除，将立刻启程返回天津的防地。

蒋介石：撤岗哨，拆街垒、工事的事我已经听说了，这非常好嘛！这才是友好的姿态嘛。贵军撤出济南这再好不过了！你我双方就不用再为两军的摩擦和冲突劳心费神了。

西田畊一： 济南地区的秩序得到了国民革命军的有效维持，百姓情绪稳定，商家店铺相继开业，社会秩序井然。因此，我军决定撤出济南，两天来产生的小摩擦，还请总司令明鉴。

蒋介石： 关于这两天你我双方产生摩擦和冲突的解决，请联系我方派驻的山东交涉公署。我方将依照事实，分清责任，秉公处置。我再次申明，我政府将妥善保护各国侨民的人身、家庭和财产安全，保证侨民的合法权益。两军如果有摩擦，我军绝不会开第一枪。请总领事放心。

西田畊一： 总司令说话掷地有声，一言九鼎，真是大将风范。我一定将总司令的善意向帝国政府和部队转达。

蒋介石： 中日双方应该坚持睦邻友好的原则，推动互助合作，实现共同繁荣。日军一旦撤出山东，我政府随时愿意与日本政府就缔结友好关系进行接洽。目前的关键是迅速撤军，消弭产生误解和摩擦的根源，中日才能共享太平。要从中日友好的大局出发，不要受当前这些小摩擦的影响。

西田畊一： 您说得太对了，我完全同意。

蒋介石： 好。我希望贵军言必信、行必果，能尽快撤出山东。

西田畊一： 既然误会已经消除，我们就此告辞。至于你我双方发展外交关系、促进相互合作一事，我会向本政府如实反映，积极推动。您可以放心大胆地进行北伐了，我们预祝北伐胜利。

蒋介石： 谢谢。

西田畊一： 【起立，向前一步，紧握住蒋介石的手】我也要立即动身去北京跑一趟，希望在北京能够见到总司令。

蒋介石： 好。那我们北京再见。

【蒋介石起身送客，一行人来到巡抚大堂门外。陈秘书跟了过来】

陈秘书： 总司令，何思源、罗家伦主任求见。

蒋介石： 好。请他们来，蒋主任和我一起见见吧。都是您的人。

蒋作宾： 好的。

第十九场　不宣而战

时间：1928 年 5 月 3 日 9 时 30 分

地点：济南经二路横滨正金银行、日军第六师团司令部

人物：福田彦助、黑田周一、佐佐木到一、西田畊一、酒井隆、小泉恭次、河野悦次郎

【场景：西田畊一一行的车队在日本派遣军司令部（正金银行）门口停下，西田畊一、佐佐木到一等下车后，兴冲冲地走进了福田彦助的司令办公室】

佐佐木到一：【兴奋地】福田将军，报告好消息！

福田彦助：什么好消息？

佐佐木到一：我们的欺骗行动取得了完全成功！蒋介石彻底上当了，他的军队毫无戒备。我们介入支那事务的军事行动可以马上开始，打他一个措手不及，一举击溃蒋介石的部队，我出兵山东的目的可以一蹴而就！这不是件大好事吗？

福田彦助：真的？！

酒井隆：确实如此！一路走来，可以看见许多北伐军的军官、士兵在外出吃饭、洗澡、理发、闲逛，还有大量的人员在寻找房间、调换住处。兵营中的士兵大都在休息，丝毫没有战斗的准备。

福田彦助：【兴奋了起来】好！真是天助我也！命令各部队按照计划，

全面出击，一举打败北伐军。

黑田周一： 建议“侨民义勇团”等组织积极行动，配合我军的突击作战。

福田彦助:【福田点头】西田先生，请你通知“侨民义勇团”“在乡军人会”和“黑龙会”，让他们积极配合我军行动。

西田畊一： 好的！

福田彦助： 现在是九点半，半小时战斗准备，十点钟准时发动攻击。攻击一定要快速猛烈，要一招置敌人于死地。终结北伐，在此一战！

西田畊一：【大言不惭，自信满满】我军作战行动成功，支那的统一即将化为泡影！我帝国将继续独步亚洲，傲立世界。

福田彦助： 命令各部，准备行动。

众人： 是。

【皆退下】

第三部

血沃泉城

第一场 何思源遇险

时间： 1928年5月3日10时

地点：济南经二路纬三路山东省银行

人物：何思源、王昌明、林卓然、麦得功、赵超普、政治部工作人员若干名

【场景：济南经二路山东省银行、战地政务委员会政治部的新驻地，不时有人员进进出出】

【场景：山东省银行的东临是济南商会，第一集团军第四军团第四一军军部在此驻扎，商会门口有一道由军装包堆成的临时堑壕。堑壕对面就是日军设立的东守备区，日军在守备区的路口——经二纬二路路口构筑了街垒，设置了路障和机枪阵地，布设了岗哨。两军驻地相距不过200米】

【场景：何思源乘坐黄包车来到了山东省银行门口下车。何思源走进了银行大厅，与政治部的干事王昌明走了个对脸】

王昌明： 何主任，您好。这么快就回来了，您的房间安排在了三楼。

何思源： 三楼？

王昌明： 对。三楼有一个大房间，宽敞明亮，光线好，安静，能休息好。

何思源： 不要搞特殊嘛！走，带我去看看房间，可能的话，再安排几个人住进来。现在满大街的士兵都在寻找住所。

【二人一起向楼上走去】

王昌明：省银行的条件真不错，比我们昨晚入住的经二纬六路的小学校强太多了！

何思源：是啊。学校的条件怎么能和银行相比？！

王昌明：那当然。不过，就是昨晚我们入住的小学校也已经有作战部队住进去了。

何思源：两天之内来了几万部队，这是多大阵仗！吃住都是问题，我们政治部能住到这里，我们应该庆幸、知足啊。过两天，还有几万部队抵达呐！

王昌明：依我看，多亏是济南，城市大，否则早就吃不消了。

何思源：的确。来到济南不用担心吃不上饭。你知道吗？济南是北方的面粉生产和行销中心，济南的面粉全国闻名，响当当的名牌！成丰面粉厂就在北边不远，它的厂房是商埠最高的建筑，到三楼肯定能看得见。

王昌明：对了。隔壁是济南市商会的所在地，驻扎的是第一集团军第四军团第四一军部。刚才，军长鲍刚过来探视了一下。

何思源：鲍军长来过？他说什么事情没有啊？

王昌明：没有什么事。他四处看了看，说“看来山东省的钱不好抢啊！这银行修得铜墙铁壁似的，门一关，想进来都难啊！”然后，又说“约了两位军长一起去洗澡”，就走了。

何思源：鲍军长潇洒得很呢！看来他是得到了日本军队要撤走的消息了。

王昌明：真的！日本人要撤军？

何思源：是的。我刚才见过蒋总司令，他刚送走了来访的日本人。他说，日本人是来找他辞行的，日军今天就能撤出济南。

王昌明：日军撤出济南？太好了！

【嘭、嘭、嘭……王昌明话音未落，街面上突然传来一阵枪响，随后，街道上枪声大作】

【何思源一愣，马上冲下楼梯，向大门口跑去】

【何思源矮下身子，探出头去向大门外张望。只见日军正在向第四一军军部方向疯狂射击，子弹打在墙上、门上……发出“噗噗”的声响。四一军守卫的士兵龟缩在临时构筑的防御工事里，躲避着对面射过来的子弹】

【王昌明跟在何思源身后，也在向大门外张望】

王昌明：这是怎么回事啊？何主任，您不是说日本人要撤军吗？为什么向我们开枪了？

何思源：不是我说的，是蒋总司令说的。不对，是日本人自己说的。

王昌明：【气愤地】这日本人明明是在耍手腕、搞欺骗嘛！

何思源：看来蒋总司令上了日本人的当了！

王昌明：这日本人真不是东西！

何思源：坏了！这下子我们的队伍要吃亏了！军长、军官都外出洗澡、理发去了，部队毫无防备，群龙无首。总司令又下死命令“出现摩擦，不得还击”。我们这不是干等着挨打吗？

王昌明：何主任，您看我们该怎么办？

何思源：怎么办？我们先去看看大家，安抚一下，让大家不要慌，关键是采取措施确保大家的安全。然后，我联系总司令部，把我们这里的情况汇报上去，请示下一步的行动。

王昌明：好的。一楼办公室有电话。

何思源：走！我们进去。

【二人迅速返回银行大厅，只见大厅里挤满了政治部的工作人员，他们看见了何思源就都围了上来】

人员甲：何主任，外面到底发生了什么事？

何思源：我也不清楚！我看到的是日军在向我四一军驻地开枪射击。

人员乙：日本人为什么开枪？

人员丙：我们该怎么办啊？

何思源：肃静！肃静！大家先不要吵！我和大家一样，也不知道发生了什么事。我马上与总司令部联系，尽快弄清情况。现在，大家最重要的是注意自身的安全。昌明，你去看紧大门。我们是银行，大门为防匪防盗，做得很坚固！只要关紧大门，日本人就进不来，我们就安全。

王昌明：是。

何思源：林卓然，你清点一下人数，看看是不是所有人都在。

林卓然：是。

何思源：我马上联系总司令部，汇报我处的情况。

【林卓然清点人数】

林卓然：报告何主任，我们的人除了麦得功、赵超普外出理发外，其余人员都在。还有就是“中央政治学校”学生组成的宣传队暂时跟随我部，说好他们安顿下来就派人联系我们，可是，他们现在还没有来人。也可能是因为我们搬离了小学校，他们找不到吧。

何思源：大门被封锁，出不去，无法寻找。这可如何是好？

【王昌明带着麦得功、赵超普走了进来。麦得功、赵超普二人衣衫不整，灰头土脸，满面惊恐】

王昌明：我去检查大门，发现他两个在门口躲着。枪声太响，他们的叫门声里面听不见。

何思源：【关切地】小麦、小赵，你两个不要紧吧？外边情况如何？

麦得功：何主任，太可怕了。日本人见人就开枪，我前面的两个市民就中枪倒地了，我们赶紧趴在了地上。我们是连滚带爬才返回来的。

赵超普：日本人太凶残了！他们公然向无辜的百姓开枪，这是为什么？

何思源：你们平安回来就好。现在情况不明，我要与总司令部联系，请示下一步的行动。

麦得功：何主任，请告诉总司令，我军很多部队驻扎地都受到了攻击，我感觉这是有计划的进攻。

何思源：放心吧，我一定会把你的所见所闻和判断汇报上去的。

林卓然：何主任，电话机我试了，打不出去了。

何思源：电话被切断了！这可怎么办？

5月3日的屠杀

【场景1：魏家庄西口，纬一路晋丰茶叶公司门前

10：00，第一集团军第二军团第二六军上尉宣传员魏用贞等人在街头宣传、张贴标语，听众有百余人。在魏家庄西口，纬一路晋丰茶叶公司前的日军布岗士兵上前横加阻挠，魏用贞等据理力争。争执过程中又有一队日军和“侨民义勇团”约百人赶到，日方人多势众。日军遂悍然开枪，杀害了北伐军宣传队员魏用贞】

【场景2：经一路基督教会医院门口

10：00，我北伐军一士兵因病要进入基督教会医院就诊，遭日军无理阻挠，被枪杀于医院门口。日军随即占领了医院】

【场景3：商埠南端，第一集团军第四军团第三四军军长阮玄武的驻地

10：00，日军开来装甲车，向第一集团军第三四军军长阮玄武驻地发起进攻，中日两军发生激烈交火】

【场景4：中山公园西门口

10：00，济南商埠一小学教师黄永兰，因小孩生病在家，于是带着作业回家，准备一边照顾孩子，一边批改作业，走到中山公园西门时，被两个日军士兵拦住去路。黄永兰拼命逃跑未果，被奸杀】

【场景5：林祥街牌照税局

10：00，第一集团第三军团第四〇军第三师第七团团部及第一营突遭日军围堵。因奉命不准抵抗，全营被俘】

【场景6：纬五路

10：00，第一集团军第四军团第八十九师第一营第二连突遭日军攻击，全连被俘。营长因外出开会得以幸免】

【场景7：仁义里元泰大车店

10：00，从咏仙里出来了一伙手持短枪的日本便衣，他们冲进胶济线火车站南仁义里元泰大车店，将第一集团第四军团第八十九师炮兵团掩护山炮的2个步兵排俘虏，抢夺30匹骡马，然后放火焚烧了草料和马棚】

画外音：在五月三日的袭击中，无数的士兵与市民被屠杀，有近1700名国民革命军的士兵被俘，关押在济南邮局大楼内。

第二场 糊涂的应对

时间：1928 年 5 月 3 日 10 时

地点：济南珍珠泉大院、国民革命军总司令部行署

人物：蒋介石、蒋作宾、杨杰、朱培德、熊式辉

【场景：送走西田一行，蒋介石心中得意，意气风发，返回办公室接见了何思源、罗家伦。送走二人后，又马上回办公室处理政务，不觉时间飞逝。突然，从西边传来阵阵枪声。蒋介石迅速来到大院当中，杨杰、朱培德、蒋作宾、熊式辉等也向蒋介石围拢过来，人人脸上写满了疑惑】

蒋介石：为什么这个时候还会有枪声？是张宗昌、孙传芳的部队打回来了吗？

杨杰：不可能。洛口黄河大桥还没有彻底修复，张宗昌、孙传芳的部队不可能打过来。

蒋介石：是战士擦枪走火？

朱培德：不是。这样密集的枪声，不可能是走火。

蒋介石：是部队在试枪吗？

朱培德：枪声杂乱，远近不一，也不是。

杨杰：是日本人撤退时与我士兵发生冲突？

朱培德：我们已要求士兵不得还击，冲突不可能维持这样长的时间。

熊式辉：是日军发动攻击？

蒋介石：日本代表团亲自承诺“日军即刻撤离济南”，不可能是日军！

熊式辉：日本代表团是不是在施放烟幕？

蒋介石：施放烟幕？难道是日本政府背信弃义，欺骗于我？这也太离谱了。

蒋作宾：还有机关枪的声音。

蒋介石：马上给卫戍司令方振武打电话，询问情况。

朱培德：我去联系方振武。

【一会儿，朱培德回】

朱培德：报告总司令，方司令对于开枪之事不清楚。

蒋作宾：黄外长刚刚走，不知是否返回外交部行署。我去联系一下山东交涉署的蔡公时。山东交涉署毗邻日军设立的西守备区，与日本驻济南领事馆相隔不远，可能了解一些日本人的情况。

蒋介石：抓紧联系。

【蒋作宾去办公室，一会儿返回】

蒋作宾：报告总司令，蔡主任已抵达山东交涉公署，正准备安顿下来开始工作。蔡主任也不知道发生了什么事。不过他们看到的是日本士兵和侨民当街抢杀我无辜的士兵和百姓，没有发现我军士兵有过激或反击的行为。他感觉是日本人在挑起摩擦，制造事端。日本兵和便衣队已经包围了交涉署。蔡主任也已经联系了日本驻济领事馆，向日本领事馆提出了口头抗议。

蒋介石：【惊诧】蔡主任是这种感觉吗？

蒋作宾：是的。

蒋介石：【怅然若失】难道真是日本人在作怪？

蒋作宾：蔡主任还说，日本领事馆推说不了解情况，建议双方脱离接触，停止敌对行动。

杨杰：总司令，脱离接触是摆脱当前困境最有效的办法。

蒋作宾：情况复杂，中日随时有发生大规模军事冲突的危险。要马上采取措施，平息事态，避免冲突升级。

朱培德：只是情况不明，如何是好呢？

【蒋介石闻言，立即返身向办公室走去，众人跟随】

蒋介石：我命令：

第一，马上派出10个参谋，打起停火的旗帜，传令各军“禁止冲突，立回原地”，沿街巡行，平息事态。

蒋作宾：士兵都返回驻地，日军就失去了开枪的目标和理由。好！

蒋介石：第二，各部队必须待在各自驻地，一律不许外出。第三，对于日方的挑衅一律不许还击，不做抵抗。第四，命令方振武的卫戍部队采取有效措施平息事态，维持好社会秩序。

朱培德：我马上安排参谋人员上街巡行并通知方振武。

蒋介石：通知黄外长，让他设法与日本领事馆联系，提出如下要求与声明：第一，请求日方，严令军队立刻中止对我国民革命军的开枪行为和一切不友好行动。第二，告知西田和日本政府，我方将全力避免冲突、摩擦。第三，要求日方解除对我山东交涉署的围困。第四，请与我方保持信息畅通，避免事态升级。

杨杰：我去联系黄外长。

蒋介石：也将此声明通知蔡主任。

蒋作宾：好的。我负责联系蔡主任。

蒋介石：通知佐佐木到一，向他说明我军的举措。要强调这些举措充分表达了我方的善意，旨在促进中日双方的友好。请日方对于我方提出的要求予以理解和配合。

熊式辉：我马上就去找佐佐木到一，向他说明情况，请求配合。

第三场　孤独的交涉署

时间：1928年5月3日9时40分

地点：济南经四路纬五路原德国礼和洋行、战地政务委员会外交处山东交涉署

人物：蔡公时、张鸿渐、张麟书、谭显章、熊道存、韩树椿、姚成义、姚成仁、刘文鼎、周惠和、陈端成、黄继曾、傅宝山、张德福、姚志怀、王立泰、王德禄

【场景：蔡公时率山东交涉署的工作人员来到了位于济南商埠经四路纬五路的原德国礼和洋行、战地政务委员会山东交涉公署的办公地点】

张汉儒：【惊叹】呵，小洋楼！

王德禄：【赞叹】有三层吧，真漂亮！

刘文鼎：这就是别墅。

韩树椿：噢。这地方可真好！

刘文鼎：那当然！我们是外事人员，代表的是国民政府，代表的是中国，不能让人小瞧了！

张汉儒：住在这里的确风光得很！

刘文鼎：我们就是为国争光的，不能丢人！

韩树椿：要是能在这里住一辈子该多好啊！

王德禄：韩老弟，你是做梦娶媳妇——想好事！

【众人笑。见人员到齐，蔡公时马上召集大家在院子当中开会】

蔡公时：同志们，早上好。我们来到济南，来到这里就算是到家了。今后，我们就要在这里一起工作和生活了。既然到家了，我们先在这新家里照一张像，来一张全家福，好不好？

众人：【高兴地】好！

张鸿渐：蔡主任想得周全！现在恰好人都在。

蔡公时：好。大家马上排队照相！

【全体人员迅速行动，几个年青人搬来椅子，摄影师支起了三脚架，其他人员在张麟书组织下列队。拍摄集体照的队伍很快排好了，蔡公时高兴地就坐拍照】

蔡公时：【站起身，反身对大家说】同志们，全家福拍完了，下面我把今天的工作安排一下。谭科长、张庶务，你们两个去三楼，把住宿的房间分配一下，让大家把东西放下，安顿下来。

张麟书、谭显章：是。

蔡公时：张参议、熊科长，你们两个人去二楼，把各处室的办公点落实下来。

张鸿渐、熊道存：是。

蔡公时：其他人就跟我在一层，布置门厅、会客室、会议室、厨房餐厅，打扫卫生；大门口再去两个人，把国民政府的旗帜和山东交涉署的牌子挂起来。目前，济南的形势很混乱、很复杂！除了我数万北伐军，还有张宗昌的起义部队、散兵逃兵，还有日本侨民和日本军队，不测事件时有发生。尤其是中日之间已经发生了几起摩擦事件，我北伐军将士已有多人被杀，我们要尽快开展工作，向日本提出交涉，妥善处理这几起事件，确保北伐的顺利进行。都听明白了吗？

众人：明白！

蔡公时：开始工作。

【大家按照蔡公时的分工忙碌了起来】

【大门口，张汉儒与王立泰合作把国民政府的旗帜和山东交涉署的牌

子挂了起来】

【一层大厅，蔡公时取出孙中山像、国旗及“革命尚未成功，同志仍需努力”的条幅等，准备在大厅的墙壁上悬挂。张汉儒从大门口走了过来】

张汉儒：蔡主任，我来帮您。

蔡公时：大门口的旗帜和牌匾都挂上了？

张汉儒：都挂好了。

蔡公时：很好。怎么，看我上年纪，不放心？

张汉儒：【笑】蔡主任，您不老，不过这爬上爬下的活还是让我来吧。我年轻，身子灵便。

蔡公时：不老是瞎话，但是，我还不服老！【笑】

【蔡公时踩着椅子，站到了桌子上。张汉儒把孙中山像、国旗及“革命尚未成功，同志仍需努力”的条幅等一样一样地递了上去。蔡公时张贴、悬挂】

张汉儒：心态年轻就是年青人。

蔡公时：【笑】说得好。梁任公说：“老年人常思既往，少年人常思将来……惟思将来也……故生希望心……故进取……故常敢破格。”我就是一个常思将来、敢为天下先、对生活充满希望的人，所以，我是一个年青人！

张汉儒：【笑】我们都知道，蔡主任追随中山先生，为革命奔走呼号，组织起义，推翻清王朝，反对袁世凯倒行逆施，您都冲锋在前，敢为人先！

蔡公时：是啊。可以说我是出生入死啊！可是，每次我都化险为夷，死里逃生了。

张汉儒：蔡主任，您真是个传奇。

蔡公时：传奇谈不上。在这个风云变幻的时代，谁都可能会遇到一些非常事件，关键是……

【突然，街上传来了阵阵枪声。蔡公时急忙停下手中活计来到院中。张鸿渐、张麟书等也纷纷来到院中】

张麟书：蔡主任，外面怎么会打枪？

张鸿渐：而且枪声很密，离我们不远。

蔡公时：真奇怪！鸿渐，你带人去三楼上观察一下远处。麟书，你我去大门口看看。

【蔡公时等来到了大门口，门卫王立泰把大门打开一条缝，蔡公时通过门缝向外探视，张麟书站在蔡公时身后也向外张望。只见交涉署门外四处是日本兵与便衣队，大门已被持枪的日本兵封堵，对面的基督教堂的大门同样被封堵，北伐军的士兵无法出入。日本兵肆无忌惮地对行人开枪，不时有行人和士兵被打倒。蔡公时见状遂走出大门，喝问日本士兵】

蔡公时：你们为什么开枪，谁下的命令？放下枪！

【蔡公时的质问引来了日本兵的不满，不过交涉署的牌子多少使他们有所忌惮，他们不理会蔡公时的质问，而是粗暴地挥枪驱赶。蔡公时等被迫退了回来】

王立泰：蔡主任，目前街上非常危险，请您回办公室吧。

蔡公时：好。我们去办公室！小王，把大门关闭，确保我署的人员安全。

王立泰：是。【关大门】

【蔡公时无奈地返回办公室，张麟书等进来】

蔡公时：鸿渐，你在楼上都看到了什么？

张鸿渐：日本兵在向我无辜的士兵和市民开枪。对面基督教堂内驻扎的北伐军也被日军堵在了里面！出入基督教堂的士兵被打死、打伤好几个。

蔡公时：有没有我方的士兵在闹事或开枪的情况？

张鸿渐：我们都没有看见，对吧？

众人说：对！是日本人在开枪，有士兵，也有便衣队。

张鸿渐：我感觉是日本人在挑起事端。

张麟书：我认为张参议判断是对的，必须尽快通知总司令部，让部队有所准备。

蔡公时：是。有备才能无患，不能再让部队吃亏了。

张鸿渐：蔡主任，建议您马上给日本驻济南领事西田畊一打电话，了解一下情况。看看日本人怎么说。然后，再与总部联系。这样，我们可以更清楚地说明原由。

蔡公时：我马上给日本领事馆打电话。

【蔡公时打电话】

蔡公时：日本领事馆吗？我是国民政府山东交涉署主任蔡公时，请找济南代理总领事西田畊一讲话。【等候一会儿】是西田畊一先生吗？

西田畊一：我是西田畊一。

蔡公时：【焦急地】你听，现在街上枪声不断，一片混乱。你们可了解情况？

西田畊一：【慢条斯理】哎呀，蔡主任！我也正纳闷呢，怎么会出现这种情况！枪声都发生在守备区周围，该不会是贵方军纪松懈，士兵们在寻衅滋事吧？

蔡公时：【听到西田畊一的说辞，心中不快】我是在向你了解情况，你怎么能说出这种凭空推断的话！我可以负责地说，这绝不是我方士兵寻衅滋事！我方严禁士兵携带武器上街，赤手空拳的人，怎么会去冲击荷枪实弹的防区？！

西田畊一：【听出了蔡公时的不悦，于是换了一个论调】也可能是互有误会吧，毕竟双方冲突是事实。我认为，不论何种原因，双方还是应该立即停止摩擦，对不对？

蔡公时：【心中生起了怒火】我认为这也不是误会！我们相距不远，请你到街上看看！我看到的是，你们的士兵在向我赤手空拳的官兵开枪，在向我无辜的市民举起屠刀。在此，我向贵国政府提出强烈抗议。请转告福田彦助，约束好他的部下，立即停止屠杀行动。我要让他为士兵的强盗行为付出代价。

西田畊一：【敷衍】蔡主任，你也不能妄下结论吧？

蔡公时：【怒斥】这不是妄下结论！我没有看见我军的持枪士兵，更没有看见我军士兵开枪，被打倒、被射杀的都是我们中国人！还是请联系福田彦助吧！

西田畊一：【抵赖】你们中国人总是说“一个巴掌拍不响”。这枪声大作，难道你们中国军队就没有责任？

蔡公时：拍巴掌需要两只手，打人一只手就可以。我现在看到的是你们日本人在进攻、在射击。我方军队没有军事行动。

西田畊一：【狡辩】你没有看到不等于没有吧。

蔡公时：【据理力争】我军在济南有数万之众，若要采取行动绝不是现在的局面。还是请把我的意见尽快转告福田彦助！

西田畊一：【理屈词穷】好吧，好吧！我马上联系第六师团，了解一下是怎么回事。不过，我还是建议双方都立即停止行动。

蔡公时：也好。我马上联系总司令部，建议双方立即停止敌对行动，主动脱离接触。也请你立即通告驻济日军，停止敌对行动！

西田畊一：好的。

蔡公时：请说到做到！我会再联系你的。

【蔡公时刚放下电话就接到了珍珠泉督办公署蒋作宾的电话】

蔡公时：蒋主任，请问现在四面枪声阵阵，司令部知道是什么情况吗？

蒋作宾：我们这里完全不清楚是怎么回事。出现这样的局面，难免会影响北伐的大局，蒋总司令非常生气，已派出参谋人员外出查看去了。一有消息就通知你。你们那里现在是什么情况？

蔡公时：我们这里门外都是日本兵、义勇团和便衣队！在大街上，日本兵见人就开枪，不论男女老幼，我方时有人员被打死、打伤。

蒋作宾：有没有发现我北伐军开枪的情况？

蔡公时：目前还没有，因此，我们怀疑今日的攻击行动是日本人有意为之！我已经与日本驻济南领事馆的西田畊一通了电话，对日军的行为提出了强烈抗议。西田畊一推说不清楚，建议双方停止敌对行动，脱离接触。无论如何也要请总司令提醒我各驻济部队做好防范。

蒋作宾：你处理得很好，你的意见很重要！我立即就向总司令汇报。

蔡公时：西田畊一也承诺将意见转告福田彦助。

蒋作宾：知道了。我再次强调，交涉署的职责在于维护好对外关系，确保北伐的成功，这是大局。对外关系的好坏成败是蒋总司令最关心的，请务必妥善处理。

蔡公时：请蒋主任放心。我一定恪尽职守，不辱使命。

蒋作宾：好的。我交涉署人员是否安全？

蔡公时：目前还很安全。但是，我署已被日本人封锁，我署人员已经无法正常外出。

蒋作宾：不可麻痹，要安全至上。千万不要上街！你们是外交官，只要待在公署内，我想日本人不敢把你们怎么样。

蔡公时：谢谢提醒。你们也要注意安全。

蒋作宾：请保持联络畅通，密切注意日本人的动向，一有情况马上报告。

蔡公时：明白。

【蔡公时挂上电话】

蔡公时：总司令部也不知道发生了什么事，蒋总司令正在多方了解。蒋主任要求我们不得上街，确保安全；密切注意日本人的情况，并及时上报；要与日本领事馆保持联系，平息事态。

张麟书：是不是再联系一下外交部黄部长，沟通一下情况？

【蔡公时给外交部黄郛打电话，电话显示忙音】

蔡公时：外交部的电话占线，打不进去。

张鸿渐：就目前的情况看，外交部也未必了解情况，可能面临着与我们同样的局面。

蔡公时：难道日本人胆敢围攻外交部？

张麟书：这很有可能。

蔡公时：【沉重】看来，我们要作最坏的打算。

【镜头切换：外交部所在地，津浦铁路局宾馆】

第四场　逞凶外交部

时间：1928年5月3日10时30分

地点：济南经一路纬一路津浦铁路局宾馆、南京国民政府外交部行署

人物：黄郛、富田、外交部工作人员、日本宪兵若干名

【场景：5月3日10时，南京国民政府外交部部长黄郛刚刚返回外交部行署所在地——经一纬一路津浦铁路局宾馆，四周就突然响起阵阵枪声，这令黄郛倍感紧张和焦虑，混乱的局面让他坐立不安。黄郛一面积极设法搜集信息、了解外部情况，另一面立即与总司令部的蒋介石取得联系，商议对策，试图化解事态】

【场景：一队日军宪兵（约50余人）欲强行闯入设在济南津浦铁路局的南京国民政府外交部，受到守卫外交部士兵的拦阻，双方争执起来】

黄郛：【听到大门口发生争吵，走出办公室，来到了大厅里】这是怎么回事？为何大吵大闹？成何体统？

富田：【走上前来】你是黄外长？

黄郛：不错。是我。

富田：黄外长，目前街道上枪声不断，有乱兵杀害我士兵，乘机破坏，我要搜查凶手。为避免冲突和误伤，请命令你的士兵放下武器。

黄郛：【愤怒】岂有此理！这里是国民政府外交部行署，外交官员的安全由我们自己的士兵来保护，请你们立即退出！

富田：【蛮横地】现在是非常时期，我要搜捕凶手，请你们的士兵放下武器。

黄郛：【断然回绝】这绝不可能！

富田：那就不要怪我们不客气了！

【富田根本不听黄郛的解释，一挥手。日本兵依靠其人多势众，一拥而上，强行缴了守备士兵的械】

黄郛：【高喊】这里是中华民国外交部行署，这里是中国的土地，我就代表中国，你们缴我士兵枪就是宣战，就是向中华民国政府宣战！我作为中华民国政府的外交部长，对于你们的行径表示最强烈的抗议！

富田：【轻蔑地】外长先生，抗议无效。我是在执行任务。

黄郛：是谁下的命令？福田彦助吗？我要见福田彦助，我要见西田畊一！

富田：这可不是你想见就能见得到的！给我搜！

【日本兵开始在办公室搜索、抢夺文件和财物】

黄郛：我是外交官，你们的行为是在践踏国际法，你们是在犯罪！

富田：国际法？犯罪？哈……【狂笑】傻瓜才相信那一套鬼话！那都是骗人把戏。枪杆子里面才有法律！只有拿枪杆子的人才能决定什么是犯罪。

黄郛：【怒斥】简直不可理喻！

富田：我们是大日军皇军，只服从天皇的命令。

黄郛：你们违反国际法，你们是野兽，是强盗，是寇雠！

富田：我是军人，国际法怎么能约束到我们呢？！没有那么多法理可讲。

黄郛：我要见福田彦助，我要见西田畊一！

富田：好吧。既然如此坚持，我就请示一下。

【富田利用外交部的电话，与日军司令部进行联系，放下电话喊道】

富田：把姓黄的给我带走！

第五场　违令抗击日寇

时间： 1928 年 5 月 3 日 12 时 30 分

地点：济南经二路纬三路济南商会、第一集团军第四军团第四一军军部门口

人物：康化南、史青山、段培德、麻敏卿、魏金章、士兵若干名

【场景：在济南经二路纬三路济南商会、第一集团军第四军团第四一军军部门口，一连长段培德、三连长麻敏卿、特务长康化南、班长魏金章与士兵史青山等蹲守在防御工事后】

史青山： 连长，为什么日本人敢开枪，却不让我们开枪、不准我们还击？他们有枪，我们也有枪，我们怕什么呢？

段培德： 这是命令，没有怕什么。

康化南： 既然不怕，为什么下这样的命令？

史青山： 就是！我看还是有人怕。

康化南：【恼火】真窝火。一个上午，就这样被动挨打！到现在，我们营已经损伤了二十多个弟兄了。

麻敏卿： 是的。我连牺牲了两个排长。

史青山： 真的？

麻敏卿： 刘有为排长被炸死了。王振海排长负责观察敌情，没有注意变换位置，在第二次出现在了同一位置时，就被对面的日本兵打死了。

魏金章：这小日本的枪法可真厉害。

康化南：什么真厉害？如果让我开枪，我也让他领教一下我的厉害。

【段培德用望远镜在观察】

段培德：现在枪声稀疏了，对面阵地上的人也少了，估计都去吃饭了。

史青山：我们也该抓紧吃饭了吧？这不打又不撤的，算是怎么回事啊！希望上峰早给我们一个明确的指示。

康化南：还明确指示，我们的军长外出洗澡，现在还没回来呢！情况还不知道怎样呢？

麻敏卿：事情发展到这种地步，我想中日双方一定会进行交涉，期待早有一个好结果。

康化南：不出结果最好。我算想明白了，不还击要挨打，还击也要挨打，干脆痛痛快快地大干一场。

史青山：你说得对！什么“不准还击”，什么“不准开枪”，全是屁话。我可不想为不抵抗政策搭上性命。

康化南：你们抓紧进屋吃饭，我在这里盯着。你们快去快回。

史青山：我也在这里守着。

魏金章：我也留下。只要这马克沁一突突，定要小日本有来无回。

段培德：好。你们三个在这里守着，都服从康特务长指挥。我们去去就回。

【不一会儿，段培德赶了回来】

段培德：我给你们带来了些肉包子，一罐小米绿豆粥。我来观察。你们抓紧吃。

康化南：谢谢连长。

【段培德变换了一个位置观察日军，康化南等三人狼吞虎咽地吃了起来】

康化南：连长，军部有什么新消息吗？

段培德：我们的军长回来了。

史青山：军长回来了！

段培德：是的。早上，军长他们被一队日本兵堵在了浴池里，他们几个人是偷偷换穿了平民的衣服，跳窗户、翻墙才跑回来的。听说，日本兵发现了军服后，把整个浴池里洗澡的人全部杀害了。

康化南：这日本人真够歹毒的！

魏金章：一点道理都不讲！

段培德：现在是无理可讲。

康化南：我看还是让枪杆子说话才行！

史青山：我看也是。还有什么消息？

段培德：目前，各方面传来的情况是，凡与日军毗邻的部队全部受到了攻击。由于很多部队严守“不许还击”的命令，结果被日军缴了械，损失很大。第三师第七团的两个营由于不抵抗，一千多人大部被俘，就关押在对面的济南邮政大楼里面。

魏金章：【吃惊】是吗？就是那座楼顶上顶着个头盔的高楼吗？

段培德：是的。

康化南：这真是一场惨剧。如果允许我们还击，就不会发生这种悲惨的事件。

史青山：我就不明白，日本人无缘无故打我们，抢我们的地盘，杀我们的人，可是，我们为什么还不抵抗？

段培德：真打起来，上峰还是怕我们打不赢。

康化南：什么赢不赢。宁可站着死，不能跪着生。一定要给日本人一个教训。

段培德：你说得对：“不还击要挨打，还击也要挨打。”干脆就痛痛快快地大干一场。

姚金章：对！教训一下日本人。

史青山：连长，你下令吧！

段培德：【下定了决心】日本人解决了三师七团，下面很可能冲着我们来。我们要有充分的准备，我可不想当日本人的俘虏。

【士兵们吃完了午饭，纷纷返回阵地。段培德继续观察】

段培德：全体注意：日本人开出来了 2 辆卡车，上面有 60 多个日本兵，冲我们的阵地冲过来了。

康化南：他们还真想来缴我们的枪，重演三师七团的一幕。痴心妄想！连长，你下令开枪吧！上峰若是怪罪，所有的责任我承担。

段培德：好！一连注意，对准日本军车，射击！

【顿时枪声大作】

麻敏卿：我们也打！三连、三连，全体注意，听我的命令：开火！

【霎那间，枪声密集】

史青山：二连的阵地也开枪了。

康化南：我们一营全线开火，小日本看你如何张狂！

画外音：5月3日，当日军发动突袭后，国民革命军第一集团军第四军团第三四军特务营、第四〇军第三师、第四一军第九十二师、九十三师爱国官兵，忍无可忍，不顾禁令，采取了自卫还击，迅速赢得了战场的主动，沉重打击了日军的气焰。

第六场　日寇的缓兵计

时间：1928年5月3日16时

地点：济南经二路纬三路山东省银行

人物：何思源、王昌明、林卓然、麦得功、赵超普

【场景：济南商会大门口第一集团军第四军团第四一军军部防御工事对面的日军工事里走出一名日军士兵，只见他手持竹竿，上面悬挂白旗，向第四一军军部防御工事走来。日军士兵一边走一边呼喊："不要打枪了，停战！停战！"当持白旗的日军士兵走到四一军军部的防线前面时，我军士兵搬开军装包让他过去。一时间枪声停止，双方进入临时休战状态】

【场景：在山东省银行内，何思源等人正在三楼的房间里透过窗户向外观察】

王昌明：何主任，枪声停了。双方不打了！

林卓然：对面的日本兵不是四一军的对手。

王昌明：日本人打着白旗过来了，双方应该是进入了停战状态。

何思源：是的。我马上到四一军军部去打探一下消息。

林卓然：这太危险，让我去吧。

何思源：我去最好。

王昌明：我和您一起去。

何思源：不用了。两个人目标太大，更不安全。大家一定要沉住气，等我的消息。

林卓然：何主任，您放心去，这里交给我了。

何思源：好。

【何思源走出山东省银行大门，猫着腰、贴着围墙根，快速闪进了四一军军部】

王昌明：何主任进了四一军军部了，但愿他给我们带来好消息。

林卓然：日本人举着白旗过来了，说明日本人也不行，顶不住我们的打击。

王昌明：既然如此，干脆一鼓作气，消灭这些日军，也让日本人知道我们的厉害，以绝后患。

林卓然：事情要是这样简单就好了。

王昌明：哪有什么复杂？我们获胜，日本人滚蛋！

林卓然：是啊！你今天打胜了，能确保明天一定打胜吗？日本人敢开枪，他肯定是有备而来。日本人飘洋过海，劳师远征，肯定不是来找打的。

王昌明：那日本人来干什么呢？

林卓然：用日本人自己的话说是“保护侨民”。

王昌明：可是，我政府不是承诺保护侨民吗？

林卓然：我感觉日本人是借机挑事，想与我们打仗！而且，他们认为我政府不敢与其打仗。一旦开战，他们是可以获胜的！

王昌明：何以见得？你说说看。

林卓然：你呀，一点也不动脑子。本次北伐停用“打倒帝国主义”的口号，这分明就是在讨好各帝国主义政府，也是请求各个帝国主义国家不要插手中国事务。讨好就是害怕，就是请求别插手。目前的局面是上峰最不愿看到的局面。

王昌明：原来如此。为什么不敢打呢？

林卓然：你想想，与洋人打仗，英国、法国、日本、八国联军……我们哪一场打胜过？只是越打越吃亏。所以，上峰才不肯轻易言战。

王昌明：就是因为我们又穷又弱，所以不敢打。

林卓然：不错。但是最悲哀的不是穷，而是弱！是我们的老百姓不觉悟、不团结，是军阀混战！

王昌明：说得对。老百姓总是事不关己，高高挂起，怯懦、麻木，没有责任心！

林卓然：要实现国家统一，必须启发民智；实现国富民强，必须万众一心，众志成城，这才是出路。

王昌明：说得好！没想到你还很有思想嘛！

林卓然：是今天的遭遇让我想明白了。

王昌明：这真是血的教训啊！

林卓然：快看！何主任从四一军军部出来了。

王昌明：走，我们到楼下等他。

【王昌明、林卓然来到楼下大厅】

林卓然：何主任，可把您盼回来了。

王昌明：我们都为您捏了一把汗呢。

何思源：没事！我这不好好的嘛。卓然、昌明，把大家召集起来，我有话说。

【二人分头去通知。不一会儿，政治部的人都来到大厅】

何思源：各位同仁，我刚从四一军军部得到消息，今天上午，日军对我驻商埠的第三四军、第四〇军、第四一军各部都进行了突然袭击，各部均有不同程度的损失。其中，第四〇军第三师第七团的两个营由于没有抵抗，一千多人被俘；其他分散驻扎的小股部队被杀、被俘者无数。日军还疯狂射杀我无辜民众，制造了惊天的血案，

林卓然：损失真惨重啊！

王昌明：日本人太狠了！

何思源：由于事发突然，我第三四军、第四〇军第三师、第四一军第九十一师、第九十二师等部队，在迫不得已的情况下，对日军的进攻进行了自发的反击，有力地打击了日军的气焰，但是违抗了上级的命令。

王昌明：这个命令违抗得好！

何思源：是的！尊重是打出来的，和平是打出来的。由于难以抵挡我军的反击，日军被迫提出和谈，目前双方休战。

林卓然：终于不打了！

何思源：是的！但是，我方作出了退让。

王昌明：为什么要我方退让，不是我们打赢了吗？

何思源：据说是日本的联络参谋佐佐木到一找到蒋总司令大吵大闹，指控我们北伐军军纪败坏，骚扰侨民，抢劫财物，无故向日军开枪射击，发动攻击，进行挑衅，日军被迫作出了反击。北伐军倚强凌弱，要承担一切后果……

王昌明：佐佐木是强词夺理，颠倒黑白，胡说八道。

何思源：佐佐木威胁说，日本要扩大事端，将进一步增兵山东。蒋总司令不得不承认我军军纪涣散，对酿成事端表示遗憾。为防止事态升级，蒋总司令被迫同意了日方提出的我军撤出商埠的要求。撤退命令已经下达，驻扎商埠的各部队必须于今晚之前撤离，确保与日军脱离接触。现在，第四一军正在收拾东西，一小时后出发。因此，我决定我们政治部跟随第四一军撤出济南。马上收拾行装，准备出发。

王昌明：我们撤向哪里呢？

何思源：向南，去泰安。

王昌明：昨天刚从泰安赶过来，今天就要回去？

林卓然：别想那么多了！先撤出商埠，离开济南再说。

何思源：说得对！现在外面形势很乱，重要的是尽快脱离与日军的接触，确保安全！我们要做的就是尽快离开。

王昌明：明白了。

麦得功：真窝囊！这叫什么事？来到济南还不到一天，澡也没洗，衣服也没有换洗，肥皂、牙刷也没买成，马上就要撤出！

赵超普：现在去泰安，明天中午才能走到。

麦得功：又要走夜路了！

何思源：安全是第一位的！刚才与鲍军长协商，我们跟随四一军军部一起行动，这样可以确保安全。现在出城，傍晚可以抵达党家庄。如果走夜路没有把握，可以在党家庄暂住一宿，明天一早再去泰安。

林卓然：这么多人员向外撤，党家庄恐怕也容不下。弄不好，我们要野营露宿了。

麦得功：那就干脆走到泰安，明天睡一天。

林卓然：我们还是先赶到党家庄再说吧。如果有地方我们就住下，没有我们就不停留了。

赵超普：我们不是野战部队，走夜路，恐怕女孩子吃不消啊！

麦得功：总比丢了性命强吧，咬咬牙就过去了。

王昌明：日本人真该死，我真恨不得杀他几个！

麦得功：我也这样想！可惜我们是政工人员，不带枪！

赵超普：就是带枪又能怎么样？四一军倒是都有枪，不也是要向外撤吗？

王昌明：真是憋屈！

何思源：我们要从大局出发，只能忍辱负重了！大家抓紧收拾东西吧！

【众人散去，分头整理行装。】

林卓然：何主任，您有何打算，看样子您不准备和我们一起走。

何思源：我想打听一下中央政治学校学生宣传队的消息。然后，我再去老城向战地事务委员会汇报情况。我在济南可能还要待两天，你们去泰安等我。三天后的午后，安排人在泰安火车站与我见面。

林卓然：好的。我亲自去接您。

何思源：快整理行装，准备出发吧。

林卓然：是。

第七场　日寇一闯交涉署

时间：1928 年 5 月 3 日中午至下午

地点：济南经四路纬五路原德国礼和洋行、战地政务委员会外交处山东交涉署

人物：蔡公时、张麟书、张汉儒、韩树椿、王立泰、王德禄、日军头目一人、日军士兵二十余人

【场景：蔡公时办公室，张麟书正手举电话听筒，焦急地打着电话】

张麟书：蔡主任，电话里什么声音也没有了，电话线被切断了。我们与外界联系切断了，这可怎么办哪？

蔡公时：【心中同样焦急，但是依然从容镇定】没关系，别害怕。我马上写信，派人前去联系。

【蔡公时返回办公桌，俯首案头奋笔疾书】

蔡公时：我们是外交人员，是非战斗人员，只要我们不出大门，日本人不能把我们怎么样。麟书，你去通知所有人员，就说街上局势混乱，为了安全起见，没有公事一律不得走出大门。

张麟书：我马上通知到每一个人。【出门下通知去了】

蔡公时：汉儒。

张汉儒：到！

蔡公时：你去把韩树椿找来。【继续写信】

张汉儒： 是。

【一会儿张汉儒、韩树椿进来了】

蔡公时： 【信写完了】汉儒、树椿，我写了三封信。需要你们两个人送出去，你们两个做伴去，确保安全。没有问题吧？

张汉儒、韩树椿： 没有问题。

蔡公时： 我们要把我们的处境，这里听到、看到的情况，这里发生的一切传递出去。这第一封送到十王殿战地事务委员会张干夫秘书处，请其呈蒋介石总司令；第二封送外交部，交黄郛外长；第三封，送给战地事务委员会，交蒋作宾主任。要求他们即刻答复。

张汉儒： 明白。

蔡公时： 树椿，你是本地人，地址和道路都熟悉，语言也听得懂，带好路。快去快回！

韩树椿： 请主任放心。一定送到。

【张汉儒、韩树椿迅速来到公署大门口，准备外出送信，遭到把守在大门外日本士兵的强行阻挠和殴打。张汉儒、韩树椿不得已退了回来】

【伙夫王德禄准备外出购物也在大门口被日军拦截】

【张汉儒、韩树椿和王德禄找蔡公时汇报】

张汉儒： 蔡主任，我和树椿出不去门，信送不出去啊！

王德禄： 蔡主任，我打算出门买点米、肉和青菜，也不让出去。日本兵拿枪在门口堵着呐！已经中午了，大家还没吃上饭呐！

蔡公时： 我去大门口看看。

张汉儒： 蔡主任，您不能去，外面太危险了！

王德禄： 是啊。蔡主任，您不能去。

张汉儒： 日本兵非常凶狠！

蔡公时： 不行。我们必须把这里的情况汇报上去！我们要揭露日军的暴行！我们必须让司令部了解我们的处境！

【蔡公时不顾众人的劝阻，来到了交涉署大门口】

蔡公时： 【用日语与日本兵交涉】这里是战地政务委员会外交处山东

交涉公署，是外交部的派出机构，你们为什么要围困我们，切断我的电话线路，断绝我处与外界的联系？

日本士兵：现在街面上非常混乱。我们得到命令，为了保证你们的安全，你们任何人不得外出。至于切断电话线的事情，我们不清楚。

蔡公时：我们是国民政府的外交官，我们有外出行动的自由，有外出办事的权利，你们不得阻拦！我们的安全自然由国民革命军负责，不用你们操心。

日本士兵：我们得到的命令是“任何人不得出入”。

蔡公时：你们是在干涉我们的自由，你们是在侵犯我们的权利。我们外交人员更拥有自由行动的权利。

日本士兵：什么外交人员，统统不行！

蔡公时：你们为什么不讲道理？

日本士兵：我只服从命令。你们谁也不能出去！谁敢出来，我就开枪！【举起手里的枪，就朝天放了一枪】

蔡公时：你们是在犯罪！你以为这样就能吓住我们吗？妄想！

【枪声一响，有更多的日本兵围了上来。若想出去是不可能了】

张汉儒：【挡在了蔡公时身前】蔡主任，不要给他们说了。没有用的！

王德禄：就是。秀才遇见兵，有理说不清。何况他们是日本兵。

张汉儒：说不定蒋总司令会派人来联系我们的！

【蔡公时无奈返回】

蔡公时：汉儒、德禄，你们两个人去井里打点水来，给大家烧口水喝吧。

张汉儒、王德禄：是。

【下午4时许，20多名日军，手持步枪、掷弹筒等强行闯入山东交涉公署。蔡公时率交涉署的全体人员在院子里与日军形成了对峙】

蔡公时：站住！你们想干什么？

日军头目：干什么？我们现在要征用这个院子。我们要在楼上架枪、架炮，打击对面教堂内的北伐军。

蔡公时：岂有此理！这里是战地政务委员会外交处山东交涉署的办公

场所，你们无权进入！你们的闯入行为是非法的！你们的作战行为更是野蛮的，是在犯罪！请马上退出这里！

日军头目：现在是战争状态，什么非法不非法，犯罪不犯罪的。

蔡公时：战争状态？你们什么时候宣的战？我怎么没接到宣战书？你们这是不宣而战！卑鄙无耻！我要会见你们日本驻济南领事馆代理总领事西田畊一。我要问问他，是谁给下达的作战命令？为什么不宣而战？我要追究他的责任！我要把他、把你们这些战争贩子都押上审判庭！

日军头目：少吓唬我们。还追究责任，还审判！笑话！我们打了你们多少回了，你们也没能把我们怎么样，国际上没有人会给你们说话。别异想天开了！什么公平、正义，都是骗人的。

蔡公时：以前是以前，现在是现在。今天的事，我一定会追究到底。

日军头目：少废话。请让开道路，否则，休怪我不客气！

蔡公时：甭废话。我要会见西田畊一，我要知道是谁下的命令！你们必须从我交涉署退出！

日军头目：你难道就不怕死吗？

蔡公时：就是死，我也不会放你过去。

众交涉署人员：【怒吼】对！今天你过不去！

【双方怒目而视，对峙良久。此时，又跑来一个日本士兵，他在日军头目耳边低语。日军头目听完后，高喊】

日军头目：全体注意，撤退。

【日本士兵收起手中抢，向后退了出去】

第八场　何思源脱险

时间：1928年5月3日晚至4日晨

地点：济南纬二路纬三路山东省银行

人物：何思源、王昌明、林卓然、麦得功、赵超普

【场景：18：30，在第一集团军第四军团第四一军军部（济南商会）门口，原来用军装包堆成的临时防线已被拆除，公文担、子弹车已在门口排好，士兵也整好了队伍，正在等待出发命令。日军突然从后边开枪射击，士兵队伍一时大乱，士兵们纷纷向前跑去。大街上一片狼藉，有丢掉的公文担子，有散开的军服包，还有几只子弹箱】

【场景：林卓然等十几个人走出山东省银行大门，准备加入到士兵队伍中，与士兵一起南撤，何思源跟在后面给他们送行。一行人还没有走下银行台阶，就听到了枪声，然后就看到了大街上混乱的局面，一行人不得不又退到了银行里去】

【场景：日军随即占据了第四一军军部并马上开始了在邻近搜索。此时，天色已暗。何思源等人紧闭省银行的大铁门，然后分头隐藏了起来。日军几次试图打开银行大门都没有得逞，用手电筒照射了一阵，也没有发现有人。最后，日军向屋里面放了几枪就走了】

【场景：子夜时分，何思源把林卓然、王昌明、麦得功、赵超普等人集合到省银行的大厅，大家依然惊魂未定，人群中弥漫的紧张不安的气氛】

何思源：各位同仁，今天的事情大家都亲眼看到了，日本人毫无诚信，毒辣凶残，对我军民无端发动进攻和屠杀，最后却反咬一口，迫使我方做出让步，退出商埠。目前可以断定，我在商埠的部队都已南撤，去泰安集结了，所以，我们也必须想办法尽快撤离，去泰安。

麦得功：【怀疑】撤离？谈何容易。日本兵就在门外，我们怎么撤？

赵超普：【焦虑】这可怎们办啊？

【人群中一阵骚动】

何思源：大家不要着急，不要害怕，都听我说！

林卓然：肃静肃静！听何主任说！

何思源：办法我已经想好了。

【人群又是一阵骚动】

林卓然：肃静肃静！

何思源：今天晚先后共有六拨日军士兵试图进入我省银行，都未得逞。而这一切都发生在三个小时以前，目前门外毫无动静。现在已经进入下半夜了，说明日军士兵都已休息，因此我决定大家现在就撤离商埠。

赵超普：这能行吗？万一还日本兵不休息呢？不是还有岗哨吗？

麦得功：这银行里不是很安全吗？

何思源：没有万一。经过昨天一天的紧张战斗，日军士兵一定也很疲乏了，而且他们对商埠区已经反复搜索了三个小时了，肯定认为高枕无忧了！这下半夜将是日军士兵最放松时刻，他们根本想不到在他们的鼻子底下还有我们存在！在刚过去了三个小时里，日军什么动静也没有就是证明。

王昌明：有道理。

何思源：我必须告诉大家，此地不可久留！虽然日本人暂时没有能够进到银行里来，但天亮以后，日本人肯定会想尽办法占领银行。不要忘了，日军第六师团的司令部就设在了横滨正金银行。即使日本人不来，我们十几口人在这里吃喝的问题如何解决？如果再饿一天、渴一天，就是想撤离大家也没有劲头了，再者，我们一大群身穿革命军衣服的人根本无法出门上街，一旦出现在街上，立刻就会被击杀！夜长梦多，必须当机立断！

麦得功： 我明白了。我听您的！

赵超普： 我们都听您的！

何思源： 好。我告诉大家，一会儿悄悄地出大门，然后向西走——一定要注意隔壁济南商会日军的动静！到达第一个路口转向南，一直向前跑，不用五分钟你们都可以跑出商埠，远离日军的威胁。奔跑的时候请务必保持安静，不要掉队。把带响的东西，茶缸、水杯都用毛巾裹好，脸盆固定好，不要让它们发出声响。

林卓然： 好！就这么办！

何思源： 林卓然。

林卓然： 到。

何思源： 一会儿，你第一个出门，其他人跟在你身后。你要眼观六路，耳听八方，注意提前发现威胁，提醒后面的人。

林卓然： 明白。

何思源： 王昌明。

王昌明： 到。

何思源： 你体力好，跟在队伍最后，不要落下一个人。

王昌明： 明白。

何思源： 各位同仁要相互帮助，男同胞一定要帮一位女同志！

林卓然： 没问题。我们一定照顾好女同胞！何主任，您还是不跟我们一起走？

何思源： 是的，我暂时还不能走，我要留下。

林卓然： 不行！这太危险了！

何思源： 事已至此也只能这样了。我自有办法！服从命令。不要忘了我们的约定。

林卓然： 好吧。

何思源： 你把我的手枪带上。【解下身上的手枪递给林卓然】实在不行就开枪，掩护大家撤退。一句话，跑出商埠就是成功！出了商埠日本人也害怕，把大家一定安全带到泰安。我听不到枪声，就说明你们撤退成功。

林卓然：您放心吧！刚才您的一番分析，我心中有数了。

何思源：好。再给大家五分钟时间整理物品，五分钟后出发！打开大门以后，我先出去观察，看到我平伸手臂，大家抓紧出门，一个紧跟一个，不要停留。【把手臂平伸起来向大家示意】懂了吗?

众人：懂了!

【场景：何思源悄悄地打开银行大门，搬开堵在省银行门口的尸体，闪身出去，紧靠在门上，仔细观察着街上地动静。大街上满是横七竖八的尸体。尸体扭曲的身形显示出死亡之前的痛苦，在夜色下仿佛化作一只只厉鬼，散发着屈死的怨恨。济南商会门口一片死寂，杳无人影】

【场景：何思源平伸手臂。林卓然第一个跨出了大门，向西跑去，后面的人一个接一个地迅速跟了出去……】

【场景：5 月 4 日晨，天光大亮。何思源换上了便衣，把小黑夹袄当作马褂穿在外面，走出省银行大门，沿着商店房屋向西走。没走几步，何思源就听见后面一阵声响，原来是日军的摩托车从后面追了过来。摩托车上坐着两个日本兵，一人驾车，一人端着枪。何思源看到这时跑开是来不及了，干脆停下来装作寻人的模样，拨开一具死尸仔细端详起来。日军摩托车开到何思源的面前，见他像寻人的样子，就掉头开走了。何思源松了一口气，急走几步转到小巷里，绕道杆石桥门进入圩子城，从坤顺门进入了老城】

第九场　交涉署暴行

时间：1928年5月3日夜

地点：济南经四路纬五路原德国礼和洋行、战地政务委员会外交处山东交涉署

人物：蔡公时、张鸿渐、张麟书、谭显章、张汉儒、熊道存、韩树椿、姚成义、姚成仁、刘文鼎、周惠和、陈端成、黄继曾、傅宝山、张德福、姚志怀、王立泰、王德禄

【场景：山东交涉署全体人员在一楼会议室围坐，蔡公时讲话】

蔡公时：各位同仁，现在是晚上十点钟，我们来到这里已经十二个小时了。今天的这十二个小时是刀尖上的十二个小时！日军封锁我们，软禁我们，切断我处与外界的联系，强行闯入我署驻地，对我政府公然挑衅，是对我们极大的蔑视和侮辱。

今天的这十二个小时是滴血的十二个小时！日军疯狂进攻我北伐军驻地，枪杀我无辜百姓，犯下了滔天罪行！虽然我还不能确定今天究竟还发生了什么，但是我可以肯定，今天所发生的一切都是日本人蓄谋已久的，是有计划的、卑鄙的不宣而战！暴露了日本人对中国的野心！

日方切断了我署的电话线，阻止我署人员外出，就是想让我们变成聋子、瞎子，藉以掩盖他们的罪恶行径！西田畊一避而不见，说明他心中有鬼，做贼心虚！据我的观察，我们周围的部队已经陆续撤离了济南，不知道这是不是总司令部的命令。目前我们还没有接到战地政务委员会的撤退命令，而且我们的职责也不允许我们撤退。我们一定要坚守岗位，据理力争，为逝去的官兵、百姓讨一个公道。我们一定要忍辱负重，勤奋工作，广泛搜集人证、物证，为今天的惨剧保留住真相。

在这十二个小时里，大家没有能够吃上一顿饭，同志们吃苦了。孟子曰："天将降大任于斯人也，必先苦其心志，劳其筋骨，饿其体肤，空乏其身，行拂乱其所为。"这正说明同志们肩负着重任！疾风识劲草，考验我们的时刻就要到来了，更艰巨的工作还在后面，与日本人的冲突和对抗将不可避免！我相信，同志们一定能够经受住考验！

今天，时间已经不早了，大家睡觉休息吧。

【场景：晚 22：00 刚过，山东交涉署人员刚刚就寝。一队日本兵在两名日本军官、一名翻译官的率领下来到了山东交涉署的大门前，借口在交涉署门前发现了两具日军士兵的尸体，要求进入交涉署进行搜查】

【场景：门卫王立泰等拼命堵着大门。日本士兵于是爬上墙头，跳入院中，冲上来毒打门卫王立泰并试图打开大门。王立泰无奈，跑上三楼向蔡公时报告】

王立泰：报告蔡主任，有一队日本兵硬往院子里闯，我没有开门。日本兵跳墙闯进来了，您看怎么办？

蔡公时：走。去看看！

【刚刚就寝的蔡公时马上穿衣起床，来到了楼下大厅，挡住了破门而入的日军】

蔡公时：【愤怒地质问】站住。你们又要干什么？

【交涉署的其他工作人员也纷纷来到了大厅】

日军翻译官：刚才，我们在你们的大门口发现了我军士兵的两具尸体。竟然有人胆敢向皇军开枪，这是对皇军的公然挑衅！现在，我们要抓出杀人者，严惩不贷！

蔡公时：【高声喝道】这里是国民革命军战地政务委员会外交处山东交涉署，我们是外交人员，除了我携带一支手枪外，其他人员一律不携带武器。

我的手枪今天一枪未发。作为外交官，我可以保证门口的两具尸体与我署无关。请你们马上出去！

日军翻译官：空口无凭。我要搜查！

【日军士兵蠢蠢欲动】

蔡公时：【怒吼】住手！我是中华民国国民政府的外交官员，这里是山东交涉署，你们无权进行搜查。这件事情事关两国关系，必须由你们的领事前来交涉。

日军军官：现在，这里我说了算。给我搜！

【日军军官一挥手，50名日本兵如狼似虎地在署内行动起来。他们剪断电灯线，撕毁国民政府青天白日旗及孙中山画像，在手电筒的照射下，翻箱倒柜，强行搜掠】

蔡公时：我再说一遍。我们是国民政府外交官员，我署人员皆受国际法的保护，你们的行为是……

【话音未落，一个日本兵用枪托将蔡公时打翻在地】

蔡公时：【惨叫】啊！

张麟书：不能打人！

【日本兵又来打张麟书】

众人：【呼喊】不能打人。

日军军官：把他们都给我绑起来。

【日本兵不由分说，蜂拥而上，依仗人数众多，将18名工作人员剥去衣裤，每4～5人一组，全部捆绑起来，集中到了大会议室。蔡公时、张麟书、姚成义、周惠和被绑在了一组，日本军官端坐在房屋中间】

日军军官：你们枪杀了我的士兵，犯下了不可饶恕的罪行。

蔡公时：血口喷人！凭什么说我们枪杀了你的士兵，你搜查的证据呢？你们擅自闯入我交涉署，非法拘禁外交官，才是真正的罪不可恕！

日军军官：证据肯定是被你们藏匿起来了，不过查不到也没关系。今天，只要你跪下，向我们认罪，我就饶了你们。

蔡公时：我们中国人跪天、跪地、跪父母，怎么会向你下跪！

日军军官： 好。有骨气，不下跪！【冷笑】哼哼。我看你跪不跪？

【说话间，拉出了张麟书】

日军军官： 把他的耳朵、鼻子给我割去！

【两个日本兵不由分说，上来割去了张麟书的耳朵、鼻子】

张麟书：【凄厉惨叫】啊！

日军军官： 怎么样，跪不跪？

蔡公时： 我们是中国外交官，你残害外交人员就是对我国人的侮辱！我岂能跪你，我抗议！我要把你送上法庭！

张麟书：【强忍剧痛】说得好！蔡主任，他们是一群强盗、恶魔，我们不下跪……

【日军军官抬手一枪，打死了张麟书。日军官又拉出了姚成义】

日军军官： 怎么样，跪不跪？

蔡公时： 你们不但侮辱我外交官员，还虐杀他们，是罪上加罪。你们是一群禽兽、魔鬼，我绝不会向你下跪！

日军军官： 把他的耳朵、鼻子也给我割去！

【两个日本兵又割去了姚成义的耳朵、鼻子】

姚成义：【凄厉惨叫】啊！

日军军官： 怎么样，跪不跪？

蔡公时： 你是禽兽，是魔鬼！你不得好死！我不会向你下跪！

姚成义：【强忍剧痛】对。蔡主任，我们就是死也不下跪。

【日军军官抬手又是一枪，打死了姚成义。一个日本兵用枪托狠狠打在蔡公时的腿上。蔡公时的腿被打断了，扑倒在地，他又拼力挣扎着站立了起来，破口大骂】

蔡公时：【只能依靠一条腿站立，巨大的疼痛令蔡公时冒出了一身的虚汗，钻心的剧痛几乎令人晕厥】你们可以、可以打断我的骨头，打断我的腿，但是……但是，打不消……打不掉我们的骨气。士可杀不可辱！我就是死也不下会向你们下跪。

日军军官：【恶狠狠地】好吧。那我就让你死，让你永远也站不起来！

把他们统统处死！

蔡公时：各位同仁，残暴倭奴要处死我们，今天就是我们杀身成仁的日子。我们没有向敌人屈服，我们死得光荣，我们对得起列祖列宗。我们的血不会白流……

【一个日本兵冲上来，将蔡公时的耳朵割掉】

蔡公时：【惨叫】啊！小鬼子多行不义……

日军军官：把他鼻子给我割掉。

【日本兵又将蔡公时的鼻子割下】

蔡公时：【惨叫】啊！你们会遭报应的，你们不得好死！你们逃脱不了历史的审判。

日军军官：【恶狠狠地】把他的舌头给我割掉，把他的眼睛给我挖出来。

【日本兵突然将刀插进他嘴里，使劲旋了两圈，剜掉了他的舌头，并将其双眼挖出，他顿时全身血肉模糊，昏死了过去】

张鸿渐：小鬼子，你们不得好死，你们死有余辜！你们会遭到报应的！历史会审判你们！

【一个日本兵又对张鸿渐砍了一刀】

张鸿渐：啊！【惨叫一声，倒了下去】

【随后，日军一拥而上，对蔡公时等人采用割耳、削鼻、剜眼、割舌、断臂等极其残忍的手段进行了百般凌辱。山东交涉署瞬间变成了人间地狱，凄厉的惨叫声此起彼伏】

日军军官：把他们统统拉到墙下，枪毙。

【场景：日本士兵把交涉署工作人员分批驱赶到交涉署的院墙下并实施枪杀】

【场景：张汉儒一组被拖到墙根下。日本士兵举枪尚未开枪，张汉儒便向下倒去，因此张汉儒并未中弹。由于日本士兵切断交涉署的电线，加上夜色黑暗，交涉署内暗淡无光，墙根下更是黑暗无比，张汉儒的行为没有被日本士兵发觉。张汉儒借着黑暗的掩护偷偷地剪断绳索，趁日本士兵不注意，一跃而起，跳上墙头，飞身向外跳下，逃出了日寇的魔掌】

【场景：为了掩盖在交涉署的暴行，日本士兵用火焚烧了蔡公时等死难者的遗体并草草埋在了交涉署院内】

第十场 匪巢斗智

时间：1928年5月3日夜

地点：济南经五路纬六路横滨正金银行、日军第六师团司令部

人物：黄郛、斋藤浏、陈东、外交部工作人员若干名

【场景：黄郛、陈东等人被扭送至日本派遣军第六师团司令部的大厅，日军第六师团第十一旅团旅团长斋藤浏假惺惺地迎了上来】

斋藤浏：黄外长，您好。今天请您来没有别的意思，就是希望中日双方能就今天发生在济南的事件达成共识。

黄郛：请我来？笑话！你们日本人都是端着刺刀、拿着枪请客的吗？

【斋藤浏挥手，示意周围的日军士兵退下】

斋藤浏：请黄外长不要误会。中日正处于非常时期，我们这样做是为了保证您的安全。

黄郛：岂有此理！我在自己的国土上何来不安全？即便不安全，也用不着你来保护吧？

斋藤浏：黄外长，此言差矣！您听听这四处的枪声，中日正在冲突是不争的事实吧！请不要感情用事，您看看这份关于今日事件的《调查报告》吧，这是我们帝国政府将向世界公布的事件真相。

【黄郛读报告】

黄郛：中国军队煽动反日情绪、打砸日侨商店、抢夺财物、屠杀日本侨民、奸淫日本妇女、冲击日本驻济领事馆、攻击日本军队，日本军队被迫自卫反击……”一派胡言！

2月21日，我政府就晓谕各国政府，国民政府按照国际法，全力保护居留外国人之生命财产的安全。自4月初起兵以来，我军从未发生损害侨民与利益的事件。今天上午，你们的西田领事、酒井武官还亲口对蒋总司令说，我军军纪严明，秋毫无犯。为什么在报告中我军就成了一支乱军。你们口口声声地说要撤兵，为什么却对我军发动突然袭击，屠杀百姓，奸淫妇女。你们这是卑鄙无耻的强盗行径，这是阴险下作的不宣而战！这就是我方的共识。

我政府已经成立交涉署，切实落实保护侨民利益的事宜。你们为什么封锁我交涉署？一天来，我交涉署人员音信皆无，生死未卜！你就是这样保证我外交人员的安全吗？我作为中华民国的外交部长向你们提出最强烈的抗议！

斋藤浏：黄外长，纵使您巧舌如簧也没有用。我们只相信铁和血，只有强权才是真理。【撕去了伪装，言辞变得不再客气】今天，你必须在报告上签字。

黄郛：我是不会在这份报告上签字的。带我去见西田畊一，带我去见福田彦助！

斋藤浏：黄外长，不要敬酒不吃吃罚酒。今天这个字你签也得签，不签也得签。不签，你就休想走出司令部大门。来人，把姓黄的给我关起来。

同事甲：斋藤，你们干什么？我们是外交官！你们不能扣押我们，你们这是在践踏国际法。

【几个外交同事纷纷怒谴斋藤浏，据理抗争】

黄郛：【面向全体外交官员】各位同仁，今天这个报告颠倒黑白、强词夺理，诬陷我北伐军，栽赃我国民政府，签了字，日本就洗刷了罪责，我军民的血就白流了，我军民的命就白丢了！所以，这个字我不能签！

同事甲：坚决不签。黄外长我们支持您！

黄郛：我要见福田彦助，我要见西田畊一，我要与他们当面对质。

斋藤浏：黄外长，你可要想清楚，签一个字就可海阔天空哦。

黄郛：签一个字就可海阔天空？

斋藤浏：对！

黄郛：【若有所思】好。这个字我签，但是你要先把他们放了。

同事甲：黄外长，这个字不能签。我们不怕死。

同事乙：您刚才不是还说签了字我们的血就白流了吗？日本人洗刷罪责了吗？

黄郛：这个字我来签，一切罪名我来担，请你们先离开。

同事乙：不行！我们不走，您也不要签！

黄郛：我已经决定了。斋藤，请把我的同事送出你的防区。

斋藤浏：好！来人，把他们都给我弄走！

【副官带兵上，将外交部人员送走】

【副官来报，外交部人员已送出防区】

【黄郛沉着地拿起笔，在调查报告上签了一个“阅”字】

【斋藤浏拿起报告，脸上露出了得意的微笑】

斋藤浏：黄外长，您可以走了。

【普利门，北伐军防区，年轻的外交官等到黄郛外长。纷纷聚拢过来】

同事甲：黄外长，我们可把您等来了。

同事乙：黄外长，日本人没把您怎么样吧？

黄郛：你们看，我这不好好的吗？

同事丙：您真的在那份报告上签字啦？

黄郛：是啊！不然，我怎么能活着回来？

同事甲：真丢人！【脸上显示出鄙夷的表情】

同事乙: 你为什么要这样？这不为日本洗刷罪名了吗？这是卖国的行为。

黄郛：那可未必！

【众人满脸疑惑，黄郛刚要解释，天上传来了飞机的“嗡嗡”声】

【街上行人乱作一团，有人高喊：“日本人的飞机来啦！快跑啊！”】

黄郛：情况紧急！我必须抓紧向蒋总司令汇报，找时间再给你们解释。

【说罢，急忙向珍珠泉大院、国民革命军总司令部行署赶去】

第十一场　轰炸珍珠泉

时间：1928年5月4日清晨

地点：济南珍珠泉大院、国民革命军总司令部行署

人物：蒋介石、杨杰、熊式辉、黄郛、何思源、邵力子、陈果夫、蒋介石的秘书

【场景：清晨，济南城上空飞来两架日军飞机，扔下2枚炸弹，轰炸了珍珠泉大院内的国民革命军司令部】

【场景：蒋介石坐在珍珠泉畔的亭子里，惊魂未定。蒋介石旁边还坐着邵力子、陈果夫等。亭子外围站着几个荷枪实弹的卫兵，一副如临大敌的样子】

熊式辉：【向亭子走来】总司令，您在这呐！没有什么事情吧？

蒋介石：天翼啊，我没事。不知道炸弹是否造成了人员伤亡？

熊式辉：有一枚炸弹落在了后面的办公区，伤亡19个人，其中5人当场死亡，另外14人已送医院抢救。具体情况，随时报告。

蒋介石：一定要做好伤员的抢救和安置工作。

熊式辉：另有一枚炸弹落在了泉池里面，没有爆炸，所以才没有造成更多的人员伤亡！

蒋介石：这珍珠泉挽救了我们多少人的性命啊，是救命的泉啊！

熊式辉：总司令是福大命大之人。

邵力子：我看到是日本人的飞机扔的炸弹，一共两架。

【说话间，杨杰走了过来】

蒋介石：耿光，你来了，你如何看待日本人的飞机扔炸弹一事？

杨杰：扔炸弹是日本人有意为之，是直接针对着总司令的罪恶行动。其目的就是要破坏北伐，维护和扩大日本在山东的权益，进而谋求在中国的权益。日本人对中国的企图已是司马昭之心，路人皆知了！

邵力子：我完全同意杨参谋长的分析。由此可以推断，昨天的冲突也不是偶然的，而是蓄意而为。日本人真是狼子野心啊！

蒋介石：要逼我放弃北伐，破坏国家统一，日本人真是处心积虑、用心险恶啊！

熊式辉：因此，总司令要时刻注意自身的安全。

【秘书来报，黄郛外长回来了】

蒋介石：快走。我们去见一下。听说，他昨晚被日本人关押了一夜。

【在会议室，蒋介石见到了精神疲惫的黄郛】

蒋介石：膺白兄，让你受惊了。

黄郛：介石老弟！不瞒你说，昨天我真是蒙受了平生的奇耻大辱啊！我是被日本宪兵押解到日军第六师团司令部的！可是，福田彦助却拒不出面，毫无诚信可言。西田畊一也是避而不见，只是派斋藤旅团长与我交涉。斋藤骄横跋扈，傲慢无礼，根本没把我这个外交部长放在眼里！根本没有把国民政府放在眼里！对我方是极尽羞辱！

蒋介石：岂有此理！

黄郛：日本人起草了一份关于“济南事件”真相的声明，声明颠倒黑白，混淆视听，诬陷我军军纪涣散，抢劫财物，强奸日本妇女，首先开枪杀戮日本侨民……日军是迫不得已开枪还击，完全是自卫，要求我方为5月3日的“济南事件”负主要责任。

蒋介石：混账逻辑！

黄郛：日本人逼迫我在声明上签字，不签字就不放我回来。

蒋介石：你签字了，所以才被放了回来？

黄郛：我怎么可能在这样的文件上签字？所以才被关押了一夜！

蒋介石：您遭罪、受委屈了。日本人怎么放您回来了呢？

黄郛：最后，我答应签字。我也签了个字，但等于没签！

蒋介石：什么意思？

黄郛：我在日本人的声明上写了一个“阅”字！

蒋介石：阅？

黄郛：这个你懂得。这个签字并不代表我同意文件的内容。

蒋介石：【恍然大悟】有智慧！在刺刀丛中还能如此机智，不简单！

黄郛：日本人无中生有、无事生非，翻手云，覆手雨，制造了惊天的血案！在我回来的路上，随处可见我被杀的无辜军民。我今天也让他们领教一下被耍弄的滋味。

蒋介石：日本人自以为已超越了我中华，可他们就连中国文字的奥妙还没有参透！

黄郛：日本人口口声声要行王道，其实是在行霸道，他们距离王道还差着十万八千里呐！

【秘书来报，战地事务委员会政治部何思源主任回来了】

蒋介石：膺白兄，您先去休息吧。【黄郛从后门出】请何主任进来。

【何思源进来了，蒋介石起身迎接】

何思源：总司令好。

蒋介石：仙槎，你好。看见你能平安回来，真让人高兴。

何思源：我也很高兴。

蒋介石：政治部的情况如何？

何思源：我们政治部的人员已全部安全撤出了商埠。

蒋介石：太好了。

何思源：我因为要等中央政治学校学生宣传队的消息，被困在了山东省银行内。山东省银行距离日军驻地不足200米，我部队撤离后，日军多次试图进入银行搜剿，我与搜剿的日军几次就是一门之隔，处境十分危险！多亏银行大门坚固，日军才未得入内。今天上午，我化装走出银行向老城方向来，路上又遇到了日本兵，我的生死就在日寇一念之间！真是危险之至啊……

【正说话间，秘书忽然闯了进来，满脸惊恐。黄郛、杨杰、熊式辉、邵力子等也都跟了进来】

秘书：报告总司令，山东交涉署的勤务兵张汉儒逃回来了。

蒋介石：交涉署目前什么情况？蔡主任情况如何？

秘书：张汉儒说，蔡主任等十七位工作人员昨晚已被全部枪杀。蔡主任等在死之前曾被割耳、削鼻、剜眼、割舌、断臂……受尽了折磨。

蒋介石：【闻讯愕然】什么！全部被杀？

熊式辉：【震惊地】日本人太凶残了，竟然虐杀我外交人员！

邵力子：【愤怒地】屠杀我外交人员，天理难容，罪不可恕！

何思源：【愤恨地】日本人残暴无比，野蛮至极！

黄郛：【愤怒地】可恨至极！

蒋介石：【惊诧地】怎么会是这样！怎么会是这样！

黄郛：张汉儒是怎么逃出来的？

秘书：张汉儒是个勤务兵，日本人的注意力不在他身上。他事先藏了一把剪刀在身上，乘日军不备，剪开绳索，跳墙逃了出来。

蒋介石：张汉儒现在在哪里？情况如何？

秘书：张汉儒被割去了耳朵，浑身是伤，一夜东躲西藏，身体极度虚弱，已送医护室救治。

蒋介石：知道了。告诉医务人员抓紧救治，确保张汉儒的生命安全。

秘书：是。【秘书退下】

蒋介石：一天来发生的事情大家都看到了，日本人采取了种种手段来刺激、挑衅、侮辱我方，甚至不惜用投掷炸弹的方法激怒我，千方百计地想挑起中日争端，从而达到他们破坏北伐进而占领中国的目的，一副不择手段、不达目的誓不罢休的样子。我们的北伐一定是激怒了日本人，面对这样的局面，大家看看，我们该如何应对？

杨杰：您已经说得很清楚了，日本人旨在破坏北伐，进而谋求在中国更多的利益，假如我们怒而反击，将引发我方与日本的全面冲突，这就中了日本人的圈套了。因此，针锋相对的做法就是不为所动，继续北伐。

邵力子：现在与日本开战，我们完全有可能消灭在济南的日军，但是，我们很难赢得对日本的全面胜利。

杨杰：即便能够胜利，那也将是一场持久战，是一场惨胜。

蒋介石：赔上老本，我们就没有争天下的资本了！

熊式辉：的确，贸然与日本开战，不会有好的下场，反而坏了我北伐大计。我也认为应绕道济南，继续北伐，不要在济南与日本人纠缠。

蒋介石：道理大家都说清楚了。我决定，北伐军司令部明天撤出济南，前往泰安；山东省府机关人员、济南市府机关人员也一并撤出，前去泰安安置。至于是否继续进行北伐，明天见到冯玉祥后，我们召开会议再行商定。

第十二场　党家庄会议

时间：1928 年 5 月 5 日下午 3 时

地点：济南西南郊党家庄清真寺、第一集团军司令部驻地

人物：蒋中正、杨杰、朱培德、熊式辉、黄郛、蒋作宾、冯玉祥、王正廷、崔士杰、方振武、贺耀组

【场景：济南党家庄清真寺礼拜堂，蒋介石召集的干部会议正在进行。由于“五三惨案”的刺激，北伐军攻占济南带给蒋介石的成功与喜悦已经荡然无存，心中充斥着的是挫折和痛苦，倍感失落；又由于牙痛病的困扰，蒋介石整个人变得颓废低迷，讲话有气无力。整个会场气氛压抑】

蒋介石：自北伐起兵以来，我各路大军连战连捷，战果辉煌。我南京国民政府也获得了英、法、美等国家的认同。我们虽然是大国，但却是弱国。从国力来说，我们无法与欧美诸强相抗衡，处在大国的夹缝中，我们只有采取合纵、连横之策，利用大国之间的矛盾求得生存，谋求发展。这是真正的“以夷制夷”，还望各位充分理解。

5 月 3 日之事想必大家都是清楚的，种种迹象表明，这是日方有意为之。日方千方百计地破坏北伐，阻挠统一，妄图使我中国继续处于分裂割据状态——一个分裂的中国是无法与日本抗衡的！这也就是说，目前我们还没有全面对抗日本的资本。在此，我要强调，我军将继续执行不抵抗政策，对日军的挑衅“不抵抗、不还击”，要避免掉入中日战争的陷阱！我们需要的是统一，需要的是时间，需要的是发展的时间！我们需要的是等待时机，等到中国强大的那一天，“五三之耻”我们一定会洗雪！看看大家还有什么意见。

方振武：我有意见！我认为，对于日寇的进攻必须坚决抗击。从国力上说，我们是不如日本，但就济南地区的力量来说，我们处于绝对优势。我方完全有能力消灭入侵济南的日寇。

贺耀组：我同意方总指挥的主张，对日寇的进攻要坚决予以还击。5月3日当天，我已经给日本人一个教训了。

蒋介石：我提醒大家，要从长远、从全局的角度去认识问题！我们可以打败济南的日军，但是，我们有把握打败日本吗？没有。既然不能打败日本，我们何必去与日本人纠缠？在国内军阀没有消灭之时，不要为自己再树立一个外敌。否则，其结局必然是招致革命的失败。

方振武：革命就是要打倒军阀、打倒帝国主义，实现民族独立，践行三民主义，让国人生活得幸福、有尊严。不抗击日寇，我们的民族独立如何实现？国人的尊严何在？我们革命的意义何在？不抗击日寇打倒帝国主义就是一句空话，就是背叛革命。

杨杰：革命的任务艰巨而漫长，我们必须分出轻重缓急。当前，消灭北洋军阀才是头等大事。日本帝国主义的血债必须清算，但是，目前我们不可莽撞。我们不是停止使用打倒帝国主义的口号了吗？！我们终有一天会与日本算账，但绝不是当下！

贺耀组：我们消灭掉济南的日军，我想日本政府未必再敢出兵。事在人为。不打怎么知道打不过！

杨杰：我军一旦进攻济南的日军，日本肯定继续出兵山东，扩大事端，中日战事必起！中日两国实力悬殊，我军难以取胜，这是不争的事实。而我方与日本的争斗将让北京的张作霖政权坐收“渔翁之利”。中国仍将分裂，军阀仍将横行，民生仍遭涂炭；百废不兴，国力不举，国威难振。

蒋介石：是的！与日军开战是军事冒险，是拿国运作赌注！古人说得好：“小不忍则乱大谋。”我们今天采取对日本的不抵抗政策，是为了将来更好地洗雪“五三惨案”之大耻。如果现在抗击，我们迎来的不是胜利、不是扬眉吐气，而是更大的失败、更大的损失、更大的屈辱，因此，我们必须卧薪尝胆。“君子报仇，十年不晚。”

贺耀组： 现在日本人把我列为“五三事件”的元凶，要求惩治。不知总司令如何处置啊？

方振武： 我也是首恶之一，不知道总司令将如何发落？

蒋介石： 我方将继续安排人员与日方谈判交涉，我们将极力维护二位将军的利益和声誉，免除二位将军的责任。

贺耀组：【愤恨】我咽不下这口气。我们挨了打，还不能还手，就这样被欺负，太便宜日本人了！如果能打击日本人，就是撤我的职我也认了。

蒋介石： 我们不能逞匹夫之勇，图一时的痛快。我们的抵抗会给国家和民族招致更大的灾难和痛苦。

冯玉祥： 总司令只说了对日本的不抵抗，不知总司令对北伐有何指示？下一步该如何行动？来济南的路上，我看到有大批部队在南撤？

【众人的目光全都集中在了蒋介石的身上】

蒋介石：【愣了一会儿，缓缓说道】部队南撤是有计划的。在济南，部队没有能够得到很好的休整，现在撤退到泰安进行休整，恢复部队的战斗力。日寇如果南来，就在泰安以南同日本人打。

王正廷： 可是如果日寇不南来，总司令可有打算？

蒋介石：【神情落寞，言不及义】部队奋战一个月，急需休整。对日仍以和谈为上。

冯玉祥：【坚定地】我认为，当前头等大事还是北伐，不得拖延！早日完成北伐是我党四届二中全会确定的任务啊！

王正廷： 我主张继续北伐，尽快消灭北京政权的残余势力，占领北京，根除日本将来侵略的凭借。

冯玉祥： 对。只要我们占领了京津地区，国家就将迎来统一！国民革命政府一统天下，日本人除了自行撤退以外，没有别的选择。

杨杰： 冯将军，你看我们避开日本人，“绕道济南，继续北伐”如何？

冯玉祥：为什么不？北京方面早已表示，只要北伐军向京津地区前进，奉军即撤至山海关之外，这对于实现国家统一是多么难得的机会！这是真正的“不战而屈人之兵”嘛！

杨杰：的确。机不可失！“绕道济南，继续北伐”，早日促成国家统一正当其时！

蒋介石：既然焕章兄坚持北伐，我同意“绕道济南，继续北伐”！可是我第一集团军主力连续作战将近一个月，将士们已十分疲劳，急需休整，因此，不得不从济南南撤泰安，“继续北伐”需要假以时日。

冯玉祥：我明白，您的队伍大都来自南方，来山东本来就水土不服，加之连续作战，继续参加北伐难度巨大。可是，北伐已进入最关键的时刻，胜利就在前面，岂能功败垂成！我第二集团军愿意接替第一集团军在鲁北、京津地区的作战。

蒋介石：【顺水推舟】好！那就烦请焕章兄在军事上负责下一步北伐，在鲁北、京津地区的作战主要交由第二集团军完成，如何？

冯玉祥：【蒋介石的话正中下怀】当仁不让。下一步的北伐作战就交给我第二集团军吧。日本人错误地认为，我北伐军非控制铁路就不能前进。这实在是对我北伐军缺乏了解！我军无重武器，很多武器马拉肩扛即可，运输所需车辆有限；粮食可从运河运送，我军离开了铁路仍能进军。日本人的“小九九”打错了！

蒋介石：既然如此，“兵贵神速”，还请焕章兄尽快行动，不要让日本人的如意算盘得逞。我第一集团军总预备队未曾参战，无需休整，可一马上跟进参加北伐。李宗仁的第四集团军已经集结完毕，也可以迅速跟进，配合你的作战。

冯玉祥：虽然避免与日本开战，但对日交涉还需继续进行，必须对让日本对五月三日事件的真相、出兵山东有一个交代，请政府方面予以全盘考虑。

蒋介石：【看了一眼黄郛，黄郛没有反应】您知道，我政府对日外交精英已于五月三日罹难，目前暂已无人员可派。

王正廷：对日交涉工作必须尽快进行，要防止日军再生事端，阻挠我北伐大军的下一步行动。

冯玉祥：因此，我准备派我集团军参议崔景三先生全权负责我集团军的对日交涉事宜，不知总司令意下如何？

蒋介石：景三先生是我赴日留学生中的佼佼者，不仅对日本军界、政界甚为熟悉，而且对外交事务颇有心得！如果能屈尊负责对日交涉事宜，我自然求之不得。

崔士杰：总司令过誉，崔某实不敢当。如果政府需要我与日本人交涉，即使赴汤蹈火也在所不辞。我不能让日本人欺负我国中无人，看了我们的笑话。

蒋介石：真乃国士。佩服，佩服！我任命你为战地政务委员会外交处山东交涉署主任，接替痴公的工作。我第一集团军对日交涉事宜也交由景三先生全权处理。任命先以军令代替政令，政令随后补发。

冯玉祥：好。既然如此，还请景三先生尽快动身，赶赴济南城。

蒋介石：站台上有一台机车和一节客车车厢，景三先生可乘车前往济南。

崔士杰：好。只要车辆准备好，我随时可以出发。

第十三场　面授机宜

时间：1928 年 5 月 5 日下午

地点：济南党家庄火车站、蒋介石专列办公车厢

人物：蒋介石、李延年

【场景：济南城西南郊、党家庄火车站。国民政府军事委员会主席、国民革命军全军总司令蒋介石专列办公车厢】

传令兵：报告，李延年团长到。

蒋介石：【怅然若失，强打着精神】请他进来。

李延年：【走进办公室，敬礼】总司令好！第一军第二师第五团团长李延年向您报到。

蒋介石：【起身迎接】哦，吉甫啊。你我还是师生相称吧，不必拘礼。请坐！

李延年：是！校长。

【蒋介石、李延年分主、宾落座】

蒋介石：吉甫，你是山东广饶人，还曾在济南读过书，对吧？

李延年：是的，校长。您的记性真好！

蒋介石：北伐开战以来，我黄埔学生身先士卒，奋勇拼杀，指挥有方，涌现了一大批人才。你李吉甫就是其中的一个，年青的少将，是最年少的之一。你是黄埔的骄傲！我怎能不记得呢？！

李延年：承蒙厚爱，全仗校长的栽培！

蒋介石：【情绪兴奋，兴致升高】广饶是孙子的故乡，你是孙子同乡！看来，你骁勇善战不是偶然的。临淮关一战，你坚持己见，大胆进攻，像一把匕首撕开敌军的防线，扭转战局，终获全胜，堪称“将在外，军命有所不受”的典范，为我《孙子兵法》又增添了精彩的一笔啊！

李延年：侥幸一胜，校长过奖。孙子曰：“战胜而天下曰善，非善之善者也。”“善用兵者，修道而保法，故能为胜败之政。”临淮关一战，涉险取胜，“天下曰善，非善之善者也”。

蒋介石：“善用兵者，修道而保法，故能为胜败之政。”好！真说到我心坎里去了。本次北伐，事关国家统一、民族独立和国家的前途命运，起兵一个月来，我军所向披靡，敌寇望风而逃，北伐的全面胜利指日可待。不曾想，日本人横加干涉，出兵山东，寻衅挑战。两天前，进攻我正在休整中的队伍，疯狂屠杀我无辜百姓，虐杀我外交人员，制造了骇人听闻的血案！这是对我中华民族巨大的蔑视和羞辱。面对日寇的挑衅、进攻和屠杀，我也想反击、回击，以血还血，以牙还牙。这恐怕也是士兵们的想法吧？

李延年：是的。我团官兵个个跃跃欲试。只要校长您一声令下，定让日寇有来无回。

蒋介石：我又何尝不这样想呢？！可是，你们可曾想过，我军与日寇开战的后果？

李延年：还请校长赐教。

蒋介石：日本人的如意算盘是：首先全面控制东北，继而鲸吞中国，谋求称霸世界。因此，日本出兵山东，其意绝不只是山东，而是阻止一个统一的、强大的中国出现，防止一个强大的对手出现！可见，一旦济南战事开启，我们就落入了日本的圈套！我们必将面临与日本的全面战争。从当前看，虽然我军完全有能力消灭当面之敌，但是，从长远看，我们就是举全国之力也无法打赢与日本的战争。更何况当前我们国家军阀割据，内战不止，如何能够“修道而保法”？又怎么可能“为胜败之政”呢？此时开战无异于引火烧身，自取灭亡。

李延年：【疑问】那我们该怎么办？

蒋介石：目前，张作霖政权已是风雨飘摇，国家的统一迎来了最好的时机！机不可失！因此，我决定对日本采取“不抵抗政策”，暂时忍耐退让，争取早日实现统一，创造“立于不败之地”的条件，最终战胜日本。

李延年：学生受教。不抵抗是为了避免败亡，积蓄力量，等待时机，以图再起！

蒋介石：正是此意！当前的首要任务是完成北伐，推翻张作霖政权。我决心已定，“绕道济南，继续北伐”！

李延年：校长真是用心良苦。

蒋介石：为此，我想让你团接替第三团承担把守济南城的任务。具体任务就是守住济南城，牵制住在济南商埠的日军，掩护我大军渡河北上；同时，保护山东省、济南市的政府机关及人员安全撤出济南。对日军要做到不求战、不挑战，遇到日军的挑衅要隐忍为上，避免战事扩大以至于影响北伐大计。目前，我方正在与日本方面密切接触，进行外交谈判，还请英、美的领事从中调停，我想我们一定能谋得和平。因此，我相信日军不再会向我军发动进攻。只要我军渡过黄河、政府机关全部撤出济南，你的任务就完成了。你有什么意见吗？

李延年：我充分理解校长的苦心，坚决服从命令。但是，作为军人我要做最坏的打算，我可能还要“君命有所不受”。

蒋介石：战场局势瞬息万变，你可以相机而动，但是“隐忍避战，严防事态扩大”是第一原则，也是最高原则，不得违反。

李延年：学生明白！

蒋介石：之所以让你把守济南城，不仅是因为你熟悉济南情况，治军有方，足智多谋，骁勇善战，更重要的是你既能贯彻命令，又善于权变，常出奇兵。我相信，济南将是你展现军事才能的又一个舞台。

李延年：感谢校长的信任！

蒋介石：临危受命，毫无惧色，从容面对，真是大将神采。

李延年：学生一定竭尽全力，完成任务。

蒋介石：好。同你一起把守济南城的还有方振武的第四二军第九十一师第二团，团长邓殷藩。济南卫戍副司令由第四一军副军长苏宗辙兼任，希望你们能精诚团结、通力合作。

李延年：知道了。明天我团就入城换防。

蒋介石：你和你的部队至少要固守三天。你还应该知道，三天以后我几路大军皆撤离济南，你在济南就是一支孤军，一定要等到人员安全撤离，日军真正向你部进攻之后，才可以向泰安方向撤退。既要完成任务，还要把队伍带回来！

李延年：学生明白。日本人不进攻，我们不撤退，掩护人员撤离，牵制住日军；如若日军进攻，我要与之周旋三天，严防事态扩大，把队伍带回来。

蒋介石：非常正确。还有什么困难和要求吗？

李延年：没有别的要求，只是恳请第三团在与我团换防时将其所携带的弹药尽可能地多留下一些。

蒋介石：这个不成问题。

李延年：请总司令放心，我团定当恪尽职守，尽忠报国。

蒋介石：好。我马上南下泰安。我将在泰安成立山东省政府，济南市政府也将迁至泰安办公。我希望在泰安再次见到你。不对。我相信在泰安一定能见到你！

李延年：是。【敬礼】

第十四场　铁公祠动员

时间：1928年5月7日晨

地点：济南大明湖北岸、铁公祠

人物：李延年、刘永强、黄云山、毛丰、王凤池、张震环、郭德芳、周长义、其他连长以上军官

【场景：李延年部换防入城】

画外音：5月6日晚，第一集团军第一军团第一军第二师第五团在团长李延年带领下，从原防地东城及东关一带撤出，转入济南老城和西圩子城，全面接管了第一集团军第一军团第一军第二师第三团的防区。李延年团原防地由第一集团军第四军团第四二军第九十一师第二团即邓殷藩团接防。

【场景：5月7日晨，第一集团军第一军团第一军第二师第五团的营、连级军官在团附刘永强率领下从大明湖西南门向坐落在大明湖北岸的铁公祠走来】

【场景：军官队伍走进了铁公祠】

刘永强：全体注意，休息10分钟。10分钟后，在此集合。解散！

【队伍散开，军官们四处走动观看美景、碑帖】

王凤池：“四面荷花三面柳，一城山色半城湖。”这副对联原来在这！

张震环：这对联说的啥呀？

王凤池：描写的是济南城的风景，团长说的。

毛丰：今天这柳色真不错，只是还没有荷花！

张震环：看荷花，那要等到七月了。

毛丰：那我们就在这里守上三个月。

【众人笑】

王凤池：这大明湖的风景真不错！难怪团长讲起来带劲儿啊，别说守三个月，就是守一辈子也值了！

黄云山：我想团长叫我们来，肯定不是看风景吧。

毛丰：看，团长已经在祠堂前等候了。

刘永强：【高喊】全体注意，集合！

【各军官迅速在铁公祠堂前列队】

刘永强：报数。

【众军官开始报数，一、二、三……】

刘永强：报告团座，本团连以上军官全部到齐，请您训话。

李延年：各位弟兄，早上好。我想诸位都是第一次来济南吧？

众军官：是。

李延年：也是第一次看到这明湖美景吧？

众军官：是。

王凤池：报告团座，“四面荷花三面柳，一城山色半城湖”是不是就是说的这里？

李延年：【情绪激昂】是的。这就是济南，我们美丽的家园！可是，就在不久前，这个家里来了一群不速之客——日本军人。几天以来，他们烧杀抢掠，奸淫妇女，无恶不作，犯下滔天罪行，欠下了我们中国人又一笔血债。不但如此，他们还要把我们赶出家园，把家园从我们的手中夺走！你们说，答不答应？

众军官：【齐声呼喊】不答应！

李延年：【铿锵有力】对！我们决不答应！我们要用鲜血和生命保卫我们的家园。几天以来，弟兄们都看到了日军的骄横、凶狠和残暴，看到了日军无信、无耻和卑劣。如果日军胆敢进攻、挑衅，我们必须给予坚决打击，要让日军有来无回！

刘永强：对。要让日军有来无回！

李延年：【深情地】今天，我请大家到这里来，就是让你们认识一位保卫济南城的英雄。他就是曾经的济南太守——铁铉。他曾率领济南军民坚守孤城长达三个月，攻城的部队无计可施，只好撤围而去。因此，铁铉也就成了济南城的“守护神”。后人修建铁公祠，就是要弘扬铁铉身上的忠诚、坚贞和大无畏的牺牲精神。

黄云山：团座，请放心，今天，我们就是济南城的“守护神”！我们一定像铁铉一样，与济南共存亡！

众军官：对！誓与济南共存亡！

李延年：【坚定地】弟兄们，我们的任务就是要守住济南城，掩护省、市地方机关以及老百姓撤出济南城。我们要牵制住日军，掩护我大军继续北伐，完成国家统一大业。

张震环：报告团座，我连士兵说了，只要让我们打日本，我们三年不拿饷。

郭德芳：什么拿饷不拿饷的！报告团座，生为军人，死当为国。我连将本着“有敌无我，有我无敌”的精神和决心，与日寇拼一个你死我活。

周长义：这几天发生的事，我们都听到和看到了。日本人实在是欺人太甚！我连的战士一个个义愤填膺。可是，上峰命令不让还击，战士们憋坏了。现在，我们终于可以杀敌报国了！我连将坚决抵抗，奋战到底。

李延年：各位弟兄，请务必告诫我们的战士，我们不求战、不挑战，但我们也不怕战！如果日寇敢于挑衅，我们必须针锋相对，坚决回击。请务必告诫我们的战士，有英勇无畏、奋勇作战、敢于牺牲的精神固然可嘉，但更要保护好自己，去打击更多的日寇。大家要明白：打是为了不打，只有用战争才能制止战争，只有用战争才能赢得和平！

众军官：明白！

李延年：好！现在，我布置各营防区与作战任务。一营长！

黄云山：到！

李延年：一营的防区是圩子城从西小北门、永镇门、普利门、林祥门至永绥门一带，主要防御商埠方向的日军。

黄云山：是!

李延年：二营长!

毛丰：到!

李延年：二营沿永绥门、新健门、岱安门一线布防，主要防御从南向进攻的日军。同时，掩护山东省政府、济南市政府各机关和百姓从南门出城，向泰安转移。

毛峰：是!

李延年：三营上内城城墙，构成第二道防线并充当预备队。

三营长：是!

【突然，天上传来“嗡嗡”声】

毛丰：是飞机，日本人的飞机。

黄云山：听声音，这应该是架侦察机。

李延年：弟兄们，侦察机的到来，就是大战在即的信号。我要求你们现在就进入作战状态！为了安全起见，我将不再召集大家开会。现在马上以营为单位分散隐蔽，一营去东走廊隐蔽，二营去南走廊隐蔽，三营到西走廊隐蔽，待侦察机走后，以营为单位立即分头返回驻地，马上进行战前动员，以最快的速度构建防御阵地。大家还要注意：不要暴露军队的驻扎地，提防日军的偷袭。

众军官：【齐声回答】是。

李延年：各营长随我进沧浪亭，就作战细节进行协调，完善作战方案。分头行动!

【各位营军官迅速散开，躲入连廊内，规避日军侦察机。各位营长走进沧浪亭，继续聆听李延年部署守城作战方案】

李延年：刘团附，请你将我团守城方案向卫戍副司令苏宗辙报告并通报十一军第二团团长邓殷藩，协调双方作战行动。

刘永强：是。

【敌机在济南城市上空盘旋了数周之后，向西飞去】

李延年：敌机飞走了。各营长率本部人员返回驻地。

三位营长：是。

第十五场　最后通牒

时间：1928年5月7日下午

地点：济南经五路纬六路横滨正金银行、日军第六师团司令部

人物：福田彦助、黑田周一

【场景：横滨正金银行，日本派遣军第六师团司令部，第六师团师团长福田彦助中将正坐在办公桌后面，仔细端详着日本国内发来的电报。师团参谋长黑田周一大佐在办公桌前一侧的沙发上沉思静坐】

【场景：福田彦助看完电报后，一副丧魂落魄的神情】

福田彦助：【对黑田周一说】国内刚刚发来电报，对昨天我们与蒋介石政府达成协议非常不满。

黑田周一：电报怎么说?

福田彦助：说我们“没有达成出兵山东的战略目标”，说我“身为主将，为何竟把蒋介石给放走了，实在有损皇军的威信”，要求“我军仍按照既定的计划进行”。

黑田周一：【失落、无奈】这谈何容易！蒋介石逃出了济南老城，老城内的北伐军了了无几，我们的作战目标在哪?

福田彦助：【恶狠狠地】事情还没有完，我们还有机会挽回。蒋介石虽然逃出了济南老城，但是还没有离开济南府，济南老城内还有北伐军。我们还大有文章可做。

黑田周一：您打算怎么办？

福田彦助：我们必须采取新的进攻行动。要用更猛烈、更凶狠、更残酷的打击把事态闹大，要让蒋介石发狠、发怒、发狂，与我军大打出手。只要蒋介石的军队与我军搅在一起，我们就成功了。

黑田周一：这难度也太大了！要知道，目前，我们师团会同来自天津的“济南临时派遣队”也只有3300多人，而且重炮和坦克还没有能够全部到位，仅是一支轻装部队。而我们面对的却是拥有数万之众的北伐军，他们可不是张宗昌之流的乌合之众。何况在城市巷战中，我军为数不多的坦克和重炮发挥不了应有的作用，我军机动作战、各兵种协同作战的优势更是无从发挥。实际上，我们是在以小搏大、以少胜多！是真正的以一当十！

福田彦助：是啊。可是我们的苦衷谁又能够体谅呢？

黑田周一：我们俘虏了1700多名北伐军士兵，将北伐军逼出了商埠，全面控制了商埠、济南的火车站和济南的黄河渡口，初步完成了阻止北伐军北上的任务，这不能不说是战果辉煌。这一点政府和军部应该是清楚的。

福田彦助：可是，这与完全阻止北伐、防止支那统一的战略目标相去甚远。佐佐木传来情报，蒋介石已经作出了“绕道济南，继续北伐”的决定。

黑田周一：真想不到蒋介石能如此隐忍，撤离济南，不改初衷，绕道北伐！蒋介石真是能屈能伸啊！

福田彦助：是啊！北伐军不依赖铁路向北进军确实也出乎我们的意料。蒋介石确实给我们出了一个难题。

黑田周一：我们的兵力主要集中在火车站、铁路桥和黄河渡口一带，因此，要阻止绕道北上的北伐军，以我们目前的兵力肯定是不可能完成的。

福田彦助：明知不可为而为之！这才是我第六师团。

黑田周一：您将如何行动呢？

福田彦助：目前，内阁已做出了第三次出兵山东的决定。在国内，第三师团正在集结；在满蒙，关东军派出的一个旅团也正在向济南赶来；在济南，我们的重炮部队正在不断抵达。

黑田周一：您是说，等到人员齐整，给北伐军以致命一击？

福田彦助：不！“杀鸡焉用宰牛刀。”我要赶在援兵到来之前发动进攻，击杀蒋介石，攻占济南老城，彻底控制济南。派出骑兵部队占领、封锁济南一带更多的黄河渡口，阻止北伐军渡河北上。

黑田周一：击杀蒋介石，进攻济南老城，封锁黄河渡口，您这是要三箭齐发！

福田彦助：对。我第六师团要抢夺占领济南、阻止北伐的头功。

黑田周一：将军真是“将在外，君命有所不受”的典范。您将如何完成“击杀蒋介石，进攻济南老城，封锁黄河渡口”这三大任务呢？

福田彦助：根据情报，目前，蒋介石正在西南郊党家庄停留，而他的嫡系第一集团军的大部已经南下，第一集团军的预备队、第二集团军的大部正在北上渡河，或着绕道渡河，西南郊的党家庄一带防守薄弱。

黑田周一：您要派部队攻打党家庄？

福田彦助：【信心满满】是的。击杀蒋介石是头等大事！明天一早偷袭党家庄，如果能够一举击杀蒋介石，我军出兵山东就算大功告成。

黑田周一：【且喜且惊】妙！妙！这真是一招妙棋啊！如果能击毙蒋介石，支那将又会陷入群龙无首的境地，统一又将变得遥遥无期，这将是多么美妙的一个结局啊！可是，这又是一招险棋！党家庄距商埠有10公里之遥，而且是丘陵山路，我军的进攻恐怕难以达成突然性，相反，我军有可能陷入北伐军的包围。如果济南城的守军乘机出击，我军有可能失去在济南的立足之地，这是将一个非常凶险的结局。

福田彦助：【摇头】此言差矣！别忘了蒋介石给部队下达的命令“不挑事儿、不进攻、不反击，隐忍为上”，守军怎么会主动出击？因此，我军的行动将绝对自由，不会受到阻碍。同时，我军训练有素，长途奔袭10公里后即可迅速投入战斗。面对突如其来的打击，毫无防备的北伐军肯定会慌作一团，不待他们反应过来，这党家庄就已是我们的囊中之物了，一定要让蒋介石命丧我手！哪里会有危险呢？

黑田周一：这么说来您已经是成竹在胸了。

福田彦助：对，我已形成一个作战计划。

黑田周一：说说看。

福田彦助：第一，你马上起草一个最后通牒，要求蒋介石12小时内作出答复，否则我军将发动攻击。

黑田周一：最后通牒都提什么要求呢？

福田彦助：一、5月3日以来，北伐军犯下骚扰及暴行部队之高级武官，须严厉处罚。二、对抗我军之北伐军的部队，须在日军阵前解除武装。三、在北伐军统辖区域之下，严禁一切反日宣传。四、北伐军须撤出济南及胶济铁路沿线两侧20华里之地带，以资隔离。五、为监视以上事项之实施，须于12小时以内开放辛庄及张庄之营房。以上事项，须于12小时以内答复。

黑田周一：这样的内容太苛刻了，尤其是第四条，“北伐军须撤出济南及胶济铁路沿线两侧二十华里之地带，以资隔离”。这可是关东军当初在满蒙的要求！诚如此，山东很快就会变成第二个满洲。

福田彦助：我们就是要提出苛刻要求，攫取在山东的更多权益。

黑田周一：这样的内容，让蒋介石12小时内作出答复，这根本不可能啊。

福田彦助：最后通牒不过是找一个借口。不论蒋介石答应与否，我们都将发动进攻，也只有如此，我们才能实现出兵山东的战略目标——长期控制山东，介入支那事务。我们才能向军部和政府有个交代！总之，不论蒋介石接受与否，他都将在劫难逃！

黑田周一：这真是老谋深算的一招。

福田彦助：第二，命令第四十七联队，明天拂晓向党家庄进发，对党家庄发起突然袭击，务必击杀蒋介石！

黑田周一：为了确保任务完成，我建议把我师团现有的六门重炮都调往党家庄方向，加强攻击力量。

福田彦助：对。还要把骑兵中队从黄河渡口抽调过来。

黑田周一：好。这样蒋介石可真是要一命呜呼了！

福田彦助：第三，为了确保对党家庄突袭行动成功，命令第十三联队明天拂晓时分向济南城发动进攻，策应第四十七联队的行动。同时，派出飞机对济南老城内的重要目标进行轰炸，牢牢地牵制住济南城内的北伐军，让他们无法增援党家庄。

黑田周一：明白。

福田彦助：济南城的守城部队情况如何？

黑田周一：负责济南城防御的是李延年、邓殷藩两个团。李延年是黄埔一期毕业生，虽然年轻，却是个能征惯战的狠角色，已是少将军衔，不可小觑。邓殷藩虽然不是蒋介石的嫡系，却也不是个等闲之辈，是块难啃的硬骨头。

福田彦助：你怎么能长他人的志气，灭自己的威风？

黑田周一：我的意思是必须高度重视济南方向的守敌。北伐军再能打，也不是我军的对手。

福田彦助：对！要明确，对济南的进攻既是牵制性的进攻，也是志在必胜的战役。

黑田周一：明白。李延年团防守城西，战线恰好面对我商埠大军。

福田彦助：好，我们就把李延年部作为我军主攻对象，要让李延年领教一下我们的厉害。我们一定要打痛李延年！打痛了李延年，就打痛了蒋介石，他就会知难而退。我要让济南变作一块磁石，牢牢地吸引住、牵制住北伐军，为全面实现我出兵山东的目标创造条件！我要让军部知道，第六师团是值得信赖的。

黑田周一：将军真是足智多谋，勇气可嘉！

福田彦助：你马上拟定作战计划，命令各部队做好战斗准备，等候命令。

黑田周一：是。

【场景：日军调兵遣将，厉兵秣马，转运火炮的场景】

画外音：1928年5月7日下午六点，福田彦助向蒋介石发出最后通牒，并限12小时作出答复。当日24时，蒋介石向日本方面作出了“对通牒所举大体可以承认”的承诺。然而，屈辱的退让并没能换来和平。5月8日清晨，日军在最后通牒时间未到之际，依然按照参谋本部关于扩大战争的指示，在福田彦助的指挥下，向我济南城守军以及党家庄驻地发动了攻击。

第十六场 激战圩子城

时间：1928 年 5 月 8 日

地点：济南老城、李延年团指挥部

人物：李延年、刘永强、王参谋、团部工作人员、机要员、通讯兵

【场景：黎明时分，济南圩子城。隆隆的爆炸声伴随着阵阵枪声划破天际，打破了黎明的沉寂。日军向守备济南的李延年部队发动了进攻】

【场景：普利门，连长王凤池率排长杨冠英以及王德发、陈家生、李全有等躲藏在工事中，密切观察着日军的动向。有日寇的炮弹不断打来，在周围炸响，我北伐军战士一个个岿然不动，时刻准备着还击。城门洞深处的阵地上，马克沁机枪也时刻准备着喷射出复仇的子弹】

【场景：林祥门，连长周长义与排长王克俭、程居安等率众士兵同仇敌忾，跃跃欲试】

【场景：永健门，连长郭德芳率宁桂春、赵玉柱、许增杰等众士兵严阵以待】

【场景：天上飞来了 4 架日军飞机，扔下了 4 枚炸弹，炸毁了城市电报局。炸弹炸死职员 2 人，炸伤 2 人】

【场景：在李延年团指挥部里，房屋中央的桌子上铺展着济南城区沙盘地形图，刘永强、王参谋在密切关注战事，参谋人员不断在地图上做着标识。远处的炮声时断时续，时疏时密，不断有尘土从房顶震落。李延年走进指

挥部】

王参谋： 报告团座，天刚放亮，日军就开始从西、西南两个方向对我部防区发动攻击。目前主要是炮击，发现有日军步兵正在集结。

李延年： 枪炮声我都听见了，觉也不让人好好睡啊！正南方向、东面和北面的日军没有什么动静？

王参谋： 暂时没有大的动静，炮击间隔2分钟，仍处在小打小闹阶段。

李延年： 目前，西边战况如何？

王参谋： 现在仍是炮击和机枪的远距离射击，估计在炮击之后步兵就会发起冲锋。

李延年： 命令一营、二营战士们，利用街垒工事、墙角、墙垛和房屋掩护好自己，等日寇靠近了再打。命令一营、二营营长，可以自行决定开枪还击的时间，不用等待我的命令。

王参谋： 是。【转身去打电话，传达命令】

刘永强： 我方不是已经答应了最后通牒的要求了嘛，日军又开始进攻，真是贪心不足，得寸进尺啊！

李延年： 这在预料之中！日本人已经不满足最后通牒的要求了，他们想得到更多的东西。这是一个难缠的对手！现在还是小打小闹，要时刻防备日本人大打出手。

【王参谋回来】

王参谋： 报告团座，经二路东首、林祥街上、迎仙桥门和杆石桥门外皆有日军出现。

李延年： 知道了，好戏就要上演。

刘永强： 可是，总司令部又发来电报，通知我们“不得还击，不得扩大事态”呢！

王参谋： 让我们守城，又不让还击。这不是自缚手脚、坐以待毙嘛！上峰在想什么？

李延年： 上峰以为，只要让步就可以换来和平，换来中日关系的亲善。依现在的战事看，这是打错了算盘，误判了形势。

王参谋：越软弱越被欺负，越退让越挨打！

刘永强：真不知道还会发生什么事。

李延年：日本人不宣而战、残杀我外交人员、不守最后通牒的承诺，毫无信义可言，简直是丧尽天良！现在又步步紧逼，穷追狠打，不择手段，实在是丧心病狂！我们必须给予有力的还击。否则，后果不堪设想。

刘永强：团座分析得对！我们必须坚决还击！

李延年：只有如此，我们才有生机。

刘永强：对。

李延年：目前，日军飞机轰炸我市电报局，想瘫痪我军的指挥系统，隔绝我方与外部的联系，造成我军被孤立的局面，企图瓦解我军斗志。

刘永强：日本人想给我军来个四面楚歌啊！

李延年：福田想速战速决，抢个头功。

刘永强：不能让福田的阴谋得逞。

李延年：对！必须打碎福田的如意算盘！给各营长发令：命令各位将士务必坚守阵地，没有我的命令谁也不能后退，坚决回击日军的进攻！

刘永强：好。我马上下令。

李延年：还有，命令一营、二营加派兵力，严守普利门、林祥门、永镇门、永绥门、永健门，充分利用圩子城的有利条件进行抵抗，消灭日军有生力量，削弱日军的斗志。

王参谋：对。只要把住了这些大门，日本人就拿我们没有办法！他们就进不了圩子城，也就进不了老城！

【又去打电话，联系前方】

李延年：再次提醒一营长、二营长：日军一旦攻破圩子城，命令部队立即开展巷战，层层阻击。在可能的情况下，组织反突击，尽快恢复防线。必要时呼叫支援。

刘永强：明白。

李延年：各部队对于巷战要精心部署，悉心指导。要求各班、排等组成战斗小组；战斗小组间要加强联系，密切协同，注意侧翼的保护。要告诉战士们：坚持就是胜利。

刘永强：对于巷战，我还是有点担心。由于街巷情况复杂，战线犬牙交错，形势容易混乱。虽然我们是守方，但对于城市街道并不熟悉。我担心溃败的情况出现！

李延年：不用担心。只要我军在每个点上能够坚守，就不会有溃败发生。一个点被突破，还有下一个点。而巷战的残酷就在于此。我相信我们的战士不会投降，不会后退。

刘永强：您说得对。我们的战士都是好样的，他们肯定是宁死不退！

王参谋：我团士兵对敌人的进攻进行了有效的还击，战斗维持在西南圩子城城墙一线。普利门、林祥门战况最激烈，其次是永绥门、永镇门。

李延年：好，告诉战士们就这样打。只要坚守住战线，我们就能立于不败之地，胜利属于我们！

第十七场 党家庄阻击战

时间：1928年5月8日

地点：济南西南郊党家庄、第一集团军总预备队（第三军）指挥部

人物：金汉鼎、朱世贵、蒋介石、朱培德、何兢武

【场景：拂晓时分，济南西南郊党家庄国民革命军第一集团军总预备队（第三军）的指挥部，军部人员正进进出出搬放着物品，紧张忙碌地布置着房间】

画外音：1928年5月8日拂晓，国民革命军第一集团军总预备队（第三军）总指挥金汉鼎率军部工作人员、特务连由泰安抵达济南西南郊区党家庄，准备指挥第八师渡河。

【国民革命军第一集团军总预备队（第三军）第八师师长朱世贵来到了指挥部，见到了军长金汉鼎】

朱世贵：【敬礼】军座，您好。

金汉鼎：【敬礼】您好，赓良兄。好久不见，说一下济南现在形势，第八师北渡黄河准备的情况。

【二人在椅子上坐了下来】

朱世贵：目前，济南城内有李延年、邓殷藩二个团负责防守，具体情况不明，继续北伐的部队正在陆续渡过黄河。我第八师已做好渡河准备，随时可以开拔，正在等待您的命令。

金汉鼎：好。我马上向蒋总司令汇报，如果没有什么意外，很快就可以出发。

朱世贵：还有一个情况，我必须要报告。

金汉鼎：什么情况？

朱世贵：在齐河、长清境内均发现有日军骑兵巡逻，我渡河各部队必须提高警惕，要提防类似5月3日的事件再次发生。

金汉鼎：这个情报很重要！看来日本人是铁了心要捣乱到底了！

朱世贵：是的。军座，您刚到济南，诸事都要小心。

金汉鼎：谢谢提醒。

朱世贵：还有，蒋总司令又来党家庄了，专列已到火车站，人一直在车上。

金汉鼎：哦？昨天我从泰安赶来时，看见蒋总司令一行去登泰山了！

朱世贵：登泰山？济南军情如此紧迫，他还有心情登泰山？

金汉鼎：应该是两天前达成的“中日协议”令蒋总司令龙颜大悦吧。再说了，来到济南，能不去泰山？要知道，泰山可是只有盛世明君才有资格朝拜的。

朱世贵：这才一天的时间，蒋总司令又来到此处，他肯定没有能够登上山顶，更别提朝拜的事了！

金汉鼎：是的。看来蒋总司令还不够资格！他只能“会当凌绝顶”了！

【二人笑】

朱世贵：如此乱世，登顶要祈祷的事实在是太多了：北伐胜利，国家统一，日寇滚出济南，国民革命成功，百姓五谷丰登……当然，最具体的、最现实的是祈祷我第八师平安渡河！

金汉鼎：愿望太多，老天爷怕是忙不过来，所以，不让去啊！

【二人再笑】

朱世贵：他今天又跑回来，难道中日关系又生变故？

金汉鼎：这其中必有缘故！我现在就去见他，当面汇报这里的情况。你马上回部队，赶快组织战士们吃饭，做好出发准备。等我的命令。

朱世贵：是。

【场景：5月8日8：00，党家庄火车站，蒋介石专列办公室】

金汉鼎：报告总司令，我率军部已于今日拂晓抵达党家庄并已与第八师师长进行了接洽。第二十八师警卫团、二十五团、炮兵营、工兵营、担架队、通讯队，由副军长唐维源率领正在快速跟进，今天也可抵达。

蒋介石：好。兵贵神速。

金汉鼎：第八师已经完成渡河准备，按计划正准备开赴齐河县黄河渡口渡河北进。请您指示。

蒋介石：北伐事关国家统一，民族兴亡，事不宜迟。如果准备就绪，可立即过河。

朱培德：渡河之事必须精心准备，要确保万无一失。

金汉鼎：根据情报，在齐河、长清境内发现有日军骑兵活动，似有阻止我部队渡河的企图。

蒋介石：【心中焦虑，但是神态依然自若】知道了。我方代表与日本方面正在进行外交接触并取得了积极成效。今天，我就是为此事而来的。熊式辉、罗家伦刚刚下火车，正在赶往济南接替崔景三就日方提出的新条件举行会谈。我相信，会谈同样会取得积极成果，实现中日和解，中日之间一定能够避免出现兵戎相见的局面。

金汉鼎：可是，如果日军依然向渡河部队开枪进攻，我方该怎么办？

蒋介石：【面露焦急之色】和为贵是我政府外交的主旋律，首要是把国内的事情做好。对于日本，我们要坚持和平友好的总方针；对于日军的进攻，我军必须坚绝贯彻“不抵抗政策”！两军一旦交火，我军要想办法，尽快脱离接触，严防事态的扩大。如有违反，军法从事。

金汉鼎：明白了。希望谈判能有一个好结果。

蒋介石：情况紧急。你马上回军部，命令第八师按计划北渡黄河。如果遇有日军阻挠，尽快脱离接触，可更换渡口渡河北上。

金汉鼎：是。我马上回军部，命令第八师渡河！【敬礼】

【金汉鼎离开蒋介石专列，立即赶去了党家庄。蒋介石专列很快驶离了党家庄火车站】

【在返回党家庄的路上，金汉鼎忽然听见炮声隆隆从庄内传来。党家庄里，不时有炮弹落下，老百姓一片惊慌！老百姓背上小孩和包袱，赶着牲畜，慌慌张张地跑向山后躲避。总司令联络组的人，丢掉背包，挤上汽车向南跑去】

【场景：在党家庄总预备队的指挥部，金汉鼎正在给朱世贵打电话】

金汉鼎：【焦急地】赓良兄吗？我是金汉鼎。现在庄外是什么情况，怎么会有炮弹打来？

朱世贵：报告军座，有一股日军向我部发动了偷袭，幸亏被我哨兵及时发现。这股日军应该是从济南赶来的，他们配有六门重炮，正在向我部发动猛攻。

金汉鼎：六门重炮？知道了。请你马上组织队伍进行反击。

朱世贵：我在庄北已经安排了四个团，抢占有利地形，构筑阵地，正在进行阻击。

金汉鼎：好，很好。

朱世贵：敌人来势很凶啊！已经是第二轮冲锋了。

金汉鼎：告诉战士们，放开胆量，不要缩手缩脚，狠狠地打。

朱世贵：是。只是敌人的炮火很猛，对我们威胁很大。

金汉鼎：别担心。我马上联系铁路线上的铁甲炮车支援你们。

【金汉鼎给铁甲车司令何兢武打电话】

金汉鼎：何司令吗？我是金汉鼎。现在有一股日军正向我党家庄发动进攻，我命令铁甲炮车马上选择战位，轰击日寇，支援我党家庄的防御作战，不得有误。

何兢武：是。

【铁甲列车向日军进行炮击】

【中午时分，经过一番激战，战线稳固了下来。金汉鼎来到第八师师部】

朱世贵：报告军座，我师已有六个团投入了战斗，已打退日军的六次进攻！日军的进攻势头已被我军遏制。我军发动了两次反突击，中央防御阵地向前推进了二三里地。

金汉鼎：好啊！第八师临危不惧，处变不惊，面对强敌，敢于胜利，令人敬佩！

朱世贵：【由衷地】要感谢铁甲炮车对我们的支援啊！

金汉鼎：只要我们团结一心，密切协同，就可以战胜任何敌人。

朱世贵：不过，根据侦察，日军又有援军赶来，其中有一个中队的骑兵。

金汉鼎：你看，日军的作战目的是什么？

朱世贵：日军来势凶猛，好像是来拼命的。军座，您怎么看？

金汉鼎：【笑】他们是一群催命鬼，是来要人命的！

朱世贵：要人命？

金汉鼎：你应该知道日本人向我总司令部扔炸弹的事吧。

朱世贵：我听说了，是要炸死总司令？

金汉鼎：是的！那一天没有能够达成目标，今天这是狗急跳墙，铤而走险。

朱世贵：【惊诧】今天，日军是要来击杀蒋总司令？

金汉鼎：我看是。

朱世贵：看来蒋总司令离开党家庄的消息日本人并不知道。

金汉鼎：是的。那个在北伐军司令部的日本参谋和蒋总司令吵翻了，前两天走人了，没人通风报信了。

朱世贵：【愤懑】谁都知道那个家伙不是什么好东西，可是，蒋介石却是那样信任他，真不可思议！

金汉鼎：【无奈】蒋介石在识人、用人上有自己的"小九九"。更重要的是，蒋介石对日本总是抱有幻想，盼望着日本对南京政府的承认，盼望着日本支持北伐。

朱世贵：我感觉蒋介石一旦涉及日本问题，马上就变得天真无知！什么"不抵抗""和为贵""隐忍为上""君子报仇，十年不晚"，让人难以理解。日寇攻势咄咄逼人了，还幻想着中日亲善！

金汉鼎：的确如此。

朱世贵：军座，您看，今天我们这个仗如何打下去，蒋总司令有什么指示吗？

金汉鼎：蒋总司令已经发来命令了。

朱世贵：是吗，他说什么？

金汉鼎：命令我们“不要抵抗，下午六点之前撤退到崮山警戒”。

朱世贵：【意外】又要撤？党家庄也要落入敌手。“不抵抗”真是名副其实啊！

金汉鼎：是的。蒋总司令仍要对日妥协，希望能达成中日和解。

朱世贵：真是无语。还下午六点撤到崮山警戒，日军的进攻威胁还没消除，如何撤得下来啊？

金汉鼎：关于撤退的事，我也向他作了说明，现在双方激战正酣，不给予日寇以有力的打击，对我军的士气和安全都将是极大的损害，下午六点撤到崮山，不现实！我建议，黄昏时分撤出战斗，总司令最终同意我们晚八点撤到崮山。

朱世贵：军座，您说，我们现在怎么办？

金汉鼎：现在我中央防线突出。日军增派了骑兵，肯定会从阵地两侧向我军发起冲击。我们这样打……

【场景：中午刚过，日军的进攻又开始了，在炮火的掩护下，日军的步兵在中央、骑兵在两侧向我党家庄防御阵地扑来】

【场景：突然，在我党家庄防御阵地两侧的麦地里打出一阵排枪，日军骑兵纷纷落马，顿时乱了阵脚，丢盔卸甲，大败而归】

【场景：中间的步兵在我机枪阵地面前遭到沉重打击，丢下无数具尸体，退了下去。我北伐军战士跃出掩体向日军追去……战斗一直持续到黄昏时分】

朱世贵：军座，你安排两个团到麦地里埋伏，从侧翼打击日军骑兵这一招实在是高，这一下小鬼子吃苦头了，恐怕不敢再发动进攻了吧？

金汉鼎：趁着这个当口，命令部队迅速撤出战斗，马上向崮山机动。

朱世贵：军座，您说这叫什么事？打了胜仗却要撤退，把好好的家园拱手让给日本人，真让人咽不下这口气啊！

金汉鼎：哎！执行命令吧。

画外音：1928 年 5 月 8 日，入侵济南的日军第六师团一部偷袭济南西南郊的党家庄，妄图击杀蒋介石，实现阻止北伐、破坏中国统一的计划，遭到国民革命军第一集团军总预备队（第三军）第八师的顽强阻击，双方鏖战整日。傍晚时分，我军撤出战斗，党家庄被日寇占领，但日军击杀蒋介石的图谋未能得逞。

第十八场　老城攻守战

时间：1928年5月8日晚、5月9日

地点：济南老城、李延年团指挥部

人物：李延年、刘永强、李月楼、参谋人员、机要员、通讯兵

【场景：5月8日，黄昏时分。济南老城李延年团指挥部】

刘永强：报告团座，自凌晨至今，我部已经在圩子城与日军对峙了一天了，天马上就要黑了，苏副司令要求我团与邓殷藩团退入老城，组织防御。

李延年：现在撤入老城，时机尚早，让战士们再顶一会儿。

刘永强：老城城墙高厚，更加坚固，日军攻击起来会更加困难。而且，城内都是小街小巷，日军展不开兵力，我方兵力更加集中，也会给敌人更多的杀伤。为什么不马上撤？

李延年：我方兵力更加集中，正好是给日军炮兵提供靶子。现在，天光太亮，我方的一举一动，日军炮兵都看得见！而我们恰恰拿日军的炮兵没有办法。

刘永强：噢。现在，我们不撤入老城。

李延年：对，告诉战士们再坚持一小时，等到天黑再说。

刘永强：再坚持一小时？

李延年：是的。传达命令：一小时后，我团各部交叉掩护，撤入老城。

刘永强：是。

李延年：命令警卫连派出一个排的士兵，挨门挨户通知圩子城内的百姓，抓紧时间撤入老城，或者从南门出城投亲靠友去，待战事结束后再返回。

刘永强：明白。

李延年：把我方的行动方案报告苏副司令。

刘永强：是。

【场景：天色暗了下来，李延年的士兵交叉掩护，从西门撤入老城】

【场景：5月9日上午，李延年团指挥部】

刘永强：我团退入老城，敌人的炮弹很快就跟了过来。今日一早，日军又有飞机前来助阵。我卫戍司令部、珍珠泉督署、省长公署及各门城楼遭到轰炸和炮击！这几处房屋、城门楼多有损毁。

李延年：侦查过日军炮兵阵地的位置吗？

刘永强：已做过侦察，现敌人的炮兵阵地如下：南边主要设在了齐鲁大学女校楼顶、南关山水沟、山东大学工科校园、南新街、东双龙街、西双龙街一带；西面设在了普利门上以及西圩子墙上、估衣市街东头、吕万聚的后楼楼顶。东面设在东圩子墙和东关大街上。北面的炮位设在了北关火车站，还有炮弹来自胶济铁路上的日军铁甲列车。

李延年：知道了。只可惜我们的迫击炮派不上用场！

刘永强：是啊。放在城墙上，就成了敌人的靶子。放在城墙后面不但看不到目标，而且射程严重受限，弄不好就要打到老百姓的头上。

李延年：传我的命令：第一，各营营长、各连连长加倍派出炮击观察哨，密切观察日军炮兵动向，提高防范日军炮击的针对性。第二，命令士兵严格遵守躲避炮击条例，避免无谓的伤亡。第三，密切注意敌步兵的动向，一旦步兵发动进攻，要给予坚决有力的回击。

刘永强：是。

【打电话，迅速把命令传达了出去】

【9：00，突然间又响起了密集的炮火声】

刘永强：好像四周全是炮声。

李延年：日本人的进攻又开始了！

刘永强：这次我感觉与前面的不同。

李延年：怎么个不同法？

刘永强：你听，炮声更密集，更猛烈。好像四面同时开炮，要一口把我们吃掉啊。

李延年：痴心妄想！走，出去看看。

【李延年、刘永强来到院中，炮声更清晰了，更加震撼】

李延年：不错。日军在四个方向都在进行炮击。

刘永强：难道日军要从四个方向进攻？

李延年：这不可能。北面首先可以排除。城北是一片沼泽地，人员行动困难，根本无法展开战斗队形。再说，以日军现在的兵力，只能采取重点进攻的战法。

刘永强：那您认为，日寇的主攻方向会选在西面？

李延年：没错！北面、东面、南面只是助攻而已，是为分散我军力量，为西面的进攻创造条件。命令一营、二营，全力守住西面。

【场景：一营、二营激战的场面】

【场景：李延年、刘永强在作战指挥室】

刘永强：团座，您的判断非常准确，日军在西面发动了大量的步兵冲击。

李延年：日军的重炮和坦克不多，全部布置在了西面，他们只能如此。我们还是可以与敌周旋的。

刘永强：可是日军的小炮、掷弹筒数量众多，对我威胁巨大。

李延年：是的。

刘永强：还有就是战士们始终高度紧张，得不到休息，已经非常疲劳了。

李延年：这个我自有办法，马上起草一个命令。第一……【突然，电话铃响起。刘永强接起了电话】

刘永强：是，我马上让他接电话。【捂住话筒，对李延年说】团座，苏副司令的电话。

李延年：【接过听筒】报告副司令，我是李延年。

【话筒里传来苏宗辙的声音】

苏宗辙：李团长，我军的防守已进入第二天，这将是战斗最严酷的一天。敌人的炮击更密集，进攻也更凶猛，请认真组织好防御，不能让敌人得逞。

李延年：是。

苏宗辙：告诉你们一个好消息，现在，济南商会代表济南市民前来劳军，为我们送来了罐头、香烟和毛巾等物品。我分一半给你们团，另一半给邓殷藩团。李月楼会长马上给你们送过去，你们派几个人过来掩护一下吧。

李延年：太好了。谢谢副司令。我马上派人过去。【放下了电话】

刘永强：团座，有好事？

李延年：济南商会的李月楼会长带人给我们送来了慰问品，命令三营长马上派一个排去珍珠泉大院把东西接过来。

刘永强：济南人民太好了！我马上安排。

【三辆地排车停在了院门口。李月楼会长等人员来，李延年迎出】

李延年：李会长，您好！太谢谢了，您真是及时雨宋公明啊！

【众人笑】

李月楼：李团长，您好！我们都姓李，本是一家人，不说两家话，应该感谢的是我们！战士们为保卫济南城不怕牺牲，浴血奋战，已经两天了，肯定是又累又饿、又困又乏了，我们送点吃的、用的是应该的。

李延年：身为军人，守土有责。

李月楼：都是军人，那张宗昌对日本人卑躬屈膝，就像一条狗。

李延年：张宗昌之流是反动军阀，我们就是要打倒他们。

李月楼：北伐军英勇奋战，流血牺牲，令人钦佩。一点心意，不成敬意。

李延年：济南人民爱国拥军，可敬可敬！我代表全团的弟兄表示感谢，济南人民真是慷慨啊！

李月楼：我们算是看明白了，日本人不走，我们济南永远没有好日子过！

李延年：李会长，您放心。我一定让战士们多打鬼子，守好济南府！

李月楼：有您这句话，我的腰杆就直，底气就足。

李延年：有我的队伍在，就不能让日本人为所欲为。目前，战事紧急，为安全起见，请你们抓紧出城。

李月楼：我们好事做到底，帮你们尽快把东西分发下去吧。

李延年：不用了，我们自己来。

李月楼：有什么东西、数量多少，我们清楚。我们分发得快。让战士们好好休息，养精蓄锐打鬼子。

李延年：恭敬不如从命。刘团附，马上核对物品，全部分发给战士们。

刘永强：是。

【李月楼、刘永强指挥战士们紧张地分发物资。正在此时电话铃又响了，刘永强拿起了电话】

刘永强：什么？山东省图书馆被炸起火。知道了。

李延年：怎么回事？

刘永强：炮兵观察哨报告，城北的日军从北关火车站房顶上架炮向城内轰击，大明湖南岸的济南一中、正谊中学的校舍和山东省图书馆多处中弹。省图书馆被炸，燃起大火。

李延年：我省图书馆以珍藏古籍善本见长，没想到遭罹今日之难，这是中华文化的浩劫啊！刘团附！

刘永强：到！

李延年：军情如火。请分发慰问品的战士们立即放下手头的工作，马上集合迅速赶去山东省图书馆，扑灭那里的大火，抢救古籍善本！

李月楼：这着火是急事，也是大事。我们也去省图书馆灭火吧，东西回来再分。

李延年：太好了。李会长，带上你的人，我再给你配备一个连的战士前去灭火，一定把古籍善本抢救出来，保住中华文化的血脉！

李月楼：好，您放心。我知道怎么做。省图书馆就在大明湖边，有的是水。让战士们就向老百姓去借水桶、脸盆、饭锅……可以用来灭火！

李延年：李会长，我看是否可以这样安排：把抢救出来的图书暂时转移到路南边的文庙里面。假如日军再次炮击，就让士兵和救火人员到文庙里面躲避！既要全力灭火，保护好图书，还要保护好士兵和救火人员，保存好有生力量！您看如何？

李月楼： 太好了！就这么办。

李延年： 大家注意：一连的弟兄们、商会的弟兄们，大家现在跟着李会长去省图书馆去灭火！一律听从李会长指挥！

李月楼： 一连的弟兄们、商会的弟兄们，大家跟着我走啦！

【众人迅速离去。又过了一段时间，枪声、炮声停了】

李延年：【对刘永强说】战事终于平稳了！也不知道图书抢救得怎么样了？

刘永强： 说的是。图书馆的图书汗牛充栋，如何救得过来？

李延年： 我想去省图书馆看看。指导战士先抢救古籍善本，这是全人类共同的财富。

刘永强： 您不能去。那里太危险。您是我们团的主心骨啊！

李延年： 没什么大不了的！这里暂时由你指挥。

刘永强： 我不同意。

李延年： 我去去就回，不会耽误事的。【说完就走出了指挥部】

刘永强： 要是不打仗，团座应该是个读书好手。

【场景：山东省图书馆，李延年指挥士兵奋力灭火，抢救图书】

【场景：李延年返回指挥部】

参谋乙： 报告团座，观察哨报告：城北的日军又在进行炮击。

李延年：【颓然地坐在椅子上】我刚从北边回来，对那里情况很清楚。日军的炮弹大多数落进了大明湖，只有少数能打到南岸，不用理它！

参谋乙： 明白。

【场景：李延年来到作战地图前，举杯喝水，沉思】

刘永强：【手里拿着一个罐头走了进来】团座，济南商会犒劳我们的物资已分发完毕，李会长等已被安全送出城。这是分给您的罐头。

李延年： 安全出城就好。罐头你拿去吃吧，我没有胃口。

刘永强： 您这“食不厌精，脍不厌细”的老夫子对美食也没有欲望了！怎么，图书抢救得不顺利？

李延年：火势猛烈，又有炮火骚扰，抢救出来的图书实在有限。烧毁的太多，救火又水损了很多。真是一场浩劫啊！图书馆已经无法使用了，济南的天一阁化为乌有了！

刘永强：【怒骂】日本人实在太可恨了。

【突然外面炮声大作，电话铃声响起。作战参谋甲拿起了电话】

参谋甲：报告团座，一营长来电。

李延年：【接过电话】我是李延年。快说说西边的战况。

黄云山：报告团座，日军炮火非常猛烈，正在集中轰击西门一带，西门外一带房屋、街道被炸损毁严重。现在是一片火海，火光冲天。

李延年：战士们的伤亡情况如何？

黄云山：遵照您的命令，我要求战士们严格按照条例躲避炮击，因此，炮击对我营未造成太大的伤亡！只是苦了西门城下的百姓了。他们的家园无端被毁，人员财产损失难以数计！

李延年：战士们的精神状态怎样，情绪如何？

黄云山：战士们看到了日寇的凶狠、残忍，发誓要坚守阵地，奋勇杀敌。

李延年：我们一定要守住济南城，才能对得起那些无辜死去的百姓。

黄云山：报告团座，二连三排长郑焕传发现敌人机枪阵地防守薄弱，抓住时机，率领几名士兵冒死缒下城墙夺取机枪，眼看就获得成功，怎奈敌人增援部队赶到，双方展开了白刃战，郑焕传以及几名战士壮烈殉国。

李延年：郑焕传排长精神可嘉，我将通电全团予以表彰。但是，要减少贸然突击行为，避免遭受不必要的损失。告诉战士们，守住城池就是成功，切勿贪胜。

黄云山：是。

【场景：下午，我军士兵英勇作战的场景】

【场景：黄昏，我军士兵英勇作战的场景】

【场景：夜晚，我军士兵坚守城头的场景】

【场景：5月10日晨，日军用更猛烈的炮火轰击济南城，在西门外爆发了更加激烈的战斗】

【场景：5 月 10 日晨，李延年团指挥部】

刘永强：团座，这一大清早，日军故伎重演，又是一阵炮火急射，恐怕还是水中捞月——空欢喜。

李延年：命令各部，依然按照昨天的三项指示办，坚决打退敌人的进攻。昨天一夜，我省、市各部门、机关已经撤离得差不多了。今天上午就应该能够全部撤退完毕。

刘永强：省、市机关撤离完毕，我们的任务是不是就算完成了呢？

李延年：应该说完成了一半。我们还要尽量牵制住日军，掩护我大部队北渡黄河，继续北伐。

刘永强：看来任务还很艰巨啊。

李延年：我北伐部队分为五路，正在渡河。只要我们再拖住日军一天，我北伐部队就能完成渡河。日本人阻挠北伐，破坏我统一大业的企图也就落空了。

刘永强：太好了。

李延年：我们不但要完成任务，而且要保证全身而退。

刘永强：团座，听您这么一说，我更有信心了。

参谋甲：报告团座，一营与三营已经换防完毕。一营早饭马上吃完，请指示下一步的行动。

李延年：命令一营：全体休息，好好睡觉，但是睡觉不许脱衣服，要时刻准备起来，再上城墙！

参谋甲：是。

刘永强：团座，这轮番上阵的战法好，确保了我一线作战部队的战斗力。

李延年：对。战士们睡上一个上午，战斗力就回来了！午饭后，再把一营调上城墙，再把三营替换下来休息。晚上，让三营当做突围的先锋。

刘永强：团座，你真是看一步，想三步。您已经预见到了我们晚上要突围。

李延年：坚守三天，是我对蒋总司令的承诺。我相信，今天蒋总司令会下达让我军撤退的命令。

刘永强：现在，就是二营还没有轮换。

李延年：南城的战事相对松缓，命令二营以连为单位自行安排轮番休息。因此，二营依然可以保持相当的战斗力。撤退时，让二营在中间，一营负责断后。根据这个安排，你拟定一个撤退计划。

刘永强：是。

【场景：中日双方在西门城下鏖战不止】

【场景：10：30，日军的炮火凶猛，将济南城的西北角炸毁了一段，一股日军顺着东流水发电厂的煤堆从西北角缺口处登上了城墙】

刘永强：三营长来电，报告紧急情况：日军炮火将济南城墙的西北角炸毁了一段，一股日军顺着东流水发电厂的煤堆从西北角缺口处登上了城墙。

李延年：绝对不能让日本人越过城墙，我马上带领一营的一个连去西北角，从南面向北发动攻击。西北角是我团与邓殷藩团的结合部，你马上上报城防司令苏宗辙并通知邓团长，让他派部队从东向西发动攻击。我们两团联合把日军打回去。

刘永强：团座，我去西北角吧，你在此坐镇指挥。

李延年：少废话。执行命令。

【场景：李延年率队奔赴城西北角，向日军发动了攻击。邓殷藩团也向日军发动了猛烈进攻。在北伐军的猛烈打击下，迫使日军只得龟缩在老城西北角的城墙上，无法再前进一步】

画外音：5月9日9时，日军在火炮、飞机掩护下，从西、南、东三面向济南老城发动了进攻。我守城官兵对日军发起的进攻进行了殊死抵抗，连续击退日军的多次进攻，战斗异常惨烈。日本“东方社”发自济南的电讯中承认“日军占领城垣，以机枪相拟，南军对之，仍作侧面纵队，吹奏喇叭前进，不顾炮火射击”，并惊诧于“南军誓死奋斗”的精神。

在5月8日至10日的三昼夜里，中国守军顽强抵抗，令日军付出了死亡大尉军官小林清以下25人，伤大尉军官藤森定一、三村亲厚以下官兵157人的沉重代价，却始终没能踏入内城一步。

第十九场　东门突围

时间：1928年5月10日14时至24时

地点：济南珍珠泉大院、北伐军济南卫戍司令部，

人物：苏宗辙、李延年、邓殷藩、王书忱、刘永强、参谋人员、机要员

【场景：珍珠泉济南卫戍司令部作战指挥室】

苏宗辙：经过三天的激烈战斗，我们守住了济南城，牵制了在济南的日军，为我军北伐赢得了主动，我北伐部队业已渡过黄河，正在追歼张宗昌、孙传芳的残部，快速向北京推进。我省府、市府各部门、机关均已全部安全南撤泰安，我部已完成了防守济南的任务。蒋总司令来电，命令我部迅速撤离济南，转至济宁待命。蒋总司令依然要求我们，避免战争的升级和范围的扩大！我们现在就来研究一下撤离济南的作战计划。

李延年：知己知彼，百战不殆。当务之急是要弄清楚我部当前面临的局势，力争在济南快速脱身。

苏宗辙：李团长对形势作何判断呢？

李延年：就我方来说，当前，我大部队都已撤离济南，或者绕道济南北过黄河，或南下泰安、济宁，我部已成为一支名副其实的孤军。孤军奋战，没有外援和后勤的支援，弹药和食品消耗殆尽，难以持久作战。反观对手，这两天日军不断有援军到来。虽然日军在与我方的作战中并没有讨得便宜，但其人数越来越多，重装备越来越多，心气儿越来越高，摆开了围歼我部的架势，妄图一口吃掉我们。总司令依然要求我们“避免战事升级”，因此，我部不可恋战，必须尽快突围。

苏宗辙：目前，日军集重兵从西面和南面两个方向对我进攻，向南、向西突围无异于自投罗网。北面虽然没有多少日军，但是城北是一片沼泽地，又有胶济铁路、小清河、黄河的拦阻，严重限制了部队的机动，因此，也不可能向北突围。在东面，日军进攻乏力，防守薄弱。因此，我决定：从今夜11时开始，我部向东突围。突围路线是出东门，至东关外城，再出圩子门，然后到城东贤文庄集结，转向泰安，撤至济宁待命。

李延年：我同意撤退的方向和线路选择，只是目前城西北角的残敌尚未彻底消灭，这股日军的存在对我顺利突围构成了极大的威胁，必须在撤退之前将其消灭。

邓殷藩：对于撤退线路的选择，我没有意见。我也同意在撤退之前彻底消灭城西北角之敌。这不仅是消除突围的威胁，也是实施声东击西的战术。咱们来个“声西击东”，掩盖我向东突围的战略企图。

苏宗辙：好！就这么定了。

邓殷藩：司令，我请求，把消灭城西北角的敌人的任务就交给我们团。

苏宗辙：你有什么打算吗？

邓殷藩：我决定在我团挑选六十名战斗骨干，组成敢死队。对敢死队官兵各奖现洋五元，在攻击前发放。敢死队将于下午五时沿北极庙、铁公祠一线向西发动攻击，争取用最短的时间将城西北角的日军消灭，为晚十时的撤退扫清障碍。

苏宗辙：我看这个方案可行，请李团长届时提供支援。

李延年：责无旁贷。我将把我团的迫击炮全部调往城西北角，部署在大明湖南岸的潘家祠一带，下午五时，我部将准时炮击盘踞在城西北角的日寇，全力协助进攻。

刘永强：【由衷地感叹】我方的迫击炮终于派上了用场！

李延年：另外，我团一部也将于下午五时点沿西门、永镇门一线向北发动进攻，配合邓团对日军形成夹攻之势。

苏宗辙：好！希望你们能精诚团结，同心协力，务求全胜。

李延年、邓殷藩：是。

苏宗辙：在消灭了西北角的敌人之后，李团请于晚九时半开始撤离阵地，邓团于晚十时半开始撤离阵地。

李延年：我建议，我部于新东门集结，邓团长部于老东门集结。晚十一时同时出城，向东撤退。

苏宗辙：好。突围之前的侦查与准备工作由邓团长负责。

邓殷藩：是。

苏宗辙：开始行动。

李延年、邓殷藩：是。

【场景：老城西北角。

5月10日下午5时，邓殷藩团、李延年团同时向城西北角的日军发动了进攻。迫击炮、机枪一齐开火，日军阵地上顿时一片哀嚎。邓殷藩团的敢死队，在二营长张庚寅的指挥下，向日军阵地发动了冲锋。经过一个多小时的激战，终于把登上城墙的日军全部消灭】

【场景：突围。

5月10日午夜。天气骤然变化，狂风骤起，大风刮得对面说话不闻声音，天黑得伸手不见五指，为突围创造了有利条件。邓殷藩团团附王书忱率领20名士兵清理屯封城门的沙袋。23时，沙袋准时清理完毕。邓殷藩团从老东门、李延年团从新东门同时冲了出去】

第二十场　闵子祠阻击

时间：1928 年 5 月 10 日子夜

地点：济南东郊闵子骞祠外

人物：杨冠英、王德发、陈家生、李全有、一班班长、三班班长、士兵若干名

【场景：子夜时分，夜黑风高。李延年团杨冠英排负责全团的突围掩护行进在队伍的最后，排长杨冠英采取以班为单位交替掩护的方式向后撤退。杨冠英率领一班、二班的十几名战士匆匆前行，忽见一座破败的巨大院落出现在撤退的道路旁】

王德发：这荒郊野外的还有这么一个大院子啊！

李全有：也不知是什么人家？

杨冠英：一班长，你带两个人顺着院墙向北，侦察一下，看看是什么情况，然后向我汇报。

一班长：你们两个，跟我来。

【一班长带领着两个人向北跑去】

杨冠英：王德发、陈家生、李全有，你们三个到门楼前侦查一下。

【王德发、陈家生、李全有三人快步向大院面南的正门走去，来到门前停下了脚步】

李全有：呵，这房子的门脸够气派！

王德发：这门上还有块匾，上面有字。

陈家生：有字？看看写的什么。

王德发：文子寨。

陈家生：文子寨，还苍蝇窝呢？我看看。哦，这是闵子骞祠啊。

李全有：闵子骞？是《鞭打芦花》戏里的闵子骞吗？

陈家生：应该是的。

杨冠英：【杨冠英跟了过来，闻言道】没想到闵子骞的墓地是在这个地方啊！

王德发：排长，你知道闵子骞的故事？

杨冠英：当然。闵子骞，孝子。

王德发：孝子？我也想当孝子。如果能活下去，我一定要好好地孝敬父母！

杨冠英：可是，我们是军人，首先要为国尽忠！我们要挡住日本鬼子的去路，完成掩护任务，确保我大部队平安突围。

陈家生：自古以来，忠孝难两全！尤其是我们当兵的。

王德发：一班长回来了。

【一班长等三个人回来了】

一班长：排长，我们回来了。

杨冠英：北边的情况如何？

一班长：这个院子向北有近六百步长，院子北面就是洪家楼村。村口是一个大教堂，那里有一条向东去的路。现在有邓殷藩团的一个班，依托村口的教堂，建立了一个阻击阵地。

杨冠英：太好了！弟兄们，我看一下周围地势。闵子骞祠这个地方地势较高，视野开阔。门前的这条路可以一直往东，沿着这条路我们可以追上队伍，抵达集结地。祠堂后面的一条路现在由兄弟部队把守，只要我们守住这两个路口，中间有闵子骞祠挡着，日本鬼子就过不去。因此，我决定以闵子骞祠为依托设立一个阻击阵地。一班长。

一班长：到。

杨冠英： 你带八个人去路南，分成三个小组，守住道路的南侧。没有我的命令，不准后退。听明白了没有？

一班班长： 明白。

杨冠英： 其余的人员和我一起，就守在这祠堂的西南角，守住道路北边。

众士兵： 明白。

杨冠英： 李全有。

李全有： 到。

杨冠英： 你去通知三班，让他们马上跟上来。

李全有： 是。

【李全有向西跑去】

杨冠英： 马上行动，选择阵地。

【战士们迅速选择战位，王德发挨着陈家生在一个沟坎里卧倒，杨冠英站在闵子骞祠的墙角处警惕地瞭望着】

王德发： “赛诸葛”给我讲讲闵子骞的故事吧。

陈家生： 这是一个关于后妈和亲爹的故事，你又不当爹，又没有后妈，不知道就不知道吧。

王德发： 这不是来到闵子骞的墓前了吗！我就是好奇，你就告诉我，到底什么样的品行能够立祠堂啊？

陈家生： 那我简单地给你说吧，就是闵子骞他亲妈没了，他爹又娶了一房。这个后妈虐待闵子骞，大雪天，天寒地冻，后妈给两个亲生儿子也就是闵子骞的弟弟们穿厚袄，给闵子骞穿用芦花缝制的假袄。知道吗？

王德发： 我知道了，这后妈心够狠的，真不是个东西！

陈家生： 这个事让闵子骞他爹知道了，他爹就要休妻。

王德发： 该休掉。再换一个懂事的！

陈家生： 听听人家闵子骞是怎么说的：“母在一子寒，母去三子单。”他的后妈大为感动，一家人最后和睦融融。

王德发： 噢，是这样。还是闵子骞懂事！

陈家生： 咱中国人最讲就是孝道，尊老爱幼，父慈子孝才能家庭和睦。

杨冠英：说得对。咱中国人追求的是修身、齐家、治国、平天下。修身是为了能够齐家，齐家才能够治国、平天下。在家里要尽孝，对国家就是要尽忠。孝与忠都意味着责任，意味着付出，意味着牺牲！闵子骞就是靠牺牲自己维护了家庭的和睦。

王德发：我懂。当兵要尽忠，就要为国担当，有为国家牺牲的精神！

杨冠英：说得好！

王德发：我要是为国牺牲了，是不是有人会给我修祠堂啊？

陈家生：这个可就难说了，谁知道你会死在哪里啊！

王德发：没有人会知道，那我的牺牲多么不值啊！

杨冠英：为国牺牲，不论何时何地都是值得的！“青山处处埋忠骨，何必马革裹尸还。”此时此刻就是对我们忠诚的考验。日本人的追兵在后，我们要时刻准备牺牲。

王德发：打鬼子，我不怕牺牲。

陈家生：嘘。有人过来了。

【李全有跑了过来】

李全有：报告排长，二班从前一个阵地撤出来了。马上就过来了。

杨冠英：好。你抓紧休息一下。

【随后，三班几个战士跑了上来，一个个气喘吁吁】

三班班长：排长，我们班人都到齐了。

杨冠英：情况怎么样？

三班班长：追击的部队都是以小队为单位的小股部队，我们先后打退了两股敌人的追击。如果这些小股敌人合成一股，跟对了方向，对我们威胁会很大。

杨冠英：我们这个排不再分开作战了，集中火力，全力阻击。

三班班长：对。追得越远，敌人的兵力就越分散。我想，再往前走走，敌人就不敢追了。只是我们弹药不多了，我们班有两个轻伤，都伤在胳膊上，不能打枪了。我们也打倒了几个日本兵，都被抬了回去。鬼子的追兵暂时还上不来。

杨冠英：这里距离我们的集结地还有不到八里地，我们只需要半小时就能赶到。但是，我们现在赶过去会给全团带来危险。因此，我决定，在此坚守半小时，确保我团顺利转移。大家同不同意？

众士兵：同意。

杨冠英：我知道，大家的弹药都不多了。三班长， 把伤员和你的弹药都留下。你带着两个伤员去追赶部队。

三班班长：我不走，我要留下来与日本人干。

杨冠英：这是命令！这事关全团和两个伤员的安危。我们不做无谓的牺牲。

三班班长：可是，你们……

杨冠英：不要说了。“留得青山在，不怕没柴烧。”只要全团能够顺利突围就是胜利。请告诉团长不要等我们了，请你们一定要为我们报仇。时间紧迫，抓紧走。

三班班长：排长，请放心，这仇我们一定要报。请相信，我们一定会胜利！我们走。

【三班长带着两名轻伤员，向东跑去】

杨冠英：弟兄们，几天来，日本人疯狂向我们进攻，真是坏事干尽，恶事做绝。现在又对我们紧追不舍，他们以为我们是穷途末路的散兵游勇，软弱可欺，所以才敢肆无忌惮地追击我们！今天，我们一定要给日军以迎头痛击，打击他们的嚣张气焰，要让他们知道中国人是有血性的、有骨气的，要让他们知道，中国人不可欺！都听明白了吗？

众士兵：明白！

杨冠英：弟兄们，今天就是报国之时，我决心与日军血战到底，我已经做好为国牺牲的准备。我不强求大家，你们当中，谁是家中的独生子，谁家中有父母和老婆孩子需要赡养的，要尽一个儿子孝心，要尽一个丈夫和父亲责任的，现在还可以走。但是，请你们不要忘记我们，请你善待天下所有的父母、妇女和孩子。

陈家生：排长，我不走，我不怕死，我也做好了牺牲的准备。“覆巢之下，安有完卵。”今天，我们挡不住日本人，明天日本人就会祸害我们的父母和老婆孩子。

王德发：对。我也不走。养兵千日，用兵一时。父母、兄弟、姊妹们就靠我们来保卫了。我们不能不声不响地就把济南让给日本人。

李全有：对，我也要与日本人拼个你死我活。

众士兵：对，我们要与日本人血战到底！

杨冠英：好！弟兄们，你们都是民族的英雄，你们的忠诚将震铄千古！你们的英勇奋战将彪炳史册！为国捐躯，死得其所，死而无憾！

王德发：排长，我死不遗憾。只可惜来济南一遭，还不知道甜沫是啥味道，茶汤是什么东西，有点遗憾。

【众人笑】

李全有：就是，也没见着啥是把子肉。

陈家生：你这两个吃货！说着打日本人，怎么就说起吃来了！让你们一说我还真有点饿了！

王德发：看来，我要做个饿死鬼了。

杨冠英：王德发。

王德发：到。

杨冠英：【拿起了自己的背包】过来。

王德发：【矮着身子来到杨冠英身边】排长，什么事？

杨冠英：【将背包递给了王德发】这是我的背包，里面还有两袋糕点，你来分一下，让大家都吃了吧。

王德发：排长，你留着吃吧。

杨冠英：服从命令。

王德发：是。

杨冠英：一人两个，应该足够。

王德发：【王德发分发糕点】是。一人两个。

陈家生：【接过蛋糕】长寿糕。好东西啊，排长！

杨冠英：那当然。这是前天换防的时候，我好不容易才买到的。那几天，撤离济南的部队都在准备给养，采购人员把济南城的商店基本上都买空了。我路过上海食品店，饼干、香烟、糖果、点心，全被抢购一空，啥也没有了。我就去一大食品店，见三团的司务长正在将最后的几箱糕点装到马车上。我没法多拿，只抢到这两包长寿糕。

王德发：这是给老人拜寿的时候才能吃到的东西啊。我一年也就吃一、两次。

李全有：想吃点好东西可真不容易！

【众士兵又笑】

王德发：排长，还有两个给你吧！

杨冠英：我不饿！留给你这个吃货吧。

王德发：李全有，你个子大，两个给你吧。

李全有：给我一个就行。这一下子，我可有劲拼刺刀了，我一定多捅死两个！

杨冠英：全体注意。现在，把弹药清点一下，一定节约使用，要等敌人靠近了再打。都听明白了吗？

众士兵：明白。

杨冠英：子弹打完了，我们就拼刺刀。

众士兵：明白！

【场景：杨冠英率战士与敌人拼刺刀、扭打、厮杀在一起】

画外音：1928年5月10日子夜，李延年团杨冠英排长为掩护大部队突围，率部阻击日寇，子弹耗尽。排长杨冠英遂带领部下与日寇展开了白刃战，五次打退了日寇的进攻，重创日军，掩护突围的战士全部壮烈牺牲。

第二十一场　泉城喋血

时间：1928年5月11日

地点：济南珍珠泉大院门口－济南老城南门一带

人物：季羡林、马克先、卖烟男孩，路人甲、路人乙、路人丙、日本宪兵若干名

【场景：1928年5月11日9时，日军列队从南门进入济南城。在道路两旁，众多的日本侨民挥舞着太阳旗兴高采烈地欢迎入城的部队。日军队伍在珍珠泉门大院口前整装列队，举行了隆重的胜利庆祝仪式。一时间，鼓乐齐鸣，日本士兵兴奋异常，高举双手，呼喊口号，庆祝胜利】

【场景：济南老城南门口，日军士兵对进出老城的百姓进行着严格的搜身检查】

【场景：护城河南，南门桥头的一块告示牌上张贴着日军的告示，过路居民纷纷驻足观看。路人甲大声向观看百姓宣读着】

路人甲：……以下18种人，格杀勿论。

路人乙：什么是格杀勿论？

路人甲：就是他们日本人杀了我们中国人，不追究责任。

路人乙：哦。就是杀了我们中国人没事，杀了白杀。是吧？

路人甲：是的。

路人丙：这也太不把我们当人看了。

路人甲：我们看看是哪 18 种人？到底该杀不该杀。

众人说：对对对，看看是哪 18 种人。

路人甲：【大声宣读】一、推平顶头与学士头者；二、女子剪发者；三、穿草鞋者；四、有皮带者；五、有灰色衣服者；六、有南方人名片者；七、见了他们害怕者；八、有中央钞票者；九、若受检查开门迟缓者；十、有自卫之枪械者；十一、带开国纪念币者；十二、家中有军用品者；十三、穿皮鞋者；十四、南方口音者；十五、带照相机者；十六、镶金牙者；十七、学生式的青年；十八、家藏党国旗者，有国民党书籍者。

路人乙：这规定也太宽泛了吧。

路人丙：就是嘛。见了他们害怕者、有皮带、穿皮鞋、穿草鞋者、有灰色衣服者……这与随便杀人没有什么区别嘛。

路人甲：你说得很对！就差不让穿衣服了！

路人乙：以后，我们还是少出门吧。

路人甲：少出门？看看第九条，若受检查开门迟缓者，待在家里也会祸从天降。

路人乙：看来，我们济南城灾难开始了啊！

路人丙：我们的国在哪儿啊，就没有人管我们的死活吗？这种日子什么时侯是个头啊？！

【众人皆叹气】

路人甲：大家都散了吧。

【众人散去】

【场景：山东大学附属高中的学生季羡林走出南关佛山街的家门，向北走来，他想进内城去看看】

【场景：季羡林走到南门外大街，远远地就看到众多的百姓围住南门桥头的公告栏。季羡林向前飞快地看完日军的公告，稍有犹豫，但是最终还是向南门走来】

【场景：把守城门的日本士兵拦住季羡林的去路】

日本卫兵甲：【盘问季羡林】你是学生吗？

季羡林：【沉着地】我不是学生，我是学做买卖的。

日本卫兵甲：接受检查。

季羡林：哦。

【季羡林被命令举起双手，转身。日本卫兵甲对季羡林进行搜身】

日本卫兵甲：你，北伐军的干活！

季羡林：【辩解】不，不，我不是北伐军。

日本卫兵甲：你有皮腰带，你是漏网的北伐军！

季羡林：不对。北伐军扎腰带不假，可是我们做买卖的，也扎皮腰带。

日本卫兵甲：【打量着季羡林】做买卖的？

季羡林：对对。你听我的口音，我是纯粹的济南口音，不可能是北伐军！

日本卫兵甲：你进城来干什么？

季羡林：掌柜的捎信，叫我来收拾铺面，准备营业。

日本卫兵甲：准备营业？

季羡林：是的。

日本卫兵甲：好。要为我大日本皇军好好服务，进去吧。

【季羡林走进济南老城，只见路两旁商铺大门紧闭，市场萧条，随处可见战争的痕迹。季羡林心情沉重】

【忽然，前面一阵人声嘈杂，就见几个日本宪兵押解着卖香烟的小男孩迎面走来。季羡林闪在一旁，心中正疑惑，就看见了马克先老师走了过来】

季羡林：马老师，您好。

马克先：季羡林，你不是在山大附属高中上学吗，怎么跑到这里来了？

季羡林：我们学校停课了。

马克先：城外的学校也停课了？

季羡林：可不是嘛。这日本兵一来，外地的老师和学生能走的都走了，不能走的也来不了学校。正谊中学不是也停课了吗？

马克先：是啊。正谊中学的本校教学楼遭到了日军炮击，损毁严重。黄台分校被日军占领，变成了兵营。

季羡林：我就是听说学校被炸、省图书馆被烧才想进城来看看的。马老师，这兵荒马乱的，您怎么没走？

马克先：家中老母病重，无法行走。我雇不起车辆，那些车辆都被有钱有势的人雇去了。我只好让你师娘带着孩子离开了，我留下来照顾老母亲。

季羡林：【诚恳地】马老师，您有什么需要帮忙的吗？

马克先：不用。老母亲的病已大有好转，可以下地走两步了。我今天出来是想再买点药！

季羡林：马老师，您一定要注意安全啊！

马克先：我会注意的。谢谢。

季羡林：您看见日本兵抓了一个小男孩吗，这是为什么啊？

马克先：这个小男孩是卖香烟的，收了几张南京国民政府的钞票，被日本人发现了，以通敌、助敌罪处以死刑，格杀勿论嘛！这不是，推出南门外斩首去了。

季羡林：【愤怒地】斩首？这日本人怎么这么不讲理！

马克先：不讲理？还有比这不讲理的呢！

季羡林：还有什么事情？

马克先：你可知道顺祥绸缎庄？

季羡林：知道。西门外，估衣市街西口，二层小楼，很气派。

马克先：就是因为是二层小楼，坚固结实，让鬼子看中了，要征用。鬼子要在楼顶架炮轰击西门，遭到了老板的拒绝。日本鬼子就硬闯进店，店员们奋起反抗，十二位店员全部被杀死了。

季羡林：日本鬼子真残忍！

马克先：还有江家池医院，你也知道。

季羡林：知道，也是西门外，东流水宏济堂药铺后面嘛！

马克先：那里有一百多名北伐军的重伤员，没有能够跟随部队撤离济南，被日军搜到了，全部杀害了。

季羡林：啊！放下武器的伤兵也杀吗？

马克先：岂止是伤兵，医院的医生、护士也全部被杀死了。

季羡林：这不是不讲理，简直是蛇蝎心肠！

马克先：西门外，南顺河街一带的房屋全部被炸毁、烧毁了。

季羡林：这济南城难道要变成人间地狱？

马克先：济南城已经是人间地狱了！

季羡林：真不敢想象还会有多少人死于非命！

第二十二场　慧子之死

时间：1928 年 5 月 11 日黄昏时分

地点：济南经四路纬九路松元修身府邸、西门外

人物：松元慧子、松元修身、永野一辉、松元夫人、日军士兵甲、日军士兵乙

【场景：在松元修身府邸客厅，松元修身、永野一辉主、宾对坐，松元夫人一旁陪坐，倒茶】

松元修身： 时间过得真快！今天距离 5 月 3 日已经过去整整一个星期了。

永野一辉： 这一个星期可不比寻常！济南发生了天翻地覆的变化。今天上午，我军在珍珠泉大院门口举行了隆重的占领济南的入城式，济南城已是帝国的囊中之物了。本次出兵，我军虽然没有能够阻挡住北伐军的步伐，但是，我军全面控制了胶济铁路，为全面控制山东打开了局面，迈出了全面占领支那的坚实一步。

松元修身： 我军战果辉煌，可喜可贺。

永野一辉： 我“日侨义勇团”在本次事件中发挥了重要作用，松元先生功不可没啊。

松元修身： 小事一桩，不足挂齿。

永野一辉： 为了感谢松元先生，今晚我想请您和家人在泰丰楼饭庄吃饭，先生以为如何？

松元修身：哦。还是不去了吧！小女慧子自5月2日回家以来就神志恍惚，去她的东家吃饭恐怕不方便吧。

永野一辉：是啊。她的伙伴就死在她的怀里，她怎能不受刺激呢！

松元夫人：是我们的士兵当面刺死了她的伙伴，这个刺激太强烈，太难以想象了！慧子如何再去饭庄上工？如何面对她的伙伴们呢？

松元修身：这就是症结所在，中日关系到了今天的地步真是让人揪心！中日关系到底会走向何处？

永野一辉：帝国是亚洲的主导，臣服于帝国是支那的宿命。

松元修身：这可是个难题，实现起来并不容易吧。

永野一辉：对于这个问题，我帝国政府早已成竹在胸，松元先生就拭目以待吧！

松元修身：好吧。

永野一辉：不知今日慧子姑娘的情况如何，是否有所好转？

松元夫人：没有好转，还是老样子。每天就是对窗枯坐，有时静静地掉泪，有时念念有词，听不清她说什么，也不知道她想什么。累了、倦了，直接在榻榻米上睡。醒来就又枯坐……

松元修身：我们说什么她好像也听不见，也不与我们说话。

松元夫人：慧子爱吃，讲究吃，可是，现在是什么也不吃了！每天就是喝点汤汤水水，慧子消瘦了许多，这样下去可怎么办啊？！

永野一辉：我想慧子小姐肯定是有心结，一时想不过来。

松元夫人：什么人能够解开她的心结，打开她的心扉呢？

永野一辉：你是她的母亲，应该最清楚。你想一想，她就没说过什么、做过什么吗？

松元夫人：【想了想】对了，有一次慧子自言自语，我听清楚了。

松元修身：她说什么？

松元夫人：她好像是说，我真不该带上地图，也不该带上衣服，南顺城街我可以找到，小赵庄也可以找到，我们可以早早地绕道走的……絮絮叨叨地反复说，后来，她就不住地哭，再说什么就听不清了。

永野一辉：现在，南顺城街找不到了，已经在这次战火中炸毁了。

松元修身：是吗？！

松元夫人：这么惨烈吗？！

永野一辉：是的。我军在济南城下遭遇了顽强的抵抗，我军鏖战三日，遭受了很大损失，也没有攻克济南老城。西门是我军的主攻方向，西门外南顺城街一带遭到的破坏最严重，已经没有一间完好的房屋了。

【三个人陷入了沉默】

松元修身：【沉思了一会】我们把这个消息告诉慧子，刺激一下她，看看她能有什么反应。

松元夫人：这不好说。

永野一辉：不妨试试。

松元夫人：但愿这个消息能打开慧子的心结，但愿慧子能回归正常！

永野一辉：你们不方便的话，南顺城街的事由我来说。

松元夫人：这样办，我们不当着她的面来谈论南顺城街，但是故意让她听见，观察她的反应。

松元修身：好。就这么办。你去给慧子送杯水，然后就出来，不要关上房门。

【松元夫人端着一杯温开水走进了松元慧子的房间。只见松元慧子静坐在梳妆台前，头发凌乱，神情呆滞，双手紧握着一把梳子，举在胸口，两眼凝望着窗外，憔悴的脸上满是泪痕】

松元夫人：【轻声说到】慧子，喝点水吧。

【松元慧子没有反应。松元夫人只好将水杯放在桌上，从松元慧子手中拿过梳子】

松元夫人：【一边给她梳头，一边说】看看我们慧子，多么青春，多么靓丽啊！谁见了都会喜欢的。

【松元慧子闻言，两行热泪夺眶而出。松元夫人见状不由得也流下了热泪，掩面退出了房间，虚掩了房门。门外传来了永野一辉的声音】

永野一辉：松元先生有所不知，此次攻打济南城，我军充分发挥了炮兵的威力。对济南城进行了大规模的轰炸，西门一带是主攻方向，西门的城楼、城墙及房屋损毁尤其严重。在轰炸中我军还特别使用了白磷弹，这是一种爆炸燃烧弹，南顺城街一带的房屋都被炸毁、烧毁了！

松元修身：【故作惊诧】南顺城街一带的房屋都被炸毁、烧毁了？！

【松元慧子闻言猛然惊醒，她打开房门，从屋里冲了出来】

松元慧子：【急切地】永野先生，你说"南顺城街的房屋都被炸毁、烧毁了"，是真的吗？

永野一辉：是真的。南顺城街已经不存在了。

松元慧子：【自言自语】炸毁了、烧毁了、不存在了！济生哥、郭大娘！

【说话间，松元慧子冲出了房门，向着南顺城街的方向跑去……】

【松元修身、松元夫人和永野一辉从屋子里追出来，可是已经看不见松元慧子的人影了】

【松元慧子不知道是哪里来的力量，她不知疲倦地奔跑，一口气就跑到了南顺城街。而此时的南顺城街已是断壁残垣，满目疮痍，一片焦土】

【松元慧子一遍遍地呼喊，在断壁残垣间徒劳地找寻】

松元慧子：济生哥、郭大娘……

【松元慧子看见了郭济生家院门前那一棵已被炮弹炸断、烧焦的大树，看见了倒塌的院墙和破碎的水缸，看见了倒塌房屋门上残破的对联——"陟历山思接千载，对趵突心绪难平"】

松元慧子："对趵突心绪难平。"谁知我心，谁知我心？！

【两个日军士兵，一个腰里别着短枪，一个斜挎着长枪，走出西门，四处游荡观望。他们盯上了独行的松元慧子，他们慢慢地向松元慧子靠近，露出了邪恶的笑容。松元慧子猛回头，看见了两个猥琐的日本兵】

【两个日军士兵恶狠狠地向松元慧子扑了过来，他们扭住了松元慧子的双臂】

松元慧子：【呼喊】日本人は禽獣です！オオカミだ！（日本人是禽兽！豺狼！）

【两个日军士兵闻言，感到意外、吃惊】

日军士兵甲： えっと。日本人ですね。（哦，日本人。）

日军士兵乙： 日本人です。（是日本人。）

松元慧子： 【怒吼】日本人ではありません！日本人は禽獣です！オオカミです！（我不是日本人！日本人是禽兽！豺狼！）

【两个日军士兵稍事迟疑，松元慧子乘机狠狠地在日军士兵甲的手背上咬了一口。日军士兵甲猛然放开手，向后退去。松元慧子又一头撞向了日本兵乙的脸部，日军士兵乙站立不稳向后倒去。松元慧子的反抗引来了日军士兵凶狠的报复。日军士兵甲冲上来，挥拳重重地打在松元慧子的脸上。松元慧子被打得站立不住，一个趔趄向后退去，顿时满脸血污。日军士兵乙从地下爬起来，摘下长枪，高高地挥起向松元慧子打了过来。松元慧子躲闪不及，枪托重重地打在松元慧子的左臂上。松元慧子惨叫一声，扑倒在地。两个日军士兵冲上前来，一个用脚，一个用枪，狠踢狠打，松元慧子发出一声声的凄厉惨叫……松元慧子不再叫喊了，她昏死了过去。看着满身血污的松元慧子失去了反应，两个日军士兵才停下手来】

日军士兵乙： 音がない，死んだ？（没声音了，死了？）

日军士兵甲： 彼女はもう生きられないと思います。私は殴って疲れました。（估计她是活不了了。我打得都累了。）

日军士兵乙： 私も疲れました。彼女は日本人ですか？（我也累了。你说，她是不是日本人？）

日军士兵甲： 彼女は日本人でも大丈夫です。私達は支那人が殴り殺したと言ってもいいです。戦争に対して口実がないと悩んでいますよ。（管她呢，就是日本人也没事。我们可以说是支那人打死的，我们正愁打仗没有借口呢！）

日军士兵乙： 不運ですね！（真晦气！）

日军士兵甲： 死ね！行きます。（去死吧！我们走。）

【日军士兵甲捂着被咬的右手，又狠狠地踢了松元慧子一脚。两个日军士兵悻悻离去】

【天完全黑了下来，阵阵寒风向松元慧子袭来。不知过了多久，松元慧子苏醒了过来，浑身上下传来钻心的剧痛。松元慧子强忍着剧痛想爬起来，她发现自己左臂被打断了，疼痛是那样难以忍受，仿佛是世界末日。然而，更令她痛苦的是她对生活的绝望！她借助右臂的力量终于坐了起来，向四周望去，四周是无边的暗夜，映入眼帘的是断壁残垣。松元慧子挣扎着站起身，她却不知道该向哪里走，她不知道哪里是她的归宿！耳边传来了汩汩的泉水声，她循着水声向前走去，步履蹒跚……松元慧子来到了一眼泉边。西天的一轮残月映照在清冷的泉池上，“漱玉泉”三个字映入她的眼帘。看到这三个字，松元慧子不由得泪眼婆娑，她伫立良久，高声呼喊……】

松元慧子：为什么？这是为什么？

【松元慧子纵身跃进了漱玉泉】

画外音：1928年5月11日，济南陷落。当日，日本侵略军在珍珠泉大院门口举行了入城仪式，开始了对济南长达一年的占领。

在济南惨案发生的十多天里，济南城腥风血雨，惨遭洗劫。据统计，济南市共有市民6123人被杀，1770人被打伤，妇女被奸淫事件达100多起，数千人失踪，房屋、财产损失难以数计！

1928年5月，由日本第六师团制造的“五三惨案”（“济南惨案”）揭开了日本武力侵华的序幕。

尾声　李延年受降

时间：1945年12月27日上午

地点：济南大明湖南岸、山东省图书馆“奎虚书藏”藏书楼

人物：李延年、何思源、杨业孔、梁栋新、霍守义、廖运泽、张通、细川忠康、渡边洋、寒川吉溢、神保信彦、铃木一朗、副官甲、参加受降仪式的政府代表、国军代表、盟军代表

【场景：在山东省图书馆日本受降仪式办公室，李延年、杨业孔、梁栋新、霍守义与廖运泽等正在为受降仪式细节做最后的准备。副官甲走进来报告】

副官甲：报告总司令，山东省政府主席何思源先生到。

李延年：快快有请！

【何思源走进来，李延年快步迎了上去】

李延年：仙槎兄，您好！您来得可真早啊！

何思源：您好，吉甫老弟！您不是来得更早嘛！我离开济南八年啦，盼的就是这一天啊！

李延年：我离开济南十七年了，更是盼着这一天呐！

【众人笑。何思源在主宾席入座，其余人员先后入座】

何思源：仪式准备是否就绪了？

李延年：会场布置已安排妥当，10点钟准时开始。【抬手看表】还有一个多小时呐！

何思源：会场我看过了，庄重热烈，庄严肃穆。很好。

李延年：仪式流程刚才又作了一遍梳理，细节也已落实，应该没有什么问题了，可以说是万事俱备了。

何思源：好。那我们就等待东风，静待良辰吉时！

【众人又笑】

杨业孔：今天李长官和梁处长是主角，我们就是看客。对吧？

【众人又笑】

廖运泽：对，对。我们是历史的看客，准确地说是见证者。

梁栋新：李长官，受降仪式的时间和地点选择有什么玄机吗？为什么选在今天，又为什么定在这省图书馆呢？

李延年：受降仪式的时间和地点选择肯定是有讲究的，请何主席给你们讲一讲。何主席可是我们这个受降仪式的导演啊！

何思源：导演谈不上，只是给李长官出了点主意。1937 年 7 月 7 日，“卢沟桥事变”爆发，日本开始了全面侵华。日军是当年 12 月 27 日占领的济南，到今天整整八年时间。受降仪式选在今天，12 月 27 日，就是告诉日本人，你们什么时候来的，什么时候回去！就是告诉全世界，不论过去多长时间，胜利最终属于中国！胜利终将属于中国人民！

【众人纷纷点头】

霍守义：何主席讲得好！

李延年：我来说一下受降仪式为什么定在这山东省图书馆吧。在 1928 年济南“五三惨案”中，山东省图书馆惨遭到日寇大炮的轰炸，原图书馆损坏严重，不能使用了。馆内图书也被烧得没有剩下多少，山东省图书馆空有其名。也是在 1928 年，仙槎兄担任了山东省教育厅厅长，何厅长在任上致力于山东省文教事业的发展，对图书馆事业也是关爱有加。为了充实省图书馆的藏书，1934 年，省图书馆洽购了“海源阁”珍籍。为了安放“海源阁”珍籍，省图书馆在何厅长的鼎力支持下，拆掉了被鬼子炸毁的旧藏书楼，修建了这座“奎虚书藏”藏书楼。受降仪式定在这里，就是告诉日本人，不论你们多么凶残，也打不垮中国人民，也扑不灭中华文化之火！就是告诉全世界，不论敌人用心多么恶毒，也扑不灭中华文明之火，中华文明之光定将照耀未来，绽放光彩！

【众人再次点头称许】

杨业孔：李长官讲得好！何厅长的所作所为更加感人啊！

何思源：杨副司令过奖。分内之事，不足挂齿。

李延年：一点也没有夸张。你们可知道，何主席还以山东省教育厅厅长的身份领导了山东军民的敌后抗战呐！

杨业孔：领导敌后抗战，何主席真是虎胆英雄啊！

李延年：何主席智救妻儿的故事你们听说过吗？

廖运泽：曾有耳闻，今天愿闻其详。

李延年：全面抗战爆发后，山东省政府被迫迁往内地，何厅长是完全可以与省府机关一起奔赴内地的，但是，何厅长主动选择了留在山东，领导着山东军民与日寇周旋。

廖运泽：置身敌后，坚持抗战。可敬可敬！

李延年：山东军民的抗战斗争给了日寇以沉重打击，尤其是何厅长领导的鲁北地区成了鬼子的眼中钉、肉中刺。日本鬼子对何厅长恨之入骨，组织了多次扫荡，妄图活捉何厅长。为了能够抓住何厅长，日军曾给每一个参加围剿的鬼子兵都发放了一张何厅长的照片。就是这样，日本鬼子也没有能够抓住何厅长。怎么样，我说得没错吧？

何思源：没错。有两次突围，我混在百姓队伍里，与日本鬼子面对面走过，鬼子也没有能够把我认出来。

李延年：何厅长深受百姓爱戴，给何厅长通风报信，提供掩护和帮助；给鬼子传递假情报，鬼子疲于奔命，可就是抓不住何厅长。

【众人笑】

何思源：山东的百姓讲义气，有气节！从秦叔宝到宋公明，侠肝义胆，莫不如此。

李延年：仙槎兄也是古道热肠啊！您的老家就距离水泊梁山不远吧！

何思源：是的。

李延年：您也是个梁山好汉呐！

【众人笑】

何思源：过奖。

李延年：一点也不过分！日寇看来硬的对付不了何厅长，竟然通过意大利租界劫持了何厅长的夫人和孩子作人质！

梁栋新：卑鄙无耻！

杨业孔：丧心病狂！

霍守义：狗急跳墙！

李延年：你们可知道，何夫人是位法国人，子女尚小。日本鬼子拿何夫人与子女做文章实在是卑鄙下作。日寇对何厅长威逼利诱，开出了诱人的条件：如果肯投降，南京汪伪政府的部长、山东的省长任他选，否则就杀死他的妻儿。日本鬼子扬言要把何厅长的妻儿绑赴进攻的日军阵前，如果何厅长不投降，就立即处决。

杨业孔：日本鬼子真毒辣啊！

梁栋新：这可怎么办？

李延年：国际法规定，禁止用妇女、儿童作人质，更何况何夫人是法国人。

何思源：这个事件涉及中、日、意、法四国的关系，因此，我决定将此事闹大，引起国际舆论的关注，形成国际纠纷，让日本人有所顾忌，不敢轻易地对我的妻儿下毒手。

梁栋新：何主席，您真是大智大勇啊！

何思源：在这个事件中，我断定意大利肯定为日本人提供了方便！为此，我一面电告国民政府，要求政府通过外交途径向意大利政府提出严重交涉，抗议意大利政府为虎作伥，把自己租界中的良民引渡给他国政府；一面派人分赴天津、北平、南京、重庆等地积极活动，向报馆、教会、团体、学校、慈善机构及各国领事揭露此事，广造舆论，指斥日军不顾国际公约，在战争中以妇女、儿童作人质的暴行，揭露意大利租界当局参与绑架我妻儿的罪恶行经。

李延年：何主席以其人之道还治其人之身，把鲁北各地的意大利传教士和修女都抓了起来，集中在一个秘密地点。然后，给日本人和意大利人捎信说，如果我的家属被害，我扣押的意大利人也将没有人身安全保障。

霍守义：魔高一尺，道高一丈。何主席，厉害！

何思源：通过多方努力，令日本、意大利当局陷入完全被动的地位，冈村宁次被迫释放了我的妻子和儿女。

杨业孔：何主席忠肝义胆，智慧超群，有勇有谋！佩服，佩服！

廖运泽：要不然，何主席如何会赢得法国美女的芳心呐！

【众人笑】

李延年：我们抗战能够取得伟大的胜利正是由于有无数的何主席这样的中国人的牺牲和奋斗啊。

【门开了，副官甲走了进来】

副官甲：报告总司令，参加受降仪式的官员都到齐了。

李延年：好的。我们去受降。

【众人起身，走向受降会场】

【场景：受降会场，山东省图书馆“奎虚书藏”藏书楼礼堂。

礼堂门前悬挂红底金字匾额，上书“正义重申”四个大字。礼堂内四周悬挂着青、红、白三色布幕，礼堂正面高悬孙中山遗像，像前交叉着中国国民党党旗和中华民国国旗，左右分悬“永奠和平”四个大金字。左壁悬挂蒋介石和斯大林像，右壁悬挂杜鲁门和邱吉尔像。礼堂正中为受降主官席，左为武官观礼席，右为文官观礼席，受降官对面为签降代表席，左右观礼席两边均为新闻记者席，整个礼堂内的布置简单朴素，庄严肃穆】

【场景：李延年接受山东日军的投降仪式。

10时整，受降典礼隆重开始，参加观礼的军政首长、盟军代表依次入座。武官一律身穿军常服，佩带勋章；文官一律身穿黑色中山服。

李延年身着军服，胸佩勋章，率领副总司令杨业孔、参谋长梁栋新、军长霍守义、军长廖运泽步入礼堂。全体官员起立致敬，李延年等还礼入席，各官员就位。引导官少校参谋张通立即引导日军签降代表细川忠康、渡边洋、寒川吉溢、神保信彦、铃木一朗五人进入会场。入场后，日军签降代表首先将军帽脱下，挂于礼堂门旁，继而入席，并肩站立，向李延年及各受降官敬礼，然后入座。受降签字仪式旋即开始。

李延年先在命令书上签字。签字命令书共四份，两份为正本，两份为副本。签毕即由参谋长梁栋新将签字命令书正副四本交给日军代表细川忠康】

梁栋新：这是李延年副司令长官交予贵官之第一号命令，希望贵官贯彻了解，彻底奉行，并以最迅速之方法，转达所属部队，一体奉行。

【梁栋新遂即回席】

【细川忠康等起立，接过签字命令书，捧读一遍，即在上面签字并加盖官章，留副本两份。寒川吉溢将两份正本送还受降主官李延年，他走到受降主官李延年面前，行一鞠躬礼，双手将命令书递上，即回原位】

李延年：【检阅签字和官章】你们对签发的命令是否完全了解？

【签降代表全体起立】

细川忠康：完全了解！

李延年：能否绝对服从？

细川忠康：绝对服从！

【之后，细川忠康等人摘下佩刀，一齐走向受降主官席前行礼，将佩刀献上，然后退两步，再行鞠躬礼，这就代表山东省全体日军缴械投降】

【引导官张通引导签降代表五人退席。受降典礼结束，全体观礼官员热烈鼓掌，庆祝胜利】

【何思源走到李延年面前】

何思源：李长官，受降仪式非常好。扬我国威，扬我军威！真是扬眉吐气啊！如此重大的时刻，李长官不留点墨宝以志纪念？

李延年：【高兴地】何主席点拨得好！取纸笔来！

【参谋人员迅速摆好文房四宝。李延年当场挥毫，题写了“我武维扬”四个大字。全体观礼官员再次热烈鼓掌，脸上写满了胜利的喜悦】

画外音：1937年12月27日，日军再一次攻入济南城，开始了对济南长达7年半的占领。

1945年12月27日，山东地区日军投降仪式在山东省图书馆“奎虚书藏”

藏书楼一楼大厅举行。日军第四十三军团军团长细川忠康中将等代表山东的侵华日军向第十一战区副司令长官兼山东挺进军总司令李延年中将投降，中华民族的抗日战争取得了伟大胜利！第十一战区副司令长官兼山东挺进军总司令李延年当场题写下了“我武维扬”四个大字以志纪念。

此时，距离1937年12月27日日军占领济南整整过去了8个年头，距离1928年济南“五三惨案”的发生已经是第17个年头了。“前事不忘，后世之师。”让我们铭记济南“五三惨案”的历史教训，奋发图强，共迎中华民族的伟大复兴。

跋：被戏说的历史

从内容上看，中国的四大名著写得都是历史，都是在戏说历史。这话对于《三国演义》《西游记》《水浒传》来说是非常好理解的——三国、大唐和北宋三个朝代按图索骥，对号入座，但是，对于《红楼梦》来说则有些不好理解——曹雪芹在写作《红楼梦》时将“真事隐去”，以“假语村言”，有意让读者“无朝代可考”。不过这难不倒“红学”家，他们拿出“考据”的看家本领，对曹雪芹的身世、“假语村言”一番“索隐”，就为我们挖掘出了真相：《红楼梦》所写不过是康乾之际、且富且贵人家公子、小姐的爱恨情仇、悲欢离合而已。

人们喜欢四大名著，奉为经典。这是为什么呢？我以为，这可能就是戏说历史的魅力吧！经典著作戏说不胡说，讲道说理平易亲和，叙事宏大内涵丰富，语言表达优美婉转，故事情节曲折隽永，读来畅快淋漓，引人入胜；经典作品平实自然而又不失严谨，认真严肃而又不失活泼，睿智深刻而又不失生动，令人常读常新，发人深省。

“五三惨案”发生距离现在快一百年了，惨案的真相似乎已经大白于天下了，其实并不广为人知。没有多少人能给与惨案多少关注！拙作以剧本的形式尝试还原这段历史，让“五三惨案”也成为“被戏说的历史”，就是要唤起世人的足够关注！虽然是剧本，但作者的创作态度却是认真、严肃和严谨的。以下四个问题可以为证。

一、蒋介石是“北伐全军总司令”，还是北伐军“总司令”？

闲读中华民国史，翻看到“北伐全军总司令”一词时候，我不禁哑然失笑。一笑著作者的画蛇添足，二笑编辑的粗心大意，最后笑蒋介石强烈的权力欲望——“总司令”都不能满足，还要当“北伐全军总司令”！然而，当仔细读下去的时候，我为自己的“三笑”感到羞愧。

1926年1月，在国民党第二次全国代表大会上，蒋介石当选为中央执行委员、中央执行委员会常务委员，开始走进权力的中枢，与汪精卫形成了军事与政治两个重心。

1927年6月，蒋介石被推举为国民革命军总司令，从此逐步走上了权力的顶峰。可以说，担任国民革命军总司令是蒋介石一生事业的重要转折点。可是，登顶之路并不一帆风顺。

1927年8月，由于蒋介石在和汪精卫、李宗仁等派系的矛盾和斗争中孤立无援，被迫下野。下野后的蒋介石并不是消极等待，而是以退为进，纵横捭阖，积极作为，对政局保持着影响。

果然，宁沪汉三方之间勾心斗角，离心离德，闹得政权分崩离析，运转失灵；统治岌岌可危，难以为继。请蒋介石复出收拾局面成为各方共识。

1928年1月，蒋介石重新出任国民革命军总司令，就任“北伐全军总司令”。二届四中全会之后，蒋介石不遗余力地推动北伐。蒋介石之所以如此热衷北伐，是因为通过北伐，既可以剪除张作霖、张宗昌和孙传芳等政治对手，又可以令各个地方实力派臣服中央，确立中央权威，统一军令政令，把中央的力量渗透到全国各地方。更重要的是，蒋介石要通过北伐建立统一中国的军功，进一步树立其个人在党内、军队中权威，提高自己在全国人民心目中的声望，为实现其专制独裁统治铺路。为此，蒋介石将自己指挥的部队编成第一集团军，自任总司令；将西北军编成第二集团军，任命冯玉祥为总司令；将晋绥军编成第三集团军，任命阎锡山为总司令；将桂军编成第四集团军，任命李宗仁为总司令。可见，“北伐全军总司令”

是统辖参加北伐的四个集团军的“总司令”，这个“总司令”非称“北伐全军总司令”难见其地位之崇高。

二、蒋介石是“中央政治会议主席”，还是“中央政治委员会主席”？

1928年1月，黯然下野的蒋介石终于迎来了翻盘的机会，不但恢复了国民革命军总司令的职务，而且掌握了筹备二届四中全会的主动权。在蒋介石的操控下，二届四中全会顺利地将其送上了国民政府军事委员会主席的高位。党权、军权已经握在了蒋介石的手中。

人们都知道，此时的蒋介石不仅控制了党权、军权，而且还掌握政权，开启了其独裁统治时代的序幕。对政权的掌控又体现在蒋介石的哪一个职务上呢？关于蒋介石此时的其他任职有两种记载。一种说蒋介石担任了“中央政治委员会主席”，一种说蒋介石担任了“中央政治会议主席”。

持第一种说法的以百度百科、搜狗百科为代表。百度百科、搜狗百科的“蒋介石”词条是这样写的（两个“百科”完全相同）：

1928年1月（蒋介石）重任总司令职，2月主持国民党二届四中全会，全面改变孙中山的革命政策；会上被举为中央政治委员会主席和军事委员会主席。

材料表明，蒋介石是在国民党二届四中全会上当选为“中央政治委员会主席”的。由于百度、搜狗等搜索引擎的便捷和在网络上的绝对统治地位，使得这种说法广为流传并成为社会的主流认知。

我们再来看一下第二种说法。以下是《中华民国史（第四卷）·国民革命与北伐战争》（大陆与台湾联合编写、南京大学出版社出版）的记述：

国民党中央政治会议，在中央特别委员会主持党务时期，一度停止开会。至二届四中全会召开前夕的1月11日，始行恢复。不过，四中全会期间，争议焦点在于各地“政治分会”"的存废问题。回溯国民党于1924年7月设立“中央政治委员会”，制度原型仿自俄共中央政治局，但组织与职掌迭有变更。1926年7月改称“中央政治会议”，历南昌、南京两时期未曾更改。惟武汉政府曾于1927年3月恢复设立中央政治委员会，以迄该政权瓦解时止。而在北伐期间，国民党为因应需要，设立政治会议分会于广州、武汉、开封、太原四地，实则各军事集团的中心所在。几经讨论，四中全会决议，“中央政治会议及各地方分会，可仍存在，候第三次全国代表大会决定。各分会应专理政治，不兼管党务”，“于广州、武汉、开封、太原四处，设立分会。关于政治指导之区域，广东、广西，属广州分会；湖南、湖北，属武汉分会；河南、陕西、甘肃，属开封分会；山西、绥远、察哈尔，属太原分会。其不属于以上四区分会者，概由中央政治会议处理之”。

1928年3月7日，国民党中央政治会议推举蒋介石为主席，并任命各地分会主席：广州分会李济深，武汉分会李宗仁，开封分会冯玉祥，太原分会阎锡山。同月14日，蒋介石以即将督师北伐，不克兼顾中央央政治会议事务为由，提请中央政治会议推谭延闿代理中央政治会议主席。谭氏以国民政府主席兼代理中央政治会议主席，为中枢主要负责人，居国府元首地位。

——《中华民国史（第四卷）·国民革命与北伐战争》P296-297

从以上记述，我们可得出一下几点结论：

第一，“中央政治委员会”与“中央政治会议”都曾经在1924-1928年存在过，而且具有前后的承继关系。1924年7月至1926年7月，这是“中央政治委员会”存在的第一个时期，此时的蒋介石与“中央政治委员会”无缘。

1927年3月，武汉国民政府恢复设立“中央政治委员会”，“中央政治委员会”自此与武汉国民政府相始终。蒋介石依仗其强大的军事实力另立了南京国民政府，与武汉国民政府大唱对台戏。可见，此时的蒋介石仍然与“中央政治委员会”无缘。当然，如果把政治上相互攻讦、互挖墙角也视作一种关系的话，蒋介石肯定与“中央政治委员会”存在着“剪不断，理还乱”的关系，不过这已经是另一个层面的问题了。

第二，“中央政治委员会”仿自俄共中央政治局制度，但是，伴随着北伐的不断推进，“中央政治委员会”组织的与职权也屡次发生变化。1926年7月，“中央政治委员会”改称“中央政治会议”就是其组织的与职权变化的反映。“在北伐期间，国民党为因应需要，设立政治会议分会于广州、武汉、开封、太原四地，实则各军事集团的中心所在”则表明“政治会议分会”已演变成为各地方上的政权机关。1928年2月的召开的二届四中全会决议规定“各分会应专理政治，不兼管党务”，更明确地界定了“政治会议”的政权机关的属性。可见，在二届四中全会上“中央政治会议”已演变成为国民政府实现政治统治的重要工具，与其前身、仿俄共中央政治局而设立的“中央政治委员会”南辕北辙。

第三，蒋介石是在1928年3月7日的中央政治会议上被推举为中央政治会议主席的，而不是在二届四中全会上，而且蒋介石也并未履职，而是提请中央政治会议推谭延闿代理中央政治会议主席。谭延闿是国民政府主席，蒋介石请其代理中央政治会议主席，使国民政府与中央政治会议的关系得到了“理顺”。蒋介石“在位”而不“就位”，推出一个代理人，实际上专权独裁却又表现为崇尚民主，借以掩盖其独裁的真面目！蒋介石是聪明睿智，还是阴险狡诈呢？

总之，在1928年，蒋介石担任的是“中央政治会议主席”，而不是“中央政治委员会主席”。

三、是“贺耀组”，还是“贺耀祖”？

《回忆济南“五三”惨案》是由全国政协文史和学习委员会编纂的、一本全景式记录“五三惨案”的回忆录合集，该书入选了“文史资料百年经典文库”，也是研究五三惨案的重要资料之一。

《回忆济南“五三”惨案》的第一篇回忆录是由贺贵严撰写《1928年日军侵占济南的回忆》，该书对作者是这样介绍的：

作者贺贵严（原名贺耀组），北伐时任第一集团军第三军团总指挥、第四十军军长，南京卫戍司令。“五三”惨案中，蒋介石受日本政府要挟将其免职。后曾出任土耳其全权公使、甘肃省主席、重庆市市长等职。新中国成立后曾当选全国人大代表和全国政协委员。1961年9月16日在北京病逝。

——《回忆济南“五三”惨案》第2页

这里可以清楚的看到贺贵严原名贺耀组，是“组”，而不是“祖”。

不仅如此，在由李新主编的《中华民国史》（中国社会科学院近代史研究所中华民国史研究室编著，中华书局出版）和张宪文、张玉法主编的《中华民国专题史》的两部史书中，都写作“贺耀组”，而不是“贺耀祖”。因此，拙作将名字写作“贺耀组”。之所以这样写，有以下二点理由：

第一，贺贵严作为高级将领、高级政要，对于个人重要人生经历的记忆肯定是刻骨铭心的，撰写回忆录署名出错的事情是根本不可想象的！

第二，李新主编的《中华民国史》与张宪文、张玉法主编的《中华民国专题史》都是集体合作编写的著作，数十位专家、学者、教授，包括台湾的诸多专家、学者、教授都对反复“现身”的“贺耀组”视而不见，不提意见，这只能证明“贺耀组”这个名字没有错。

四、“团附”与“团副”之辨。

在作品中，有一个叫王书忱的人，其身份是“第一集团军第四军团第四十二军第九十一师第二团中校团附”。这里出现了一个陌生的军官官职：“团附”。看见“团附”一词，许多读者包括编辑的第一感是：这是个错误，应该是“团副”。

我必须指出，王书忱不是一个虚构的人物而是确有其人，“五三惨案”发生时他就在济南！他就是“第一集团军第四军团第四十二军第九十一师第二团中校团附”，参加了济南保卫战。他撰写的关于“五三惨案”的回忆文章《济南守城战》也收录在了《回忆济南“五三”惨案》一书之中。“团附”一词就出自王书忱的回忆文章。

查阅国民革命军《陆军军队内务条例》可知，“团附”是国民革命军的一个官职，其职责：“中校团附承团长之命，担任教育训练及动员筹备诸事宜”。可见，“团附”不是“团副”，二者截然不同。

国民革命军在建军之初以俄为师，把对官兵的思想政治教育摆在了重要位置。黄埔军校设有政治部，专门负责军校学生的思想政治教育工作。“团附”“教育训练及动员筹备诸事宜”的职责，就是要提高士兵的文化素养和思想政治觉悟，这体现了国民革命军不同于以往中国军队的新气象。

上述四个问题都不是大问题，但是，我想每一位读者都可能会提出质疑。一是这些知识比较专业、比较冷僻，二是在这些问题上存在着很多想当然的认知。因此，必须要正本清源，严防谬种流传。放在这里供您品鉴，以释心中疑团。

上述四个问题只是笔者在创作过程所遇问题中的很少一部分，还有大量的似是而非的结论、模棱两可的立场、含混不清的记述……需要在作品中清晰、准确、鲜明的表达出来。正是“看似寻常最奇崛，成如容易却艰辛”。

读者一定看出来了，笔者在创作过程中参考了大量的当事人撰写回忆录和口述史料，查阅了大量的研究论文和相关著作，许多人物和故事情节就脱胎于当事人的讲述，是真人真事。不仅如此，笔者在创作过程中还多次到蔡公时遇难地原礼和洋行（今蔡公时纪念馆），济南守城战的主战场西门、西小北门，日军济南受降地省图“奎虚书藏”藏书楼，张宗昌的办公地点、蒋介石行署珍珠泉大院等进行实地考察，力图还原历史的真情实景。可见，拙作虽然是历史剧，却不是“戏说历史”，而是以戏剧的形式来表现历史，这才是“戏说的历史”的真正含义！

拙作的付梓，山东大学出版社给予了大力支持。张晓林编辑鼎力推介、协调各方；秦大忠、谭学秋、王桂琴、赵聪等几位编辑认真仔细地审阅书稿，完善句读、修正文字、统一体例，在史实史观方面提出了许多真知灼见，令作品臻于完美。对诸位编辑的辛勤付出，在此一并表示感谢。

然而，毕竟“五三惨案”的发生距离我们已经非常遥远了，关于惨案的史料不但匮乏，而且许多的记述含混不清、相互矛盾，给创作带来巨大困难；更由于本人的时间精力、能力水平有限，拙作一定还存在一些问题和不足，望您不吝赐教。

颜廷华

2021 年 8 月 15 日